NE ME RACONTEZ PAS D'HISTOIRES

Paru dans Le Livre de Poche :

QU'EST-CE QUI FAIT COURIR JANE ?

JOY FIELDING

Ne me racontez pas d'histoires

TRADUIT DE L'AMÉRICAIN PAR ÉLISABETH GALLOY

J.-C. LATTÈS

Titre original :

TELL ME NO SECRETS
William Morrow & Co

Pour Renée

1

Quand elle arriva sur son lieu de travail, il était là à l'attendre. Ou du moins c'est ce qu'il sembla à Jess, qui le repéra immédiatement, immobile au coin de California Avenue et de Twenty-Fifth Street. Au moment où elle quittait le parking, se hâtant vers l'Administration Building situé de l'autre côté de la rue, elle sentit qu'il l'observait de ses yeux sombres, plus froids que le vent de cette fin d'octobre qui ébouriffait ses cheveux blonds, tandis qu'il serrait les poings hors des poches de son vieux blouson de cuir. Est-ce qu'elle le connaissait ?

Quand elle se rapprocha, il bougea légèrement et elle vit sur sa bouche une sorte de demi-sourire inquiétant qui tordait un côté de ses lèvres charnues, comme s'il savait quelque chose qu'elle ignorait. C'était un sourire dépourvu de toute chaleur, le sourire de quelqu'un qui, gamin, avait dû prendre plaisir à arracher les ailes des papillons, pensa-t-elle dans un frisson, sans répondre au hochement de tête presque imperceptible qu'il lui adressa lorsque leurs regards se croisèrent. Un sourire plein de mystères, réalisa-t-elle, en se détournant brusquement pour monter vivement l'escalier, soudain prise de peur.

Jess sentit que l'homme se déplaçait derrière elle, et elle n'eut pas besoin de se retourner pour savoir qu'il grimpait sur ses talons, d'un pas assuré dont les vibrations lui traversaient tout le corps. Elle arriva en haut des marches et poussa la lourde porte à tambour ; l'étranger s'arrêta au sommet de l'escalier, son visage apparaissant et réapparaissant à chaque rotation de la porte, avec toujours ce sourire sournois sur les lèvres.

Je suis la Mort, murmurait le sourire. *Je suis venu te chercher.*

Jess entendit une sorte de halètement s'échapper de ses propres lèvres et se rendit compte, d'après les pas traînants qu'elle devina derrière elle sur le sol en marbre, qu'elle avait attiré l'attention d'un des agents de sécurité. Elle se retourna, regarda l'agent s'approcher prudemment, la main à portée de l'étui de son revolver.

— Il y a quelque chose qui ne va pas ? questionna-t-il.

— J'espère que non, répondit Jess. Il y a un homme là, dehors, qui...

Qui quoi ? s'interrogea-t-elle, fixant intensément les yeux fatigués du garde. Qui veut entrer ici parce qu'il fait froid dehors ? Qui a un sourire qui donne la chair de poule ? Est-ce que c'était devenu un crime dans le comté de Cook ? Le garde tourna la tête vers la porte ; Jess suivit lentement son regard. Il n'y avait personne.

— Je crois que j'ai des visions, dit Jess pour s'excuser, se demandant si c'était vrai, soulagée de voir que l'homme, quel qu'il fût, était parti.

— Eh bien, c'est de saison, dit le garde, vérifiant l'identité de Jess bien qu'il sût parfaitement qui elle était, et la faisant passer à travers le détecteur de métaux comme il avait l'habitude de le faire tous les matins depuis quatre ans.

Jess aimait la routine. Chaque jour, elle se levait à sept heures moins le quart, prenait une douche rapide et enfilait les vêtements qu'elle avait soigneusement préparés la veille au soir, puis avalait un morceau de tarte surgelée sortant directement du congélateur, pour s'asseoir derrière son bureau moins d'une heure après, avec son agenda ouvert devant elle sur le programme de la journée, à côté de ses dossiers tout prêts. Si elle se trouvait dans la phase d'instruction d'une affaire, il y avait des détails à étudier avec ses assistants, des stratégies à mettre en place, des questions à formuler, des réponses à définir : une bonne avocate ne posait jamais de question dont elle ne connaisse déjà la réponse. S'il s'agissait de la phase de préparation d'un procès, il y avait des informations à rassembler, des pistes à explorer, des témoins à interroger, des officiers de police à voir, des réunions à tenir, des plannings à coordonner. Le tout en respectant les délais. Jess Koster n'aimait pas plus les surprises à l'extérieur de la salle d'audience qu'à l'intérieur.

Après s'être bien imprégnée du programme de la journée, elle s'installait avec une tasse de café et un beignet à la confiture pour lire le journal, en commençant par la rubrique nécrologique. Elle la consultait toujours. *Pauline Ashcroft, décédée brutalement chez elle dans sa soixante-septième année ; Ronald Barrett s'est éteint après une longue maladie à l'âge de soixante-dix-neuf ans ; Matthew Black, époux et père chéri, les dons peuvent être adressés à la Fondation Américaine pour le Cœur.* Jess ne savait plus très bien à quel moment elle s'était mise à lire cette rubrique tous les matins, et elle ne savait pas non plus pour quelle raison. C'était là une habitude peu ordinaire pour quelqu'un d'à peine trente ans, même pour un substitut du Bureau du procureur du comté de Cook à Chicago. « Tu as trouvé quelqu'un que tu connais ? » lui avait un jour demandé un de ses collègues. Jess avait secoué la tête négativement. Il n'y avait jamais personne qu'elle connaissait.

Cherchait-elle sa mère, comme l'avait un jour suggéré son ex-mari ? Ou bien était-ce son propre nom qu'elle s'attendait, en quelque sorte, à découvrir ?

L'étranger aux cheveux blonds indisciplinés et au sourire diabolique s'imposa brutalement à sa mémoire. *Je suis la Mort,* ricanait-il, sa voix rebondissant sur les murs dénudés du bureau. *Je suis venu te chercher.*

Jess reposa le journal et parcourut la pièce des yeux. Trois tables en noyer plus ou moins éraflé étaient disposées le long des murs d'un blanc terne. Il n'y avait aucun tableau, ni paysages, ni portraits, rien qu'un vieux poster de Bye Bye Birdie scotché n'importe comment sur le mur en face de son bureau. Des livres de droit occupaient des étagères métalliques strictement utilitaires. On aurait pu ôter et déménager tout cela en quelques minutes. Ce qui était souvent le cas, les substituts du procureur étant régulièrement mutés. Il n'était jamais bon de pouvoir prendre ses aises.

Jess partageait la pièce avec Neil Strayhorn et Barbara Cohen, ses deuxième et troisième substituts, qui allaient arriver d'ici une demi-heure. En tant que premier substitut, c'était à Jess de prendre les décisions importantes concernant le fonctionnement de son bureau. Il y avait sept cent cinquante substituts du procureur pour le comté de Cook, dont deux cents rien que dans ce bâtiment. Vers huit heures et demie, les onzième et douzième étages de l'Administration Building seraient aussi bruyants que le stade de Wrigley Field, c'est du moins ce qu'il semblait à Jess qui avait l'habitude de savourer ces quelques instants de paix et de tranquillité avant que tout le monde arrive.

Aujourd'hui, c'était différent. Le jeune homme l'avait déconcertée, lui avait fait perdre son rythme habituel. Qu'y avait-il donc de si familier en lui ? En vérité, elle n'avait pas bien vu son visage, n'ayant aperçu que son sourire inquiétant, et elle aurait sûrement été incapable de le décrire pour l'établissement d'un portrait-robot ou de le reconnaître au cours d'une séance d'identification de suspects. Il ne lui avait même pas adressé la parole. Alors pourquoi être obsédée par cet homme ?

Jess reprit sa lecture des avis de décès.

— Tu es bien matinale.

La voix masculine lui parvint de la porte ouverte.

— Je suis toujours là assez tôt, répondit Jess sans lever les yeux.

C'était inutile. Si la forte odeur d'eau de toilette Aramis n'avait pas suffi à trahir Greg Oliver, son ton de fanfaronnade l'aurait fait. Tout le monde racontait dans les bureaux que la liste de ses succès d'alcôve était plus longue que celle de ses succès au tribunal. C'est la raison pour laquelle Jess s'était toujours appliquée à maintenir sur un plan strictement professionnel ses conversations avec ce substitut de quarante ans, du bureau voisin. Son divorce d'avec un avocat lui avait appris qu'elle ne voulait, pour rien au monde, s'engager dans une liaison avec un autre juriste.

— Je peux faire quelque chose pour toi, Greg ?

Greg Oliver fut devant le bureau de Jess en trois enjambées.

— Dis-moi ce que tu es en train de lire. — Il se pencha en avant pour jeter un coup d'œil par-dessus son épaule. — Les nécros ? Seigneur, qu'est-ce qu'on ne ferait pas pour voir son nom imprimé.

Jess ne put s'empêcher de pouffer de rire.

— Greg, je suis vraiment occupée...

— C'est ce que je vois.

— Non, c'est vrai, lui dit Jess, observant brièvement son visage d'une beauté classique rehaussée par le brun limpide de ses yeux. Il faut que je sois au tribunal à neuf heures et demie.

Il consulta sa montre. Une Rolex. En or. Jess avait entendu dire qu'il venait de faire un mariage d'argent.

— Tu as largement le temps.

— Le temps qu'il me faut pour mettre mes idées en ordre.

— Je suis sûr qu'elles le sont déjà, dit-il, se redressant pour mieux s'appuyer sur le bureau, tout en étudiant ouvertement son propre reflet dans la vitre de la fenêtre située derrière elle, et il effleura une pile de papiers soigneusement rangés.

— Je parie que ton esprit est aussi bien ordonné que ton bureau.

Il éclata de rire. Le mouvement redressant un coin de sa bouche rappela aussitôt à Jess l'étranger au sourire menaçant.

— Regarde-toi, dit Greg, interprétant sa réaction de façon erronée. Tu es complètement crispée parce que j'ai par mégarde dérangé deux de tes papiers. — Il les remit en place ostensiblement, puis chassa une poussière imaginaire de la surface usée de son bureau. — Tu n'aimes pas qu'on touche à tes affaires, non ?

Il caressait des doigts le plateau de bois, traçant des petits cercles de plus en plus suggestifs. L'effet en était presque hypnotique. Un charmeur de serpents, se dit Jess en se demandant s'il était le charmeur ou le serpent.

Elle sourit, étonnée de la façon dont son esprit fonctionnait ce matin, et se leva pour se diriger ostensiblement vers la bibliothèque, bien qu'à vrai dire elle n'eût aucun but précis.

— Je crois que tu ferais mieux de partir pour que je puisse travailler un peu. Je dois faire ma plaidoirie finale dans l'affaire Erica Barnowski et...

— Erica Barnowski ? — Son regard laissa entrevoir le cheminement de sa pensée. — Ah oui, la fille qui dit qu'elle a été violée...

— La *femme* qui *a été* violée, rectifia Jess.

Le rire de Greg Oliver envahit l'espace qui les séparait.

— Bon Dieu, Jess, elle n'avait pas de culotte ! Tu crois qu'un jury va déclarer coupable de viol un type qui a violé une femme qu'il a rencontrée dans un bar et qui ne portait pas de culotte ? — Il leva les yeux au ciel puis regarda Jess, tout en remettant machinalement en ordre les quelques cheveux qu'il avait dérangés. — Je ne sais pas, mais le fait qu'elle ne porte pas de culotte pour aller dans un bar de drague m'a tout l'air d'un consentement tacite.

— Et un couteau sur la gorge, c'est comme ça que tu vois des préliminaires érotiques ?

Jess secoua la tête avec plus de tristesse que de dégoût. Greg Oliver était bien connu pour la justesse de ses évaluations. Si elle ne parvenait pas à persuader ses collègues substituts que l'accusé était coupable, comment pouvait-elle espérer convaincre des jurés ?

— Je ne vois aucune marque de culotte sous cette jupe courte, dit Greg Oliver. Dites-moi, maître, portez-vous une culotte ?

Jess porta les mains sur sa jupe de lainage gris qui s'arrêtait aux genoux.

— Ça suffit, Greg, dit-elle simplement.

L'espièglerie de la voix de Greg gagna son regard.

— Je me demande bien ce qu'il faudrait faire pour réussir à se glisser dans cette culotte.

— Désolée, Greg, lui répondit Jess d'un ton égal mais je crains qu'il n'y ait de place que pour un seul trou du cul dans cette culotte.

Le brun clair des yeux de Greg Oliver se durcit pour fondre aussitôt tandis que le timbre de son rire emplissait de nouveau la pièce.

— C'est ça que j'aime chez toi, Jess. Tu es si foutrement bagarreuse. Tu peux te battre contre n'importe qui.

Il se dirigea vers la porte.

— Je vais te dire : s'il y a quelqu'un capable de gagner ce procès, c'est bien toi.

— Merci, lança Jess tandis que la porte se refermait.

Elle alla vers la fenêtre et contempla la rue d'un regard vague, onze étages plus bas. De grands panneaux lui sautèrent aux yeux : Abogado, proclamaient-ils. « Avocat », en espagnol, suivi d'un nom. Un nom différent pour chaque panneau. Ouvert vingt-quatre heures sur vingt-quatre.

Il n'y avait pas d'autres grands buildings alentour. Si l'Administration Building se dressait avec ses quatorze étages, le tribunal adjacent n'en avait que sept. Derrière, se tenait la prison centrale du comté de Cook, où les inculpés de meurtres et autres présumés criminels qui ne pouvaient être mis en liberté provisoire ni verser de caution étaient détenus en attendant que leur affaire passe en jugement. Jess considérait souvent ce quartier comme un lieu sombre et funeste, fait pour des gens sombres et funestes.

Je suis la Mort, entendit-elle les rues murmurer. *Je suis venu te chercher*.

Elle secoua la tête et regarda le ciel, mais lui aussi n'était que grisaille, lourd de la menace d'une tempête de neige. De la neige en octobre, pensa Jess, incapable de se souvenir de la dernière fois où il avait neigé avant Halloween. Malgré les prévisions météorologiques, elle n'avait pas mis ses bottes. Celles-ci prenaient l'eau et avaient des auréoles de sel au bout des pieds, comme des lignes indiquant l'âge d'un arbre. Peut-être irait-elle s'en acheter une nouvelle paire, un peu plus tard.

Le téléphone sonna. Il n'était que huit heures. Elle décrocha.

— Jess Koster, dit-elle simplement.

— Jess Koster, c'est Maureen Peppler, dit la voix, avec un gloussement de petite fille. Je te dérange ?

— Jamais, répondit Jess à sa sœur aînée, imaginant le sourire de la femme et la chaleur de ses yeux verts. Je suis contente que tu m'appelles.

Jess avait toujours comparé Maureen à l'un de ces délicats dessins de Degas représentant des danseuses, aux contours pleins de douceur et de flou. Même sa voix était douce. Les gens disaient souvent que les sœurs se ressemblaient. Mais, alors que les deux femmes avaient sensiblement la même forme de visage, étaient toutes deux grandes et minces, il n'y avait rien de flou dans les contours de Jess. Ses cheveux bruns, mi-longs, étaient plus foncés que ceux de Maureen, ses yeux d'un ton de vert un peu plus déroutant, sa silhouette moins souple et plus anguleuse. C'était comme si l'artiste avait fait deux fois la même esquisse, l'une au pastel et l'autre à l'huile.

— Quoi de neuf ? questionna Jess. Comment vont Tyler et les jumelles ?

— Les jumelles sont superbes. Tyler n'est pas encore très emballé. Il veut toujours savoir quand on les renverra. Tu ne me demandes pas des nouvelles de Barry ?

Jess sentit sa mâchoire se contracter. Le mari de Maureen, Barry, était un brillant comptable, et on pouvait lire sur les plaques d'immatriculation personnalisées de sa Jaguar dernier modèle : BIEN MÉRITÉE. Elle n'avait pas besoin d'en apprendre plus.

— Comment va-t-il ? s'enquit-elle quand même.

— Bien. Les affaires marchent très bien malgré la conjoncture économique. Ou peut-être grâce à elle. De toute façon, il est très heureux. On aimerait que tu viennes dîner demain soir, et s'il te plaît, ne me dis pas que tu es déjà prise.

Jess fut sur le point de rire. Quand avait-elle eu un rendez-vous pour la dernière fois ? Quand était-elle sortie un soir sans que cela ait plus ou moins rapport avec son travail ?

— Non, je n'ai pas d'engagement, répliqua-t-elle.

— Bon, alors tu viens. Je ne te vois pas assez ces temps-ci. Je crois que je te voyais plus quand je travaillais.

— Alors, reprends ton travail.

— Jamais de la vie. En tout cas, demain à six heures. Papa sera là.

Jess sourit au téléphone.

— A demain.

Elle raccrocha en entendant un lointain cri de bébé. Elle s'imagina Maureen se précipitant, se penchant en roucoulant sur les berceaux de ses jumelles âgées de six mois, changeant leurs couches, répondant à leurs besoins tout en veillant à ce que le petit garçon de trois ans qui était dans ses jambes reçoive toute l'attention requise. On était loin des salles vénérables de la Harvard Business School où Maureen avait passé son M.B.A. Jess haussa les épaules. On fait tous des choix. Sa sœur avait manifestement fait les siens.

Elle retourna s'asseoir à son bureau, s'efforçant de se concentrer sur la matinée qui s'annonçait, priant de parvenir à prouver que Greg Oliver s'était trompé. Elle savait qu'il était quasiment impossible d'obtenir une condamnation dans cette affaire. Son collègue et elle devraient se montrer particulièrement persuasifs.

Le ministère public envoyait toujours deux représentants dans les procès d'assises. Son deuxième substitut, Strayhorn, devait se charger de la première partie de la controverse finale, reprenant, pour les jurés, l'énoncé brut et désagréable des faits concernant cette affaire. Les observations finales de l'avocat de la défense devaient suivre. Ensuite Jess entreprendrait la réfutation, position qui laissait une large place aux arguments d'indignation morale. « Chaque jour aux États-Unis, 1 871 femmes sont victimes d'un viol, commença-t-elle, répétant son discours dans son bureau. Ce qui signifie 1,3 viol de femmes adultes par minute, soit un total effrayant de 683 000 viols chaque année. » Elle respira profondément, remuant les phrases dans sa tête comme des feuilles de laitue dans une trop grosse salade. Elle était encore en train de les remuer quand Barbara Cohen arriva, une vingtaine de minutes plus tard.

— Comment ça va ?

Mesurant un mètre quatre-vingts, avec des cheveux roux flamboyants qui ondulaient le long de son dos, Barbara Cohen avait souvent l'air d'être la version anthropomorphique d'une carotte. Elle avait presque une tête de plus que Jess, et ses jambes longues et minces donnaient l'impression qu'elle était montée sur des échasses. Même si Jess ne se sentait pas d'aplomb, le simple fait de regarder la jeune femme qui était son troisième substitut la faisait toujours sourire.

— On s'accroche — Jess consulta sa montre ; à la différence de celle de Greg Oliver, il s'agissait d'une simple Timex avec un banal bracelet de cuir noir. — Écoute, j'aimerais que Neil et toi vous vous chargiez de l'affaire de drogue Alvarez, quand elle passera en jugement.

L'expression de Barbara Cohen refléta un mélange d'excitation et d'appréhension.

— Je croyais que tu voulais prendre ce dossier.

— Je ne peux pas. Je suis débordée. De plus, vous êtes tout à fait capables de vous en charger. Je serai là si vous avez besoin d'aide.

Barbara Cohen ne parvint pas à réprimer le sourire qui s'élargissait sur son visage.

— Tu veux un café ? proposa-t-elle.

— Si je bois encore du café, je serai obligée de demander à m'éclipser de la salle d'audience toutes les cinq minutes pour aller faire pipi. Tu crois que ça me gagnerait la sympathie des jurés ?

— Je n'y compterais pas trop.

— Comment est-ce possible qu'elle n'ait pas mis de culotte, nom de Dieu, marmonna Jess. On pourrait penser au moins qu'elle se serait souciée de ses pertes intimes.

— Tu as vraiment l'esprit pratique, déclara Barbara, et elle éclata de rire.

Neil Strayhorn arriva quelques minutes plus tard, annonçant qu'il avait attrapé un rhume et s'installa directement à son bureau. Jess pouvait voir ses lèvres bouger, tandis qu'il prononçait en silence les mots de son intervention finale. Partout autour d'elle, les bureaux des substituts du procureur du comté de Cook étaient en train de s'animer comme une fleur s'épanouissant au soleil.

Jess enregistrait chaque nouvelle arrivée, le bruit des chaises que l'on tirait, que l'on repoussait, des ordinateurs que l'on mettait en route, des fax qui distribuaient leurs messages, des téléphones qui sonnaient. Elle nota inconsciemment l'arrivée de chacune des quatre secrétaires qui travaillaient pour les dix-huit substituts de l'étage, distingua le pas lourd de Tom Olinsky, son supérieur, tandis qu'il se dirigeait vers son bureau à l'autre bout du long couloir.

« Chaque jour aux États-Unis, 1 871 femmes sont victimes d'un viol », reprit-elle, s'efforçant de se concentrer à nouveau.

Une des secrétaires, une Noire à qui l'on aurait pu donner aussi bien vingt ans que quarante, passa la tête par la porte, ses longues boucles d'oreilles rouges lui tombant presque sur les épaules.

— Connie DeVuono est là, annonça-t-elle avant de reculer d'un pas, comme si elle s'attendait presque à ce que Jess lui jette quelque chose à la figure.

— Qu'est-ce que vous voulez dire par : elle est là ?

— Je veux dire qu'elle est de l'autre côté de la porte. Apparemment elle ne s'est pas arrêtée à la réception. Elle dit qu'il faut qu'elle vous parle.

Jess parcourut son carnet de rendez-vous.

— Nous n'avons rendez-vous qu'à quatre heures. Vous lui avez précisé que je devais être au tribunal dans quelques minutes ?

— Oui. Elle dit qu'il faut qu'elle vous voie maintenant. Elle n'a pas l'air bien.

— Ça ne m'étonne pas, constata Jess, en se représentant la veuve entre deux âges sauvagement battue et violée par un homme qui l'avait ensuite menacée de la tuer si elle témoignait contre lui, événement qui devait avoir lieu dans dix jours. Emmenez-la dans la salle de conférences, vous voulez bien, Sally ? J'arrive tout de suite.

— Tu veux que j'aille lui parler ? proposa Barbara Cohen.

— Non, je m'en charge.

— Tu crois que ça peut être embêtant ? s'inquiéta Neil Strayhorn, tandis que Jess quittait la pièce.

La salle de conférences était petite, sans fenêtre, occupée presque entièrement par une vieille table en noyer et huit chaises dépareillées. Les murs étaient du même blanc terne que les autres bureaux, et il y avait au sol un tapis beige très usagé.

Connie DeVuono se tenait à l'entrée. Elle semblait avoir rétréci depuis la dernière fois que Jess l'avait vue, et son manteau noir sur ses épaules avait l'air d'être accroché sur un cintre. Son teint était si blanc qu'il prenait des aspects verdâtres ; les poches sous ses yeux témoignaient tristement du fait qu'elle n'avait probablement pas dormi depuis des semaines. Seuls ses yeux noirs dégageaient une énergie vibrante de colère, évoquant la femme très belle que Connie DeVuono avait dû être un jour.

— Je suis désolée de vous déranger, commença-t-elle.

— C'est que nous n'avons pas beaucoup de temps, dit doucement Jess, craignant, si elle parlait plus fort, que la femme ne se brise en mille morceaux comme du verre. Je dois être au tribunal dans une demi-heure.

Jess approcha une chaise de Connie. Celle-ci n'avait pas besoin d'encouragement. Elle s'y écroula comme un accordéon.

— Ça va ? Vous voulez du café ? De l'eau ? Laissez-moi prendre votre manteau.

Connie DeVuono repoussa chaque proposition d'un geste de la main. Jess remarqua qu'elle avait rongé ses ongles jusqu'au sang et qu'elle s'était sauvagement arraché les petites peaux.

— Je ne peux pas témoigner, dit-elle en détournant les yeux et d'une voix si faible qu'elle était presque inaudible.

Les mots sonnèrent pourtant aussi fort qu'un cri.

— Quoi ? demanda Jess, bien qu'elle eût parfaitement entendu.

— Je dis que je ne peux pas témoigner.

Jess se laissa tomber sur une autre chaise et se pencha vers Connie DeVuono jusqu'à ce que leurs genoux se touchent. Elle prit les mains de la femme dans les siennes. Elles étaient glacées.

— Connie, commença-t-elle lentement, tout en essayant de les réchauffer, c'est sur vous seule que repose tout le dossier. Si vous ne témoignez pas, l'homme qui vous a attaquée sera remis en liberté.

— Je sais. Je suis désolée.

— Vous êtes désolée ?

— Je ne peux pas aller jusqu'au bout. Je ne peux pas. Je ne peux pas.

Elle se mit à pleurer. Jess sortit rapidement un mouchoir en papier de la poche de sa veste grise et le tendit à Connie, qui l'ignora. Ses pleurs s'amplifièrent. Jess pensa à sa sœur : comme il lui était facile de consoler ses bébés quand ils pleuraient ! Elle-même ne possédait pas ce genre de talent. Elle ne pouvait que rester là à regarder, impuissante.

— Je sais bien que je vous déçois, continua Connie DeVuono, les épaules secouées de tremblements. Je sais bien que je déçois tout le monde...

— Ne vous tracassez pas pour nous, lui dit Jess. Pensez à vous. Pensez à ce que ce monstre vous a fait.

Les yeux chargés de colère de la femme fixèrent intensément ceux de Jess.

— Vous croyez que je peux l'oublier ?

— Alors il faut vous assurer qu'il ne sera pas en mesure de recommencer.

— Je ne peux pas témoigner. Je ne peux vraiment pas. Non, non.

— Bon, bon, d'accord, calmez-vous. C'est d'accord. Essayez d'arrêter de pleurer.

Jess se recula sur sa chaise et tenta de se glisser dans l'esprit de Connie. Quelque chose s'était manifestement produit depuis la dernière fois qu'elle lui avait parlé. Lors de toutes leurs précédentes entrevues, Connie, quoique terrorisée, s'était montrée décidée à témoigner. Fille d'immigrants italiens, elle avait grandi dans une famille qui croyait fermement à la justice américaine. Jess, qui avait pourtant déjà passé quatre ans au Bureau du procureur, avait été très impressionnée par cette conviction probablement plus forte que la sienne.

— Il s'est passé quelque chose ? demanda-t-elle, en remarquant que les épaules de Connie cessaient peu à peu de trembler.

— Je dois penser à mon fils, dit Connie avec force. Il n'a que huit ans. Son père est mort d'un cancer il y a deux ans. S'il m'arrive quelque chose, il n'a plus personne.

— Il ne va rien vous arriver.

— Ma mère est trop âgée pour s'occuper de lui. Elle parle très mal l'anglais. Que deviendra Steffan si je meurs ? Qui prendra soin de lui ? Vous ?

Jess comprit que la question n'était que pure rhétorique, mais elle y répondit quand même.

— Je crains de ne pas être très douée avec les hommes, dit-elle doucement, dans l'espoir d'arracher un sourire, observant Connie DeVuono faire des efforts pour y parvenir. Mais, Connie, rien ne peut vous atteindre une fois que nous aurons mis Rick Ferguson derrière les barreaux.

Le seul fait de mentionner le nom de l'homme déclencha chez Connie des tremblements de tout son corps.

— C'était déjà suffisamment dur pour Steffan de perdre son père si jeune. Que pourrait-il lui arriver de pire que de perdre aussi sa mère ?

Jess sentit aussitôt les larmes lui monter aux yeux. Elle acquiesça. Rien ne pourrait être pire.

— Connie, commença-t-elle, surprise par le tremblement de sa voix, croyez-moi, je comprends ce que vous dites, je comprends par quelles épreuves vous êtes en train de passer. Mais qu'est-ce qui vous fait croire que vous serez en sécurité si vous ne témoignez pas ? Rick Ferguson s'est introduit par effraction dans votre appartement et vous a violée. Il vous a battue si violemment que vous n'avez quasiment pas pu ouvrir les yeux pendant un mois. Il ne savait pas que votre fils n'était pas à la maison. Il s'en fichait. Qu'est-ce qui vous fait croire qu'il ne va pas essayer à nouveau ? Surtout une fois qu'il saura qu'il peut s'en tirer à bon compte parce que vous avez trop peur pour l'en empêcher. Qu'est-ce qui vous fait croire que la prochaine fois il ne s'en prendra pas aussi à votre fils ?

— Pas si je refuse de témoigner.

— Vous n'en savez rien.

— Tout ce que je sais, c'est qu'il ne me laissera pas aller témoigner vivante contre lui.

— Il a fait cette menace il y a plusieurs mois et ça ne vous a pas arrêtée. — Il y eut un instant de silence. — Que s'est-il passé, Connie ? De quoi avez-vous peur ? Vous a-t-il contactée ? Parce que si c'est le cas, on peut faire annuler sa mise en liberté sous caution...

— Vous ne pouvez rien faire.

— Il y a des tas de choses qu'on peut faire.

Connie DeVuono mit la main dans son sac de cuir noir et en sortit une petite boîte blanche.

— Qu'est-ce que c'est que ça ?

Elle tendit la boîte à Jess, sans un mot. Jess l'ouvrit, écarta avec précaution plusieurs couches de mouchoirs en papier, et palpa sous ses doigts quelque chose de petit et de dur.

— J'ai trouvé cette boîte devant ma porte ce matin, dit Connie, regardant Jess soulever le dernier papier.

Jess sentit venir une nausée. La tortue étendue sans vie dans ses mains n'avait plus de tête et il lui manquait deux pattes.

— C'était à Steffan, dit Connie d'une voix neutre.

Il y a quelques jours, quand on est rentrés à la maison un soir, elle n'était plus dans son aquarium. On n'a pas compris comment elle avait pu en sortir. On l'a cherchée partout.

Jess comprit aussitôt la terreur de Connie. Trois mois auparavant, Rick Ferguson était entré chez elle par effraction, l'avait violée, sodomisée, frappée, puis menacé de la tuer. Il lui montrait à présent à quel point il lui serait facile de mettre ses menaces à exécution. Il avait de nouveau pénétré dans son appartement, sans plus d'effort que si on lui en avait donné la clé. Il avait tué et mutilé l'animal familier de l'enfant. Personne ne l'avait vu. Personne ne l'en avait empêché.

Jess renveloppa la tortue dans son linceul de mouchoirs en papier et la remit dans son cercueil de carton.

— Je ne crois pas que ça puisse servir à grand-chose, mais j'aimerais montrer ça au laboratoire.

Elle se dirigea vers la porte et appela Sally.

— Vous voulez bien porter ça au laboratoire de ma part ?

Sally prit la boîte des mains de Jess aussi précautionneusement que s'il s'agissait d'un serpent venimeux. Connie se mit brusquement debout.

— Vous savez aussi bien que moi que vous ne pourrez jamais établir de lien entre ça et Rick Ferguson. Il s'en tirera à bon compte. Il se tirera de tout.

— Seulement si vous le laissez.

— Je n'ai pas le choix, non ?

— Si, vous avez le choix, lui dit Jess, sachant qu'elle n'avait que quelques minutes pour la faire changer d'avis. Vous pouvez refuser de témoigner et faire en sorte que Rick Ferguson s'en sorte indemne, qu'il n'ait jamais à répondre de ce qu'il vous a fait, de ce qu'il continue à vous faire — elle s'interrompit, laissant à ses paroles le temps d'être enregistrées. Ou bien vous pouvez le poursuivre en justice et faire en sorte que ce bâtard ait ce qu'il mérite, qu'il soit mis derrière les barreaux, là où il ne pourra faire de mal ni à vous, ni à personne, pendant longtemps — elle attendit, remarquant que les yeux de Connie vacillaient d'indécision. Regardez les choses en face, Connie. Si vous ne témoignez pas contre Rick Ferguson, vous n'êtes d'aucune aide pour personne, surtout pas pour vous. Tout ce que vous faites, c'est de lui permettre de recommencer.

Les paroles restèrent suspendues dans l'espace entre elles, comme du linge que quelqu'un aurait oublié de décrocher. Jess retint son souffle, sentant que Connie n'était pas loin de capituler, craignant de faire quelque chose qui fasse pencher la balance de l'autre côté. Elle avait déjà un autre discours tout prêt sur le bout de la langue, qui disait : il y a un moyen facile d'y arriver, et un moyen désagréable. Le moyen facile est que vous acceptiez de témoigner comme prévu. Le moyen désagréable est que je vous oblige à témoigner. Je peux demander au juge de vous citer à comparaître et d'établir un mandat d'amener contre vous, de vous obliger à vous présenter devant le tribunal. Et si vous refusez toujours de témoigner, le juge peut, et il le fera, vous envoyer en prison pour outrage à la Cour. Est-ce que ça ne serait pas tragique : vous en prison et non l'homme qui vous a attaquée ?

Jess attendait, prête à utiliser ces mots s'il le fallait, priant en silence que ça ne soit pas nécessaire.

— Allons, Connie, dit-elle, lui laissant une dernière chance. Vous vous êtes battue par le passé. Après la mort de votre mari, vous n'avez pas baissé les bras, vous avez suivi des cours du soir, vous avez trouvé du travail pour élever votre fils. Vous êtes une battante, Connie. Vous avez toujours été une battante. Ne laissez pas Rick Ferguson vous enlever ça. Défendez-vous, Connie. Défendez-vous.

Connie ne dit rien mais son dos se redressa légèrement, ainsi que ses épaules. Enfin, elle hocha la tête. Jess lui prit les mains.

— Vous allez témoigner ?

La voix de Connie ne fut qu'un souffle.

— Que Dieu me vienne en aide.

— Nous allons nous entourer de toutes les précautions possibles. — Jess consulta sa montre et se leva brusquement. — Venez, je vous raccompagne.

Neil et Barbara étaient déjà partis pour le tribunal, et Jess poussa Connie le long du corridor jusqu'aux ascenseurs. De la large baie, à côté des six ascenseurs, on voyait toute la partie ouest et nord-ouest de la ville. Par beau temps, on discernait même l'aéroport O'Hare et, plus loin, le comté Du Page.

Les deux femmes se turent tandis qu'elles descendaient jusqu'au rez-de-chaussée, sachant que toutes les paroles importantes avaient déjà été prononcées. Elles sortirent de l'ascenseur, contournèrent en l'ignorant délibérément le Bureau des Témoins-Victimes, avec sa grande affiche proclamant NOUS NE VOUS OUBLIONS PAS... EN SOUVENIR AFFECTUEUX DE... et se dirigèrent vers le hall vitré reliant l'Administration Building au tribunal.

— Où êtes-vous garée ? demanda Jess, s'apprêtant à accompagner Connie.

— J'ai pris le bus, commença Connie DeVuono, et elle s'interrompit brusquement, portant la main à sa bouche. Oh, mon Dieu !

— Quoi ? Qu'est-ce qu'il y a ?

Jess suivit le regard terrifié de la femme. L'homme se tenait à l'autre bout du corridor, appuyé contre la paroi vitrée, sa maigre silhouette lourde de menaces, ses traits carrés partiellement dissimulés par l'épaisse masse de cheveux blonds, longs et indisciplinés qui tombaient sur le col de sa veste de cuir. Tandis qu'il pivotait lentement pour leur faire face, Jess vit le coin de ses lèvres se tordre dans le même sourire inquiétant que celui qui l'avait accueillie quand elle était arrivée ce matin-là.

Je suis la Mort, disait le sourire.

Jess frissonna, puis fit comme si c'était à cause

d'un courant d'air froid qui s'était glissé dans le hall par les portes à tambour.

Rick Ferguson, réalisa-t-elle.

— Je veux que vous preniez un taxi, dit-elle à Connie tandis qu'elle en apercevait un qui s'arrêtait pour décharger quelqu'un, et elle la guida à travers les portes à tambour jusque sur California Avenue, lui fourrant dix dollars dans la main. — Je m'occupe de Rick Ferguson.

Connie ne dit rien. C'était comme si elle avait dépensé toute son énergie dans le bureau de Jess et qu'elle n'eût plus la force de discuter. Serrant le billet de dix dollars dans sa main, elle laissa Jess l'installer dans le taxi et ne prit même pas la peine de regarder derrière elle tandis que la voiture démarrait. Jess resta un moment sur le trottoir, s'efforçant de calmer les lourds battements de son cœur, puis elle fit demi-tour et repassa au travers des portes à tambour.

Il n'avait pas bougé.

Elle se dirigea vers lui à grands pas, les talons de ses escarpins noirs claquant sur le sol de granit, tout en observant ses traits qui devenaient de plus en plus nets à chaque pas. La vague menace qui se dégageait de lui — homme de race blanche, entre vingt et vingt-cinq ans, un mètre quatre-vingts, quatre-vingts kilos, cheveux blonds, yeux bruns — devenait plus concrète, plus personnalisée — épaules légèrement voûtées, cheveux en désordre tirés en une espèce de queue de cheval, yeux aux paupières tombantes comme ceux d'un cobra, nez ayant dû être cassé à plusieurs reprises et jamais bien remis, et toujours ce même sourire déconcertant.

— Je vous conseille de ne pas vous approcher de ma cliente, déclara Jess en arrivant près de lui et sans lui donner la moindre chance de l'interrompre. Si vous vous montrez encore à moins de cinquante mètres d'elle, même par hasard, si vous essayez de lui parler ou de la contacter de quelque façon que ce soit, si vous laissez encore d'ignobles petits cadeaux devant sa porte, je serai obligée de faire annuler votre mise en liberté sous caution et de vous faire coffrer. Suis-je assez claire ?

— Vous savez, dit-il d'un ton très mesuré comme s'il se trouvait dans une conversation totalement différente, c'est pas une très bonne idée de me prendre à rebrousse-poil.

Jess faillit éclater de rire.

— Qu'est-ce que vous voulez dire par là ?

Rick Ferguson fit passer le poids de son corps d'un pied sur l'autre, puis haussa les épaules, réussissant à avoir presque l'air de s'ennuyer. Il regarda autour de lui, se gratta le dessus du nez.

— C'est que les gens qui m'embêtent ont une certaine façon de... disparaître.

Jess ne put s'empêcher de reculer d'un pas. Un frisson glacé s'insinua de sa poitrine jusqu'à son ventre. Elle dut réprimer une soudaine envie de vomir. Quand elle parla, sa voix était caverneuse.

— C'est une menace ?

Rick Ferguson se dégagea du mur. Son sourire s'élargit. *Je suis la Mort,* disait ce sourire. *Je suis venu te chercher.*

Puis il s'éloigna sans un regard en arrière.

2

— Chaque jour aux États-Unis, 1 871 femmes sont victimes d'un viol, commença Jess, scrutant les sept hommes et les sept femmes qui occupaient les deux rangs réservés aux douze jurés et à leurs deux suppléants, siégeant dans la salle d'audience 706 du palais de justice, situé 2600 California Avenue. Ce qui signifie 1,3 viol de femmes adultes par minute et un total effrayant de 683 000 viols chaque année. —

Elle fit une courte pause pour permettre aux chiffres de ses statistiques de produire leur effet. — Certaines sont attaquées dans la rue, d'autres chez elles. Certaines sont violées par le classique étranger dans une allée sombre ; d'autres, beaucoup plus nombreuses, le sont par des individus qu'elles connaissent : un ex-boy-friend furieux, un ancien ami de confiance, une vague connaissance. Peut-être, comme Erica Barnowski, dit-elle, en indiquant la plaignante d'un hochement de tête, par quelqu'un qu'elles ont rencontré dans un bar. Les femmes, aussi bien que les hommes qui les attaquent, peuvent être de n'importe quel genre, aspect ou taille, de n'importe quel milieu culturel ou religieux, de n'importe quel âge ou couleur de peau. Le viol est une voie de fait. Cela n'a rien à voir avec la passion ni même avec le désir. Il s'agit de pouvoir. Il s'agit de domination et d'humiliation. Il s'agit de contrôle. Il s'agit d'une douleur qu'on inflige. C'est un acte de rage, un acte de haine. Cela n'a rien à voir avec les relations sexuelles. Le sexe n'est utilisé que comme arme de choix.

Jess embrassa du regard la vieille salle d'audience majestueuse, avec son haut plafond et ses larges fenêtres, ses murs aux sombres lambris, ses immenses portes encadrées de marbre noir. Elle appréciait d'avoir été assignée au tribunal du juge Harris dix-huit mois auparavant plutôt qu'à l'une des nouvelles salles d'audience, plus petites, des étages inférieurs.

— La défense tentera de vous faire croire autre chose, poursuivit Jess, regardant délibérément chacun des jurés droit dans les yeux, avant de centrer peu à peu son attention sur le prévenu ; celui-ci, Douglas Phillips, de race blanche, quelconque, l'air tout à fait respectable dans son costume bleu sombre et sa cravate à motifs cachemire, fit une légère moue avant de baisser les yeux vers le sol recouvert de moquette brune. — La défense voudra vous faire croire que ce qui s'est passé entre Douglas Phillips et Erica Barnowski a été un épisode sexuel mutuellement consenti. Les avocats de la défense vous ont dit que, le soir du 13 mai 1992, Douglas Phillips avait rencontré Erica Barnowski dans un bar pour célibataires appelé le Red Rooster, et qu'il lui avait offert à boire à plusieurs reprises. Ils ont fait appel à des témoins qui ont certifié les avoir vus ensemble en train de boire et de rire, et qui ont juré qu'Erica Barnowski avait quitté le bar en compagnie de Douglas Phillips en toute liberté et de son propre gré. Erica Barnowski l'a admis elle-même lorsqu'elle est venue à la barre.

» Mais la défense voudra aussi vous faire croire que ce qui s'est passé après qu'ils eurent quitté le bar, fut un acte de folle passion entre deux adultes consentants. Douglas Phillips explique les contusions sur les bras et les jambes de la victime comme étant les conséquences malheureuses du fait d'avoir fait l'amour dans une petite voiture européenne. Il interprète la crise d'hystérie qui en résulta chez la victime, dont plusieurs personnes ont été témoins sur le parking et qui a été constatée par le Dr Robert Ives au Grant Hospital, comme étant le délire d'une femme hystérique furieuse d'avoir été “ levée puis jetée ”, selon sa délicate expression, “ comme un vieux Kleenex ”.

Jess porta alors toute son attention vers Erica Barnowski, assise à côté de Neil Strayhorn à la table du procureur, juste en face du box du jury. La femme, âgée de vingt-sept ans, très pâle, très blonde, se tenait absolument immobile sur sa chaise à haut dossier. La seule chose qui bougeait chez elle était sa lèvre inférieure, tremblant depuis le début du procès, ce qui avait parfois rendu son témoignage presque incompréhensible. Il y avait cependant peu de douceur en elle. Ses cheveux étaient trop jaunes, ses yeux trop petits, son chemisier trop bleu et trop bon marché. Rien qui puisse inspirer la pitié. Rien, Jess le savait, qui puisse faire naître la compassion dans le cœur des jurés.

— Il a un peu plus de mal à expliquer les coupures sur son cou et sur sa poitrine, poursuivit Jess. Il n'avait pas l'intention de la blesser, dit-il. C'était juste un petit couteau, après tout : à peine dix centimètres de long. Et il ne l'a sorti que lorsqu'elle a commencé à se débattre. Ça avait même l'air de l'exciter, vous a-t-il déclaré. Il croyait qu'elle aimait ça. Comment aurait-il pu savoir que ce n'était pas le cas ? imaginer qu'elle n'avait pas envie des mêmes choses que lui ? savoir ce qu'elle voulait ? Après tout, n'était-elle pas venue au Red Rooster à la recherche d'un homme ? Ne l'avait-elle pas laissé lui offrir à boire ? N'avait-elle pas ri de ses plaisanteries, ne l'avait-elle pas laissé l'embrasser ? Et n'oubliez pas, mesdames et messieurs, elle ne portait pas de culotte !

Jess respira profondément puis tourna de nouveau son regard vers les membres du jury qui, à présent, étaient suspendus à chacune de ses paroles.

— La défense a fait toute une histoire de ce qu'en se rendant au Red Rooster cette nuit-là, Erica Barnowski ne portait pas de sous-vêtements. Invitation non déguisée, voudront-ils vous faire croire. Consentement implicite. Toute femme qui va dans un bar de drague sans culotte réclame manifestement quelque chose. Le consentement précède les faits. Erica Barnowski était à la recherche de l'action, vous dira la défense, et c'est exactement ce qu'elle a obtenu. Oh, il se peut qu'elle ait obtenu un peu plus que ce qu'elle demandait, mais bon, elle aurait dû le savoir.

» Eh bien, peut-être aurait-elle dû le savoir. Peut-être que le fait d'aller dans un bar comme le Red Rooster en ayant laissé sa culotte à la maison n'était pas la chose la plus intelligente à faire. Mais ne croyez pas un instant que le manque de sens commun chez un individu élimine l'obligation d'une décence élémentaire chez l'autre. Ne croyez pas une seconde que Douglas Phillips ait été victime d'un malentendu. Ne vous fourvoyez pas en acceptant l'idée que cet homme, qui gagne sa vie en réparant des ordinateurs dernier cri, qui n'a aucune difficulté pour décoder la terminologie sophistiquée des logiciels, puisse avoir du mal à saisir la différence entre un "oui" et un "non" tout simples. Quelle part du "non" est donc si difficile à comprendre pour un homme adulte ? "Non" veut dire tout simplement "non" !

» Et Erica Barnowski a dit non haut et fort, mesdames et messieurs. Elle ne l'a pas seulement dit, elle l'a hurlé. Elle a hurlé si fort et si longtemps que Douglas Phillips a été obligé de lui mettre un couteau sur la gorge pour la faire taire.

Jess s'aperçut qu'elle était en train de diriger ses remarques vers un juré du second rang, une femme d'environ soixante ans, avec des cheveux châtains et des traits à la fois puissants et délicats. Il y avait quelque chose dans le visage de la femme qui l'intriguait. Elle l'avait déjà remarquée auparavant au cours du procès, et s'était trouvée à plusieurs reprises en train de parler exclusivement à son intention. Était-ce l'intelligence que dégageaient ses yeux gris pleins de douceur ? La façon dont elle inclinait la tête quand elle s'efforçait de comprendre un point délicat ? Était-ce simplement le fait qu'elle était mieux habillée que les autres jurés, dont la plupart étaient en jeans et en sweaters informes ? Ou simplement parce que Jess avait l'impression d'établir un contact avec elle et que, à travers elle, elle pourrait atteindre les autres ?

— A vrai dire, je ne prétends pas faire autorité en matière d'hommes, déclara Jess, — et elle entendit sa voix intérieure éclater de rire, — mais j'ai beaucoup de mal à admettre qu'un homme qui met un couteau sur la jugulaire d'une femme puisse croire en toute honnêteté que celle-ci consent à faire l'amour. — Jess marqua un temps d'arrêt, choisissant la suite de ses paroles avec grand soin. — Je vous suggérerais l'idée que, même à notre époque prétendument éclairée, une double échelle de valeurs ait envahi le comté de Cook. Au point que la défense tente de vous convaincre que le fait qu'Erica Barnowski n'ait pas mis de culotte ce soir-là est en quelque sorte plus grave que le fait que Douglas Phillips lui ait pointé un couteau sur la gorge.

Jess parcourut des yeux la double rangée de jurés.

— Douglas Phillips proclame qu'il croyait qu'Erica Barnowski était consentante pour faire l'amour avec lui, déclara-t-elle. Eh bien, n'est-il pas temps de cesser de considérer le viol du point de vue du violeur ? N'est-il pas temps de cesser d'accepter ce que pensent les hommes, et de commencer à écouter ce que disent les femmes ? Le consentement n'est pas un concept unilatéral, mesdames et messieurs. Il est à double tranchant et nécessite l'accord des deux parties. Ce qui s'est produit entre Erica Barnowski et Douglas Phillips, le soir du 13 mai, ne fut assurément pas un rapport sexuel consensuel.

» Erica Barnowski est peut-être bien coupable d'une erreur de jugement, prononça simplement Jess en forme de conclusion. Douglas Phillips est coupable de viol.

Rosemary Michaud avait cinq ans de plus que Jess mais en paraissait au moins dix de plus. Ses cheveux bruns étaient tirés en un chignon sévère et, si toutefois elle s'était maquillée, elle l'avait fait d'une façon si subtile qu'on ne remarquait rien. Jess avait toujours pensé qu'elle était le stéréotype même de la tante vieille fille, bien que cette tante vieille fille-là eût déjà été mariée trois fois et qu'elle eût, selon la rumeur, une liaison avec un cadre supérieur de la police. Pourtant, en justice comme dans la vie, l'important n'était pas la réalité fondamentale des choses, mais la façon dont elles étaient perçues. L'image, comme l'affirmaient les publicités, était tout. Et Rosemary Michaud ressemblait au genre de femme qui n'aurait jamais assuré la défense d'un homme si elle l'avait cru coupable d'un acte aussi ignoble que le viol. Avec son traditionnel tailleur bleu et son visage sans fard, Rosemary Michaud avait l'air d'exprimer l'idée même que défendre un tel homme ne pourrait que l'offenser, elle, au plus profond de son être. Douglas Phillips avait fait preuve d'intelligence en recourant à ses services.

Les raisons pour lesquelles Rosemary Michaud avait accepté Douglas Phillips comme client étaient plus difficiles à définir, même si Jess comprenait parfaitement que ce n'était pas le rôle de l'avocat de déterminer la culpabilité ou l'innocence. Le jury existait pour ça. Combien de fois n'avait-elle pas entendu dire, ne s'était-elle pas dit elle-même, que si les avocats se mettaient à se comporter comme des juges et des jurés, tout le système judiciaire s'écroulerait ? Il s'agissait là de la présomption d'innocence ; chacun avait droit à la meilleure défense possible.

Le juge Earl Harris s'éclaircit la voix, indiquant ainsi qu'il s'apprêtait à donner ses instructions au jury. Le juge Harris était un homme élégant, presque septuagénaire ; son visage à la peau noire était encadré d'un halo de cheveux gris frisés, coupés ras. Ses traits reflétaient une gentillesse naturelle, et ses yeux sombres rayonnaient d'une douceur qui soulignait son profond engagement dans la justice.

— Mesdames et messieurs les jurés, commença-t-il, réussissant en quelque sorte à donner, même à ces paroles, une certaine fraîcheur, je tiens à vous remercier de l'attention et du respect dont vous avez fait preuve, dans ce tribunal, durant ces derniers jours. Les affaires comme celle-ci ne sont jamais faciles. Les émotions sont fortes. Mais votre devoir de jurés est de laisser vos émotions à l'extérieur de la salle de délibération du jury, et de vous concentrer sur les faits.

Jess, quant à elle, se concentrait moins sur le message que sur la façon dont il était reçu, et elle reporta son attention sur les membres du jury, tous penchés en avant, dans une écoute attentive.

Quel aspect de la vérité étaient-ils le plus à même de prendre en compte ? Elle s'interrogea, sachant que les jurés étaient notoirement difficiles à deviner, et leurs verdicts presque impossibles à prédire. Quand elle avait débuté au Bureau du procureur quatre ans auparavant, elle avait été surprise de découvrir à quel point elle pouvait se tromper.

La femme juré au regard intelligent toussa dans le creux de sa main. Jess savait que les femmes jurés, dans un procès pour viol, étaient souvent plus difficiles à convaincre que leurs homologues masculins. Il s'agissait d'une sorte de dénégation, supposait-elle. Si elles arrivaient à se convaincre elles-mêmes que ce qui s'était produit était, d'une certaine manière, de la faute de la victime, alors elles pourraient être sûres de ne jamais subir elles-mêmes un tel destin. Après tout, elles au moins ne commettraient jamais l'imprudence de marcher seules après la tombée de la nuit, ou d'accepter de monter en voiture avec une vague connaissance, ou de draguer un homme dans un bar, ou de ne pas mettre de culotte. Non, elles, au moins, étaient beaucoup trop malignes pour ça. Elles avaient trop conscience des dangers. Elles ne seraient jamais violées. Elles ne se mettraient tout simplement jamais dans une situation aussi vulnérable.

La femme juré remarqua que Jess était en train de l'observer et s'agita sur son siège, l'air gêné. Elle redressa les épaules et se souleva légèrement de sa chaise avant de s'y réinstaller confortablement, les yeux rivés sur la bouche du juge. De profil, la femme avait un air plus redoutable, son nez paraissait plus pointu et la forme de son visage plus convexe. Il y avait chez elle un air familier que Jess n'avait pas tout d'abord remarqué : la façon dont elle se tapotait les lèvres avec un doigt, la façon dont elle courbait le cou en entendant certaines phrases importantes, l'oblique de son front, la finesse de ses sourcils. Elle lui rappelait quelqu'un, réalisa Jess, en aspirant une grande bouffée d'air, essayant d'arrêter les pensées qui se formaient dans son esprit et de chasser l'image qui se précisait rapidement. Non, elle ne ferait pas une chose pareille, pensa Jess en promenant son regard sur la salle d'audience, tandis qu'un fourmillement redouté gagnait ses bras et ses jambes. Elle lutta contre l'envie de fuir.

Calme-toi, se réprimanda-t-elle en silence, sentant sa respiration devenir plus courte, ses mains moites et ses aisselles humides. Pourquoi maintenant ? se dit-elle, luttant contre la panique qui s'amplifiait, s'efforçant de retrouver son état normal. Pourquoi cela se produisait-il maintenant ?

Elle se força à porter de nouveau les yeux sur la femme juré, qui se penchait en avant sur sa chaise. Comme si elle avait pris conscience du regain d'intérêt de la part de Jess, comme si elle était déterminée à ne pas se laisser intimider, la femme se tourna pour la regarder droit dans les yeux.

Jess croisa le regard de la femme et le retint un instant, puis ferma les yeux avec soulagement. Qu'est-ce qu'elle était allée penser ? se demanda-t-elle, tandis qu'elle sentait les muscles de son dos se décontracter progressivement. Qu'est-ce qui pouvait bien avoir provoqué une telle association ? La femme ne ressemblait à personne qu'elle connût, personne qu'elle ait jamais connu. Certainement pas à la femme qu'elle avait un instant cru voir en elle, se dit Jess, se sentant à la fois stupide et un peu honteuse.

Non, elle ne ressemblait pas le moins du monde à sa mère.

Jess baissa la tête et son menton disparut presque entièrement dans l'encolure de son chemisier de coton rose. Cela faisait huit ans que sa mère avait disparu. Huit ans que sa mère avait quitté la maison pour se rendre à un rendez-vous chez un médecin et qu'on ne l'avait plus jamais revue. Huit ans que la police avait abandonné les recherches et l'avait déclarée victime d'un acte criminel.

Dans les premiers jours, mois et même années qui avaient suivi la disparition de sa mère, Jess avait souvent cru apercevoir le visage de celle-ci dans la foule. Ça lui arrivait tout le temps : elle se trouvait en train de faire ses courses et sa mère était là, en train de pousser un caddie plein le long de la rangée voisine ; elle assistait à un match de base-ball et elle entendait distinctement la voix de sa mère encourager les Cubs depuis son siège à l'autre bout de Wrigley Field. Sa mère était la femme cachée derrière un journal à l'arrière du bus, la femme assise dans un taxi allant dans l'autre sens, la femme s'efforçant de rattraper son chien qui courait sur les quais.

Au fil des années, la fréquence des visions avait diminué. Et pourtant, pendant longtemps, Jess avait été en proie à des cauchemars et à des crises d'angoisse, des crises qui la frappaient n'importe quand, n'importe où, des crises si violentes qu'elles lui ôtaient toute force. Ces crises commençaient généralement par une légère sensation de picotements dans les bras et les jambes, pour s'amplifier jusqu'à la paralysie virtuelle tandis que des nausées la submergeaient. Elles se terminaient — parfois au bout de quelques minutes, parfois au bout de plusieurs heures — en la laissant sans force, écrasée, vaincue, le corps ruisselant de sueur.

Peu à peu, douloureusement, comme quelqu'un qui réapprend à marcher après une attaque, Jess avait retrouvé son équilibre, sa confiance, son amour-propre. Elle avait cessé d'espérer voir sa mère franchir à nouveau la porte d'entrée, cessé de sursauter chaque fois que le téléphone sonnait, espérant que la voix à l'autre bout du fil serait la sienne. Les cauchemars avaient cessé. Les crises d'angoisse aussi. Jess s'était promis de ne plus jamais se mettre dans un tel état de vulnérabilité et d'impuissance.

Et voilà que revenait le picotement familier dans ses bras et ses jambes.

Pourquoi maintenant ? Pourquoi aujourd'hui ?

Elle savait pourquoi.

Rick Ferguson.

Jess le laissa pousser les portes de sa mémoire, son sourire cruel l'enserrant comme une corde autour du cou. « C'est pas une très bonne idée de me prendre à rebrousse-poil, l'entendit-elle dire d'une voix tendue, en serrant les poings. Les gens qui m'embêtent ont une certaine façon de... disparaître. »

Disparaître.

Comme sa mère.

Jess essaya de se concentrer à nouveau, de reporter toute son attention sur ce que le juge Earl Harris était en train de dire. Mais Rick Ferguson ne cessait de se placer devant la table du procureur, ses yeux bruns la mettant au défi de le provoquer à agir.

Qu'y avait-il donc entre elle et les hommes aux yeux bruns ? se demanda Jess, tandis qu'une suite d'images faites d'yeux bruns envahissait son cerveau : Rick Ferguson, Greg Oliver, son père, même son ex-mari.

L'image de son ex-mari relégua aussitôt les autres dans les coins les plus reculés de son esprit. C'était bien typique de Don, pensa-t-elle, d'être aussi prédominant, aussi écrasant, même quand il n'était pas là. De onze ans son aîné, Don avait été son mentor, son amant, son protecteur, son ami. *Il ne te laissera pas d'espace pour t'épanouir,* l'avait mise en garde sa mère quand Jess lui avait fait part de son intention d'épouser l'impétueux bulldozer qui, en première année, avait été son professeur de travaux dirigés. *Laisse-toi une chance,* avait-elle supplié. *Pourquoi se presser ?* Mais, comme toute fille rebelle, plus sa mère émettait d'objections, plus Jess était déterminée, jusqu'à ce que cette opposition soit devenue le lien le plus fort entre elle et Don. Ils s'étaient mariés peu de temps après la disparition de sa mère.

Don avait immédiatement pris le commandement. Pendant les quatre années qu'ils avaient passées ensemble, c'était lui qui choisissait les endroits où ils allaient, l'appartement où ils vivaient, les meubles qu'ils achetaient, qui décidait qui ils voyaient, ce qu'ils faisaient, même ce qu'elle mangeait et les vêtements qu'elle portait.

Peut-être que ça avait été sa faute à elle. Peut-être que c'était ce qu'elle voulait, ce dont elle avait besoin, dans les années qui avaient suivi la disparition de sa mère : ne pas avoir à assumer de décisions importantes, se laisser prendre en charge et dorloter, disparaître elle-même, à l'intérieur de quelqu'un d'autre.

Au début, Jess n'avait fait aucune objection à ce que Don dirigeât sa vie. Ne savait-il pas ce qui était le mieux pour elle ? Ne prenait-il pas ses intérêts à cœur ? N'était-il pas toujours présent pour essuyer ses larmes et prendre soin d'elle lors de chaque crise d'angoisse paralysante ? Comment aurait-elle pu survivre sans lui ?

Mais peu à peu, peut-être même involontairement, Jess s'était battue pour se réaffirmer, cherchant la bagarre, portant des couleurs qu'il détestait, s'empiffrant de n'importe quoi juste avant qu'ils n'aillent dîner dans son restaurant préféré, refusant de voir ses amis à lui, posant sa candidature pour un poste au Bureau du procureur au lieu d'intégrer la société de Don, et pour finir, déménageant.

Elle vivait à présent au dernier niveau d'un immeuble de deux étages en grès brun, dans un vieux quartier, au lieu d'habiter comme avant dans un appartement de grand standing tout en baies vitrées dans une tour du centre ville, et se commandait des pizzas plutôt que des repas complets. Son meilleur ami, à part sa sœur, était un canari jaune vif qui s'appelait Fred. Et si elle n'avait plus l'esprit insouciant d'avant la disparition de sa mère, du moins n'était-elle plus l'invalide qu'elle s'était laissée devenir pendant presque tout le temps qu'avait duré son mariage avec Don.

— Vous êtes ici pour veiller à ce que justice soit rendue, était en train de conclure le juge Harris. C'est seulement en vous montrant justes et impartiaux, en refusant de vous laisser influencer par votre sympathie pour la victime ou pour l'accusé, et en jugeant l'affaire strictement sur les faits, que vous transformerez ce bâtiment sombre, froid et morne, en un véritable et éclatant temple de la justice.

Jess avait entendu le juge Harris faire ce discours de nombreuses fois et il ne manquait jamais de l'émouvoir. Elle observa son effet sur le jury. Ils sortirent de la salle d'audience comme guidés par une étoile scintillante.

Erica Barnowski ne dit rien, tandis que la salle se vidait. Ce n'est qu'après que l'accusé et son avocate eurent quitté le tribunal qu'elle se leva, mais sans se tourner vers Jess. Neil Strayhorn lui expliqua qu'on la contacterait quand le jury reparaîtrait avec son verdict, que cela pouvait prendre des heures ou même des jours, et qu'elle devait rester disponible.

— Je vous ferai signe dès que je saurai quelque chose, dit Jess en forme d'adieu, et elle regarda la jeune femme traverser vivement le hall en direction des ascenseurs. Ses yeux se portèrent inconsciemment sur les hanches rondes d'Erica Barnowski. (« Je ne vois pas la marque d'une culotte », entendit-elle répéter Greg Oliver.) D'un mouvement brusque elle rejeta la tête en arrière puis la secoua, comme si elle essayait de chasser de son esprit toutes ces pensées déplaisantes.

— Tu as fait du bon travail, dit-elle à Neil, son premier assistant. Tu as été très clair, très précis, tu as fourni aux jurés tous les éléments factuels dont ils avaient besoin pour délibérer. Maintenant, va soigner ton rhume avec un bouillon de poule. Je crois que je vais aller prendre un peu l'air.

Jess opta pour l'escalier plutôt que pour l'ascenseur,

malgré les sept étages. Elle avait besoin d'exercice. Peut-être qu'elle devrait faire une grande promenade, aller s'acheter ces bottes qui lui manquaient pour l'hiver et même s'offrir une nouvelle paire de chaussures. Ou simplement aller se chercher un hot dog chez le marchand ambulant, juste en bas, et remonter dans son bureau pour attendre le verdict et se mettre à travailler sur un nouveau dossier, se dit-elle en traversant le rez-de-chaussée au sol dallé de granit.

L'air glacé la heurta de plein fouet. Elle remonta les épaules et se hâta de descendre les marches jusqu'à la rue, observant furtivement le trottoir plein de monde pour s'assurer que Rick Ferguson n'était pas dans les parages.

— Un hot dog avec de tout, lança-t-elle avec soulagement, et elle regarda le marchand mettre d'un geste expert un énorme hot dog kascher dans un petit pain au sésame puis le garnir de ketchup, moutarde et condiments. C'est parfait, merci.

Elle lui tendit une poignée de monnaie avant d'y mordre à belles dents.

— Combien de fois t'ai-je dit que ces trucs-là étaient mortels ?

La voix masculine, pleine et enjouée, provenait de quelque part sur sa droite. Jess se tourna dans cette direction.

— C'est que du gras. Tout ce qu'il y a de plus meurtrier.

Elle eut envie de se frotter les yeux d'un geste incrédule.

— Ciel, j'étais justement en train de penser à toi.

— Des pensées agréables, j'espère, déclara Don Shaw.

Jess fixa son ex-mari comme si elle ne savait pas bien s'il était réel ou quelque chose que son esprit avait fait apparaître dans l'intention de la troubler. Il avait une présence tellement remarquable, pensa-t-elle, tandis que le reste de la rue disparaissait autour de lui dans une sorte de vague brouillard. Bien qu'il fût d'une taille moyenne, tout chez lui avait l'air énorme : ses mains, sa poitrine, sa voix, ses yeux, ses cils qui faisaient l'envie de toutes les femmes qu'il rencontrait. Que faisait-il là ? Bien que travaillant tous deux dans le même domaine, elle ne l'avait jusqu'alors jamais rencontré comme ça, par hasard. Il y avait plusieurs mois qu'elle ne lui avait pas parlé. Et à présent, il lui suffisait de penser à lui pour qu'il se trouve devant elle.

— Tu sais bien que je ne peux pas supporter de te voir manger ces saloperies, dit-il, en lui arrachant le hot dog des mains pour le jeter dans la poubelle la plus proche.

— Qu'est-ce que tu fais ?

— Allons, laisse-moi t'offrir un vrai déjeuner.

— C'est incroyable, ce que tu viens de faire ! — Jess commanda un autre hot dog au marchand. — Essaie de toucher à celui-là et tu n'as plus de main, le mit-elle en garde, ne plaisantant qu'à moitié.

— Un de ces jours tu vas t'apercevoir que tu es devenue grosse, lui dit-il sur un ton d'avertissement, avant de lui faire un large sourire communicatif.

Jess engloutit la moitié de son nouveau hot dog d'un seul coup et le trouva moins bon que le premier.

— Et alors, qu'est-ce que tu deviens ? demanda-t-elle. J'ai entendu dire que tu avais une nouvelle petite amie.

Elle se sentit aussitôt gênée et chassa quelques miettes imaginaires du revers de sa veste.

— Qui a parlé d'une petite amie ?

Ils se mirent à marcher lentement sur Twenty-Sixth Street, accordant machinalement leurs pas, comme si cette promenade impromptue avait été soigneusement chorégraphiée à l'avance.

— Des bruits courent, maître, dit-elle, surprise de s'apercevoir qu'elle était vraiment curieuse de connaître les détails de cette nouvelle idylle, et peut-être même un peu jalouse. Elle n'avait pas envisagé qu'il puisse s'intéresser à quelqu'un d'autre. Don était son filet de sécurité, après tout, celui dont elle pensait qu'il serait toujours là en cas de besoin.

— Comment s'appelle-t-elle ? A quoi ressemble-t-elle ?

— Elle s'appelle Trish, répliqua-t-il, sans réticence. Elle est très brillante, très jolie, a des cheveux blonds très courts et un rire très impressionnant.

— Ça fait beaucoup de « très ».

Don éclata de rire mais ne proposa pas d'autres détails.

— C'est une juriste ?

— Surtout pas — il marqua un temps d'arrêt. Et toi ? Tu vois quelqu'un de spécial ?

— Juste Fred, répondit-elle en avalant le reste de son hot dog.

— Toi et ton foutu canari.

Ils arrivèrent au coin de la rue et attendirent que le feu passe au rouge.

— Je dois t'avouer quelque chose, dit-il en lui prenant le coude et en lui faisant traverser la rue.

— Tu vas te marier ?

Elle fut étonnée que se soit ainsi imposée à elle une question qu'elle n'avait pas eu l'intention de poser.

— Non, dit-il doucement, mais sa voix le trahit, un très grand sérieux transparaissait dans son intonation, comme un dangereux courant sous-marin sous la surface trompeusement calme de la mer. — Il s'agit de Rick Ferguson.

Jess s'arrêta net, au beau milieu de la rue. Elle avait sûrement mal entendu.

— Quoi ?

— Allons, Jess, dit Don d'un ton pressant en lui tirant le bras. Tu vas nous faire écraser.

Elle s'arrêta de nouveau dès qu'ils se trouvèrent de l'autre côté de la chaussée.

— Qu'est-ce que tu sais au sujet de Rick Ferguson ?

— C'est mon client.

— Quoi ?

— Ce n'est pas un hasard si je t'ai rencontrée aujourd'hui, Jess, lui dit Don d'un air penaud. J'ai appelé ton bureau. Ils m'ont dit que tu étais au tribunal.

— Depuis quand représentes-tu Rick Ferguson ?

— Depuis la semaine dernière.

— C'est incroyable. Et pourquoi ?

— Pourquoi ? Parce qu'il m'a engagé. Qu'est-ce que c'est que cette question ?

— Rick Ferguson est une bête sauvage. Je ne peux pas croire que tu aies accepté de le représenter.

— Jess, dit Don d'un ton patient. Je suis avocat. C'est mon boulot.

Jess hocha la tête. Même s'il était vrai que son ex-mari s'était fait une situation très lucrative en défendant des gens ignobles, elle ne pourrait jamais comprendre comment un homme aussi bon et attentionné pouvait se faire le défenseur des droits de ceux dont l'esprit était dénué de toute bonté, comment un homme aussi intelligent pouvait utiliser cette intelligence au service de ceux qui ne pratiquaient que la violence.

Même si elle savait que Don avait toujours été fasciné par les éléments en marge de la société, les années qui s'étaient écoulées depuis leur divorce avaient vu grandir cette fascination. De plus en plus, il se chargeait des affaires apparemment impossibles qu'évitaient les autres avocats. Il gagnait plus souvent qu'il ne perdait, admit-elle, et l'idée de se trouver face à face avec son ex-mari dans un tribunal ne lui plut guère. C'était arrivé à deux reprises au cours des quatre dernières années. Il avait gagné les deux fois.

— Jess, t'es-tu jamais dit que cet homme pouvait être innocent ?

— Cet homme, comme tu l'appelles si gentiment,

a été formellement identifié par la femme qu'il a attaquée.

— Et elle n'aurait pas pu se tromper ?

— Il a pénétré par effraction dans son appartement et l'a frappée jusqu'à ce qu'elle soit au bord de la syncope. Ensuite il l'a obligée à se déshabiller, un vêtement après l'autre, très lentement, si bien qu'elle a eu largement le temps de bien voir son visage avant qu'il ne la viole et ne la sodomise.

— Rick Ferguson a un alibi en béton pour ce moment-là, lui rappela Don.

Jess prit un ton railleur.

— Je sais : il était allé voir sa mère.

— Cette femme a hypothéqué sa maison comme garantie de sa caution. Elle est tout à fait prête à témoigner en sa faveur au procès. Sans compter qu'il y a dans cette ville des milliers d'hommes correspondant au signalement de Rick Ferguson. Qu'est-ce qui te fait tellement croire que Rick Ferguson est notre homme ?

— J'en suis sûre.

— Comme ça, c'est tout ?

Jess lui raconta que Rick Ferguson l'attendait quand elle était arrivée à son travail, ce matin-là, et lui parla de l'altercation qu'ils avaient eue plus tard dans le hall du palais de justice.

— Tu veux dire qu'il t'a menacée ?

Jess vit Don s'efforcer de rester neutre, de faire comme si elle n'était qu'un substitut du procureur parmi d'autres et non une personne à laquelle il tenait, manifestement, toujours beaucoup.

— Je veux dire que je ne comprends pas pourquoi tu gaspilles ton précieux talent pour de tels minables, lui dit-elle doucement. N'est-ce pas toi qui m'as dit que la clientèle d'un avocat finissait toujours par être un reflet de sa propre personnalité ?

Il sourit.

— C'est bon de savoir que tu écoutais ce que je disais.

Elle s'approcha et l'embrassa légèrement sur la joue.

— Je ferais mieux de retourner travailler.

— Je suppose que ça veut dire que tu n'as pas l'intention de renoncer aux poursuites ?

— Sûrement pas.

Il sourit tristement, lui prit la main et la raccompagna jusqu'à l'Administration Building, pressant ses doigts minces dans son énorme paume avant de la laisser partir.

Assure-toi que je rentre bien saine et sauve, priat-elle en silence, tout en montant les marches en courant. Mais quand elle arriva en haut et se retourna, il était déjà parti.

3

Le cauchemar commençait toujours de la même façon : Jess était assise dans la salle d'attente d'un cabinet médical, en train de lire un vieux magazine tandis qu'un téléphone sonnait non loin d'elle. « C'est votre mère », l'informait le médecin en sortant un téléphone de sa grosse sacoche noire pour le lui tendre.

« Maman, où es-tu ? demandait Jess. Le docteur t'attend.

— Retrouve-moi au John Hancock Building dans un quart d'heure. Je t'expliquerai tout quand je te verrai. »

Jess était tout à coup face à une série d'ascenseurs, mais aucun n'arrivait, bien qu'elle n'ait cessé d'appuyer sur le bouton d'appel. Repérant l'escalier, elle se précipitait en bas des sept étages pour trouver fermée la porte de sortie. Elle poussait, tirait, suppliait, criait. La porte ne voulait pas bouger.

Aussitôt après, elle était devant l'Art Institute sur Michigan Avenue, avec le soleil en plein dans les yeux. « Entrez », lui intimait une femme aux cheveux châtains et aux yeux gris, se tenant en haut de l'escalier de l'imposant bâtiment. « La visite va commencer, et vous faites attendre tout le monde.

— Je ne peux vraiment pas rester, disait Jess à la foule dont les visages formaient une masse confuse d'yeux bruns et de bouches rouges. Le groupe s'arrêtait quelques minutes devant le chef-d'œuvre de Seurat, *Dimanche après-midi à la Grande Jatte.*

« Jouons à relier les points », criait Don tandis que Jess se dégageait et se précipitait dehors, juste à temps pour sauter dans un bus qui démarrait. Mais le bus allait dans la mauvaise direction et elle se retrouvait à Union Station. Elle hélait un taxi, mais le chauffeur comprenait mal ses instructions et la conduisait sur Roosevelt Road.

C'est là qu'il l'attendait quand elle descendait du taxi, silhouette tout en noir et sans visage, se tenant parfaitement immobile au bord du trottoir. Jess tentait aussitôt de remonter dans la voiture, mais le taxi avait disparu. Lentement, la silhouette noire se dirigeait vers elle.

La Mort, réalisait Jess, se précipitant sur la chaussée. « Au secours ! » criait-elle, l'ombre de la Mort avançant sans effort derrière elle tandis qu'elle montait en courant l'escalier de la maison de ses parents. Elle ouvrait la porte grillagée et la refermait brutalement derrière elle, tentant désespérément de fermer le loquet alors que la main de la Mort avait déjà atteint la porte et qu'elle pouvait voir nettement son visage.

Rick Ferguson.

— Non ! hurla Jess, se redressant d'un bond dans son lit, le cœur battant à tout rompre.

Les draps étaient trempés de sueur. Pas étonnant qu'il lui ait paru si familier, réalisa-t-elle en ramenant ses genoux sous son menton, sanglotant, le souffle court. Produit de son imagination la plus sinistre, il était littéralement sorti de ses rêves pour pénétrer dans sa vie. Les cauchemars qui l'avaient si souvent hantée étaient de retour, et le personnage avait un nom : Rick Ferguson.

Jess repoussa les draps humides et fit un effort pour se lever, mais elle sentit aussitôt ses jambes se dérober sous elle. Elle s'écroula comme une serpillière sur le plancher, essayant de reprendre son souffle et craignant de se mettre à vomir.

— Mon Dieu ! marmonna-t-elle en s'adressant à sa panique comme si c'était une présence physique dans la pièce. — Par pitié, arrête, va-t'en.

Elle se traîna jusqu'à la lampe de porcelaine blanche posée sur la table de nuit et alluma la lumière. La chambre apparut brusquement dans toute sa netteté : de délicats tons de pêche mêlés à des gris et des bleus, un grand lit, un tapis de Dhuree, un fauteuil blanc en osier sur lequel étaient posés ses vêtements tout prêts pour le lendemain, une commode, un petit miroir, un poster de Niki de Saint-Phalle et un autre de Matisse. Elle s'efforça de retrouver son état normal en se concentrant sur le grain du bois du parquet de chêne clair, sur les coutures des rideaux couleur pêche, sur la couette blanche, sur le haut plafond. Ce qu'il y avait de bien dans les vieux immeubles de grès brun, c'était la hauteur des plafonds, essaya-t-elle de se dire. On ne trouvait pas ça dans les grandes tours modernes aux façades vitrées.

Ça ne marchait pas. Son cœur continuait à s'emballer tandis que sa respiration se rétrécissait en une toute petite boule au centre de sa gorge. Une fois de plus, elle se força à se mettre debout, vacillant sur ses jambes, et se dirigea vers la petite salle d'eau purement fonctionnelle que le propriétaire avait ironiquement décrite comme salle de bains attenante quand elle avait emménagé juste après son divorce. Elle ouvrit le robinet d'eau froide et s'aspergea le visage et les épaules, laissant l'eau dégouliner sous sa chemise de nuit rose jusque sur ses seins et son ventre.

Elle s'appuya sur le lavabo et regarda fixement la cuvette des toilettes. Il n'y avait rien qu'elle détestât plus que de vomir. Depuis qu'elle était petite, depuis le jour où elle avait trop mangé de bâtons de réglisse et de banana-splits au goûter d'anniversaire d'Allison Nichol, elle appréhendait de vomir. Pendant des années, par la suite, elle demandait à sa mère tous les soirs en allant se coucher : « Est-ce que je vais aller bien ? » Et chaque soir sa mère lui répondait que oui, tout irait bien. « Tu me promets ? » insistait l'enfant. « C'est promis », était la réponse immédiate.

Il était vraiment ironique que ce fût alors la mère et non l'enfant qui ait été en danger.

Et à présent, le cauchemar qui l'avait harcelée après la disparition de sa mère était revenu, accompagné du tremblement des mains, des difficultés de respiration, de la paralysie, de l'innommable terreur qui envahissait toutes les fibres de son corps. C'est pas juste, songea Jess en se penchant sur la cuvette des toilettes, serrant les dents pour empêcher ce qui allait peut-être suivre, se cramponnant à la douleur qui ne cessait de lui transpercer la poitrine comme la lame émoussée d'un grand couteau.

Elle pourrait appeler Don, se dit-elle en posant sa joue sur le couvercle froid des toilettes. Il savait toujours quoi faire. Il avait passé tellement de nuits à la tenir tremblante contre lui, à balayer d'une caresse ses cheveux mouillés sur son front, à la serrer dans ses grands bras et à lui affirmer, comme l'avait fait sa mère, que tout irait bien. Oui, elle pourrait appeler Don. Il lui viendrait en aide. Il saurait exactement quoi faire.

Jess se traîna vers la chambre, s'assit précautionneusement sur le bord du lit et tendit la main vers le téléphone, puis arrêta son geste. Elle savait que tout ce qu'elle avait à faire était de téléphoner à Don et qu'il se précipiterait pour venir, laissant tomber toutes ses occupations ; peu importe avec qui il se trouvait, il accourrait auprès d'elle et resterait à ses côtés aussi longtemps qu'elle aurait besoin de lui. Elle savait que Don l'aimait toujours, qu'il n'avait jamais cessé de l'aimer. Elle le savait, et c'est pourquoi elle savait aussi qu'elle ne pouvait pas l'appeler.

Il avait des liens avec quelqu'un d'autre à présent. Trish, répéta-t-elle. Probablement le diminutif de Patricia. Trish au rire impressionnant. Un rire *très* impressionnant, l'entendit-elle dire en se remémorant son regard pétillant de fierté. L'éventualité qu'elle puisse perdre Don au profit d'une autre femme avait-elle suffi à provoquer cette crise d'angoisse ?

La crise était passée, réalisa-t-elle en tressaillant. Son cœur ne battait plus à tout rompre, sa respiration avait repris un rythme normal, son corps n'était plus inondé de sueur. Elle se laissa aller contre son oreiller, s'abandonnant avec délices à la sensation du bien-être retrouvé. Elle s'aperçut avec étonnement qu'elle avait faim.

D'un pas traînant, elle se rendit à la cuisine et se dirigea tout droit vers le congélateur. Elle l'ouvrit, recula tandis que la lumière en jaillissait brusquement, puis y prit un carton de pizzas surgelées. Elle en sortit aussitôt une de son emballage et enfourna le disque rigide dans le four à micro-ondes.

Le timer sonna cinq fois, annonçant que la pizza était prête ; Jess la prit délicatement et l'emporta dans le vaste salon-salle à manger. Elle aimait beaucoup son appartement. Il était vieux et plein d'aspects intéressants, les fenêtres de la façade ouest donnant sur Orchard Street, juste à un pâté de maisons de l'endroit où elle avait vécu dans son enfance, et bien loin de l'appartement moderne de quatre pièces qu'elle avait partagé avec Don sur Lake Shore Drive.

C'était la notion de partage qui lui manquait le

plus dans sa vie : avoir quelqu'un à qui parler, avec qui se trouver, auprès de qui se blottir à la fin de la journée. Ça avait été agréable de partager de grandes idées, de petites victoires, des soucis sans importance. Ça avait été confortable de faire partie d'un couple, et sécurisant de faire partie de *Jess-et-Don.*

Jess alluma la radio qui était installée contre le mur en face du vieux canapé de velours qu'elle avait trouvé chez un brocanteur d'Armitage Avenue, et écouta les merveilleux accords du concerto pour piano et violon de César Franck emplir la pièce. A côté d'elle son canari se mit à chanter, bien que sa cage fût couverte pour la nuit. Jess s'enfonça dans son canapé, écoutant la musique et mangeant sa pizza dans l'obscurité.

— Mesdames et Messieurs les jurés, êtes-vous parvenus à établir un verdict ? demanda le juge, et Jess sentit une poussée d'adrénaline lui envahir le corps. Il y avait près de vingt-quatre heures qu'elle avait fait sa plaidoirie finale. Le jury avait délibéré pendant près de huit heures avant de conclure qu'aucun consensus ne pouvait être obtenu dans l'immédiat, et le juge Harris les avait envoyés avec agacement dans un hôtel pour la nuit, avec pour instructions précises de ne pas discuter de l'affaire avec qui que ce soit. Ils avaient repris leurs délibérations à neuf heures ce matin-là. Curieusement, une heure plus tard, ils étaient prêts.

Le président du jury dit que oui, ils étaient parvenus à établir un verdict, et le juge Harris ordonna à l'accusé de bien vouloir se lever. Jess écouta, retenant sa respiration tandis que le président du jury entonnait solennellement :

— Nous, les jurés, déclarons l'accusé, Douglas Phillips... non coupable.

Non coupable.

Jess sentit comme une aiguille s'enfoncer entre ses côtes tandis que son corps manquait d'air.

Non coupable.

— Mon Dieu, ils ne m'ont pas crue, murmura Erica Barnowski à côté d'elle.

Non coupable.

Doug Phillips étreignait son avocate. Rosemary Michaud fit à Jess un discret sourire de victoire.

Non coupable.

— Merde, dit Neil Strayhorn. Je croyais vraiment qu'on avait une chance.

Non coupable.

— Qu'est-ce que c'est que cette justice ? demanda Erica Barnowski, d'une voix que l'indignation rendait de plus en plus forte. Cet homme a admis avoir pointé un couteau sur ma gorge, pour l'amour du ciel, et le jury dit qu'il n'est pas coupable ?

Jess ne put que hocher la tête. Cela faisait trop longtemps qu'elle était partie prenante du système judiciaire pour nourrir des illusions sur sa prétendue justice. La culpabilité était un concept tout relatif, un problème d'ombres et de fantômes. Comme la beauté, elle reposait dans l'œil du spectateur. Comme la vérité, elle était sujette à interprétation.

— Et qu'est-ce que je fais, moi, maintenant ? demandait Erica Barnowski. J'ai perdu mon boulot, mon copain, ma dignité. Qu'est-ce que je fais, maintenant ?

Elle n'attendit pas de recevoir une réponse et s'enfuit de la salle d'audience avant même que Jess ait eu le temps d'imaginer ce qu'elle pourrait lui dire d'approprié.

Qu'aurait-elle pu lui dire ? Ne vous en faites pas, demain est un autre jour ? Tout ira mieux demain matin ? Il fait toujours sombre avant l'aube ? Ou alors, son tour à lui viendra ? Si ça doit arriver, ça doit arriver ? Ou encore, vous aurez plus de chance la prochaine fois, aide-toi le ciel t'aidera ? Ou bien, laissez faire le temps, vous avez fait ce qu'il fallait, ça fait mal au début et puis la vie continue ?

Jess rassembla ses documents et jeta un coup d'œil

sur l'accusé qui était en train de serrer la main de chacun des jurés. Les membres du jury évitèrent soigneusement de croiser le regard de Jess en quittant la salle d'audience quelques minutes plus tard. Seule la femme juré au visage intelligent et aux yeux gris pleins de douceur lui dit au revoir. Jess lui fit un signe de tête, curieuse de savoir quelle part cette femme avait pu jouer dans la décision finale du jury. Avait-elle été dès le début convaincue de l'innocence de Douglas Phillips, ou alors était-ce à cause d'elle que les délibérations avaient été si longues, que le verdict de culpabilité avait eu la vie dure, n'y avait-elle renoncé qu'au moment où son obstination risquait de faire ajourner le procès pour défaut d'unanimité dans le jury ? Ou bien avait-elle attendu impatiemment que les autres reprennent conscience et voient les choses comme elle ?

Non coupable.

— Veux-tu qu'on en parle ? demanda Neil.

Jess secoua la tête, ne sachant pas exactement si elle était furieuse ou triste. On aurait largement le temps par la suite d'analyser les choses et de voir s'il aurait été possible d'agir différemment. Pour le moment, personne ne pouvait rien faire. C'était fini. Elle ne pourrait pas changer l'aboutissement de cette affaire, pas plus qu'elle ne pourrait en changer les faits, et le fait, comme l'avait clairement déclaré Greg Oliver la veille, était qu'aucun jury de ce pays n'était disposé à déclarer un homme coupable de viol alors que la femme ne portait pas de culotte.

Jess savait qu'elle n'était pas prête à retourner au bureau. En dehors du fait désagréable d'avoir certainement à reconnaître la supériorité du bon sens de Greg Oliver, elle avait besoin de se retrouver seule un moment, pour parvenir à accepter la décision du jury, pour gérer sa colère et sa frustration. Pour dominer son échec. Pour se préparer mentalement à travailler sur le prochain dossier.

C'était là, en fin de compte, la plus grande vérité

du système de la justice américaine : la vie d'un individu n'était que le dossier d'un individu de plus.

Jess se retrouva sur California Avenue sans avoir le souvenir d'avoir quitté le palais de justice. Ça ne lui ressemblait pas de ne pas savoir exactement ce qu'elle faisait, se dit-elle en sentant le froid transpercer sa mince veste de tweed. La météo prévoyait encore la possibilité de chutes de neige. Prévoir une possibilité, répéta-t-elle en silence, trouvant que c'était là un concept intéressant. Elle serra sa veste sur elle et se mit à marcher. « Ce serait pareil si j'étais toute nue », dit-elle tout haut, sachant que personne ne ferait attention. Une impulsion soudaine la fit monter dans un bus de la ligne soixante, en direction du centre de Chicago.

— Qu'est-ce que je suis en train de faire ? marmonna-t-elle en s'asseyant non loin du chauffeur. Ce n'était pas son genre d'agir par impulsion. Les impulsions étaient bonnes pour ceux qui n'étaient pas capables de contrôler leur vie, songea-t-elle en fermant les yeux, tandis que le ronflement régulier du moteur vibrait au travers de son corps.

Elle ne savait plus depuis combien de temps le bus avait démarré lorsqu'elle rouvrit les yeux et réalisa que la femme juré, celle aux cheveux châtains et aux doux yeux gris, se trouvait à l'arrière du bus. Elle savait encore moins à quel moment elle avait décidé de la suivre. Ce n'était sûrement pas une chose qu'elle avait consciemment décidée. Et pourtant, la voilà, environ une demi-heure plus tard, qui descendait du bus derrière la femme et la suivait à distance sur Michigan Avenue. Que diable était-elle en train de faire ?

Quelques pâtés de maisons plus loin, la femme s'arrêta pour regarder la vitrine d'une bijouterie et Jess fit de même. Portant son regard au delà des pierres précieuses et des bracelets en or, elle vit dans la vitrine son reflet perplexe et frissonnant, comme si son image essayait de savoir qui elle était. Elle n'avait jamais aimé les bijoux, n'ayant jamais porté que sa simple alliance en or. Pendant leurs années de mariage, Don avait cessé de lui en acheter, les retrouvant inévitablement relégués au fond de ses tiroirs. Ça n'était tout simplement pas son style, lui avait-elle expliqué. Elle avait toujours l'impression d'être une petite fille jouant à s'habiller avec les affaires de sa mère.

Sa mère, pensa-t-elle en réalisant que la femme juré était repartie. Comment avait-elle pu croire un instant que cette femme lui ressemblait ? Sa mère était bien plus grande et plus massive. Sans parler de la différence de couleur des cheveux et des yeux, et du maquillage, se dit Jess, certaine que sa mère n'aurait jamais mis un rouge à lèvres aussi rose ni appliqué autant de fard à joues. Non, il n'y avait vraiment rien de semblable entre les deux femmes.

La femme juré s'arrêta devant une autre boutique et Jess se retrouva en train d'examiner un horrible assortiment de sacs et de serviettes en cuir. La femme allait-elle entrer dans le magasin ? S'offrir quelque chose ? Une récompense pour un travail bien fait ? Eh bien, pourquoi pas ? pensa Jess en détournant discrètement la tête tandis que la femme poussait la porte et se dirigeait vers le milieu du magasin.

Allait-elle la suivre à l'intérieur ? s'interrogea Jess, se souvenant qu'elle aurait besoin d'un nouveau porte-documents, le sien, que Don lui avait offert quand elle avait obtenu ses diplômes, étant complètement usé.

La femme sortit de la boutique sans avoir rien acheté. Elle remonta le col de son manteau vert foncé et mit les mains dans ses poches. Jess imita malgré elle les gestes de la femme, la suivant à plusieurs pas de distance.

Elles traversèrent la Chicago River et parvinrent dans le centre de Chicago, au milieu des splendeurs architecturales de Mies van der Rohe, Helmut Jahn,

Bruce Graham. Jess n'avait jamais eu le temps de suivre une visite guidée sur le lac Michigan et la Chicago River.

La femme parcourut encore quelques mètres avant de s'arrêter brusquement et de se retourner.

— Pourquoi me suivez-vous ? s'enquit-elle d'un ton furieux en pianotant avec impatience sur la manche de son manteau, telle une institutrice interpellant une élève indisciplinée.

Jess se sentit comme un petit enfant qui a peur qu'on lui tape sur les doigts.

— Je suis désolée, balbutia-t-elle, ignorant ce qu'elle faisait là. Je n'avais pas l'intention...

— Je vous ai vue dans le bus, mais je n'en ai rien conclu de particulier, dit la femme, très énervée. Ensuite je vous ai vue devant la bijouterie, mais je me suis dit, bon, tout le monde a le droit de regarder la même vitrine, je suis sûre que c'est une coïncidence. Mais quand j'ai vu que vous étiez encore là quand je suis sortie de la maroquinerie, j'ai su que vous étiez forcément en train de me suivre. Pourquoi ? Qu'est-ce que vous voulez ?

— Je ne veux rien. Vraiment, je ne vous suivais pas.

La femme plissa les yeux et regarda Jess d'un air de défi.

— Je... je ne sais pas pourquoi je vous suivais, admit Jess après un temps d'arrêt — elle ne se souvenait pas d'avoir jamais été aussi ridicule.

— Ce n'est pas vous, vous savez, commença la femme en se détendant légèrement. Si c'est ça que vous voulez savoir. Ce n'est pas ce que vous avez dit ou fait.

— Je vous demande pardon ?

— On vous a jugée formidable, poursuivit-elle. Le jury... on a trouvé que ce que vous avez dit à propos d'un manque de bon sens n'excusant pas un manque de décence, eh bien, on a trouvé ça formidable. On en a discuté longtemps. Avec passion.

— Mais vous ne l'avez pas accepté, déclara Jess, surprise de constater à quel point elle voulait comprendre comment le jury avait établi son verdict.

La femme contempla le trottoir.

— La décision n'a pas été facile. On a fait ce qu'on estimait juste. On sait que M. Phillips a eu tort dans ce qu'il a fait, mais à la fin, on s'est dit que le mettre en prison pour plusieurs années, lui faire perdre son emploi et ses moyens d'existence... pour une erreur de jugement, comme vous avez dit...

— Je ne parlais pas du manque de jugement de l'accusé !

Jess sentit l'horreur pointer dans sa voix. Comment avaient-ils pu comprendre de travers ?

— Oui, on le savait, expliqua aussitôt la femme. On pensait seulement que ça pouvait s'appliquer des deux côtés.

Fantastique, se dit Jess en aspirant une goulée d'air glacé tout en ayant du mal à apprécier l'ironie de la situation.

— On a adoré vos petits tailleurs, continua la femme comme pour la dérider.

— Mes petits tailleurs ?

— Oui. Surtout le gris. Une des femmes a dit qu'elle avait envie de vous demander où vous l'aviez acheté.

— Vous regardiez mes tailleurs ?

— Les apparences ont beaucoup d'importance, dit la femme. C'est ce que je répète toujours à mes filles. La première impression, et tout ça — elle tendit le bras et tapota la main de Jess. Vous avez fait une très bonne impression, mon petit.

Jess ne savait pas s'il fallait faire une révérence ou hurler. Elle sentit son cœur se mettre à battre la chamade contre le tweed de sa veste.

— En tout cas, dit la femme, vous avez fait du très bon travail.

Comment quelqu'un avec un regard aussi intelligent pouvait-il être aussi stupide ? se demanda Jess, respirant avec difficulté.

— Je dois vraiment partir, dit la femme, manifestement gênée par le silence de Jess.

Elle fit quelques pas puis s'arrêta.

— Vous allez bien ? Vous avez l'air un peu pâle.

Jess essaya de parler mais ne put que hocher la tête et forcer ses lèvres à ébaucher ce qu'elle espérait ressembler à un sourire rassurant. La femme lui rendit son sourire et s'éloigna rapidement, jetant quelques coups d'œil par-dessus son épaule. Elle veut probablement s'assurer que je ne la suis plus, se dit Jess. Pour l'amour du ciel, qu'est-ce qui lui avait pris de pister cette femme ? Et que faisait-elle à présent ?

Elle était en train d'avoir une crise d'angoisse. « Mon Dieu, gémit-elle, luttant contre la panique qui lui faisait la tête légère et les jambes lourdes. C'est ridicule. Qu'est-ce que je vais faire ? »

Jess sentit ses yeux se remplir de larmes et les essuya avec colère. « Je ne peux pas croire que je suis là à pleurer au beau milieu de cette foutue Michigan Avenue, se réprimanda-t-elle. Je n'arrive pas à croire que je suis là, parlant toute seule au beau milieu de cette foutue Michigan Avenue ! » A la différence des dealers de drogue et des cinglés de California Avenue, les passants aisés de Michigan Avenue étaient plus susceptibles de la remarquer, sans pour autant réagir davantage.

Elle se traîna jusqu'à un arrêt de bus et s'y appuya. Elle avait la peau glacée sous sa veste. Il ne fallait pas qu'elle cède, songea-t-elle avec rage. Il ne fallait pas qu'elle laisse ces crises stupides triompher d'elle. Pense à des choses agréables, se dit-elle. Pense à une séance de massage, pense à des vacances à Hawaii, pense à tes petites nièces. Elle imagina les têtes des bébés blotties contre ses joues glacées et se rappela qu'elle était censée être à six heures chez sa sœur pour dîner.

Comment pourrait-elle aller dîner chez sa sœur ? Et si elle était encore en proie à une crise d'angoisse ? Si ça lui arrivait devant tout le monde ? Voulait-elle réellement infliger ses névroses à ceux qu'elle aimait le plus ?

A quoi sert la famille ? interrogerait Maureen à coup sûr.

Jess sentit la bile lui remonter dans la gorge. Seigneur, est-ce qu'elle allait vomir ? Vomir en plein milieu de Michigan Avenue ? Elle compta jusqu'à dix, puis vingt, déglutissant rapidement une fois, deux fois, trois fois, avant que la sensation finisse par disparaître. « Respire à fond », avait l'habitude de lui dire Don, et c'est ce qu'elle fit, emplissant d'air ses poumons, faisant des efforts pour ne pas se tordre de douleur.

Personne ne remarqua sa souffrance. Les passants continuaient à déambuler ; l'un d'eux, même, lui demanda l'heure. Pas très différent de California Avenue, après tout, se dit-elle tandis qu'un bus s'arrêtait devant elle. Les portes s'ouvrirent et plusieurs personnes descendirent, la bousculant comme si elle n'existait pas. Le chauffeur attendit plusieurs secondes et, comme elle ne montait pas, referma les portes en haussant les épaules et démarra. Jess sentit une bouffée d'air vicié lui sauter au visage, emplissant ses yeux et ses narines. Elle trouva cela étrangement réconfortant.

Sa respiration ne tarda pas à recouvrer un rythme normal. Elle sentit que ses joues reprenaient des couleurs et que la paralysie commençait à disparaître. « Tout va bien maintenant », dit-elle en mettant un pied devant l'autre et en descendant du trottoir avec précaution, comme si elle entrait dans un bain brûlant. « Tout va bien maintenant. C'est fini. »

La voiture survint de nulle part.

Tout se passa si vite, de façon si inattendue, que même pendant que ça se produisait, Jess eut l'étrange impression que ça arrivait à quelqu'un d'autre. Elle était quelque part hors de son corps, en train d'assister aux événements parmi la demi-douzaine de spectateurs qui s'étaient approchés aussitôt. Elle sentit un souffle d'air passer près d'elle, vit son corps tournoyer comme une toupie, et aperçut vaguement une Chrysler blanche qui disparaissait au coin de la rue. C'est alors seulement qu'elle réintégra le corps agenouillé sur le bord de la chaussée. C'est alors seulement qu'elle sentit la douleur cuisante de ses genoux et des paumes de ses mains. C'est alors seulement qu'elle perçut des voix.

— Ça va ?

— Seigneur, j'ai bien cru que vous étiez foutue.

— Il est passé à ça ! Il vous a manquée que de cinq centimètres !

— Ça va, dit quelqu'un, et Jess reconnut la voix comme étant la sienne. Je suppose que je n'ai pas fait attention.

Elle se demanda un instant pourquoi elle se jugeait responsable de quelque chose qui n'était manifestement pas de sa faute. Elle avait failli être écrasée par un fou dans une Chrysler blanche qui roulait comme un malade et ne s'était même pas arrêté ; elle s'était fait mal aux mains et s'était écorché les jambes en heurtant la chaussée ; sa veste en tweed était toute sale, son collant déchiré aux genoux. Et elle se sentait coupable d'avoir causé un attroupement.

— Je devais être dans les nuages, s'excusa-t-elle en se relevant toute tremblante. Mais c'est O.K., maintenant, ça va aller.

— Ça va aller, répéta-t-elle en s'éloignant d'une démarche boitillante pour héler un taxi qui passait. Ça va aller.

4

Il était exactement six heures moins trois quand Jess gara sa Mustang rouge dans Sheraton Road, à Evanston, devant la grande maison blanche de sa sœur. « Ça va aller », dit-elle en arrêtant le moteur et en attrapant sur le siège le sac dans lequel il y avait du vin et des cadeaux. « Reste calme, garde ton sang-froid, ne laisse pas Barry t'entraîner dans des discussions idiotes », poursuivit-elle en se glissant hors de la voiture et en suivant l'allée menant à la grande porte d'entrée vitrée. « Tout ira bien. »

La porte s'ouvrit juste au moment où elle s'apprêtait à sonner.

— Jess ! dit Barry d'une voix qui balaya la rue bordée d'arbres comme une rafale de vent — des feuilles tournoyèrent à ses pieds. Juste à l'heure, comme toujours.

— Comment ça va, Barry ?

Jess pénétra dans la vaste entrée aux tons crème et au sol de marbre.

— On ne peut mieux, lui fut-il aussitôt répondu — Barry disait toujours « on ne peut mieux ». Et toi ?

— Ça va.

Elle respira un grand coup et tendit brusquement la bouteille dans sa direction.

— Ça vient du Chili. Le type du magasin me l'a chaudement recommandé.

Barry examina attentivement l'étiquette, d'un air passablement sceptique.

— Eh bien, merci, mais j'espère que tu ne verras pas d'inconvénient à ce que nous le gardions pour une autre fois. J'ai déjà un grand vin français au frais. Laisse-moi t'aider à enlever ton manteau.

Il abandonna le vin sur la petite table ancienne, à gauche de la porte d'entrée, et se mit à tirer maladroitement sur la manche de Jess.

— Ça va, Barry. Je crois que je peux y arriver toute seule.

— Bon, laisse-moi au moins l'accrocher.

Jess décida de ne pas se battre avec Barry à propos de son manteau.

— Maureen est en haut ?

— Elle est en train de coucher les jumelles.

Il suspendit le manteau dans le placard et la guida vers le salon où dominaient les tons de rose et de blanc, renforcés par de grandes plages de noir : un piano à queue noir qui occupait presque tout le devant de la pièce, bien que personne n'en jouât, et une cheminée de marbre noir dans laquelle ronflait déjà un bon feu.

— Je vais monter leur dire bonjour. Je leur ai acheté quelque chose.

— Elles seront de nouveau réveillées dans quelques heures, tu le leur donneras à ce moment-là.

— C'est toi, Jess ? appela Maureen, depuis l'étage.

— J'arrive, répondit Jess en se dirigeant vers l'escalier.

— Surtout pas, rétorqua Maureen. Je viens juste de mettre tout le monde au lit. Reste en bas et bavarde avec Barry. Je descends dans deux minutes.

— Elle descend dans deux minutes, répéta Barry comme un perroquet. Alors qu'est-ce que tu en dis ? Tu crois que tu peux passer deux minutes à bavarder avec ton beau-frère ?

Jess sourit et s'assit dans l'un des deux fauteuils blancs, en face de Barry qui se posa au bord du canapé rose comme s'il était prêt à boire ses paroles. Prêt à bondir, plutôt, pensa Jess en se demandant pourquoi Barry et elle n'avaient jamais pu s'entendre. Qu'y avait-il chez cet homme qui la heurtait à ce point ? Il n'était pas laid. Il n'était pas stupide. Il n'était pas ouvertement désagréable. Pourquoi ne pouvait-elle penser à lui qu'en termes négatifs ?

Elle avait essayé de l'aimer. Quand il avait épousé sa sœur, six ans auparavant, Jess avait supposé qu'elle aimerait celui qui rendrait sa sœur heureuse, quel qu'il fût. Elle s'était trompée.

Peut-être était-ce la manière sournoise dont il tentait de cacher son front dégarni en peignant ses cheveux clairsemés d'un côté de sa tête à l'autre ? Ou le fait que ses ongles étaient mieux manucurés que les siens à elle, et qu'il se vantait de se passer du fil dentaire entre les dents après chaque repas ? Peut-être était-ce son habitude de toujours porter chemise et cravate, même sous un cardigan confortable, comme ce soir ?

C'était plus vraisemblablement le chauvinisme voilé de ses remarques, décida-t-elle, ses manières désinvoltes, le fait qu'il n'admettait jamais d'avoir tort. Ou peut-être était-ce parce qu'il avait pris une jeune et brillante diplômée de la Harvard Business School et l'avait transformée en femme parfaite, tellement occupée à décorer leur maison et à faire des bébés qu'elle n'avait plus le temps de penser à reprendre une carrière autrefois prometteuse. Qu'en aurait pensé sa mère ?

— Tu as l'air en pleine forme, lui dit Barry. Tu as un très joli pull. Tu devrais porter du bleu plus souvent.

— Il est vert.

— Vert ? Non, il est bleu.

Étaient-ils réellement en train de se disputer à propos de la couleur de son pull ?

— Peut-on se contenter de turquoise ? demanda-t-elle.

Barry prit un air sceptique et secoua la tête.

— Il est bleu, déclara-t-il en tournant la tête vers le feu.

Jess respira profondément.

— Alors, Barry, comment vont les affaires ?

Il écarta sa question d'un geste de la main.

— Tu n'as pas vraiment envie de m'entendre parler de mes affaires.

— Ah non ?

— Si ?

— Barry, je t'ai posé une question simple. Si ça doit devenir trop compliqué, alors...

— Les affaires sont super. Formidables. On ne peut mieux.

— Bien.

— Pas « bien » — il éclata de rire. Super. Formidable. On ne peut mieux.

— On ne peut mieux, répéta Jess en tournant les yeux vers l'escalier. Qu'est-ce qui pouvait bien retenir sa sœur ?

— En fait, était en train de dire Barry, j'ai eu une journée tout à fait spectaculaire aujourd'hui.

— Et pourquoi spectaculaire ?

— J'ai piqué un client très important à mon ancien associé — Barry gloussa. Le salaud n'a rien vu venir.

— Je croyais que vous étiez amis.

— Lui aussi — le gloussement se transforma en rire. Ce type croit qu'il peut me rouler et s'en tirer comme ça — il se frappa la tempe d'un doigt. Je n'oublie jamais. Je me venge.

— Tu te venges, répéta Jess.

— Holà, je n'ai rien fait d'illégal — il fit un clin d'œil. Au fait, j'ai vu passer sur mon bureau cet après-midi une documentation sur un nouveau type de caisse de retraites. Je crois que cela pourrait t'intéresser. Si tu veux, je peux t'envoyer la documentation.

— Bien sûr, dit Jess. Ça serait formidable.

— Je crois que je vais en parler aussi à ton père.

Tous deux consultèrent leur montre. Qu'est-ce qui pouvait bien retenir son père ? Il savait pourtant à quel point elle s'inquiétait quand il était en retard.

— Comment a été ta journée à toi ? demanda Barry en réussissant à prendre un air intéressé.

— Ça aurait pu être mieux, répliqua Jess d'un ton sardonique en utilisant les mots de Barry. J'ai perdu un procès que je voulais gagner à tout prix, j'ai eu une crise d'angoisse en plein milieu de Michigan

Avenue, et j'ai failli me faire tuer par un chauffard qui a pris la fuite, songea Jess ; mais attends, une femme a dit que mon tailleur lui plaisait, alors ça n'a pas été un échec total, poursuivit-elle en elle-même.

— Je ne sais pas comment tu peux supporter ça, rétorqua Barry.

— Supporter quoi ?

— De t'occuper de salopards tous les jours, dit-il brièvement.

— C'est moi qui fais mettre les salopards en prison.

— Quand tu gagnes.

— Quand je gagne, admit-elle avec tristesse.

— Il faut que je t'avoue, Jess, dit-il en se mettant debout, je n'aurais jamais cru que tu tiendrais aussi longtemps. Qu'est-ce que je te sers à boire ?

Il prononça les deux phrases comme si l'une découlait naturellement de l'autre.

— Qu'est-ce que tu veux dire ?

— Je veux dire, veux-tu du vin, ou bien quelque chose de plus fort ?

— Pourquoi ne croyais-tu pas que je tiendrais le coup ? s'enquit Jess, sincèrement déconcertée par sa remarque.

Il secoua la tête.

— Je ne sais pas. Je croyais sans doute que tu aurais opté par la suite pour quelque chose de plus lucratif. Je veux dire, avec tes diplômes, tu aurais pu aller où tu voulais.

— C'est ce que j'ai fait.

Jess vit le regard de Barry s'emplir de confusion — apparemment, ses choix professionnels dépassaient sa compréhension.

— Alors, qu'est-ce que tu veux boire ? demanda-t-il de nouveau.

— Un Coca serait parfait.

Il y eut un instant de silence.

— On n'achète plus de boissons sucrées, dit-il. On se dit que si on n'en a pas à la maison, alors Tyler ne sera pas tenté. En plus, tu es bien la seule personne à en boire.

Ce fut au tour de Jess d'avoir l'air embarrassée.

Il y eut tout à coup un bruit de pas dévalant l'escalier et traversant l'entrée. Jess vit une explosion de cheveux noirs, d'énormes yeux bleus et de petites mains s'agitant frénétiquement. Son neveu de trois ans fut aussitôt dans ses bras.

— Tu m'as apporté un cadeau ? cria-t-il, au lieu de dire bonjour.

— Est-ce que je ne le fais pas chaque fois ?

Jess prit le sac près d'elle en essayant de ne pas s'apercevoir que son neveu portait une chemise et une cravate, comme son père.

— Une minute — le ton de Barry était vif et sévère —, on n'a pas de cadeau tant qu'on n'a pas dit correctement bonjour. Bonjour, tatie Jess, prononça-t-il.

Tyler ne dit rien. Ignorant le père du petit garçon, Jess sortit du sac un petit avion et le mit entre les mains impatientes de son neveu.

— Ouah !

Tyler sauta de ses genoux et se mit à étudier l'avion sur toutes les coutures et à le faire tournoyer en l'air.

— Qu'est-ce qu'on dit ? reprit Barry, faisant un nouvel essai d'une voix crispée. Est-ce qu'on ne dit pas merci, tatie Jess ?

— Ça va, Barry, lui dit Jess. Il me dira merci plus tard.

Barry prit un air coincé.

— Je n'apprécie pas tes tentatives pour saper mon autorité, déclara-t-il.

— Mes tentatives pour quoi ? interrogea Jess. Elle avait dû mal comprendre.

— Tu as très bien entendu. Et ne me regarde pas de cet air innocent. Tu sais parfaitement bien de quoi je parle.

Tyler courait joyeusement avec son nouvel avion entre son père et sa tante, inconscient de la tension qui régnait dans la pièce. Ni Barry ni Jess ne bougeaient, lui près du canapé, elle près du fauteuil, comme s'ils attendaient que quelque chose se produise, que quelqu'un fasse irruption.

— Est-ce que c'est pas la sonnette qu'on entend ? questionna Jess, soulagée quand elle vit la mâchoire de Barry se détendre en un vague sourire. S'il devait y avoir une dispute — et il y avait toujours une dispute quand Barry et elle se trouvaient ensemble —, ça ne serait pas sa faute. Elle s'était promis cela tout le long du trajet.

— Oh, très bien ! dit Maureen, apparaissant tout à coup sur le seuil. Vous faites bon ménage.

Maureen adressa à son mari et à sa sœur un de ses sourires lumineux. En dépit du fait qu'elle devait être épuisée, elle avait l'air rayonnante dans sa chemise blanche et son pantalon de lainage noir. Elle avait presque retrouvé sa silhouette normale, remarqua Jess en se demandant si Barry avait incité sa femme à se remettre au sport. Comme si s'occuper d'une grande maison et de trois jeunes enfants n'était pas suffisamment prenant.

— Tu es magnifique, dit Jess à sa sœur, en toute sincé-rité.

— Et toi, tu as l'air fatiguée, répondit Maureen en serrant sa sœur dans ses bras. Tu dors assez ?

Jess haussa les épaules, se remémorant son récent cauchemar.

— Regarde ce que tatie m'a donné, dit Tyler en brandissant fièrement son nouvel avion.

— C'est fantastique ! J'espère que tu as dit merci.

— Ta sœur ne croit pas aux mercis, dit Barry en se dirigeant vers le bar de l'autre côté de la pièce pour se servir un scotch à l'eau. Je vous sers quelque chose ?

— Pas pour moi, dit Maureen. C'est un très beau pull, Jess. Tu devrais porter du bleu plus souvent. C'est une couleur qui te va vraiment bien.

— Il est vert, rectifia Barry en jetant un regard à sa belle-sœur. C'est bien ce que tu as dit, Jess ?

— Oh non, il est vraiment bleu, dit Maureen d'un ton neutre. Pas de doute.

— Les jumelles dorment ? demanda Jess.

— Pour le moment. Mais ça ne dure jamais bien longtemps.

— Je leur ai apporté quelque chose.

— Oh, Jess, tu n'es pas obligée de leur acheter quelque chose chaque fois que tu viens.

— Bien sûr que si. A quoi servent les taties ?

— Eh bien, merci.

Maureen prit le sac des mains de Jess et regarda à l'intérieur.

— C'est juste des petits bavoirs. Je les ai trouvés mignons.

— Ils sont adorables. Regarde, Barry, comme c'est mignon.

Jess n'entendit pas la réponse de Barry. Est-ce que c'était bien sa sœur qui était là ? se demandait-elle en s'efforçant de ne pas la regarder fixement. Était-il possible qu'elles aient eu la même mère ? Était-il possible que la jeune femme qu'elle avait vue obtenir ses diplômes avec félicitations du jury, dans l'une des meilleures universités du pays, soit aussi passionnée par deux bavoirs à cinq dollars ? Était-il possible qu'elle soit en train de les tendre à son mari pour qu'il les admire ? De la mention Très Bien à la parfaite femme au foyer ?

— Alors, qu'est-ce qui s'est passé au tribunal, aujourd'hui ? interrogea Maureen, comme si elle sentait le malaise de Jess. Tu as eu le verdict ?

— Pas le bon.

— Tu t'y attendais un peu, non ?

Maureen prit Jess par la main et la guida vers le canapé, ne la lâchant que lorsqu'elles furent toutes deux assises.

— Je gardais un espoir.

— Ça doit être dur.

— C'est bien comme ça qu'est ta sœur, dit Barry, et il vida presque à moitié son verre. N'est-ce pas, Jess ?

— Et qu'est-ce qu'il y a de mal à ça ? — Jess sentit le défi percer dans sa propre voix.

— Rien, tant que ça ne sort pas de la salle d'audience.

Ne mords pas à l'hameçon, songea-t-elle. Ne le laisse pas te mettre en rogne.

— Je vois, rétorqua-t-elle, en dépit de tous ses efforts. J'ai le droit d'être forte quand je me bats pour quelqu'un d'autre, mais pas si c'est pour mon propre compte.

— Qui a dit que tu devais toujours te battre ?

— Je ne crois pas que Jess soit dure, avança Maureen d'une voix interrogative.

— Dis-moi, Jess, demanda Barry, pourquoi, dès qu'une femme a un peu de pouvoir, perd-elle son sens de l'humour ?

— Et pourquoi donc, dès qu'un homme ne réussit pas à être drôle, attaque-t-il le sens de l'humour de la femme ? répliqua Jess.

— Il y a une grande différence entre être fort et être dur, dit Barry en revenant à son idée de départ. Un homme peut se permettre d'être les deux, pas une femme.

— Jess, intervint doucement Maureen, tu sais bien que Barry te taquine.

Jess sauta sur ses pieds.

— Conneries !

Tyler tourna brusquement la tête vers sa tante.

— On est prié de surveiller son langage dans cette maison, la réprimanda Barry.

Jess reçut ce reproche comme une gifle en pleine figure. Pourvu qu'elle ne se mette pas à pleurer, souhaita-t-elle éperdument.

— Alors maintenant, il ne faut pas jurer non plus, c'est bien ça ? dit-elle en s'aidant de sa voix pour refouler ses larmes. Il ne faut pas boire de Coca et il ne faut pas jurer.

Barry regarda sa femme, les bras au ciel, comme s'il abandonnait.

— Jess, je t'en prie, implora Maureen en prenant sa sœur par la main et en essayant de la tirer vers le canapé.

— Je veux juste m'assurer que j'ai bien compris tous les règlements de ton mari.

Jess lança un regard furieux à son beau-frère qui avait brusquement l'air d'être un modèle de calme et de raison. Il l'avait mise en rogne une fois de plus, réalisa-t-elle, dégoûtée et honteuse.

— Je ne sais pas comment tu fais, marmonna-t-elle d'un air abattu. Ça doit demander un talent particulier.

— Tu fulmines après quoi, à présent ? interrogea Barry d'un air sincèrement perplexe.

— Je fulmine ? suffoqua Jess, renonçant à toute tentative de contrôle d'elle-même. Je fulmine ?

— Tyler, commença Maureen en se levant pour pousser doucement son fils hors de la pièce, tu devrais aller jouer là-haut avec ton nouvel avion.

— Je veux rester là, protesta le garçon.

— Tyler, va jouer dans ta chambre jusqu'à ce qu'on t'appelle pour dîner, lui ordonna son père.

— La voix de son maître, dit Jess, tandis que le garçon détalait dans l'escalier.

— Jess, je t'en prie, dit Maureen d'un ton pressant.

— C'est pas moi qui ai commencé.

Jess sentit l'enfant blessée dans sa voix et fut gênée et furieuse qu'ils aient pu s'en rendre compte eux aussi.

— Peu importe qui a commencé, dit Maureen en parlant comme à deux enfants et en évitant de les regarder. Ce qui importe, c'est que ça cesse avant que ça n'aille trop loin.

— Considère que c'est fini.

La voix de Barry emplit toute la pièce. Jess ne dit rien.

— Jess ?

Jess acquiesça d'un hochement où se mêlaient colère et culpabilité.

— Alors, quelle est la prochaine affaire sur l'agenda du substitut ?

Les paroles de Maureen dégageaient une jovialité forcée, comme si elle rendait visite à un malade en phase terminale à l'hôpital. Sa voix normalement douce était une demi-octave plus haute que d'habitude. Elle retourna s'asseoir sur le canapé rose et tapota le coussin à côté d'elle avec une intensité proche du désespoir. Ni Jess ni Barry ne bougèrent.

— Quelques affaires de drogue qu'on devrait pouvoir gagner, dit Jess, et j'ai un procès dans deux semaines pour une autre affaire de viol. Oh, j'ai aussi une réunion lundi avec l'avocat qui représente l'homme qui a tué d'un coup d'arbalète sa femme dont il était séparé.

Jess se frotta l'arête du nez, troublée par le ton neutre de sa voix.

— Avec une arbalète, mon Dieu ! frissonna Maureen. C'est vraiment barbare.

— Tu as dû le lire dans les journaux il y a quelques mois. Ça a fait toutes les premières pages.

— Alors c'est pour ça que je l'ai manqué, déclara Maureen. Ces temps-ci je ne lis que les recettes de cuisine dans les journaux.

Jess fit un effort pour dissimuler la consternation qui envahissait son visage, mais en vain.

— C'est simplement trop déprimant, expliqua Maureen. Et je n'ai pas beaucoup de temps — sa voix s'éteignit dans un soupir.

— Alors, qu'est-ce que tu nous as concocté de spécial pour ce soir ?

Barry rejoignit sa femme sur le canapé et lui prit les mains. Maureen respira profondément en détournant les yeux de Jess pour regarder droit devant elle, comme si elle lisait sur un tableau imaginaire.

— Pour commencer, il y a un consommé à la tortue, ensuite un poulet au miel et aux graines de sésame, avec des patates douces confites et des légumes grillés, puis une salade verte avec des noix de pécan et du gorgonzola, et pour finir une mousse de poire avec un coulis de framboise.

— Ça me paraît fantastique — Barry serra à nouveau la main de sa femme dans la sienne. On dirait que tu as passé ta semaine à faire la cuisine.

— C'est beaucoup moins de travail que ça n'en a l'air, dit Maureen avec modestie.

— Je ne sais pas comment tu fais tout ça, dit Jess en bafouillant sur le « comment » alors que ce qu'elle voulait dire était en réalité « pourquoi ».

— A vrai dire, ça me détend.

— Tu devrais essayer, Jess, dit Barry.

— Va te faire foutre, Barry, dit Jess en retour.

Ils se levèrent tous deux.

— Et voilà, dit-il. J'en ai assez.

— Tu en as plus qu'assez, lui dit Jess. Et depuis beaucoup trop longtemps. Aux dépens de ma sœur.

— Jess, tu te trompes.

— Je ne me trompe pas, Maureen — Jess se mit à marcher de long en large. Qu'est-ce qui t'est arrivé ? Tu étais une femme formidable, intelligente, qui savait par cœur le contenu du journal tous les matins. Et à présent, tu ne lis que les recettes ? Pour l'amour du ciel, tu te dirigeais vers un poste de vice-présidente ! A présent tu te diriges vers ta cuisine ! Ce type te plonge jusqu'aux yeux dans les assiettes sales et les couches sales, et tu voudrais me persuader que ça te plaît ?

— Elle n'a pas à te persuader de quoi que ce soit, dit Barry avec colère.

— Je crois que ma sœur est parfaitement capable de parler pour elle-même. Ou alors, s'agit-il ici d'un nouveau règlement ? Elle ne parle que par ton intermédiaire.

— Tu sais ce que je pense, Jess ? demanda Barry sans attendre de réponse. Je pense que tu es jalouse.

— Jalouse ?

— Oui, jalouse. Parce que ta sœur a un mari et une famille et qu'elle est heureuse. Et toi, qu'est-ce que tu as ? Un congélateur plein de pizzas surgelées et un foutu canari !

— Et tu vas bientôt me dire que ce qu'il me faut, c'est une bonne séance de baise !

— Jess !

Maureen tourna la tête vers l'escalier, les yeux pleins de larmes.

— Ce qu'il te faut, c'est une bonne fessée, dit Barry en se dirigeant vers le piano dont il frappa violemment les touches. Le son désagréable balaya toute la maison comme un brusque feu de broussailles. A l'étage, les jumelles se mirent à pleurer, l'une après l'autre.

Maureen laissa tomber sa tête sur sa poitrine, pleurant dans le col de son chemisier blanc. Puis, sans un regard pour Jess ni Barry, elle se précipita hors de la pièce.

— Merde, murmura Jess, sentant les larmes lui monter aux yeux à son tour.

— Un jour, dit Barry d'un ton calme, tu iras trop loin.

— Je sais, dit Jess d'une voix où perçait le sarcasme. Tu n'oublies jamais. Tu te venges.

Elle monta alors l'escalier derrière sa sœur.

— Maureen, attends, je t'en prie. Laisse-moi te parler.

— Il n'y a rien à dire, lui dit Maureen en ouvrant la porte de la nursery aux murs tapissés de blanc et de lilas. Une odeur de talc assaillit aussitôt Jess comme un puissant narcotique. Elle recula, prise de vertige, se cramponnant à la porte, et regarda Maureen s'occuper de ses bébés. Elle se penchait sur les berceaux, tout en parlant à Jess par-dessus son épaule d'une voix douce qui démentait la force de ses paroles.

— Je ne te comprends pas, Jess. Vraiment pas. Tu sais que Barry ne pense pas la moitié de ce qu'il dit. Il aime simplement t'embêter. Pourquoi faut-il toujours que tu démarres au quart de tour ?

Jess secoua la tête. Elle avait un million de justifications toutes prêtes sur le bout de la langue, mais elle les ravala toutes, ne laissant s'échapper qu'une excuse.

— Je suis désolée. Vraiment. Je n'aurais pas dû perdre mes moyens comme ça. Je ne sais pas ce qui s'est passé, continua-t-elle lorsqu'elle vit que l'excuse n'était pas suffisante.

— Ce qui se passe toujours quand Barry et toi êtes ensemble. Sauf que cette fois, c'était pire.

— Mais quels que soient les efforts que je fasse, il trouve toujours le moyen de me mettre en boule.

— Tu te mets toi-même en boule.

— Peut-être.

Jess était appuyée contre le chambranle de la porte, écoutant les bébés se calmer au son de la voix de leur mère. Peut-être devrait-elle parler à Maureen des menaces de Rick Ferguson, ainsi que du cauchemar et de la crise d'angoisse que ces menaces avaient provoqués. Peut-être Maureen la prendrait-elle dans ses bras, lui disant que tout irait bien. Elle avait vraiment besoin qu'on la berce et qu'on la rassure.

— J'ai eu une journée complètement pourrie.

— On a tous des journées pourries. C'est pas une raison pour être désagréable et méchant.

— J'ai dit que j'étais désolée.

Maureen sortit une des jumelles de son berceau.

— Allez, Carrie, va cracher sur ta vilaine tatie Jessica, dit-elle en déposant le bébé dans les bras de Jess.

Celle-ci serra le nourrisson contre sa poitrine. Si seulement elle pouvait revenir en arrière, tout recommencer. Il y aurait tellement de choses qu'elle ferait différemment.

— Viens voir maman, Chloe, dit Maureen en prenant l'autre bébé dans ses bras. Tout ne doit pas nécessairement être une confrontation, dit-elle encore en berçant doucement le bébé.

— C'est pas ce qu'on nous apprend à la fac de droit.

Maureen sourit, et Jess sut alors que tout était pardonné. Maureen n'avait jamais été capable de rester longtemps en colère. Elle était comme ça depuis qu'elles étaient petites, à toujours vouloir bien faire les choses, au contraire de Jess qui pouvait entretenir une rancune pendant des jours, trait de caractère qui rendait leur mère folle.

— Est-ce qu'il t'arrive de croire..., commença Jess, puis elle hésita, ne sachant pas si elle devait continuer, elle n'avait encore jamais abordé ce sujet avec Maureen.

— Est-ce qu'il m'arrive de croire quoi ?

Jess se mit à bercer doucement le bébé dans ses bras.

— Est-ce qu'il t'arrive de croire voir maman ? demanda-t-elle lentement.

Maureen eut l'air profondément choquée.

— Quoi ?

— Est-ce qu'il t'arrive d'imaginer voir... maman ? répéta Jess, évitant le regard incrédule de sa sœur. Tu sais, dans une foule. Ou de l'autre côté de la rue.

Sa voix s'estompa jusqu'à s'éteindre. Avait-elle l'air aussi ridicule qu'elle le pensait ?

— Notre mère est morte, dit Maureen, d'un ton ferme.

— Je voulais simplement dire...

— Pourquoi est-ce que tu te fais ça à toi-même ?

— Je ne me fais rien du tout.

— Regarde-moi, Jess, ordonna Maureen, et Jess se tourna avec réticence vers sa sœur.

Les deux femmes, tenant chacune un bébé dans les bras, se fixèrent intensément de leurs yeux verts.

— Notre mère est morte, répéta Maureen, tandis que Jess sentait un engourdissement envahir son corps.

Elles entendirent la sonnette de la porte d'entrée.

— C'est papa, dit Jess, pressée d'échapper au regard insistant de sa sœur.

— Jess — Maureen refusait de la quitter des yeux —, je crois que tu devrais parler à Stephanie Banack.

Jess entendit la porte d'entrée s'ouvrir, son père et Barry échangèrent quelques propos aimables.

— Stephanie Banack ? Pourquoi irais-je lui parler ? C'est ton amie à toi.

— Elle est aussi psychothérapeute.

— Je n'ai pas besoin de psychothérapeute.

— Je crois que si. Écoute, je vais te donner son numéro de téléphone avant que tu partes. Je veux que tu l'appelles.

Jess s'apprêtait à discuter, mais elle changea d'avis en entendant son père monter l'escalier.

— Eh bien, regardez-moi ça, rugit ce dernier depuis le seuil. Toutes mes superbes filles dans la même pièce — il s'approcha de Jess et l'enfouit dans ses bras en l'embrassant sur la joue. Comment ça va, ma poupée ?

— Ça va bien, papa, dit Jess et elle eut l'impression, pour la première fois de la journée, que c'était peut-être vrai.

— Et comment va mon autre poupée ? demanda-t-il à Maureen en la serrant contre lui. Et mes petites poupées ? s'enquit-il en prenant Chloe des bras de sa mère et en lui couvrant le visage de baisers. Oh toi, petite douceur. Toi, petite douceur, psalmodia-t-il, je t'aime. Oui, c'est vrai.

Il s'arrêta et sourit à ses deux filles.

— J'ai dit ça à une fille plus grande, hier soir, leur dit-il, puis il fit un pas en arrière, attendant leur réaction.

— Qu'est-ce que tu as dit ? demanda Maureen.

Jess ne dit rien. Maureen lui avait ôté les mots de la bouche.

5

Jess passa l'heure qui suivit son départ de chez sa sœur à rouler au hasard dans les rues d'Evanston, s'efforçant de ne pas penser à ce que son père avait dit pendant le dîner. Naturellement, elle ne pouvait penser à rien d'autre.

— J'ai dit ça à une fille plus grande, hier soir, avait-il annoncé, d'un ton si calme, si heureux, si sûr de lui. Comme si le fait de tomber amoureux n'était pas si grave que ça, comme s'il faisait ce genre de déclaration tous les jours.

— Parle-nous d'elle, l'avait pressé Maureen en servant la soupe. On veut tout savoir. Comment elle s'appelle, de quoi elle a l'air, où vous vous êtes rencontrés, quand est-ce que nous, on pourra la rencontrer ?

Non, se dit Jess. Ne prononce pas un mot de plus. Ne nous dis rien. Je t'en prie, ne dis rien.

— Elle s'appelle Sherry Hasek, déclara fièrement son père. Elle n'est pas très grande, plutôt maigrichonne, avec des cheveux sombres, presque noirs. Je crois qu'elle les teint...

Jess s'était forcée à engloutir une cuillère pleine de soupe. Sa mère était grande, bien en chair, avec des cheveux bruns joliment striés de gris. Elle avait toujours détesté les cheveux noirs teints, disant que ça faisait toc. Son père était d'accord avec elle. Était-il possible qu'il l'ait oublié ? s'était-elle demandé en ravalant l'envie pressante de le lui rappeler. Des images de tortues sans tête se présentaient à son esprit.

— Nous nous sommes rencontrés à mon cours de dessin il y a à peu près six mois, avait-il poursuivi.

— Ne nous dites pas qu'elle posait comme modèle ? avait dit Barry en éclatant de rire dans sa soupe.

— Non, c'est juste une élève. Elle a toujours aimé

dessiner mais n'en a jamais eu le temps. Comme moi.

— Est-ce qu'elle est veuve ? avait demandé Maureen. Qu'est-ce qu'il y a, Jess ? La soupe ne te plaît pas ?

Elle n'était pas veuve, mais divorcée. Depuis près de quinze ans. Elle avait cinquante-huit ans et deux grands fils, et elle travaillait dans une boutique d'antiquités. Elle aimait les couleurs vives, portait de grandes jupes et des sandales Birkenstocks, et c'était elle qui, la première, avait suggéré d'aller prendre un café après le cours. De toute évidence, elle savait reconnaître une chose de qualité au premier coup d'œil. Et Art Koster en était assurément une.

Jess ne savait pas depuis combien de temps elle errait dans les rues d'Evanston. Il s'était mis à pleuvoir. Du brouillard montait du lac. Octobre est une saison imprévisible, pensa-t-elle, une saison pleine d'ombres et de fantômes.

Les gens s'extasiaient toujours sur les couleurs éclatantes de l'automne, les rouges, les oranges et les jaunes qui commençaient à parsemer le vert omniprésent de l'été avant de le remplacer. Jess n'avait jamais partagé cet enthousiasme. Pour elle, le changement de couleurs signifiait seulement que les feuilles étaient en train de mourir, souvenir cruel de leur vigueur passée. Comme des personnes abandonnées dans des maisons de retraite, la mort étant le seul visiteur auquel elles pouvaient se fier.

Son père méritait certainement de rencontrer l'amour, pensa Jess, en se perdant dans des rues mal indiquées. Elle avait toujours vécu au cœur de la ville, dans le même quartier, sauf pendant son mariage avec Don. Quand elle était petite et que son père travaillait comme acheteur pour une chaîne de magasins de vêtements pour femme, ils vivaient dans un duplex sur Howe Street. Ils avaient déménagé quand elle avait dix ans — son père ayant alors réussi à devenir le gérant de son propre magasin —

pour une maison individuelle sur Burling Street, une rue plus loin. Rien d'extraordinaire. Rien à voir avec Mies van der Rohe ou Frank Lloyd Wright. C'était juste un endroit confortable. Le genre de maison où on avait plaisir à rentrer le soir. Ils l'aimaient beaucoup et envisageaient d'y rester pour toujours. Et puis un après-midi du mois d'août, sa mère était partie afin d'aller à un rendez-vous chez le médecin et n'était jamais revenue.

Après ça, chacun était parti de son côté : Maureen était retournée à Harvard, Jess à la faculté de droit, et elle avait épousé Don, et son père s'était absenté de plus en plus souvent pour des voyages d'affaires en Europe. La maison qu'ils avaient aimée restait vide. Son père finit par se résoudre à la vendre. Il ne pouvait plus supporter d'y vivre seul.

Et à présent son père avait une nouvelle femme dans sa vie.

Ça n'aurait pas dû causer un tel effet de surprise. Ce qui était surprenant, c'est qu'il ait attendu huit longues années. Les femmes l'avaient toujours trouvé séduisant. A vrai dire, son apparence était quelconque et son front presque totalement dégarni, mais on remarquait encore une sorte de pétillement malicieux dans ses yeux bruns et un rire facile dans sa voix.

Pendant longtemps, aucun rire ne s'était plus fait entendre. Pendant les jours et les mois qui avaient suivi la disparition de Laura Koster, Art Koster avait été le premier et unique suspect aux yeux de la police. Bien qu'il eût été en voyage d'affaires au moment où elle avait disparu, la police avait refusé d'écarter l'hypothèse de son implication. Il aurait pu engager quelqu'un, après tout, fit-on remarquer, et on entreprit de fouiller dans la vie du couple, posant des questions aux voisins et aux amis, faisant des investigations dans ses affaires commerciales et financières.

Comment le couple s'entendait-il ? Se disputaientils ? Avec quelle fréquence ? A propos d'argent ? A propos du temps qu'il passait loin de la maison ? A propos d'autres femmes ?

Bien sûr qu'ils se disputaient, leur avait dit Art Koster. Pas souvent, mais peut-être plus qu'il n'en avait l'impression. Pas pour des choses importantes. Pas à propos d'argent. Pas à propos de ses voyages d'affaires occasionnels. Certainement pas à propos d'autres femmes. Il n'y avait pas d'autres femmes, avait-il déclaré à la police. Il avait insisté pour qu'on le soumette à un test au détecteur de mensonges, et l'avait passé avec succès. La police avait paru déçue, et n'avait finalement pas eu d'autre choix que de le croire.

Pour Jess, cela n'avait jamais fait aucun doute. Son père était innocent. C'était aussi simple que ça. Quoi qu'il soit arrivé à sa mère, son père n'avait rien à y voir.

Art Koster avait mis plusieurs années à retrouver le rythme de sa vie quotidienne. Pendant un temps, il s'était abruti de travail, s'éloignant de plus en plus de ses anciens amis. Il sortait rarement, voyait très peu de monde. Installé dans un appartement sur les bords du lac Michigan, il passait des heures à regarder fixement la vaste étendue d'eau. Il ne voyait que Jess, Don et Maureen.

C'est probablement la conjonction du mariage de Maureen et du divorce de Jess qui avait amené Art Koster à une vie normale. La nouvelle de la séparation de Jess et de Don l'avait autant contrarié que celle de leurs fiançailles. Non qu'il n'aimât pas Don. Au contraire, il l'aimait beaucoup. Il voulait simplement que Jess attende un peu. Elle était si jeune. Elle commençait juste ses études de droit. Don avait onze ans de plus qu'elle, et il était déjà bien installé dans la vie sociale. Jess avait besoin de passer quelque temps seule, lui avait-il dit en se faisant, comme toujours, l'écho des sentiments de sa femme.

Et pourtant, il lui avait avoué, par la suite, qu'il

avait été soulagé qu'elle ait eu quelqu'un vers qui se tourner après la disparition de sa mère. Ça lui avait ôté un poids. Et Don s'était très bien occupé d'elle. Art Koster s'était montré sincèrement désolé quand le mariage avait pris fin. Désolé mais compréhensif. Comme toujours. Il était là quand Jess avait besoin de lui, assumant à nouveau son rôle de père, l'emmenant au restaurant, au théâtre, à l'opéra. S'assurant qu'elle ne se calfeutrait pas dans son appartement, qu'elle ne s'abrutissait pas de travail comme il l'avait fait lui-même. Veillant à ce qu'elle se nourrisse correctement, ce qui était une bataille perdue d'avance.

Et ensuite Maureen avait donné naissance à son premier enfant, alors brusquement les choses avaient repris leur place. Peut-être était-ce juste une question de temps, se disait Jess en continuant à rouler vers le nord, loin de la ville, loin de ses problèmes. Non que le temps fût le grand remède que tout le monde promettait. Le temps avançait à sa façon, tout simplement. A la fin, on n'avait pas d'autre choix que d'avancer avec lui. Et à présent, son père était amoureux.

Le campus de la Northwestern University apparut tout à coup sur sa droite. Elle dépassa le vieux phare, au bord du lac, puis tourna à gauche sur Central Street et, après une grande boucle de près d'un mile, se retrouva devant les cinémas d'Evanston.

Il y avait beaucoup de voitures garées dans la rue et Jess dut tourner autour du pâté de maisons avant de trouver une place. Il était presque dix heures. La pizzeria au coin de la rue était à moitié vide, le glacier désert. Ce n'était pas vraiment un soir pour manger une glace, se dit-elle en se remémorant la saveur de la mousse de poire au coulis de framboise de Maureen.

Non, il ne fallait pas qu'elle pense à Maureen, décida-t-elle en sortant de sa voiture et en courant vers le cinéma. Elle ignorait quels films on y passait. Elle s'en fichait. N'importe quoi valait mieux que de rentrer chez elle et de se trouver confrontée aux révélations de la soirée. La vie de sa sœur, comme celle de son père, faisait partie de la sienne. Il faudrait qu'elle parvienne à les laisser vivre leur vie, comme elle avait exigé qu'on la laisse vivre la sienne.

— Quel film ? demanda une jeune fille portant une chemise à rayures roses et blanches et un nœud papillon rouge mis de travers, tandis que Jess glissait sa monnaie à travers le guichet.

Jess essaya de se concentrer sur la liste imprimée en lettres blanches sur un panneau noir derrière la caissière, mais les titres se brouillèrent puis se mélangèrent et disparurent avant d'avoir pu atteindre son cerveau.

— Peu importe, dit-elle. Le prochain qui commence.

— Ils ont déjà tous commencé.

La jeune fille réussit à prendre un air exprimant à la fois l'ennui et la perplexité.

— Eh bien, choisissez, vous. J'ai un problème...

Elle s'interrompit, laissant cette réflexion en suspens. La jeune fille haussa les épaules, prit l'argent, tapa quelques chiffres sur sa caisse et tendit un ticket à Jess.

— *Les Chiens de l'Enfer.* Salle 1, sur votre gauche, annonça-t-elle. C'est commencé depuis dix minutes.

Jess ouvrit la porte de la salle et se trouva aussitôt plongée dans l'obscurité totale. Sur l'écran, la scène devait se passer dans la nuit noire. Elle ne voyait rien.

Elle attendit quelques minutes que ses yeux s'habituent et s'avança lentement dans l'allée, scrutant les rangées à la recherche d'un siège libre.

Pendant quelques instants, il lui sembla qu'il n'y en avait aucun. Évidemment, se dit-elle, elle m'a vendu un ticket pour le seul film qui soit complet. Et c'est alors qu'elle le vit : un siège placé au milieu du quatrième rang à partir de l'écran. Évidemment, on est vendredi soir, se rappela-t-elle. Le soir de sortie. Tout le monde sort en couple.

— Asseyez-vous, siffla quelqu'un derrière elle, d'un ton autoritaire.

— Bon sang, ça va durer longtemps ?

— Excusez-moi, murmura Jess en enjambant des genoux qui refusaient de bouger.

Elle se retrouva enfin assise, n'osant pas ôter son manteau de peur de déranger. Autour d'elle, des voix furieuses voltigèrent comme des feuilles d'automne et finirent par se calmer.

Sur l'écran, un jeune homme aux yeux bleus remplis de terreur était en train de fuir une foule en colère. Des visages déformés par la rage, agitant des poings hargneux, hurlant des obscénités, se mirent à rire quand il trébucha et tomba. On lâcha sur lui des pit-bulls qui montraient les crocs. Quelques minutes plus tard, les chiens rattrapèrent le malheureux jeune homme qui se remettait sur ses pieds et le traînèrent au sol. Jess vit une énorme mâchoire s'abattre sur la veine jugulaire du jeune homme, puis le sang jaillir de la blessure et dégouliner sur l'écran. Le public applaudit.

Mais qu'est-ce qu'elle était en train de regarder là ?

Elle ferma les yeux pour les rouvrir sur le même jeune homme, cette fois au lit avec une femme très belle dont la longue chevelure blonde et bouclée effleurait les seins nus. Il s'agit soit d'un flash-back, soit d'une guérison vraiment rapide, pensa Jess en les regardant s'embrasser à pleine bouche.

Qu'était-il arrivé au dialogue ? Depuis qu'elle était là, personne n'avait prononcé un mot sur l'écran. Ils s'embrassaient, ils tuaient, s'enfuyaient, forniquaient. Mais personne ne parlait.

Peut-être était-ce mieux ainsi. Tout le monde s'en trouverait tellement mieux, si personne ne parlait jamais. Cela rendrait certainement son travail de substitut du procureur infiniment plus facile. Il lui suffirait d'abattre les méchants au lieu d'essayer de convaincre un jury grincheux. C'était comme pour ses problèmes de famille, un crochet du gauche bien envoyé mettrait fin aux manigances de son assommant beau-frère et elle n'aurait jamais à entendre les déclarations troublantes de son père.

Son père amoureux, pensa-t-elle à nouveau en voyant son image sauter sur l'écran et se glisser à la place du jeune homme. Car c'était lui qui serrait à présent la jeune femme nue dans ses bras, qui l'embrassait sur les lèvres et faisait glisser ses cheveux blonds soyeux entre ses doigts. Jess essaya de détourner la tête mais n'y parvint pas et resta clouée sur place, impuissante, prisonnière de ses propres visions. Elle vit son père prendre le visage de la jeune femme entre ses mains et regarder ses cheveux blonds devenir bruns puis gris. Des rides apparurent autour des yeux et de la bouche de la femme. Ses yeux virèrent du bleu clair au vert sombre. Elle se retourna, dévisageant Jess à travers l'écran. C'était sa mère, sa mère si belle.

Jess se pencha en avant sur son siège et serra convulsivement ses bras autour de son corps.

Et alors une autre femme, plus petite, plus mince, avec une chevelure noire comme du cirage, des vêtements flottants et des sandales Birkenstocks, apparut sur l'écran dans les bras de son père qui, lui, tandis que sa mère se cramponnait maladroitement au bord de l'écran, son image s'estompant peu à peu jusqu'à disparaître, ne faisait pas attention au changement de partenaire.

Jess suffoqua et laissa tomber sa tête sur ses genoux en se tenant le ventre, comme si on lui avait tiré dessus.

— Et alors, c'est quoi maintenant ? marmonna quelqu'un.

Jess tenta de se redresser, sentant sa poitrine se serrer. Elle bougea les épaules, courba le dos, se demanda s'il y avait un moyen subtil de dégrafer son soutien-gorge, mais s'aperçut que ça n'était pas possible. Elle avait chaud et se sentait prise de vertiges.

Evidemment qu'elle avait des vertiges. Évidemment qu'elle avait trop chaud : elle avait toujours son manteau sur elle, nom d'un chien. La salle était bondée. Les gens étaient entassés comme des sardines. Pas étonnant qu'elle ait du mal à respirer. C'était un miracle qu'elle ne se soit pas déjà évanouie. Elle tira sur ses manches et arracha son manteau comme s'il était en feu.

— Bon sang, se plaignit une voix derrière elle. Vous pouvez pas rester tranquille ?

— Désolée, murmura Jess.

Elle avait toujours chaud et la tête lui tournait toujours. Enlever son manteau n'avait servi à rien. Elle se mit à tirer sur son pull. Bleu, vert, turquoise, quelle que soit sa couleur, ce foutu machin était trop chaud, l'étouffait et l'empêchait de respirer.

Jess regarda autour d'elle, cherchant frénétiquement la sortie, tournant la tête dans tous les sens, tandis que son estomac lui remontait dans la gorge.

Allait-elle avoir un malaise ? Oh non, par pitié, ne vomis pas. Par pitié, ne vomis pas. Elle se tourna de nouveau vers l'écran. Le jeune homme gisait sur le sol, mort, le visage rendu méconnaissable après l'attaque des chiens. Plus vraiment humain. La foule, satisfaite, l'abandonna sur la route déserte.

Sa mère avait-elle connu un semblable destin ? Férocement attaquée, puis abandonnée sur une route déserte ? Ou peut-être se trouvait-elle quelque part dans un cinéma comme celui-ci, en train de regarder le même genre d'inepties et de se demander si elle pourrait jamais rentrer à la maison, si ses filles lui pardonneraient jamais de les avoir abandonnées ?

« *Je n'ai pas besoin de ça, Jess*, avait-elle crié le matin de sa disparition. *Je n'ai pas besoin de ça, surtout pas venant de toi !* »

Jess sentit la bile lui remonter dans la gorge. Elle

eut dans la bouche le goût du consommé à la tortue mélangé à celui du poulet au miel et du gorgonzola. Non, par pitié, ne vomis pas, supplia-t-elle en serrant les dents.

Respire à fond, se dit-elle en se remémorant les conseils de Don. A partir du diaphragme. Inspire. Expire. Inspire. Expire.

Ça ne marchait pas. Rien ne marchait. Elle sentait la sueur perler sur son front et lui dégouliner sur le visage. Elle allait se sentir mal. Elle allait vomir en plein milieu d'un cinéma bondé. Non, par pitié, elle ne pouvait pas faire ça. Il fallait qu'elle sorte. Il fallait qu'elle se sauve. Elle bondit sur ses pieds.

— Oh, non ! Asseyez-vous !

— Qu'est-ce que vous foutez ?

Jess attrapa son manteau, se fraya un chemin dans la rangée jusqu'à l'allée, écrasant des orteils, heurtant les épaules des gens de la rangée de devant, trébuchant sur un parapluie mouillé. « Excusez-moi », murmurait-elle.

— Chut !

— Et ne revenez pas !

— Excusez-moi, répéta-t-elle, ne s'adressant à personne en particulier, et se précipitant hors de la salle pour aspirer de grandes goulées d'air frais. La fille derrière la caisse la regarda d'un air soupçonneux mais ne dit rien. Jess courut dans la rue vers sa voiture. Il pleuvait toujours.

Elle fouilla dans son sac pour trouver sa clé, puis tâtonna pour la mettre dans la serrure. Quand elle se retrouva enfin derrière le volant, elle était trempée jusqu'aux os. Elle jeta son manteau derrière elle puis s'étendit sur la banquette avant, laissant l'humidité la rafraîchir. Elle avala l'air froid de la nuit, le dégustant comme s'il s'agissait d'un bon vin. Elle resta ainsi allongée jusqu'à ce que sa respiration reprît peu à peu son rythme normal.

La panique décrut, puis disparut tout à fait.

Elle se rassit et tourna rapidement la clé de

contact. Les essuie-glaces se mirent aussitôt en mouvement, ou du moins l'un des deux. L'autre hésita, avant de s'arrêter définitivement. Il faudrait qu'elle le fasse réparer. Elle y voyait à peine pour conduire.

Elle dégagea sa voiture, se dirigea vers le sud, sur Central Street, alluma la radio et écouta la voix plaintive de Mariah Carey. Il était question des émotions que l'on pouvait ressentir. Jess se demanda distraitement ce qu'on pouvait ressentir d'autre.

Ce n'est que lorsqu'elle arriva droit sur elle qu'elle vit la voiture blanche. Instinctivement, Jess fit une embardée, les roues perdirent leur adhérence sur la chaussée mouillée, elle appuya frénétiquement sur le frein et la voiture fit un tête-à-queue, avant de s'arrêter.

— Nom de Dieu ! cria-t-elle. Espèce de taré ! T'aurais pu nous tuer tous les deux !

Mais la voiture blanche n'était déjà plus là. Elle hurlait dans le vide.

Cela faisait la deuxième fois, aujourd'hui, qu'elle manquait de se faire démolir par une voiture blanche, la première était une Chrysler, et celle-ci... elle n'en était pas sûre. Ça pouvait être une Chrysler, se dit-elle en s'efforçant de se faire une idée précise de la forme de la voiture. Mais elle roulait trop vite, et de plus il pleuvait et il faisait nuit. Et l'un de ses essuie-glaces ne marchait pas. Et qu'est-ce que ça changeait, de toute façon ? C'était sans doute sa faute à elle. Elle ne faisait pas attention à ce qu'elle faisait ni où elle allait, trop préoccupée par d'autres choses. Par sa sœur. Son père. Ses crises d'angoisse. Peut-être qu'elle devrait vraiment appeler l'amie de Maureen, Stephanie Banack. Elle tâta dans la poche de son pantalon noir le bout de papier sur lequel sa sœur avait inscrit l'adresse et le numéro de téléphone de la psychothérapeute.

Jess se souvenait de Stephanie Banack comme d'une femme studieuse et sans chichis, aux épaules légèrement voûtées et au nez trop gros pour son visage étroit. Stephanie et sa sœur s'étaient connues au collège et continuaient à se voir souvent. Jess ne l'avait pas rencontrée depuis des années et avait oublié qu'elle était devenue psychothérapeute. Mais elle n'avait pas besoin de thérapie. Ce qu'il lui fallait, c'était une bonne nuit de sommeil.

Central Street céda la place à Sheraton Road puis à Lake Shore Drive. Jess commença à se détendre, se sentit mieux aux abords de Lincoln Park et à peu près normale quand elle tourna à droite sur North Avenue. Presque à la maison, pensa-t-elle en remarquant que la pluie se transformait en neige.

Elle habitait en haut d'un immeuble de trois étages sur Orchard Street, près d'Armitage. Ce quartier ancien, devenu de plus en plus chic, était composé de magnifiques vieilles maisons dont la plupart avaient subi d'importantes restaurations au cours des dix dernières années. Les constructions et leurs résidents étaient de styles et de genres très éclectiques.

La façade de brique rouge de la maison où Jess habitait avait été ravalée durant l'été et ses volets de bois avaient reçu une nouvelle couche de peinture noire laquée. Jess avait toujours plaisir à voir la vieille demeure, sachant quelle chance elle avait eue de pouvoir en louer le dernier étage. Si seulement il y avait un ascenseur, se dit-elle, et cependant, d'ordinaire, les trois étages ne lui pesaient guère. Ce soir pourtant, elle avait les jambes lourdes, comme si elle venait de faire un jogging de plusieurs heures.

Elle n'avait plus couru depuis son divorce. Don et elle couvraient régulièrement la distance entre North Avenue et les plages d'Oak Street quand ils habitaient sur Lake Shore Drive. Mais c'était toujours Don qui insistait pour ces séances de jogging et elle les avait laissé tomber dès qu'elle était partie, de même que les trois repas équilibrés par jour et les huit heures de sommeil par nuit. Il lui semblait qu'elle avait laissé tomber tout ce qui était bon pour elle. Y compris Don, pensait-elle à présent, ce soir étant un de ces soirs où il aurait été agréable de ne pas avoir à rentrer dans un appartement vide.

Jess gara sa vieille Mustang rouge derrière la Lexus gris métallisé, toute neuve, de la femme qui habitait juste en face et courut jusqu'à la porte d'entrée à travers le léger crachin qui ressemblait à de la neige. Elle déverrouilla la porte, pénétra dans le petit hall et alluma la lumière, avant de refermer la porte à clé derrière elle. Elle commençait à monter en laissant traîner sa main sur le mur blanc quand, en passant, elle entendit de la musique dans l'appartement du premier étage.

Elle voyait rarement les autres locataires. Il s'agissait de deux jeunes cadres dynamiques, selon l'expression consacrée, dont l'un était un architecte de la commission d'urbanisme de la ville, deux fois divorcé, et l'autre un analyste-système homosexuel, une profession complètement hermétique pour elle, bien qu'il la lui ait expliquée maintes fois en détail.

L'analyste était un fanatique de jazz, et les gémissements plaintifs d'un saxophone l'accompagnèrent jusqu'à sa porte. La minuterie du palier s'éteignit quand elle mit sa clé dans la serrure. Une fois à l'intérieur, les sons mélancoliques laissèrent la place au chant, plus joyeux, de son canari.

— Salut, Fred, lança-t-elle en fermant la porte, puis elle alla tout de suite vers la cage de l'oiseau, approchant ses lèvres des minces barreaux.

Comme si elle rendait visite à un ami en prison, songea-t-elle. Derrière elle, la radio, qu'elle laissait allumée toute la journée ainsi que la plupart des lampes, faisait entendre une vieille chanson de Tom Jones. Elle se dirigea vers la cuisine, chantonnant en même temps que lui.

— Désolée d'arriver si tard, Freddy. Mais croismoi, tu as bien fait de rester à la maison.

Jess ouvrit le congélateur et en sortit une boîte de gâteau Pepperidge Farm à la vanille dont elle se coupa une grosse tranche qu'elle avait déjà à moitié engloutie quand elle referma la porte du congélateur.

— Mon beau-frère était en super forme et je me suis encore fait avoir, déclara Jess en retournant dans le salon. Mon père est amoureux et je suis incapable d'avoir l'air de m'en réjouir. On dirait qu'il commence à neiger dehors, et j'ai l'air de le prendre comme un affront personnel. Je crois que je suis en train de faire une dépression nerveuse.

Elle avala le reste du gâteau.

— Qu'est-ce que tu en penses, Fred ? Tu crois que ta maîtresse est en train de devenir dingue ?

Le canari voletait d'un perchoir à l'autre en l'ignorant.

— Tout à fait exact, dit Jess en s'approchant de la fenêtre et en regardant dans la rue à travers les rideaux de dentelle.

Une Chrysler blanche était garée, juste en face de chez elle. Jess suffoqua et s'éloigna aussitôt de la fenêtre. Encore une Chrysler blanche. Était-elle déjà là à son arrivée ?

— Arrête ces idioties, prononça-t-elle, le cœur battant à tout rompre, tandis que le canari entamait un tour de chant. Il doit y avoir un million de Chrysler blanches dans cette ville.

Le simple fait que dans le cours de la même journée une ait failli l'écraser, une autre ait failli percuter sa voiture et une troisième fût à présent garée en face de son appartement, ne signifiait pas nécessairement autre chose qu'une coïncidence. Assurément, et il ne neige jamais avant Halloween, réfléchit-elle en se rappelant qu'elle n'était même pas certaine que la voiture qui avait failli heurter la sienne à Evanston fût une Chrysler.

Elle se glissa de nouveau vers la fenêtre et jeta un coup d'œil derrière les rideaux. La Chrysler blanche était toujours là, un homme se tenait assis sans bouger derrière le volant, les ombres des réverbères tombant sur son visage. Il regardait droit devant lui et non dans sa direction à elle. L'obscurité, le mauvais temps et la distance donnaient une image floue de ses traits.

— Rick Ferguson ? interrogea-t-elle tout haut.

Entendre ce nom sortir de ses lèvres propulsa Jess hors du salon et la précipita jusque dans sa chambre. Elle ouvrit brutalement la porte de son placard et se mit à quatre pattes pour fouiller son stock, apparemment inépuisable, de chaussures, dont beaucoup se trouvaient encore dans leurs boîtes d'origine. Merde, où est-ce que je l'ai mis ? dit-elle en se redressant pour atteindre l'étagère du haut où elle rangeait encore d'autres chaussures, des vieilles qu'elle avait beaucoup aimées, démodées mais trop précieuses pour être jetées.

— Où ai-je caché ce putain de revolver ? cria-t-elle en remarquant quelque chose de noir et de brillant sous un papier blanc froissé.

C'était une paire de chaussures à hauts talons en cuir verni, et elle se demanda ce qui avait bien pu la pousser à acheter des chaussures avec des talons de dix centimètres de haut. Elle les avait portées très exactement une fois.

Jess finit par trouver le petit revolver au nez retroussé caché derrière d'énormes fleurs en tissu qui ornaient une paire d'escarpins, les balles étant soigneusement déposées dans le bout des chaussures. Les mains tremblantes, elle plaça six balles dans le barillet du Smith & Wesson calibre 38 que Don l'avait forcée à prendre avec elle quand elle était partie de son côté.

— Considère ça comme mon cadeau de divorce, lui avait-il dit d'un ton qui n'admettait aucune discussion.

Cela faisait quatre ans qu'il était dans la boîte à chaussures. Pourrait-il encore fonctionner ? Les armes comportaient-elles le même avis « A consommer de préférence avant le... » que les laitages et autres denrées périssables ? Elle retourna dans le salon, tenant l'arme devant elle et, heurtant l'interrupteur avec le bout du canon, elle plongea la pièce dans l'obscurité. Le canari s'arrêta brusquement de chanter.

Elle s'approcha de la fenêtre, le revolver à la main. Fais attention de ne pas te tirer dans le pied, se dit-elle, se sentant aussi bête qu'effrayée en écartant les rideaux de ses mains tremblantes.

Il n'y avait rien. Pas de Chrysler blanche. Pas de voiture blanche d'aucune sorte. Rien de blanc, à part la neige qui commençait à poudrer l'herbe et la chaussée. Rien qu'une calme rue résidentielle. Y avait-il jamais eu une voiture blanche ?

— Ta maîtresse est vraiment en train de devenir dingue, assura-t-elle à son canari.

Elle laissa la pièce dans l'obscurité, couvrit la cage de l'oiseau avec un tissu vert sombre et éteignit la radio ; puis elle rapporta l'arme dans sa chambre à présent jonchée de chaussures. Pourquoi ne pas collectionner des timbres ? se demanda-t-elle en examinant le désordre. Ils prenaient moins de place, étaient moins sujets aux diktats de la mode. On n'aurait sûrement pas critiqué Imelda Marcos si elle avait collectionné trois mille paires de timbres.

Elle se sentit prise d'étourdissement quand elle s'accroupit pour ranger, mais elle ne pourrait pas dormir si le sol de sa chambre avait l'air d'une zone sinistrée. En supposant qu'elle arrive à dormir.

« Quelle soirée ! » dit-elle en observant le revolver dans sa main. Aurait-elle été capable de l'utiliser ? Elle haussa les épaules, soulagée de n'avoir pas été mise à l'épreuve, et le replaça dans la boîte à chaussures, derrière les grosses fleurs en tissu de ses vieux escarpins. Mais elle le reprit aussitôt.

Peut-être était-il préférable de le cacher dans un endroit un peu plus accessible. Même si elle ne devait jamais s'en servir. Juste pour se sentir mieux.

Elle ouvrit le tiroir de sa table de nuit et poussa l'arme au fond, derrière un vieil album de photos.

— Juste pour ce soir, dit-elle tout haut, en se voyant en train d'essayer d'échapper à une meute de pit-bulls assoiffés de sang.

Juste pour ce soir.

6

Jess fut la première du groupe à arriver au Scoozi sur Huron Street, dans River West. A la différence des petits bars sombres de California Street où elle avait l'habitude d'aller avec ses collègues du Bureau du procureur, le Scoozi était un ancien entrepôt, immense, transformé en restaurant et bar, avec de hauts plafonds et des fenêtres style vieux Chicago, bordées d'étagères garnies de bouteilles de vin. Un énorme lustre art déco surplombait la salle au fond de laquelle avait été placé un gros pot de terre cuite rempli de fleurs artificielles. Le devant était occupé par un bar toujours plein de monde. Le restaurant était assez vaste pour accueillir trois cents personnes. Des haut-parleurs invisibles diffusaient de la musique italienne. C'était le choix idéal pour célébrer les quarante et un ans de Leo Pameter.

Jess n'avait pas vu Leo Pameter depuis un an, depuis qu'il avait quitté le Bureau du procureur pour le privé. Elle savait qu'on l'avait invitée à cette fête d'anniversaire pour la seule raison que les onzième et douzième étages y avaient été conviés dans leur ensemble, mais elle était moins certaine des raisons qui l'avaient amenée à accepter.

C'était un but de sortie, supposa-t-elle, et elle sourit d'un air entendu lorsque le maître d'hôtel lui annonça que personne n'était encore arrivé et lui demanda si elle voulait attendre au bar. Celui-ci était déjà bondé bien qu'il fût à peine six heures. Jess consulta sa montre, davantage pour avoir quelque chose à faire que pour en obtenir une information, et se demanda de nouveau ce qu'elle faisait là.

Mais quoiqu'ils n'aient jamais eu le temps de se connaître vraiment, elle avait toujours bien aimé Leo Pameter et avait été désolée de son départ. A la différence de beaucoup d'autres substituts, dont Greg Oliver, Leo Pameter parlait d'une voix douce, respectait les autres, exerçait une influence apaisante sur son entourage, sans doute parce qu'il ne laissait jamais ses ambitions prendre le pas sur ses bonnes manières. Tout le monde l'aimait, ce qui était l'une des raisons pour lesquelles tout le monde serait là ce soir. Combien de personnes viendraient-elles s'il s'agissait de son propre anniversaire ?

Elle attrapa une poignée de bretzels et de crackers au fromage en forme de petits poissons et les enfourna dans sa bouche ; plusieurs poissons tombèrent sur le devant de son pull brun.

— Laissez-moi les ramasser, dit, d'un ton enjoué, une voix masculine à côté d'elle.

Jess porta vivement les mains à sa poitrine.

— Merci, je peux le faire moi-même.

Le jeune homme avait un cou épais, des cheveux blonds coupés ras et une large poitrine qui tendait la soie de sa chemise verte. Il avait l'air d'un joueur de football.

— Vous êtes footballeur ? questionna Jess malgré elle en ramassant les poissons récalcitrants sur son pull.

— Je peux vous offrir un verre si je dis oui ?

Elle sourit. Il était plutôt mignon.

— J'attends quelqu'un, lui dit-elle en se détournant. Il n'y avait pas de place dans sa vie pour un plutôt mignon.

Qu'est-ce qui ne va pas chez moi ? se demanda-t-elle en attrapant une autre poignée de crackers.

Tout le monde lui disait qu'elle était une femme vraiment séduisante, intelligente, brillante, douée. Elle était jeune. Elle était en bonne santé, libre.

Il y avait plusieurs mois qu'elle n'était pas sortie avec un homme. Sa vie sexuelle était inexistante. Sa vie tout court, en dehors du bureau, était inexistante. Et voilà un joli garçon, peut-être un peu massif pour son goût, mais joli garçon tout de même, qui voulait lui offrir un verre, et elle lui disait non. Était-ce ainsi que Nancy Reagan voyait les choses ?

Elle se retourna vers le prétendu footballeur, mais celui-ci était déjà en grande conversation avec une autre femme. C'est rapide, songea Jess, en toussant dans sa main pour que personne ne remarque qu'elle rougissait. A quoi avait-elle bien pu penser ? Avait-elle sérieusement envisagé de laisser un étranger la draguer dans un bar, juste parce qu'il était plutôt mignon et qu'elle se sentait plutôt seule ?

— Plutôt stupide, marmonna-t-elle.

— Pardon ? interrogea le barman. Vous avez dit que vous vouliez boire quelque chose ?

— Je vais prendre un verre de vin blanc, répondit Jess. Elle prit une autre poignée de petits poissons et les enfourna dans sa bouche.

— Ciel, mais regardez quelle saloperie elle mange ! dit une voix derrière elle.

Jess se retourna et sauta du tabouret de bar.

— Don ! C'est incroyable !

Il l'entoura de ses bras en une chaude et réconfortante étreinte. Elle fut déçue qu'il se détache d'elle au bout de quelques secondes.

— Une fois de plus, ce n'est pas la coïncidence que tu crois, expliqua-t-il. Leo et moi étions ensemble à la fac de droit. Tu te souviens ?

— J'avais oublié, admit Jess.

Était-ce vraiment le cas ? Avait-elle présupposé que Don serait là ce soir ? Était-ce en partie pour cela qu'elle était venue ? Était-ce lui le quelqu'un qu'elle attendait, ainsi qu'elle l'avait dit au prétendu footballeur ?

— Je savais que tu serais la première arrivée. Je me suis dit que nous devrions venir assez tôt pour te tenir compagnie.

Nous ? Le mot tomba dans les oreilles de Jess comme un instrument tranchant.

— Jess, voici Trish McMillan, disait Don, en attirant une jolie femme avec des cheveux blonds coupés court et un large sourire. Trish, voici Jess.

— Bonjour, Jess, dit la femme. Je suis ravie de vous rencontrer. J'ai beaucoup entendu parler de vous.

Jess marmonna quelque chose d'inepte, remarquant que la femme avait de profondes fossettes et qu'elle tenait Don par la taille.

— Qu'est-ce que tu bois ? demanda Don.

Jess prit son verre derrière elle.

— Du vin blanc.

Elle avala une grande gorgée, mais ne perçut aucun goût.

Trish McMillan éclata de rire et Don prit un air épanoui. Jess se sentit déconcertée. Elle n'avait rien dit de drôle. Elle vérifia discrètement son pull pour voir si des petits poissons égarés étaient par hasard restés accrochés à ses seins. Il n'y en avait aucun. Peut-être Trish McMillan était-elle simplement une de ces personnes outrageusement heureuses qui riaient très fort sans raison. Don avait vu juste. Son rire était vraiment impressionnant, comme si elle savait quelque chose que le reste du monde ignorait, quelque chose que Jess ignorait. Elle avala une autre gorgée de son verre.

— Deux vins de la maison, dit Don au barman. C'est pour moi, dit-il d'un ton insistant, lorsque Jess commença à chercher son porte-monnaie dans son sac. Tu es venue seule ?

Jess haussa les épaules. La question ne nécessitait pas de réponse. Pourquoi l'avait-il posée ?

— Je n'ai pas vu Leo depuis qu'il a quitté le département, dit Jess, comprenant qu'il lui fallait dire quelque chose.

— Ça marche très bien pour lui, assura Don. Il est allé chez Remington Faskin, comme tu sais. — Remington, Faskin, Carter and Bloom était à Chicago un petit mais très prestigieux cabinet d'avocats. — Il a l'air de s'y plaire beaucoup.

— Et vous, qu'est-ce que vous faites ? demanda Jess à Trish McMillan, en s'efforçant de ne pas remarquer qu'elle avait toujours le bras passé autour de la taille de Don.

— Je suis enseignante.

Jess hocha la tête. Rien de trop impressionnant.

— A vrai dire, pas une simple enseignante, précisa Don avec fierté. Trish enseigne au Children's Memorial Hospital. Dans les services de dialyse et de chirurgie crânienne de l'hôpital pour enfants.

— Je ne comprends pas, dit Jess. Qu'est-ce que vous enseignez ?

— Tout, répondit Trish en riant. Je fais la classe aux enfants qui sont coincés auprès des appareils de dialyse et ne peuvent pas aller à l'école, ou aux enfants qui ont subi une opération du cerveau. Ceux qui sont à l'hôpital pour très longtemps.

— Ça m'a l'air bien déprimant.

— Parfois. Mais j'essaie de ne pas me laisser abattre.

Elle rit de nouveau. Ses yeux pétillaient. Ses fossettes se creusaient. Jess avait bien du mal à ne pas la détester. Mère Teresa avec des cheveux blonds coupés court et un énorme rire.

Jess but une autre gorgée de vin et fut surprise de s'apercevoir qu'il n'en restait plus. Elle fit signe au barman de lui servir un autre verre qu'elle insista pour payer elle-même.

— Je crois savoir que tu as eu une séance plutôt mouvementée, cet après-midi, dit Don.

— Comment l'as-tu appris ?

— Les nouvelles vont vite.

— Hal Bristol est sacrément gonflé d'essayer de me forcer à accepter qu'il plaide l'homicide involontaire deux semaines avant le procès.

Jess entendit la colère pointer dans sa voix. Elle se tourna vers Trish si brusquement que celle-ci sursauta.

— Un salaud a tiré en plein cœur avec une arbalète sur sa femme qui l'avait quitté, et son avocat voudrait me faire croire que c'était un accident !

Trish McMillan ne dit rien. Les pupilles de ses yeux sombres se dilatèrent.

— Bristol prétend que c'était un accident ?

Même Don eut l'air surpris.

— Il dit que son client n'avait pas l'intention de l'abattre, mais juste de l'effrayer un peu. Et pourquoi pas ? Je veux dire, elle avait provoqué le pauvre type au-delà des limites raisonnables. Exact ? Que pouvait-il faire d'autre que d'aller acheter une arbalète et d'aller la descendre en plein milieu d'un carrefour encombré ?

— Tu sais que Bristol voulait sans doute simplement t'amener à accepter un compromis.

— Il n'y a pas de compromis.

Don sourit avec tristesse.

— Avec toi, il n'y en a jamais.

Il serra Trish McMillan plus étroitement. Jess termina son second verre de vin.

— Je suis contente que tu sois là, annonça-t-elle, d'un ton professionnel. Je voulais te demander quelque chose.

— Vas-y, dégaine.

Jess se revit derrière les rideaux de dentelle de la fenêtre de son appartement, les yeux fixés sur Orchard Street, l'arme à la main. Elle aurait préféré que Don choisisse un autre mot.

— Quel genre de voiture a Rick Ferguson ?

Don tendit l'oreille.

— Pardon ? Je n'ai pas entendu.

Jess éleva la voix.

— Est-ce que Rick Ferguson a une Chrysler blanche ?

Don ne chercha pas à cacher sa surprise.

— Pourquoi ?

— Oui, ou non ?

— Je crois que oui. Mais pourquoi donc ?

Jess sentit que son verre vide se mettait à trembler dans sa main. Elle le porta à ses lèvres pour l'immobiliser avec ses dents.

Des bruits éclatèrent tout à coup, on entendit des saluts et des félicitations, des claques dans le dos, des serrements de main, et Jess se retrouva avec un nouveau verre à la main, au milieu d'un groupe en pleine excitation.

— J'ai appris que tu avais mouché le vieux Bristol, était en train de beugler Greg Oliver par-dessus le vacarme.

Jess ne dit pas un mot et chercha Don à travers la foule ; elle entendit le rire de Trish la narguer à l'autre bout de la salle.

— Il faut croire que les nouvelles vont vite, répliqua-t-elle, en utilisant les mots de Don, tandis qu'elle apercevait son ex-mari en train de présenter sa nouvelle conquête au reste de l'assemblée.

— Et alors, de quoi s'agit-il ? Est-ce que tu vas accepter l'homicide involontaire ? Épargner au contribuable la dépense d'un jury sans majorité ?

— Je suppose que tu ne penses pas que je puisse obtenir une condamnation, déclara Jess, le désespoir lui rongeant le creux de l'estomac. Pourquoi fallait-il toujours qu'il lui assène ce qu'elle ne voulait pas entendre ?

— Pour l'homicide involontaire, probablement. Pour l'homicide aggravé, jamais.

Jess secoua la tête de dégoût.

— L'homme a assassiné sa femme de sang-froid.

— Il avait à moitié perdu la tête. Sa femme le trompait. Elle le raillait depuis des semaines à propos de ses échecs sexuels. C'était trop. Ils ont eu une dispute épouvantable. Elle lui a déclaré qu'elle le quittait, qu'il ne reverrait jamais ses gosses, qu'elle lui prendrait tout. Il a craqué.

— Ce type était un grossier tyran qui ne pouvait pas supporter le fait que sa femme ait finalement le courage de le quitter, rétorqua Jess. N'essaie pas de me dire que c'était un crime passionnel. C'était un meurtre pur et simple.

— Pas si pur, affirma Greg Oliver. Et tout sauf simple — il marqua un temps d'arrêt, attendant que Jess dise quelque chose, et poursuivit, voyant qu'elle se taisait. Elle a ridiculisé ses prouesses sexuelles, n'oublie pas. De nombreux jurés masculins comprendront sa réaction.

— Alors, si j'ai bien compris, rétorqua Jess en finissant son verre et en en prenant un autre, tu penses qu'il est acceptable qu'un homme tue sa femme si celle-ci insulte sa précieuse virilité ?

— Je pense que Bristol serait capable d'en convaincre un jury, oui.

Jess secoua la tête de dégoût.

— C'est quoi, ça ? La saison de la chasse aux femmes ?

— Je voulais juste te mettre en garde. J'ai eu raison pour l'affaire Barnowski, tu te souviens ?

Jess balaya la salle du regard dans l'espoir de trouver quelqu'un à qui elle pourrait faire signe, vers qui elle pourrait se diriger. N'importe qui. Mais il n'y avait personne. A croire que tout le monde était déjà engagé dans une agréable conversation. Personne ne regardait même dans sa direction.

C'était sa propre faute, réalisa-t-elle. Elle ne se faisait pas facilement des amis. Ça n'avait jamais été le cas. Elle était trop sérieuse, trop exaltée. Elle faisait peur aux gens, les déconcertait. Il lui fallait faire de gros efforts pour établir des liens d'amitié, et encore plus pour les conserver. Elle avait renoncé à faire semblant. Elle travaillait assez dur au bureau.

— Tu as l'air tout à fait délicieuse, ce soir, dit Greg Oliver en se penchant vers elle et en effleurant ses cheveux avec ses lèvres.

Jess pivota et ses cheveux fouettèrent la joue de Greg Oliver qui grimaça.

— Où est ta femme, Greg ? demanda-t-elle, d'une voix suffisamment forte pour qu'on l'entende alentour.

Puis elle lui tourna le dos et s'éloigna, sans pour autant savoir où elle allait.

Elle passa le quart d'heure suivant à bavarder avec un des serveurs. Elle ne comprenait pas bien ce qu'il disait — la salle commençait à tanguer légèrement — mais elle arrivait à prendre un air intéressé et à hocher poliment la tête à intervalles réguliers.

— Vas-y doucement sur la boisson, murmura Don en s'approchant par-derrière.

Jess appuya sa tête sur la poitrine de celui-ci.

— Où est Mère Teresa ? s'enquit-elle.

— Qui ?

— Teresa ! répéta Jess avec un air obstiné.

— Tu veux dire Trish ?

— Trish, oui. Désolée.

— Elle est allée aux toilettes. Jess, pourquoi m'as-tu posé une question à propos de la voiture de Rick Ferguson ?

Jess le lui dit. Elle lui raconta qu'elle l'avait échappé belle sur Michigan Avenue, qu'elle avait failli avoir un accident à Evanston, que la voiture blanche attendait devant son appartement. Sur le visage de Don se succédèrent rapidement l'intérêt, la préoccupation, puis la colère. Sa réaction fut directe, comme on pouvait s'y attendre de sa part.

— Tu as relevé le numéro d'immatriculation ?

Jess fut horrifiée de s'apercevoir qu'elle n'y avait même pas songé.

— Tout s'est passé si vite, dit-elle, l'excuse lui paraissant boiteuse.

— Il y a beaucoup de Chrysler blanches à Chicago, lui dit Don, et elle acquiesça. Mais je vais vérifier, et en parler à mon client. Je ne peux pas croire qu'il fasse une chose aussi stupide si peu de temps avant le procès.

— J'espère que tu as raison.

Jess entendit le rire de Trish et vit son bras se lover autour de la taille de Don, reprenant possession de son territoire. Elle se détourna et regarda la salle qui tournoyait. Une jeune femme était en train de traverser la salle en transportant un gros magnétophone. Il y avait chez elle quelque chose de faux, de déplacé. Son maquillage outrancier dégageait une sorte de désespoir, comme si elle essayait de dissimuler sa véritable identité. Elle avait des talons trop hauts et un vieil imperméable. Autre chose, songea Jess en regardant la jeune femme s'approcher du héros de la fête : elle avait l'air effrayée.

— Leo Pameter ? demanda la fille, d'une voix d'enfant perdu.

Leo Pameter hocha la tête avec précaution. La jeune femme mit son magnétophone en marche et tout à coup la salle retentit de la musique habituelle des spectacles de strip-tease.

— Bon anniversaire, Leo Pameter ! hurla la fille en jetant son imperméable pour avancer entre les tables dans un slip et un soutien-gorge pigeonnant blancs, complétés de bas et d'un porte-jarretelles.

Il y eut des mugissements de la part des hommes et des rires gênés de la part des femmes, tandis que la jeune femme agitait des seins gigantesques dans leur direction, avant de centrer toute son énergie sur le malheureux dont c'était l'anniversaire.

— Nom de Dieu, grogna Jess en se cachant derrière son verre de vin.

— Ce ne sont sûrement pas des vrais, s'exclama Trish, quelque part près d'ellc.

Jess ne releva la tête que lorsque la musique s'arrêta. La fille se tenait nue, à part un string, devant Leo Pameter qui prenait de bonne grâce un air gêné.

Elle se pencha vers lui et lui planta un énorme baiser rose sur le front.

— De la part de Greg Oliver, dit-elle, puis elle rassembla vivement ses affaires, jeta son manteau sur ses épaules et s'enfuit sous de tièdes applaudissements.

— Quelle idée lumineuse ! marmonna Jess quand Greg Oliver s'approcha.

— C'est toi qui as besoin de t'illuminer, Jess, dit-il en la défiant du regard. Il faut que tu apprennes à t'amuser, à te laisser aller, à raconter des blagues.

Jess avala le fond de son verre et respira profondément.

— Tu as entendu parler du bébé-miracle qui est né au Northwestern Memorial Hospital ? questionna-t-elle, sentant que tous les regards se tournaient vers elle.

— Un bébé-miracle ? répéta Greg, ne comprenant manifestement pas ce que ça avait à voir avec lui.

— Oui, dit Jess d'une voix forte. Il avait un cerveau, et aussi un pénis !

Dans la seconde qui suivit, la salle bascula et Jess se retrouva par terre.

— Vraiment, Don, c'est pas nécessaire, était en train de dire Jess. Je peux prendre un taxi.

— Ne sois pas stupide. Je ne vais pas te laisser rentrer toute seule.

— Et Mère Teresa ?

— Trish, dit Don d'un ton insistant, me retrouvera chez moi.

— Je suis désolée. Je n'avais pas l'intention de gâcher ta soirée.

— Mais non, tu n'as rien gâché, alors ne t'inquiète pas pour ça. Monte plutôt dans ma voiture.

Jess rampa sur le siège de la Mercedes noire et se laissa aller en arrière sur le dossier de cuir noir, les yeux fermés, pendant que Don prenait place et démarrait.

— Je suis vraiment désolée, recommença-t-elle,

puis elle s'arrêta, il avait raison, elle n'était pas désolée.

A peine avaient-ils démarré qu'ils s'arrêtaient déjà. Elle entendit une portière de voiture s'ouvrir puis se fermer. Et alors quoi ? se dit-elle en ouvrant les yeux.

Ils se trouvaient devant son immeuble. Don vint de son côté, ouvrit la portière et l'aida à sortir.

— Ça a été rapide, s'entendit-elle dire, se demandant combien de temps s'était écoulé.

— Tu crois que tu peux marcher ? interrogea Don.

Jess dit que oui, bien qu'elle n'en fût pas sûre. Elle s'appuya sur Don, sentit son bras se glisser autour de sa taille et le laissa la guider vers la porte d'entrée de la grande maison.

— Je peux faire le reste moi-même, assura-t-elle en le regardant fouiller dans son sac à main pour y trouver sa clé.

— Bien sûr que tu peux. Tu permets que je reste ici et que je te regarde, n'est-ce pas ?

— Tu peux me faire une faveur ? pria-t-elle une fois qu'ils furent dans le hall, en bas de l'escalier.

— Tu veux que je m'en aille ?

— Je veux que tu me portes jusqu'en haut.

Don éclata de rire et passa le bras gauche de Jess par-dessus son épaule droite.

— Jess, Jess, qu'est-ce que je vais faire de toi ?

— Je parie que tu dis ça à toutes les filles, marmonna-t-elle, tandis qu'ils entamaient leur lente ascension.

— Seulement à celles qui s'appellent Jess.

Qu'est-ce qui m'a pris de boire autant ? se demanda Jess en tâtonnant dans l'escalier. Elle n'avait pas l'habitude de boire, elle prenait rarement plus d'un verre de vin. Qu'est-ce qui n'allait pas ? Et pourquoi donc se posait-elle si souvent cette question ces derniers temps ?

— Tu sais, dit Jess en se rappelant le ricanement de Greg Oliver quand il lui avait dit de s'illuminer, c'est pas que je n'aime pas les hommes. C'est les avocats, avec qui j'ai des problèmes.

— Tu essaies de me dire quelque chose ? s'enquit Don.

— Et les comptables, ajouta Jess, en se souvenant de son beau-frère.

En arrivant en haut des marches, elle eut l'impression d'avoir conquis l'Everest. Elle avait les jambes en marmelade et ses genoux cédaient sous elle. Don continua à la soutenir tandis qu'il tournait la clé dans la serrure. Un téléphone sonnait quelque part.

— C'est ton téléphone ? questionna Don en ouvrant la porte.

La sonnerie se fit plus forte, plus insistante.

— Ne réponds pas, conseilla Jess à son ex-mari en fermant les yeux, pendant qu'il l'allongeait sur le canapé.

— Pourquoi ? dit-il en tournant les yeux vers la cuisine où le téléphone continuait à sonner. C'est peut-être important.

— Non.

— Tu sais qui c'est ?

— Mon père. Il essaie d'organiser pour moi une rencontre avec sa nouvelle amie. J'ai assez rencontré de nouveaux amis pour ce soir, pensa-t-elle.

— Ton père a une petite amie ?

— C'est pas une jeunesse. — Jess se lova sur le canapé, remontant les genoux sur sa poitrine. Je suis ignoble, grogna-t-elle dans le coussin de velours. Pourquoi est-ce que je ne peux pas, tout simplement, être contente pour lui ?

Le téléphone continuait à sonner, puis il s'arrêta enfin. Elle ouvrit les yeux. Où était Don ?

— Allô, l'entendit-elle dire dans la cuisine, et l'espace d'une minute elle crut que quelqu'un d'autre était entré dans l'appartement. Je suis désolé, poursuivait-il. Je n'arrive pas à vous comprendre. Pouvez-vous parler plus lentement ?

— Je t'avais conseillé de ne pas décrocher, dit Jess, avançant en chancelant jusque dans la cuisine.

Don lui tendit le téléphone d'un air soucieux.

— C'est une femme, mais je ne comprends rien de ce qu'elle raconte. Elle a un très fort accent.

Jess retrouvait un peu de clarté.

Je ne veux pas dessoûler, se dit-elle en approchant le combiné de son oreille. La voix féminine l'agressa avant qu'elle ait pu dire bonjour.

— Je suis désolée. Quoi ? Qui est-ce ? — Jess éprouva au plus profond d'elle-même un terrible sentiment de désastre imminent.

— Madame Gambala ? C'est madame Gambala ?

— Qui est madame Gambala ?

— La mère de Connie DeVuono, murmura Jess en mettant la main sur le téléphone. Madame Gambala, il faut vous calmer. Je n'arrive pas à vous comprendre... Quoi ? Qu'est-ce que vous voulez dire, elle n'est pas rentrée à la maison ?

Jess écouta le reste de la conversation dans un silence abasourdi. Lorsqu'elle raccrocha, elle tremblait de tout son corps. Elle se tourna vers Don avec un regard interrogateur.

— Connie n'est pas allée chercher son fils chez sa mère après son travail, chuchota-t-elle, l'épouvante perçant sous chacun de ses mots. Elle a disparu.

7

— Comment ai-je pu être aussi stupide ?

— Jess...

— Aussi stupide, et aussi égocentrique, merde !

— Égocentrique ? Jess, pour l'amour du ciel, qu'est-ce-que tu veux dire ?

— J'ai tout simplement supposé que c'était de moi qu'il parlait.

— Qui ? De quoi est-ce que tu parles ?

— Rick Ferguson !

— Rick Ferguson ? Jess, attends. — Don écarta de son front une mèche de cheveux imaginaire, partagé entre la curiosité et l'exaspération. Qu'est-ce que Rick Ferguson a à voir avec ça ?

— Allons, Don. — Jess ne cherchait pas à cacher son impatience. — Tu sais aussi bien que moi que Rick Ferguson est responsable de la disparition de Connie DeVuono. N'essaie pas de me dire le contraire. Ne te moque pas de moi. Pas maintenant. On n'est pas au tribunal.

Jess sortit de la cuisine et se mit à marcher de long en large dans le salon. Don la suivait de près, levant les bras au ciel, tentant de la faire ralentir.

— Jess, si tu voulais bien te calmer une demi-seconde... — il l'empoigna aux épaules. Si tu voulais bien arrêter de bouger une demi-seconde.

La pression des mains de Don la força à s'immobiliser. Il la fixa intensément et elle ne put que le regarder à son tour.

— Maintenant, tu vas me dire exactement ce qu'il s'est passé.

— Rick Ferguson..., commença-t-elle.

Il l'interrompit aussitôt.

— Pas ce que tu *penses* qu'il s'est passé, mais ce que tu *sais* qu'il s'est passé.

Jess respira à fond et se dégagea de sa poigne d'acier.

— Connie DeVuono a appelé sa mère vers quatre heures et demie cet après-midi pour lui dire qu'elle quittait son lieu de travail et qu'elle serait là dans une vingtaine de minutes pour prendre son fils, et elle lui a demandé de bien vouloir faire en sorte qu'il soit habillé et prêt à partir. Son fils a un entraînement de hockey tous les lundis à cinq heures et demie et c'est toujours un peu la course.

— La mère de Connie s'occupe de son petit-fils ?

Jess acquiesça d'un signe de tête.

— Il va chez elle après l'école et attend que Connie le récupère après son travail. Connie téléphone toujours avant de partir. Aujourd'hui elle a bien appelé, mais elle n'est jamais arrivée.

Don avait l'air d'en attendre davantage.

— C'est tout, dit Jess, entendant Don pouffer, bien qu'à vrai dire il n'eût émis aucun son.

— D'accord. Alors, ce qu'on sait, dit-il, c'est que Connie DeVuono n'est pas allée chercher son fils après son travail...

— Après avoir appelé pour dire qu'elle partait, lui rappela Jess.

— Et on ne sait pas si, oui ou non, quelqu'un l'a vue quitter son travail, ni dans quel état d'esprit elle se trouvait, ni si elle a dit à quelqu'un qu'elle devait s'arrêter quelque part en chemin, ni...

— On ne sait rien. La police attendra vingt-quatre heures après sa disparition pour entreprendre des recherches officielles. Tu le sais bien.

— On ne sait pas si elle était inquiète ou déprimée, poursuivit Don.

— Évidemment qu'elle est déprimée et inquiète. Elle a été violée, frappée. L'homme qui l'a attaquée a réussi à convaincre un juge qu'il était un citoyen modèle, bien intégré dans la communauté, seul soutien de sa vieille mère, et d'autres conneries de ce genre, si bien qu'on l'a mis en liberté sous caution. Connie DeVuono est censée témoigner au procès, la semaine prochaine. Et ton client l'a menacée de la tuer si elle le faisait. Tu as vachement raison de demander si elle est déprimée et anxieuse ! En fait, elle est complètement terrorisée.

Jess se rendit compte que sa voix avait pris un ton perçant. Son canari se mit à chanter.

— Terrorisée au point de s'envoler ? dit Don qui souligna l'importance de sa question d'un froncement de sourcil.

Jess s'apprêtait à répondre, mais elle s'arrêta et ravala ses mots avant qu'ils aient pu sortir de sa bouche. Elle revit Connie DeVuono dans son bureau la semaine précédente, se rappela à quel point elle avait peur, à quel point elle était fermement décidée à ne pas témoigner. Jess l'avait persuadée du contraire. Elle l'avait convaincue d'aller à l'encontre de son propre jugement et de défier son bourreau devant un tribunal.

Jess dut reconnaître que Connie avait peut-être pu de nouveau changer d'avis et décider de ne pas aller témoigner, les risques étant trop importants. Elle aurait très bien pu se sentir trop embarrassée pour informer Jess de son revirement, trop effrayée à l'idée que Jess soit capable de la convaincre d'y aller quand même, trop coupable de faire preuve d'une telle lâcheté. Il est vraiment étrange, pensa Jess, que ce soit si souvent les innocents qui se sentent le plus coupables.

— Elle n'aurait pas laissé son fils, dit vivement Jess, les mots étant déjà à moitié hors de sa bouche avant qu'elle ait réalisé qu'elle était en train de parler.

— Elle a probablement besoin d'un peu de temps pour éclaircir ses idées.

— Elle n'aurait pas laissé son fils.

— Elle est sans doute quelque part dans un hôtel. Dans un jour ou deux, quand elle aura repris ses esprits, se sera reposée et aura pris une décision, elle fera signe.

— Tu ne comprends pas.

Jess se dirigea vers la fenêtre et regarda dans la rue. Il y avait des plaques de neige sur l'herbe et sur les trottoirs Don s'approcha par-derrière et lui massa la nuque de ses mains puissantes. Il s'interrompit tout à coup et les posa sur ses épaules. Jess pouvait le sentir en train de penser, de formuler les mots qu'il voulait dire.

— Jess, commença-t-il, d'une voix calme et mesurée, tous les gens qui ne rentrent pas à l'heure ne disparaissent pas forcément pour toujours.

Ils ne bougèrent ni l'un ni l'autre. Jess fit un effort pour parler, la poitrine oppressée.

— Il ne s'agit pas de ma mère, lui dit-elle avec circonspection.

— Vraiment ?

Jess s'éloigna de lui et vint s'écrouler sur le canapé, enfouissant son visage dans ses mains. Seul son pied droit trahissait son anxiété. Elle ne releva la tête que lorsqu'elle sentit le coussin s'affaisser à côté d'elle et Don lui prendre les mains.

— Tout est ma faute.

— Jess...

— Non, je t'en prie, n'essaie pas de me dire le contraire. C'est vraiment ma faute. Je le sais. Je le reconnais. C'est moi qui l'ai convaincue de témoigner alors qu'elle ne le voulait pas. C'est moi qui ai fait pression sur elle, qui lui ai promis que tout se passerait bien. « Qui s'occupera de mon fils ? » m'a-t-elle demandé, et j'ai fait une plaisanterie idiote, mais elle, elle était sérieuse. Elle savait que Rick Ferguson pensait ce qu'il disait.

— Jess...

— Elle savait qu'il la tuerait si elle ne laissait pas tomber ses accusations.

— Jess, tu mets la charrue avant les bœufs. Ça ne fait même pas six heures que cette femme a disparu. Personne n'a fait savoir qu'elle était morte, nom d'un chien !

— J'étais si fière de moi. Si fière de ma capacité de retourner les situations, de convaincre cette pauvre femme terrorisée qu'elle devait témoigner, qu'elle ne serait en sécurité que si elle témoignait. Oh, ça, oui, j'étais très fière de moi. C'est un procès important pour moi, après tout. Une victoire potentielle de plus sur ma liste.

— Jess, tu as fait ce que n'importe qui aurait fait.

— J'ai fait ce que n'importe quel procureur aurait

fait ! Si j'avais eu un tant soit peu de véritable compassion pour cette femme, je lui aurais dit de retirer sa plainte et de se sauver. Nom de Dieu ! — Jess bondit sur ses pieds. — J'ai parlé à cette brute ! J'étais là, au rez-de-chaussée de l'Administration Building, lui conseillant de ne pas s'approcher de Connie. Et ce salaud m'a dit, m'a dit comme ça, alors que j'étais trop imbue de moi-même pour l'entendre réellement, il m'a dit que les gens qui l'embêtaient avaient une certaine façon de disparaître. Et j'ai cru que c'était moi qu'il menaçait ! Qui d'autre pouvait-il menacer ? Est-ce que le monde ne gravite pas autour de Jess Koster ? — elle éclata d'un rire âpre et froid. Seulement, c'était pas de moi qu'il parlait. C'était de Connie. Et maintenant, elle est partie. Disparue. Conformément aux menaces.

— Jess...

— Et ne t'avise pas de rester assis là à vouloir me dire que ton client n'a rien à voir avec cette disparition ! Ni de vouloir me convaincre que Connie aurait laissé son fils, même pour un ou deux jours, parce que je sais qu'elle ne l'aurait pas fait. On sait tous les deux que Rick Ferguson est responsable de ce qui est arrivé à Connie DeVuono qui, à moins d'un miracle, est déjà morte.

— Jess...

— Est-ce qu'on ne sait pas tous les deux qu'elle est morte ? Mais si, on le sait. Et il faut qu'on la trouve, Don.

Des larmes involontaires apparurent. Elle s'essuya le visage du revers de la main, mais les larmes coulaient de plus en plus fort.

Don se mit debout, mais elle s'éloigna vivement de lui. Elle ne voulait pas qu'on la console.

— Il faut qu'on trouve son corps, Don, poursuivit Jess en se mettant à trembler. Parce que si on ne le fait pas, ce petit garçon passera le reste de sa vie à se demander ce qui est arrivé à sa mère, à la chercher dans la foule, à croire qu'il l'a vue, à se demander ce qu'il a pu faire de si terrible pour qu'elle s'en aille et ne revienne jamais. Et même quand il sera adulte et qu'il aura accepté dans sa tête le fait qu'elle soit morte, il ne pourra jamais y croire complètement. Une partie de lui se posera toujours des questions. Il n'aura jamais de certitude. Il ne sera jamais capable d'oublier ça, de la pleurer de la manière dont il a besoin de la pleurer, ou de se pleurer lui-même.

Elle se tut et laissa Don la prendre dans ses bras.

— Il faut qu'il y ait un dénouement, Don. Il le faut.

Ils restèrent ainsi pendant quelques minutes, si proches l'un de l'autre que leur souffle semblait émaner d'un seul et même corps. Ce fut Don qui finit par briser le silence.

— Elle me manque aussi, dit-il avec douceur, et Jess sut qu'il parlait de sa mère.

— Je croyais que ça devait s'améliorer avec le temps, avoua Jess, pendant que Don la ramenait sur le canapé. Où elle resta enfouie dans ses bras tandis qu'il la berçait doucement.

— Ça ne fait que s'éloigner un peu plus, dit-il simplement.

Elle sourit tristement.

— Je suis tellement fatiguée.

— Pose ta tête sur mon épaule, et elle obéit, reconnaissante qu'on lui dise quoi faire. Maintenant, ferme les yeux. Essaie de dormir.

— Je ne peux pas dormir — elle fit une vague tentative pour se lever. Il faudrait vraiment que j'aille chez Mme Gambala.

— Mme Gambala t'appellera quand elle aura des nouvelles de Connie, dit-il en ramenant la tête de Jess sur son épaule. Chut. Dors.

— Et ta copine ?

— Trish est une grande fille. Elle comprendra.

— Oui, elle est très compréhensive.

Sa voix était faible, et elle sut qu'elle n'était pas loin de perdre conscience. Ses yeux papillonnèrent et se fermèrent. Elle fit un effort pour les rouvrir.

— Probablement parce qu'elle travaille dans un hôpital.

— Chut.

— Elle a l'air très gentille.

— Elle l'est.

— Je ne l'aime pas, dit Jess en fermant les yeux.

— Je le sais.

— Je ne suis pas très gentille.

— Tu ne l'as jamais été, dit-il, et Jess sentit qu'il souriait tout contre sa joue.

Elle lui aurait bien rendu son sourire, mais elle avait du mal à contrôler les muscles de son visage. Ils se relâchaient complètement. Une seconde plus tard, elle dormait et un téléphone sonnait.

Elle se mit à hurler, et ses cris traversèrent l'espace séparant le sommeil de l'état de veille, la réveillant avec la brutalité d'un réveille-matin. Elle bondit sur ses pieds, battant l'air de ses bras comme une folle, dans l'obscurité. Où était-elle ?

Don fut tout de suite auprès d'elle.

— Jess, tout va bien. Tout va bien. C'était juste un mauvais rêve.

Tout lui revint : la fête, le vin, Trish, Mme Gambala, Don.

— Tu es encore là, lui dit-elle avec reconnaissance en se laissant aller dans ses bras.

Elle essuya sur ses joues le mélange de sueur et de larmes tout en tentant de calmer les battements frénétiques de son cœur.

— Respire à fond, lui conseilla-t-il, comme s'il pouvait voir le chaos envahir son corps. Voilà, c'est bien. Inspire, expire. Calme. C'est ça. Tu y arrives.

— C'était le même rêve qu'avant, murmura-t-elle. Tu te souviens ? Celui où la Mort m'attend.

— Tu sais bien que je ne laisserai jamais quelqu'un te faire du mal, lui affirma-t-il en retrouvant le contrôle de sa voix. Tout va aller bien. Promis.

Exactement comme ma mère, pensa-t-elle en s'installant confortablement dans ses bras.

Une demi-heure plus tard, la tête de Jess reposant toujours sur son épaule, il la guida vers la chambre.

— Je crois que c'est l'heure d'aller au lit. Tout ira bien si je te laisse seule ?

Jess sourit faiblement quand Don la glissa toute habillée sous la couverture. Elle voulait à la fois qu'il reste et qu'il s'en aille, comme ça avait toujours été le cas lorsqu'ils étaient ensemble. Est-ce qu'elle saurait un jour ce qu'elle voulait ? Est-ce qu'elle serait un jour adulte ? Sans sa mère, comment le pourrait-elle ?

— Ça va aller, l'assura-t-elle alors qu'il se penchait pour l'embrasser sur le front. Don... ? Tu es gentil.

Il éclata de rire.

— Tu crois que tu t'en souviendras d'ici quelques jours ?

Elle était trop fatiguée pour lui demander ce qu'il voulait insinuer.

— Espèce de salaud ! hurlait-elle, à peine quarante-huit heures plus tard. Espèce de con ! Minable trou du cul !

— Jess, du calme !

Don tournait autour de la table ovale en s'efforçant de garder une certaine distance entre lui et son ex-femme en furie.

— Je n'arrive pas à croire que tu aies fait un coup pareil !

— Pourrais-tu au moins baisser le ton ?

— Enculé ! Saligaud ! Enculé !

— Oui, tout à fait, maître. Maintenant, te crois-tu capable de te calmer pour qu'on puisse discuter comme les deux avocats raisonnables que nous sommes ?

Jess se croisa les bras et fixa le sol de béton rouge. Ils se trouvaient dans une petite pièce sans fenêtre, au second étage du commissariat de police du centre de Chicago. De violents éclairages étaient encastrés dans le plafond terne, garni d'une isolation acoustique. Il y avait un banc contre un mur. Une table en formica, vissée au sol, était entourée de plusieurs chaises inconfortables. Dans la pièce voisine, plus petite et incitant à la claustrophobie, était assis Rick Ferguson, maussade et silencieux. Il n'avait pas dit un mot depuis que la police l'avait amené, dans la matinée, pour un interrogatoire. Quand Jess avait essayé de l'interroger, il s'était mis à bâiller puis avait fermé les yeux. Il ne les avait même pas rouverts quand on l'avait attaché au mur avec des menottes. Il avait feint l'indifférence, puis l'indignation quand on lui avait demandé ce qu'il avait fait de Connie DeVuono. Il n'avait eu l'air de s'intéresser à la procédure que lorsque son avocat, Don Shaw, était arrivé en fulminant contre ce qu'il estimait être une atteinte délibérée aux droits de son client et en menaçant d'enfoncer la porte si on ne le laissait pas entrer pour s'entretenir avec lui.

— Tu n'as pas le droit d'être ici, lui dit Jess d'une voix grave et ferme. Je pourrais te signaler à la commission disciplinaire de l'Ordre des avocats.

— S'il y a quelqu'un qui doit signaler quelqu'un d'autre à la commission disciplinaire de l'Ordre, répliqua-t-il, c'est moi.

— Toi ?

— C'est toi qui violes les bases de l'éthique, lui dit-il.

— Quoi ?

— Tu as violé les bases de l'éthique, répéta Don. Tu n'avais pas le droit d'arrêter mon client, ni celui d'essayer de l'interroger en dehors de la présence de son avocat.

Jess fit un effort pour rester calme.

— Ton client n'est pas en état d'arrestation.

— Je vois. Il est assis dans une pièce verrouillée, ligoté au mur avec des menottes, tout simplement parce que ça lui plaît. C'est ce que tu veux me dire ?

— Je n'ai rien à te dire. Je suis parfaitement dans mon droit, en l'occurrence.

— Et les droits de Rick Ferguson ? Ou peut-être as-tu décidé, parce que tu ne l'aimes pas, qu'il n'en avait aucun ?

Jess serra puis desserra les poings, et s'appuya au dossier d'une chaise, tentant d'éclaircir ses idées. Elle regarda son ex-mari sans chercher à cacher sa fureur. Il ignora le message que lui transmettaient ses yeux et poursuivit son discours.

— Tu envoies la police chercher mon client sur son lieu de travail ; tu ne lui lis pas l'énoncé de ses droits ; tu ne le laisses pas appeler son avocat dont tu ne peux pas ignorer l'existence, puisqu'il t'a déjà avertie que son client n'avait rien à dire, qu'il faisait simplement usage de ses droits en gardant le silence. Tu sais d'ailleurs que c'est la position que nous avons adoptée. C'est dans le dossier. Mais ça ne t'empêche pas de le mettre dans l'embarras à son travail, de le traîner jusqu'ici, de le faire attacher au mur avec des menottes... Jess, nom de Dieu, est-ce que c'était vraiment nécessaire ?

— Je le croyais. Ton client est un homme dangereux. Il ne s'est pas montré très coopératif.

— C'est pas son boulot à lui d'être coopératif. C'est ton boulot à toi de t'assurer qu'on le traite correctement.

— Est-ce qu'il a traité Connie DeVuono correctement ?

— Ça n'est pas la question ici, Jess, lui rappela Don.

— Et moi, est-ce que tu me traites correctement ?

Il y eut un instant de silence.

— Tu t'es servi de moi, Don — la voix de Jess exprimait à la fois la douleur et l'incrédulité. Comment as-tu pu me faire ça ?

— Comment ai-je pu faire quoi ? Qu'est-ce que tu t'imagines que je t'ai fait ?

Don avait pris un air sincèrement troublé. Jess

secoua la tête. Étaient-ils réellement en train d'avoir ce genre de discussion ?

— Tu étais avec moi le soir où Connie DeVuono a disparu, commença-t-elle. Tu savais que je soupçonnais Rick Ferguson, qu'on avait l'intention de l'arrêter...

— Je savais que tu le soupçonnais, mais j'ignorais totalement que vous aviez l'intention de l'arrêter.

— Quelle autre intention aurais-je pu avoir ?

— Je croyais que tu aurais au moins attendu quelques jours, ça ne fait même pas quarante-huit heures que cette femme a disparu.

— Tu sais aussi bien que moi qu'elle ne reviendra pas.

— Je ne sais rien de tel.

— Oh, je t'en prie, ne me prends pas pour une idiote !

— Toi non plus, ne me prends pas pour un idiot. Qu'est-ce que tu attends de moi ? Que je te laisse la bride sur le cou parce que tu as été ma femme ? Ça n'est pas évident pour moi de faire comme si tu n'étais qu'un substitut parmi d'autres. Est-cé que je suis censé laisser mes sentiments pour toi prendre le pas sur mes responsabilités vis-à-vis de mon client ? Hein ?

Jess ne répliqua rien. Elle tourna son regard vers le mur séparant les deux petites pièces. Elle avait vu le sourire narquois de Rick Ferguson quand elle l'avait laissé pour discuter avec Don, elle savait qu'il comprenait très bien ce qui se passait et se réjouissait de son malaise.

— Alors maintenant, soit tu inculpes mon client, soit tu le relâches.

— Le relâcher ? Sûrement pas.

— Alors tu l'arrêtes ? A quel titre ? Sur quelle preuve ? Tu sais que tu n'as absolument rien pour établir un lien entre Rick Ferguson et la disparition de Connie DeVuono.

Jess porta les mains à sa bouche et souffla très fort

sur ses doigts. Il avait raison, et elle le savait. Elle n'avait aucune preuve concrète pouvant justifier la mise en garde à vue.

— Nom de Dieu, Don, je ne veux pas l'arrêter, je veux juste lui parler.

— Mais mon client, lui, ne veut pas te parler.

— Il le pourrait si son avocat voulait bien cesser de s'interposer.

— Tu sais bien que je ne le ferai pas, Jess — ce fut au tour de Don d'aspirer une grande bouffée d'air. En ce qui me concerne, tu as violé les cinquième et sixième amendements garantissant à l'accusé le droit d'avoir un avocat et celui de garder le silence. J'ai tous les droits d'être présent.

— Qu'est-ce que tu es en train de manigancer ? Tu connais aussi bien que moi la récente décision de la Cour Suprême. Le droit à la présence d'un avocat ne s'applique que lors de la première arrestation, et non en cas de délit ultérieur.

— Peut-être que oui, peut-être que non. Peut-être que nous devrions laisser la commission disciplinaire de l'Ordre des avocats déterminer le bien-fondé des mesures que tu as prises, et qu'un tribunal décide des droits dont mon client dispose encore. S'il y en a. Laissons les tribunaux décider si la Constitution est toujours en vigueur et en application dans le comté de Cook !

— Quel morceau de bravoure, maître, lui dit Jess, impressionnée malgré elle.

— De toute façon, Jess, poursuivit Don d'une voix plus douce, il faut que tu aies un motif valable pour arrêter mon client. Et tu ne l'as tout simplement pas — il marqua un temps d'arrêt. Et maintenant, est-ce que mon client est libre de partir, oui ou non ?

Jess tourna les yeux vers le mur séparant les deux salles. Même à travers la porte verrouillée, elle pouvait sentir la force du mépris de Rick Ferguson.

— Comment as-tu découvert qu'on était allé le chercher ?

Elle espérait que la défaite ne perçait pas trop dans sa voix.

— Sa mère m'a appelé à mon bureau. Apparemment, elle avait téléphoné à Rick à son travail et son contremaître lui a dit ce qui s'était passé.

Jess secoua la tête. N'était-ce pas toujours ainsi ? C'était probablement la première fois depuis des années que cette femme appelait son fils à son travail, et il fallait que ce fût aujourd'hui.

— Elle n'avait plus rien à picoler, ou quoi ?

— Je veux parler à mon client, Jess, dit Don, ignorant le sarcasme. Alors, tu vas me laisser lui parler, oui ou non ?

— Si je te laisse lui parler, tu lui conseilleras de se taire, fit observer Jess.

— Et si tu le mets en garde à vue, tu es obligée de l'autoriser à avoir un avocat.

— C'est ce qu'on appelle une situation inextricable ?

— C'est ce qu'on appelle la loi.

— Je n'ai pas besoin que tu me l'apprennes, constata Jess avec amertume, sachant qu'il était inutile d'aller plus loin.

Elle sortit dans le couloir et frappa à la porte voisine. Un agent de police en uniforme ouvrit aussitôt. Jess et Don pénétrèrent dans la pièce. Un inspecteur en civil, l'air résigné comme s'il savait dès le début quel serait le résultat de l'entrevue, se tenait appuyé contre le mur opposé, suçant un mégot éteint. Rick Ferguson, en jean noir et blouson de cuir brun, était assis sur une chaise en bois, les mains attachées au mur derrière lui par des menottes.

— Enlevez ces trucs-là, ordonna Don, d'un ton impatient.

— Je n'ai pas dit un mot, maître, déclara Rick en regardant fixement Jess.

Jess fit un signe à l'inspecteur qui, à son tour, hocha la tête en direction de l'agent de police. On détacha aussitôt les mains de Rick Ferguson.

Celui-ci ne se frotta pas les poignets et ne bondit pas sur ses pieds comme l'auraient fait la plupart des autres prisonniers. Il se leva lentement, avec une certaine désinvolture, et s'étira, comme s'il avait tout son temps, et même l'intention de rester dans les parages.

— Je lui ai dit que j'avais rien à dire, répéta-t-il en fixant Jess. Elle m'a pas cru.

— Allons-y, Rick, lui ordonna Don depuis la porte.

— Pourquoi donc que vous me croyez jamais, hein, Jess ? — il s'attarda sur le « s » final de son nom, qui sonna comme un sifflement.

— Ça suffit, Rick !

Le ton tranchant de la voix de Don était parfaitement clair.

— Vous avez failli me faire rater Halloween, dit Rick avec son sourire diabolique en remuant sa langue entre ses dents d'une façon obscène.

Sans un mot, Don entraîna brusquement son client. Jess entendit l'écho du rire de Rick Ferguson longtemps après qu'il eut quitté la pièce.

8

— Je veux qu'il soit inculpé de meurtre, dit Jess à son supérieur.

Tom Olinsky la dévisagea derrière ses lunettes cerclées de fer et beaucoup trop petites pour son visage arrondi. Il était immense, mesurait environ un mètre quatre-vingt-dix-huit et pesait près de cent quinze kilos ; il avait l'air d'écraser tout ce qui croisait sa route.

Jess s'agita dans le grand fauteuil de cuir de l'autre côté de l'énorme bureau. Comme l'homme lui-même, tout le mobilier de la petite pièce, située au bout du couloir, était trop imposant par rapport à son environnement. Chaque fois qu'elle y mettait le pied, Jess avait l'impression d'être Alice après avoir mangé le mauvais champignon. Elle se sentait diminuée, insignifiante, médiocre. Elle compensait systématiquement cette impression en parlant plus fort, plus vite et plus abondamment que nécessaire.

— Jess...

— Je sais ce que vous m'avez déjà dit, avança-t-elle, d'un air obstiné. Que sans corps...

— Sans corps, on nous expulsera du tribunal en riant. Jess, je sais que vous pensez que ce type a commis un meurtre, et vous avez sans doute raison. Mais nous n'avons tout simplement aucune preuve.

— Nous savons qu'il l'a violée et battue.

— Ce qui n'a jamais été prouvé devant un tribunal.

— Parce qu'il l'a tuée avant qu'elle puisse témoigner contre lui.

— Prouvez-le.

Jess rejeta la tête en arrière et regarda le plafond. N'avait-elle pas déjà eu cette discussion ?

— Rick Ferguson a menacé Connie et lui a dit qu'elle ne témoignerait jamais vivante.

— Nous n'avons que sa déclaration à elle à ce sujet.

— Et ce qu'il m'a dit, à moi ? interrogea Jess. D'une voix trop forte. Trop désespérée.

— Pas assez solide.

— Pas assez solide ? Qu'est-ce que vous voulez dire, pas assez solide ?

— Ça n'est pas assez solide, c'est tout, répéta Tom Olinsky, sans se donner la peine d'enjoliver sa phrase. Nous n'irions pas au-delà d'une audience préliminaire. Vous le savez aussi bien que moi.

— Qu'en serait-il d'un grand jury décidant de la mise en accusation ?

— Même un grand jury voudra une preuve de la mort de la femme.

— Il y a de nombreux exemples de personnes ayant été inculpées de meurtre sans que l'on ait jamais retrouvé de corps, lui rappela Jess avec obstination.

— Et combien de condamnations ? — Tom Olinsky marqua un temps d'arrêt, appuyé contre son bureau, Jess perçut le gémissement du bois. — Jess, dois-je vous rappeler que cet homme a un alibi correspondant au moment de la disparition de Connie DeVuono ?

— Je sais : sa vénérée mère ! railla Jess. Il lui fournit de quoi picoler ; elle lui fournit des alibis.

Tom Olinsky retourna derrière son bureau et s'installa dans son énorme fauteuil en cuir. Il se tut, et son silence était encore plus intimidant que ses paroles.

— Alors on va tout simplement le laisser s'en tirer comme ça, conclut Jess. C'est bien ce que vous êtes en train de me dire ?

Elle agita les mains et se mit debout en détournant la tête pour qu'il ne vît pas les larmes qui lui montaient aux yeux.

— Que se passe-t-il, Jess ? interrogea Tom Olinsky, tandis qu'elle se dirigeait vers la porte.

Elle s'arrêta et s'essuya les yeux avant de se retourner vers lui.

— Qu'est-ce que vous voulez dire ?

— Vous êtes plus impliquée dans cette affaire que vous ne le devriez. Comprenez-moi bien, poursuivit-il, ce qui fait de vous un substitut aussi particulier, c'est notamment l'empathie que vous avez l'air d'établir avec la plupart des victimes. Cela vous fait parfois voir des choses que le reste d'entre nous ne voyons pas toujours. Cela vous donne un certain tranchant, vous fait lutter avec d'autant plus d'acharnement. Mais j'ai l'impression qu'il y a quelque chose de plus dans cette affaire. Je me trompe ? Et vous allez me dire de quoi il s'agit.

Jess haussa les épaules, faisant tout son possible pour ne pas voir le visage de sa mère.

— Peut-être que je déteste les choses qui traînent — elle essaya de sourire, mais sans succès. Ou peut-être tout simplement que j'aime bien me battre.

— Mais il faut avoir quelque chose contre quoi se battre. Et, en l'occurrence, on ne l'a pas. Un bon avocat de la défense — et votre ex-mari est un très bon avocat de la défense — ne ferait qu'une bouchée de nous. Il nous faut des preuves, Jess. Il nous faut un cadavre.

Jess revit Connie DeVuono, le regard enflammé, assise en face d'elle dans l'étroite salle de conférences — « Qui s'occupera de mon fils ? avait-elle demandé. Vous ? » — et elle essaya d'imaginer la femme gisant froide et sans vie sur une route déserte. L'image se présenta plus facilement que Jess ne l'avait envisagé. Elle en eut des haut-le-cœur. Elle serra aussitôt les dents jusqu'à ce que cela devienne douloureux.

Jess ne dit rien, se contentant de hocher la tête pour montrer qu'elle reconnaissait les faits, puis elle quitta le bureau de son patron. Les décorations d'Halloween avaient été retirées dans les couloirs et remplacées par une série de dindes et de pèlerins annonçant Thanksgiving. Jess retourna à son bureau juste le temps de prendre son manteau et de dire au revoir à ses adjoints qui se montrèrent surpris de la voir partir si tôt, même s'il était plus de cinq heures.

Non qu'elle voulût quitter son travail plus tôt. Non qu'elle n'eût rien à faire. Elle n'avait pas le choix. Elle avait donné sa parole. Après dix jours de *je ne peux vraiment pas, je suis complètement débordée,* elle avait fini par céder aux exhortations de sa sœur et décidé de rencontrer Sherry Hasek, la femme qui venait d'entrer dans la vie de son père. Dîner à sept heures. Au Bistro 110. *Oui, j'y serai, c'est promis*.

Son beau-frère et le nouvel amour de son père, le tout dans la même soirée : deux migraines pour le prix d'une. « Tout à fait ce qu'il me faut pour couronner une journée parfaite », grogna Jess en pénétrant dans l'ascenseur.

Il s'arrêta à l'étage suivant et une femme entra, surprenant Jess au milieu de sa phrase.

— Dure journée ? demanda la femme, et Jess faillit éclater de rire.

Les événements de la journée repassèrent en accéléré dans son esprit. Elle se revit debout devant le juge Earl Harris, avec son ex-mari à côté d'elle exigeant que son client soit jugé rapidement pour son attaque contre Connie DeVuono.

— Tout retard équivaut à un déni de justice, avait-il entonné.

Elle revoyait le sourire moqueur de Rick Ferguson, et entendait sa propre réponse peu convaincante :

— Votre Honneur, nous sommes contraints à demander un report en raison de l'indisponibilité de notre témoin pour le procès d'aujourd'hui.

— Quelle date voulez-vous ? avait demandé le juge Harris.

— Votre Honneur, accordez-nous trente jours, avait requis Jess.

— Ce qui serait très près de Noël, lui avait rappelé le juge.

— Oui, Votre Honneur.

— Accordé pour trente jours.

— Y a intérêt à ce que la vieille soit là dans trente jours, avait dit Rick Ferguson, sans prendre la peine de dissimuler le rire dans sa voix. Je déteste traîner mon cul ici pour des prunes.

Jess, appuyée contre la paroi de l'ascenseur, pouffa de rire, faisant comme si elle toussait.

— Ça va ? interrogea la femme à côté d'elle.

— Ça va, et Jess se remémora sa déception lorsqu'elle avait amené sa voiture dans un garage, le matin même.

— Comment ça, ma voiture ne sera pas prête ce

soir ? C'est juste un essuie-glace, nom d'un chien ! Il lui faudrait donc prendre le El, le métro aérien, pour rentrer chez elle ; ça allait être bondé et désagréable et elle ne pourrait sûrement pas s'asseoir. Et il faudrait qu'elle se dépêche pour être au restaurant à sept heures.

Elle pourrait attraper un taxi, se dit-elle tout en sachant qu'elle n'en trouverait pas dans les environs. Les taxis détestaient venir dans les parages du croisement de Twenty-Sixth et California Street, surtout une fois la nuit tombée. Évidemment elle aurait pu appeler un taxi depuis son bureau, mais ç'aurait été trop facile. Ou bien appeler Don. Mais non, jamais elle ne ferait ça. Elle était furieuse contre lui. Pour quelle raison ? Pour s'être montré objectif ? Croire qu'il y avait une chance que Rick Ferguson soit innocent ? Refuser de laisser ses sentiments pour elle l'emporter sur les droits de son client ? Pour être un aussi bon avocat ? Oui, pour toutes ces raisons, admit-elle.

Elle se hâta de sortir de l'ascenseur et se retrouva dehors dans un froid glacial. Elle ne s'était toujours pas acheté de nouvelles bottes fourrées.

Elle atteignit l'arrêt de bus au coin de la rue, qui était envahie par ce que l'obscurité ne pouvait cacher : clochardes ayant entassé plusieurs épaisseurs sur elles pour lutter contre le froid, fous déchaînés contre d'invisibles démons, tournant en rond sans but, une bouteille à la main et les pieds nus, gosses tellement défoncés qu'ils n'avaient ni l'énergie ni l'envie d'extraire les aiguilles de leurs bras décharnés, maquereaux, putes, dealers, désabusés. Ils étaient tous là, de plus en plus nombreux chaque année. C'était comme de regarder un cancer proliférer, songea Jess, qui vit approcher un bus avec soulagement.

Elle en descendit au croisement de California et Eighth Street, prit le métro jusqu'à State Street, changea pour prendre le El, le tout sans difficulté. Si seulement Don pouvait la voir en ce moment, se dit Jess, sur le point de rire. Il aurait une attaque. « Tu es cinglée ? l'entendait-elle crier. Tu ne sais pas à quel point le El peut être dangereux, surtout le soir ? Qu'est-ce que tu essaies de prouver ? »

J'essaie simplement de rentrer chez moi, répondit-elle en silence, refusant de se laisser intimider par quelqu'un qui n'était pas là.

Le quai du El était bondé, sale, bruyant. Un adolescent heurta Jess par-derrière sans se donner la peine de s'excuser. Une vieille femme lui marcha sur les pieds et la regarda de travers comme si c'était à Jess de lui faire des excuses. Visages noirs, basanés, blancs. Visages froids, pensa Jess. Corps tremblants dans la nuit. Chacun ayant un peu peur de l'autre.

Le train s'arrêta et Jess se sentit poussée vers les portes, ses pieds touchant à peine terre. Elle se retrouva soulevée et jetée sur un siège en vinyle craquelé, coincée entre un Noir et une vieille Mexicaine avec un gros sac. En face d'elle était assise une Philippine qui s'efforçait de maintenir sur ses genoux un enfant agité. Un coup de sifflet retentit. Le train démarra dans une secousse.

Jess ferma les yeux et se revit, enfant, tenant la main de sa mère, attendant le El sur un quai. « Ce n'est qu'un train, ma chérie », lui avait dit sa mère en la prenant dans ses bras, terrorisée, tandis que le train fonçait vers elles. « Tu n'as pas à avoir peur. »

Où étais-je quand toi, tu avais si peur ? se demandait Jess à présent. Où étais-je quand toi, tu avais besoin de moi ? « *Je n'ai pas besoin de ça, surtout pas venant de toi, Jess !* » entendit-elle sa mère dire, son beau visage inondé de larmes.

Le train s'arrêta en grinçant à la station suivante. Gardant les yeux fermés, Jess entendit les portes s'ouvrir, sentit le mouvement des passagers et leur poids contre ses genoux. Le coup de sifflet retentit, les portes se fermèrent et le train prit de la vitesse.

Jess avait toujours les yeux fermés tandis que le train traversait à toute allure le centre de la ville.

Elle se remémorait le jour de la disparition de sa mère. Il faisait particulièrement chaud, même pour un mois d'août : on approchait des trente degrés dès dix heures du matin. Jess était descendue à la cuisine, en short et vieux T-shirt. Son père était parti en voyage d'affaires. Maureen était à la bibliothèque, préparant sa prochaine rentrée à Harvard pour l'automne. Sa mère se tenait près du téléphone, elle portait un ensemble en lin blanc, était coiffée et maquillée avec soin. Elle avait l'air prête à sortir. « Où vas-tu ? avait interrogé Jess.

— Nulle part, lui avait répondu sa mère d'une voix aigre.

— Depuis quand tu te fais aussi chic pour allez nulle part ? »

Les mots résonnaient au rythme du train. *Depuis quand tu te fais aussi chic pour aller nulle part ? Depuis quand tu te fais aussi chic pour aller nulle part ? Depuis quand tu te fais aussi chic pour aller nulle part ?*

Le train eut un brusque cahot et Jess sentit quelqu'un lui tomber sur les genoux. Elle ouvrit les yeux et vit une vieille femme noire s'efforcer de retrouver son équilibre.

— Je suis désolée, dit la femme.

— C'est pas grave, dit Jess en l'attrapant par la main pour tenter de l'aider et en s'apprêtant à lui céder sa place.

C'est alors qu'elle le vit.

— Nom de Dieu !

— Je vous ai fait mal ? s'enquit la vieille femme. Je suis vraiment désolée. Le train a eu un cahot et j'ai perdu l'équilibre. Je vous ai marché sur le pied ?

— Non, ça va, murmura Jess en faisant un effort pour parler, tout en regardant fixement l'homme à l'air sarcastique qui se tenait à quelques pas derrière la femme, les bras le long du corps, refusant obstinément de se tenir à quoi que ce soit, son expression de défi suffisant à le soutenir.

Rick Ferguson lui rendit son regard avant de disparaître derrière une rangée de corps.

Peut-être qu'elle ne l'avait pas vu du tout, pensa Jess en scrutant le wagon bondé pour essayer de le retrouver, se rappelant son expérience avec la Chrysler blanche devant son immeuble. Peut-être qu'elle n'avait rien vu. Peut-être était-ce son imagination qui se moquait d'elle d'une façon cruelle. Ou peut-être pas.

Sûrement pas, se dit Jess, lasse de faire comme si les choses étaient différentes de ce qu'elle savait qu'elles étaient. Elle se mit debout. Sa place fut aussitôt occupée par quelqu'un d'autre. Elle se fraya un chemin jusqu'à l'autre extrémité du wagon.

Il était appuyé contre la porte, vêtu du même jean et du même blouson de cuir brun que le matin même au tribunal, ses cheveux blonds longs et sales attachés en queue de cheval, ses yeux bruns laissant deviner tout son passé : la famille brisée, le père abusif, la mère alcoolique, la pauvreté abrutissante, les démêlés fréquents avec la justice, la succession d'emplois éreintants en usine, les nombreux licenciements, l'échec des rapports avec les femmes, la colère, l'amertume, le mépris. Et toujours ce sourire pincé, morne et faux.

— Excusez-moi, murmura Jess à un homme d'allure frêle qui lui barrait la route, et l'homme se recula aussitôt.

Le sourire de Rick Ferguson s'élargit tandis que Jess avançait dans sa direction.

— Bien, bien, dit-il.

— Vous êtes en train de me suivre ? demanda Jess d'une voix suffisamment forte pour que tout le monde l'entende dans le wagon bondé.

— Moi ? Vous suivre ? s'exclama-t-il en éclatant de rire. Pourquoi je ferais ça ?

— C'est à vous de me le dire.

— J'ai rien à vous dire, répliqua-t-il en dirigeant son regard vers la fenêtre. C'est ce qu'a dit mon avocat.

Le train ralentit en approchant de la station suivante.

— Qu'est-ce que vous faites dans ce train ? continua Jess.

Pas de réponse.

— Qu'est-ce que vous faites dans ce train ? répéta-t-elle.

Il se gratta l'aile du nez.

— J'me promène. La voix était pleine d'indolence comme si le fait même de parler représentait un trop grand effort.

— Et vous allez où ?

Pas de réponse.

— Vous descendez à quelle station ?

Il sourit.

— J'ai pas encore décidé.

— Je veux savoir où vous allez.

— Peut-être chez moi.

— Votre mère habite à Aberdeen. C'est dans l'autre direction.

— Et si je vais pas chez ma mère ?

— Alors vous êtes en infraction par rapport à votre liberté sous caution. Je peux vous faire arrêter.

— Les conditions sont que je dois vivre chez ma mère tant que je suis en liberté provisoire. Elles ne disent pas quels trains du El je peux prendre ou pas, lui rappela-t-il.

— Qu'est-ce que vous avez fait à Connie DeVuono ? questionna-t-elle, espérant le prendre par surprise.

Rick Ferguson leva les yeux au ciel comme s'il était en train de réfléchir à sa réponse.

— Objection ! railla-t-il soudain. Je crois pas que mon avocat approuverait cette question.

Le train s'arrêta dans une secousse. Jess essaya de saisir quelque chose à quoi se retenir, mais il n'y avait rien. Elle perdit l'équilibre, partit en avant et s'écrasa contre la poitrine de Rick Ferguson. Celui-ci l'attrapa et lui serra les bras si fort qu'elle eut l'impression de sentir les bleus apparaître.

— Lâchez-moi, hurla Jess. Lâchez-moi immédiatement !

Rick Ferguson leva les bras au ciel.

— Hé, je voulais juste vous aider.

— Je n'ai pas besoin de votre aide.

— Vous aviez l'air bien partie pour une sale chute, dit-il en rajustant son blouson et en haussant les épaules. Et on veut pas qu'il vous arrive quelque chose. Pas maintenant. Pas quand les choses commencent juste à être intéressantes.

— Qu'est-ce que ça signifie ?

— Eh ben, dites donc, dit-il en éclatant de rire sans la regarder. C'est ma station — il se fraya un chemin jusqu'à la porte. A un de ces jours ! lança-t-il en se glissant à l'extérieur juste au moment où les portes se fermaient.

Tandis que le train s'éloignait, Jess regarda Rick Ferguson lui faire au revoir de la main depuis le quai.

Elle était assise sur son lit, nue, ses vêtements soigneusement étalés à côté d'elle, incapable de bouger. Elle ne savait pas combien de temps s'était écoulé depuis qu'elle était sortie de sa douche, combien de minutes avaient passé depuis que ses jambes avaient été prises d'engourdissement et que sa respiration était devenue pénible et laborieuse. « C'est ridicule, dit Jess en s'adressant à elle-même. Tu ne peux pas faire ça. Tout le monde t'attend. Tu vas être en retard. Tu ne peux pas faire ça. »

Elle ne pouvait rien faire.

« Allons, Jess. Ne sois pas stupide. Il faut que tu te remues. Il faut que tu t'habilles. » Elle regarda la robe de soie noire posée près d'elle. « Allons. Tu sais déjà ce que tu veux mettre. Tout ce que tu as à faire, c'est de l'enfiler. »

Elle ne pouvait pas. Ses mains refusaient de quitter ses genoux. L'angoisse avait commencé par une sensation de picotements dans les côtes alors qu'elle sortait de la douche. Elle avait tout d'abord essayé de la dissiper en se frottant avec une serviette, mais la sensation s'était rapidement étendue à son estomac et à sa poitrine, puis à ses mains et à ses pieds. Elle avait été prise de vertige et, ne sentant plus ses jambes, avait été obligée de s'asseoir. Bientôt, elle avait eu du mal à respirer. Du mal à penser.

A côté du lit, le téléphone se mit à sonner.

Jess regarda fixement le combiné, incapable de l'atteindre. « Par pitié, aidez-moi, murmura-t-elle en tremblant de froid. Par pitié, aidez-moi, n'importe qui. »

Le téléphone sonna une fois, deux fois, trois fois... et s'arrêta à dix. Jess ferma les yeux, oscilla, sentit la panique lui remonter dans la gorge. « Par pitié, aidez-moi, implora-t-elle à nouveau. Par pitié, aidez-moi. » Elle vit dans le miroir, de l'autre côté du lit, une petite fille effrayée qui la regardait. « Je t'en prie, maman, aide-moi, pleurait la petite fille. Promets-moi que tout ira bien. »

« Oh, mon Dieu, gémit Jess en se pliant en deux, le front sur les genoux. Qu'est-ce qui m'arrive ? Qu'est-ce qui m'arrive ? »

Le téléphone recommença à sonner. Une fois... deux fois... trois fois. « Il faut que je réponde. Il faut que je réponde. »

Elle se força à se redresser, entendant son corps craquer, comme raidi par la rigidité cadavérique. Quatre sonneries... cinq. « Il faut que je réponde. » Elle fit un suprême effort pour tendre le bras vers le téléphone et regarda sa main comme si elle appartenait à quelqu'un d'autre tandis qu'elle approchait le combiné de son oreille.

— Allô, Jess ? Jess, tu es là ? interrogea la voix.

— Maureen ?

Jess expulsa le mot de sa bouche dans un murmure désespéré.

— Jess, où étais-tu ? Et qu'est-ce que tu fais chez toi ? Tu devrais être ici !

— Quelle heure est-il ?

— Presque huit heures. On t'attend depuis sept heures. Tout le monde meurt de faim, on est morts d'inquiétude. Je n'ai pas arrêté d'appeler. Qu'est-ce qui se passe ? Tu n'es jamais en retard.

— Je viens juste de rentrer, mentit Jess, ne sentant toujours pas ses jambes.

— Bon, alors viens tout de suite.

— Je ne peux pas.

— Quoi ?

— Je t'en prie, Maureen. Je ne peux vraiment pas. Je ne me sens pas très bien.

— Tu avais promis.

— Je sais, mais...

— Il n'y a pas de mais.

— Je ne peux pas. Je ne peux vraiment pas.

— Jess...

— S'il te plaît, dis à papa que je suis réellement désolée mais que je ferai la connaissance de sa fiancée une autre fois.

— Jess, ne fais pas ça.

— Honnêtement, Maureen, je crois que j'ai attrapé quelque chose.

Elle pouvait entendre sa sœur pleurer.

— Maureen, ne pleure pas, je t'en prie. Je n'avais pas prévu ça. Ma robe est prête, et tout le reste. Je ne peux tout simplement pas.

Il y eut une seconde de silence.

— Fais comme tu voudras, dit sa sœur en raccrochant.

— Merde ! hurla Jess en jetant le combiné sur son support, sa léthargie paralysante ayant soudainement disparu.

Elle bondit sur ses pieds. Mais que se passait-il

donc ? Qu'est-ce qu'elle était en train de s'infliger à elle-même ? Et à sa famille ? N'avait-elle pas horreur que l'on soit en retard ? N'était-elle pas toujours la première à arriver ? Huit heures, nom de Dieu ! Quatre-vingt-dix minutes qu'elle était assise sur son lit toute nue, ses vêtements étalés à côté d'elle, incapable de les enfiler, de faire un geste.

Quatre-vingt-dix minutes. Une heure et demie. La pire attaque jusqu'à présent. Assurément la plus longue. Que se passerait-il si cela avait lieu dans la salle d'audience ?

Elle ne pouvait pas prendre ce risque. Il fallait qu'elle fasse quelque chose. Maintenant.

Jess se dirigea vers son placard, en sortit son pantalon noir et fouilla dans les poches pour y trouver le bout de papier sur lequel sa sœur avait noté le numéro de téléphone de son amie, Stephanie Banack. « Stephanie Banack », lut-elle à haute voix, se demandant si la psychothérapeute pourrait lui venir en aide. « Appelle-la et tu verras. »

Jess pressa les touches adéquates et se souvint tout à coup qu'il était tard. Elle était en train de se demander si elle laisserait un message, lorsqu'on décrocha dès la première sonnerie.

— Stephanie Banack, dit la voix.

— Excusez-moi, dit Jess, déconcertée. C'est un répondeur ?

Stephanie Banack éclata de rire.

— Non, c'est la vraie chose, je le crains. Que puis-je pour vous ?

— C'est Jess Koster, dit Jess. La sœur de Maureen.

Il y eut une seconde de silence. Puis :

— Comment allez-vous, Jess ? Est-ce que tout va bien ?

— Maureen va bien, si c'est ce que vous voulez savoir. C'est moi, poursuivit-elle rapidement, craignant de s'arrêter complètement si elle ralentissait. Je me demandais si vous pourriez avoir un peu de temps pour me voir... bientôt.

— Je trouverai le temps, dit la thérapeute. Demain à midi ?

Jess hésita, bafouilla. Elle ne s'attendait pas à une action aussi rapide.

— Allons, Jess, je ne renonce pas à mon heure de déjeuner pour n'importe qui.

Jess hocha la tête.

— Midi, acquiesça-t-elle. Je serai là.

9

Le bureau de Stephanie Banack se trouvait sur Michigan Avenue, en plein quartier commercial du centre ville. « Ses affaires ont l'air de très bien marcher », murmura Jess dans le col de son manteau, tandis qu'elle attendait l'ascenseur pour monter au quatorzième étage. Elle n'avait pas vu Stephanie Banack depuis des années et n'avait jamais compris l'amitié persistante de sa sœur pour cette femme. Il y avait beaucoup d'autres choses qu'elle ne comprenait pas chez elle. Surtout ces temps-ci. Mais c'était un autre problème. Quelque chose qui n'avait rien à voir avec la raison pour laquelle elle était là.

Elle n'avait, en fait, pas de bonne raison de se trouver là. Elle était en train de perdre une énergie et un temps précieux. Elle consulta sa montre, remarqua qu'il était midi moins cinq et qu'elle avait encore le temps d'appeler pour annuler son rendez-vous, sans trop gêner l'amie de sa sœur. La femme avait dit qu'elle renonçait à son heure de déjeuner. Cela lui rendrait donc service.

Elle était en train de chercher un téléphone lorsque les portes de l'ascenseur s'ouvrirent. Il était vide et attendait. Eh bien, avait-il l'air de dire, qu'est-ce que tu vas faire ? Il n'y a pas de téléphone et je ne vais pas attendre éternellement. Allez, décide-toi. Qu'est-ce que tu fais ?

« Je suppose que je viens avec toi », répondit Jess, heureuse qu'il n'y eût personne dans le hall pour l'entendre. « Je parle aux ascenseurs, et j'ose me demander ce que je fais ici ! » Elle pénétra dans la cabine dont les portes se refermèrent derrière elle.

Elles se rouvrirent au quatorzième étage. A l'autre bout du couloir, une plaque proclamait en lettres dorées et en relief STEPHANIE BANACK, ainsi qu'un nombre impressionnant de diplômes.

Trop, pensa Jess en se remémorant l'adolescente ingrate toujours accrochée aux basques de sa sœur. Difficile de faire coïncider cette image avec une femme ayant besoin d'autant d'initiales : B.A., M.S.W., Ph.D. Manifestement, cette femme souffre de manque d'amour-propre, décida Jess. Tous ces coûteux diplômes pour renforcer sa confiance en elle alors qu'elle n'avait probablement besoin que de se faire rectifier le nez, rien de plus.

Jess avait la main sur la poignée de la porte lorsque celle-ci s'ouvrit et qu'une jeune femme avec une queue de cheval blonde et du fard à paupières violet foncé apparut. Elle sourit, de ce genre de large sourire qui part dans toutes les directions.

— Vous êtes Jess Koster ? demanda-t-elle.

Jess hocha la tête en silence.

— Je suis la secrétaire du Dr Banack. Le docteur vous attend. Vous pouvez entrer.

La salle d'attente était assez plaisante et Jess le remarqua en écoutant le bruit d'un ascenseur ouvrant et refermant ses portes au bout du couloir. Les murs et la moquette étaient d'un ton de gris très doux, les deux fauteuils placés contre un mur avaient d'agréables rayures vert menthe et gris. Une table basse était couverte des derniers numéros des magazines de mode et d'actualités. L'ensemble était chaleureux, accueillant. Rassurant, même.

— Il faut que je sorte d'ici, dit Jess à haute voix.

— C'est vous, Jess ?

La voix provenant du bureau était claire, amicale, légèrement autoritaire.

Jess ne dit rien, les yeux fixés sur la porte entrouverte.

— Jess ?

Jess sentit la présence de Stephanie Banack sur le seuil avant même qu'elle ait apparu.

— Jess ? demanda Stephanie Banack avec hésitation, forçant Jess à la regarder.

— Seigneur, vous êtes superbe ! s'exclama Jess, les mots lui sortant de la bouche avant qu'elle ait eu le temps d'y penser.

Stephanie Banack éclata de rire, d'un rire rayonnant de santé mentale.

— Je suppose que vous ne m'avez pas vue depuis que je me suis fait refaire le nez.

— Vous vous êtes fait refaire le nez ? interrogea Jess, s'évertuant à paraître sincère.

— Et j'ai fait éclaircir mes cheveux. Laissez-moi prendre votre manteau.

Jess laissa Stephanie Banack l'aider à ôter son manteau. Tout à coup elle se sentit toute nue malgré le lainage épais de sa jupe et de son pull noirs. La psychothérapeute désigna son bureau de la main.

— Entrons.

Les gris et verts pastel de la salle d'attente se prolongeaient dans le cabinet. Un grand bureau de chêne dont le dessus était couvert de nombreuses photographies de trois jeunes garçons souriant dans leur cadre était placé contre un des murs, en face d'un fauteuil pivotant à motifs cachemire. La lumière de la fenêtre donnait à la série de diplômes accrochés au mur un éclat presque inquiétant. Mais la pièce était dominée par le vaste divan de cuir gris qui trônait au milieu.

— Il y a bien longtemps que je ne vous ai vue, commença Stephanie Banack. Comment allez-vous depuis tout ce temps ?

— Bien.
— Toujours au Bureau du procureur ?
— Oui.
— Vous vous y plaisez ?
— Beaucoup.
— Vous n'êtes pas à la barre des témoins, Jess. Vous n'êtes pas obligée de limiter vos réponses à un seul mot. — Stephanie Banack s'assit sur son fauteuil pivotant en faisant signe à Jess. — Asseyez-vous donc.
Jess s'obstina à rester debout, tout en remarquant le maintien majestueux de Stephanie Banack, son allure parfaite, la chaleur et la franchise de son sourire. Rien de la Stephanie Banack qu'elle s'était attendue à voir avec les épaules tombantes et l'air lugubre, portant des vêtements d'occasion qui ne lui allaient pas, et non un tailleur-pantalon de chez Armani impeccable, avec d'élégantes chaussures Maud Frizon. Cette femme devait être une autre Stephanie Banack. Ce n'était pas impossible qu'il y eût deux thérapeutes s'appelant Stephanie Banack et pratiquant dans le centre de Chicago.
— Je me suis probablement trompée, s'entendit-elle prononcer, se dissociant du son de sa propre voix.
— Comment ça ?
— En venant ici.
— Qu'est-ce qui vous fait dire ça ?
Jess secoua la tête, sans un mot.
— Jess, vous êtes déjà ici. Pourquoi ne pas vous asseoir ? Vous n'êtes pas obligée de me dire quelque chose que vous ne souhaitiez pas me dire.
Jess hocha la tête mais ne bougea pas.
— Quand vous m'avez téléphoné hier soir, se risqua la thérapeute, vous aviez l'air complètement affolée.
— J'étais en train de dramatiser.
— Quoi donc ?
Jess haussa les épaules.

— Je ne sais pas très bien.
— Vous ne m'avez jamais semblé être du genre à dramatiser.
— Peut-être que ça n'a jamais été mon habitude.
— Peut-être qu'en ce moment vous n'êtes pas en train de dramatiser.
Jess fit quelques pas hésitants et toucha le cuir lisse du divan.
— Avez-vous parlé à Maureen ?
— Je lui parle en général une fois par semaine.
— Je crois, dit Jess en hésitant, que ce que je voulais dire, c'est : est-ce qu'elle vous a parlé ?
La psychothérapeute redressa la tête, et Jess pensa aussitôt à un gentil cocker.
— Je ne suis pas sûre de bien comprendre la question.
— A mon sujet, déclara Jess. Vous a-t-elle confié quelque chose à mon sujet ?
— Il y a quelques semaines, elle a mentionné que vous appelleriez peut-être, dit simplement Stephanie Banack. Que vous aviez des problèmes.
— Est-ce qu'elle a précisé quels problèmes ?
— Je ne crois pas qu'elle le sache.
Jess contourna le vaste divan et s'assit lentement dessus.
— Alors, qu'est-ce que vous pensez de ma sœur ces jours-ci ? demanda Jess, décidant que puisqu'elle était déjà assise, elle pourrait aussi bien se montrer amicale et bavarder un peu.
— Je la trouve formidable. La maternité lui va bien.
— Vous trouvez ?
— Pas vous ?
— Je trouve que c'est un peu du gâchis. — Jess tourna les yeux vers la fenêtre. — Non que j'estime que le fait de s'occuper d'enfants soit du gâchis. Mais c'est plutôt que, lorsque l'on a les capacités et l'intelligence de Maureen, on se dit qu'elle pourrait faire

quelque chose d'autre que mettre des couches à des bébés et satisfaire les moindres caprices de son mari.

Stephanie Banack se pencha en avant.

— Vous trouvez que Maureen satisfait les moindres caprices de son mari ?

— Pas vous ?

Stephanie Banack sourit.

— Je veux dire, mes parents ne lui ont pas fait faire toutes ces années d'études — et vous savez ce que coûte Harvard, même si on a une bourse partielle — pour la voir tout laisser tomber.

— Vous pensez que votre père est déçu ?

— Je n'en sais rien. — Jess baissa la tête. — Sans doute pas. Il est fou de ses petits-enfants. De plus, même s'il était déçu, il n'en parlerait jamais.

— Et votre mère ?

Jess sentit son dos se raidir.

— Que voulez-vous dire ?

— Eh bien, vous avez laissé entendre que vos parents ne seraient pas satisfaits des choix que Maureen a faits récemment...

— Ce que j'ai dit, c'est que je ne pensais pas qu'ils lui avaient fait faire toutes ces années d'études pour qu'elle reste à la maison et fasse des enfants.

— Comment pensez-vous que votre mère réagirait ?

Jess tourna la tête d'un côté et appuya son menton sur son épaule.

— Elle serait furieuse.

— Qu'est-ce qui vous fait croire ça ?

Jess sentit ses pieds s'agiter avec impatience.

— Allons, Stephanie, vous étiez souvent chez nous. Vous connaissiez ma mère. Vous savez quelle importance elle attachait au fait que ses filles aient une bonne éducation, qu'elles fassent quelque chose de leur vie, qu'elles apprennent à se débrouiller toutes seules.

— Une femme en avance sur son temps. Je me souviens.

— Bon, alors vous devriez savoir comment elle réagirait à ce que Maureen est en train de faire.

— Comment se sentirait-elle ?

Jess interrogea l'air pour trouver les qualificatifs appropriés.

— Fâchée. Désorientée. Trahie.

— C'est ce que vous ressentez ?

— Je suis en train de vous dire ce que ressentirait ma mère.

— Vous ne pensez pas que votre mère souhaitait que Maureen fonde une famille ?

— Ce n'est pas ce que je dis.

— Et qu'est-ce que vous dites ?

Jess leva les yeux au plafond, puis examina la fenêtre, la série de diplômes encadrés accrochés au mur, et enfin, la femme assise en face d'elle.

— Écoutez, vous devez vous souvenir à quel point ma mère a été contrariée quand je lui ai dit que j'allais épouser Don...

— Les circonstances étaient très différentes, Jess...

— Comment ça ? En quoi étaient-elles différentes ?

— Eh bien, d'une part, vous étiez très jeune. Don était tellement plus vieux que vous. C'était un avocat établi. Vous étiez seulement en train de terminer votre première année de droit. Je ne crois pas que ce soit le mariage en tant que tel que votre mère critiquait, mais plutôt le moment choisi.

Jess se mit à faire sauter le vernis de ses ongles.

— Par contre, Maureen avait déjà fini ses études, poursuivit Stephanie. Elle était bien installée professionnellement quand elle a épousé Barry. Je ne crois pas que votre mère aurait eu d'objections à ce qu'elle s'accorde quelque temps pour élever des enfants.

— Je ne suis pas en train de dire que ma mère n'aurait pas voulu que Maureen se marie et ait des enfants, déclara Jess, la colère précipitant son débit. Pourquoi ne l'aurait-elle pas voulu ? Ma mère était contente d'avoir eu des enfants. Elle était contente de s'être mariée. Elle avait consacré sa vie à être la meilleure épouse et la meilleure mère possible. Mais...

— Mais quoi ?

— Mais elle en voulait davantage pour ses filles. C'est si horrible que ça ? Il y a quelque chose qui cloche, là-dedans ?

— Ça dépend de ce que la fille souhaite pour elle-même.

Jess tordit sa lèvre supérieure entre ses doigts, attendant que son cœur cesse de battre à toute allure, pour parler.

— Écoutez, je ne suis pas venue ici pour parler de Maureen ou de ma mère.

— Alors pourquoi êtes-vous venue ?

— Je n'en sais vraiment rien.

Il y eut un instant de silence. Pour la première fois, elle aperçut la pendule sur le bureau de Stephanie. Elle regarda l'aiguille des minutes se déplacer d'un cran. Encore une minute de perdue. Le temps passait et elle pensait à tout ce qu'elle aurait dû être en train de faire. Elle avait rendez-vous au bureau du médecin légiste à une heure et demie, un entretien avec un témoin oculaire du meurtre à l'arbalète à trois heures, une réunion avec plusieurs officiers de police à quatre heures. Elle aurait pu utiliser les instants présents à préparer tout ça. Que faisait-elle donc à gâcher un temps précieux ?

— Qu'est-ce que vous faisiez quand vous m'avez appelée hier soir ? demanda Stephanie Banack.

— Comment ça, qu'est-ce que je faisais ?

Stephanie Banack eut l'air déconcertée.

— C'est une question plutôt simple, Jess. Qu'est-ce que vous faisiez juste avant de me téléphoner, hier soir ?

— Rien.

— Rien ? Et comme ça, par hasard, vous vous êtes

dit, tiens, ça fait des années que je n'ai pas vu Stephanie Banack. Je crois que je vais l'appeler ?

— Quelque chose comme ça.

Un autre silence.

— Jess, je ne peux pas vous aider si vous ne me donnez aucune chance.

Jess voulut parler, mais en fut incapable.

— Jess, pourquoi avez-vous demandé mon numéro à votre sœur ?

— Je ne l'ai pas fait.

— Alors c'est elle qui a suggéré que vous m'appeliez ?

Jess haussa les épaules.

— Et pourquoi donc ?

— Vous devriez le lui demander.

— Écoutez, peut-être que le fait que je sois l'amie de votre sœur vous gêne. Vous devez savoir que tout ce que vous me direz restera strictement confidentiel. Mais peut-être préféreriez-vous que je vous indique quelqu'un d'autre...

— Non, se hâta de dire Jess. C'est pas vous. C'est moi.

— Parlez-moi de vous, dit Stephanie Banack avec douceur.

— J'ai ces crises d'angoisse.

— Que voulez-vous dire par crises d'angoisse ?

— Des sentiments de panique.

— Que se passe-t-il quand vous éprouvez ces sentiments ?

Jess fixa ses genoux, les écailles de son vernis à ongles éparpillées sur sa jupe noire comme des paillettes scintillantes.

— Respiration haletante. Engourdissement. Je ne peux pas bouger les jambes. Elles sont prises de fourmillements, de faiblesse. J'ai la tête légère, puis lourde. Mon cœur se met à battre à toute allure. J'ai l'impression qu'on m'écrase la poitrine sous une enclume. Paralysie. Je ne peux vraiment pas bouger. J'ai envie de vomir.

— Depuis quand avez-vous ces attaques ?
— Ça a recommencé il y a quelques semaines.
— Recommencé ?
— Quoi ?
Stephanie Banack croisa les jambes puis les décroisa.
— Vous avez dit que ça avait recommencé il y a quelques semaines.
— Vraiment ?
— Oui.
— Je suppose que c'est ce qu'on appelle un lapsus freudien.
Jess eut un rire amer. Son subconscient était-il aussi disposé que ça à dévoiler tous ses secrets ?
— Ces attaques ne sont donc pas nouvelles — le commentaire était plus une affirmation qu'une interrogation.
— Non — Jess marqua une pause avant de poursuivre. J'en ai eu après la disparition de ma mère. Presque tous les jours pendant au moins un an, et ensuite fréquemment pendant plusieurs années.
— Et ensuite ça s'est arrêté ?
— Pendant à peu près quatre ans.
— Et à présent ça a repris ?
— Elles ont commencé à se produire de plus en plus fréquemment. Elles durent plus longtemps. Cela va de mal en pis.
— Et ça a recommencé, avez-vous dit, il y a quelques semaines ?
— Oui.
— D'après vous, qu'est-ce qui a pu provoquer cette nouvelle série ?
— Je ne sais pas vraiment.
— Les crises suivent-elles une sorte de schéma ?
— Qu'est-ce que vous voulez dire par schéma ?
Stephanie Banack marqua une pause, passa ses doigts sur les ailes de son nez sculpté à la perfection.
— Se produisent-elles à un moment particulier du jour ou de la nuit ? Au travail ? Quand vous êtes

seule ? Dans un endroit particulier ? Auprès de certaines personnes ?

Jess passa rapidement en revue toutes les questions. Les crises se produisaient à n'importe quelle heure du jour ou de la nuit. Au travail, chez elle, quand elle était seule, en train de marcher dans une rue animée, au cinéma, quand elle sortait de la douche.

— Il n'y a pas de schéma, dit-elle, sur un ton de désespoir.

— Vous aviez une crise quand vous avez appelé hier soir ?

Jess acquiesça de la tête.

— Qu'étiez-vous en train de faire ?

Jess lui raconta qu'elle s'apprêtait à sortir.

— Je savais comment j'allais m'habiller, s'entendit-elle murmurer, j'avais préparé toutes mes affaires.

— Vous deviez rencontrer la femme dont votre père est amoureux ?

— Oui, admit Jess.

— J'imagine que la situation était susceptible de provoquer une certaine angoisse.

— Eh bien, ce n'est pas exactement une chose que j'attendais avec impatience, ce qui fait de moi quelqu'un de plutôt ignoble.

— Pourquoi dites-vous ça ?

— Parce que je suis censée vouloir que mon père soit heureux.

— Et ce n'est pas le cas ?

— Mais si ! — Jess sentit ses yeux se remplir de larmes, elle lutta pour les contenir. — C'est ce que je ne comprends pas. Je veux vraiment qu'il soit heureux. Bien sûr, que je veux son bonheur. Ce qui le rend heureux devrait me rendre heureuse.

— Pourquoi ?

— Quoi ?

— Depuis quand ce qui rend heureuse une autre personne doit nous rendre heureux nous aussi ?

Vous exigez beaucoup de vous-même, Jess. Peut-être trop.

— Maureen n'a pas l'air d'avoir de difficultés avec cette situation.

— Maureen, ce n'est pas vous.

Jess passa rapidement en revue tout ce qui venait d'être dit.

— Mais ça ne peut pas être uniquement mon père. Les crises ont commencé avant que je sache qu'il avait une liaison avec quelqu'un.

— Quand exactement ont-elles commencé ?

Jess revit la nuit où elle s'était réveillée, prise de tremblements, ses draps trempés de sueur.

— J'étais au lit, je dormais. J'ai fait un cauchemar. Ça m'a réveillée.

— Vous souvenez-vous du cauchemar ?

— C'était au sujet de ma mère. Je n'arrêtais pas d'essayer de la rejoindre, mais je n'y arrivais pas.

— Aviez-vous pensé à votre mère avant de vous coucher ?

— Je ne m'en souviens pas, mentit Jess.

Elle avait pensé à sa mère toute la journée. En fait, la première crise n'avait pas fait suite à son cauchemar. Elle s'était produite plus tôt dans la journée, dans la salle d'audience, pendant le procès pour le viol d'Erica Barnowski, quand elle avait cru reconnaître sa mère dans le visage d'un membre du jury. Elle ne voulait plus parler de sa mère.

— Écoutez, je crois que je sais pourquoi ça se produit, annonça Jess. Cela a quelque chose à voir avec un homme contre lequel j'ai engagé des poursuites — elle vit le visage de Rick Ferguson dans le reflet de la vitre qui protégeait les diplômes encadrés de Stephanie Banack. Il a fait des menaces...

— Quel genre de menaces ?

Les gens qui m'embêtent ont une certaine façon de disparaître...

Disparaître.

Comme sa mère.

Je n'ai pas besoin de ça, Jess. Je n'ai pas besoin de ça, surtout pas venant de toi !

Elle ne voulait plus y penser.

— Écoutez, je crois vraiment que le plus important n'est pas de savoir pourquoi ces crises se produisent, mais comment je peux les faire cesser.

— Je peux vous indiquer de simples exercices de relaxation, des techniques qui peuvent atténuer les crises, lui dit Stephanie Banack, mais je crois que, pour pouvoir vous en débarrasser réellement, il faut que vous travailliez sur les problèmes responsables de ces crises.

— Vous voulez parler d'une thérapie de longue durée ?

— Je veux parler d'une forme de thérapie, oui.

— Je n'ai pas besoin de thérapie. J'ai simplement besoin de mettre ce type derrière les barreaux.

— Pourquoi suis-je convaincue que les choses ne sont pas aussi simples que ça ?

— Parce que vous avez été entraînée à penser de cette façon. C'est votre travail. — Jess consulta sa montre, bien qu'elle sût déjà quelle heure il était. — Et à propos de travail, il faut que je retourne au mien.

Elle se releva du divan confortable et se dirigea brusquement vers la porte, comme si elle répondait à une alarme d'incendie retentissant dans le silence.

— Jess, attendez...

Jess traversa la salle d'attente sans s'arrêter, prit son manteau dans le placard et le jeta sur ses épaules en se dirigeant vers le palier.

— J'étais ravie de vous revoir, Stephanie. Portez-vous bien.

Elle avança à grands pas vers les ascenseurs.

— Je suis là tout le temps, Jess, criait Stephanie Banack derrière elle. Vous n'avez qu'à m'appeler.

10

— Je peux vous aider ?

— Je jette un coup d'œil, merci.

Que suis-je en train de faire ? se demanda Jess en examinant une paire de chaussures en daim vert de chez Bruno Magli. Qu'est-ce qui m'a pris d'entrer dans cette boutique ? Une nouvelle paire de chaussures était bien la dernière chose dont j'avais besoin.

Elle consulta sa montre. Presque midi et demi. Elle avait rendez-vous avec le médecin légiste une heure plus tard. Son bureau se trouvait sur Harrison Street, à vingt minutes de voiture, et elle n'avait toujours pas récupéré sa Mustang au garage. Ils l'avaient appelée le matin même, parlant d'une autre réparation mineure mais indispensable. Il faudrait qu'elle prenne un taxi.

— Si vous me donnez une idée du type de chaussures que vous recherchez..., insista le vendeur, un homme d'une cinquantaine d'années, de petite taille, avec un postiche de cheveux bruns qui ne lui allait pas.

— Je ne recherche rien de précis, dit Jess.

Il s'inclina avec une politesse exagérée et se hâta vers une femme qui venait juste d'entrer dans le magasin.

Jess parcourut du regard une longue table couverte d'un incroyable assortiment de chaussures de toutes les couleurs, en cuir ou en daim. Elle prit une paire de mocassins jaune moutarde et les retourna. Rien de tel pour faire disparaître tous les problèmes du monde, pensa-t-elle en caressant la douceur du daim. C'était la bonne thérapie. Certainement moins cher, trancha-t-elle en regardant l'étiquette collée sous le talon. Quatre-vingt-dix dollars, contre...

Contre quoi ? Elle n'avait même pas discuté argent avec Stephanie Banack, ni pensé une seconde à se renseigner sur son tarif horaire, elle l'avait plaquée sans même lui demander combien elle lui devait. Non seulement cette femme avait dû se passer de déjeuner, mais de plus elle n'avait pas été payée.

Jess reposa les chaussures sur la table en secouant la tête d'un air de désarroi. Être impoli était une chose ; être présomptueux en était une autre. Elle s'était très mal conduite envers l'amie de sa sœur. Il faudrait qu'elle fasse des excuses, peut-être qu'elle lui envoie des fleurs avec un petit mot de remerciements. Et pour dire quoi ?

« *Je crois que pour pouvoir vous en débarrasser réellement,* entendit-elle Stephanie Banack répéter, *il faut que vous travailliez sur les problèmes responsables de ces crises.* »

Il n'y a pas de problèmes, rétorqua Jess en silence en s'approchant d'une autre table couverte de chaussures plus habillées ; elle passa ses doigts sur une série d'escarpins à hauts talons en cuir verni noir.

Il n'y en avait qu'un, et elle savait exactement lequel. Rick Ferguson.

Non qu'il fût le premier criminel à la menacer. Haine, insultes, intimidation, tout cela était inhérent à sa fonction de substitut. Elle recevait depuis deux ans des cartes de vœux d'un homme qu'elle avait réussi à faire condamner pour dix ans. Il la menaçait de la suivre dès qu'il serait sorti de prison. Les cartes de vœux, aussi inoffensives qu'elles puissent paraître, étaient une façon de rappeler à Jess qu'il n'oubliait pas.

A vrai dire, les menaces de ce genre étaient rarement mises à exécution. Elles étaient proférées, reçues, et finalement oubliées. Des deux côtés.

Rick Ferguson était différent.

L'homme de ses rêves, pensa-t-elle avec ironie en se remémorant le cauchemar qui avait débuté quand elle était en train d'essayer à tout prix de retrouver sa mère et qu'elle avait fini par trouver la Mort. Dans une certaine mesure, Rick Ferguson avait réussi à pénétrer la partie la plus secrète d'elle-même et à remuer, accidentellement, des sentiments de culpabilité et d'angoisse en sommeil depuis longtemps.

L'angoisse, oui, admit Jess, tout en attrapant une chaussure noire dont elle écrasa le bout tellement fort qu'elle sentit le cuir craquer. La culpabilité, non. A propos de quoi devrait-elle se sentir coupable ? « Ne sois pas stupide », marmonna-t-elle, se rappelant à nouveau les mots de Stephanie Banack. Elle se mit à frapper la paume de sa main avec le talon pointu de la chaussure.

— Hé, faites attention, lança une voix derrière elle — une main arrêta son geste. C'est une chaussure, pas un marteau.

Jess regarda d'un air étonné sa paume meurtrie puis la chaussure tordue dans son autre main ; elle leva les yeux sur un homme aux cheveux châtain clair et aux yeux bruns pleins d'inquiétude qui avait légèrement posé sa main sur son bras. Son nom, Adam Stohn, était épinglé sur sa veste bleu foncé. Sexe masculin, blanc, entre trente et trente-cinq ans, un mètre quatre-vingt-deux, environ quatre-vingts kilos, récapitula-t-elle en silence, comme si elle lisait un rapport de police.

— Je suis vraiment désolée, commença-t-elle. Bien sûr, je vais vous les payer.

— Je ne m'inquiète pas pour l'escarpin, dit-il en le lui ôtant doucement de la main pour le reposer sur la table.

Jess regarda la chaussure osciller puis s'écrouler sur le côté, comme si on lui avait tiré dessus.

— Mais je l'ai abîmée !

— Un coup de cirage et un embauchoir vont remettre ça en ordre. Et votre main ?

Jess sentit des élancements et découvrit une marque ronde, violette, au milieu de sa paume.

— Ça ira.

— Vous auriez pu faire éclater un vaisseau sanguin.

— Ça va aller. Vraiment, l'assura-t-elle, comprenant qu'il était sincèrement ennuyé.

— Je peux vous apporter un verre d'eau ?

Jess secoua la tête.

— Et un bonbon ?

Il sortit de sa poche un bonbon à la menthe enveloppé dans un papier aux rayures rouges et blanches. Jess sourit.

— Non, merci.

— Et une histoire drôle ?

— J'ai l'air aussi désespérée que ça ?

Elle sentit qu'il ne voulait pas la laisser à elle-même.

— Vous avez l'air de quelqu'un à qui une histoire drôle ne ferait pas de mal.

Elle acquiesça d'un hochement de tête.

— Vous avez raison. Allez-y.

— Correcte ou un peu osée ?

Jess rit.

— Et merde, risquons le paquet !

— Un peu osée, alors — il marqua un temps d'arrêt. C'est un homme et une femme qui sont en train de faire l'amour, quand ils entendent quelqu'un monter l'escalier et la femme crie : « Ciel, mon mari ! » Son amant saute aussitôt par la fenêtre et tombe dans un massif. Alors voilà ce type qui est dehors et qui se cache dans ce massif, il est tout nu et ne sait pas quoi faire, et bien sûr il se met à pleuvoir. Quand tout à coup un groupe de joggeurs passe en courant, le type se dit que c'est sa chance, et il se glisse au milieu des joggeurs et se met à courir avec eux. Au bout de quelques secondes, le coureur à côté de lui le regarde de la tête aux pieds et dit : « Excusez-moi, mais vous permettez que je vous pose une question ? » Et le type dit : « Allez-y. » Et le joggeur dit : « Vous faites toujours votre jogging tout nu ? » Et le type dit : « Toujours. » Et le joggeur demande : « Vous portez toujours un préservatif quand vous courez ? » Et le type dit : « Uniquement quand il pleut. »

Jess éclata de rire.

— Voilà qui est mieux. A présent, puis-je vous vendre une paire de chaussures ?

Jess rit encore plus fort.

— Cela n'était pas censé être drôle. La partie comique, c'était avant.

— Je suis désolée. Est-ce que vous êtes aussi bon pour vendre des chaussures que pour raconter des blagues ?

— Testez-moi.

Jess consulta sa montre. Elle avait encore un peu de temps. Une nouvelle paire de chaussures ne lui ferait sûrement pas de mal. Elle devait bien ça au magasin. Par ailleurs, curieusement, elle n'avait pas envie de partir. Il y avait longtemps qu'un homme ne l'avait fait rire de bon cœur. Elle aimait cette sensation.

— A vrai dire, j'aurais besoin d'une paire de bottes pour l'hiver, dit-elle en trouvant avec soulagement une bonne raison de rester.

— Par ici — Adam Stohn la guida vers un étalage de bottes en cuir et en vinyle. Asseyez-vous.

Jess s'installa sur une chaise de couleur rouille et remarqua les lieux pour la première fois. La boutique était très moderne, toute de verre et de chrome. Les chaussures étaient partout, sur des tables en verre, sur des étagères en miroir, sur la moquette brun et or, se réfléchissant dans les miroirs du plafond. Elle réalisa qu'elle avait déjà fait des achats dans cet endroit, bien qu'elle ne se souvienne pas d'Adam Stohn.

— Vous êtes nouveau ici ? demanda-t-elle.

— J'ai débuté cet été.

— Ça vous plaît ?

— Les chaussures sont toute ma vie, dit-il avec un sourire espiègle. Bon, quel genre de bottes puis-je vous montrer ?

— Je ne sais pas vraiment. J'ai horreur de dépenser beaucoup d'argent pour des bottes en cuir qui vont être abîmées par la neige et le sel.

— Alors n'achetez pas de cuir.

— Mais j'apprécie un minimum d'élégance. Et j'aime avoir les pieds au chaud.

— Madame veut être élégante et en plus avoir chaud. Je crois que j'ai exactement ce qu'il vous faut.

— Vraiment ?

— Est-ce que je vous ai déjà menti ?

— Probablement.

Il sourit.

— Je vois que nous avons là quelqu'un de cynique. Alors, laissez-moi faire. — Il montra une série de bottes noires, lisses et brillantes. — Celles-ci sont en vinyle, doublées de mouton, imperméables, et ne demandent absolument aucun entretien. Elles sont élégantes, elles sont chaudes, elles sont garanties pour supporter le pire hiver de Chicago.

Il tendit une botte à Jess.

— Et elles sont très chères, s'exclama Jess, surprise par les deux cents dollars indiqués sur l'étiquette. Je peux m'offrir du cuir véritable pour ce prix-là.

— Mais vous ne voulez pas de cuir. Il faut l'entretenir, en prendre soin. Et le cuir prend l'eau et se tache et fait toutes ces choses que vous voulez éviter. Mais cette botte, vous la portez et vous n'y pensez plus. Elle est indestructible.

— Vous êtes vraiment aussi bon pour vendre des chaussures que pour raconter des blagues.

— Vous voulez les essayer ?
— Taille huit et demi.
Jess regarda Adam Stohn disparaître derrière une porte. Elle aimait la détermination désinvolte de sa démarche, la rectitude de ses épaules. De l'assurance sans arrogance, pensa-t-elle en promenant son regard sur les murs recouverts de miroirs.
Était-il possible d'échapper au reflet de sa propre image ? Les gens aimaient-ils donc à ce point se voir eux-mêmes à chaque instant ? Jess croisa dans le miroir le regard déçu du vendeur à la cinquantaine avec son postiche. Elle ferma les yeux. Je sais, répondant à la désapprobation silencieuse de celui-ci, je suis superficielle et facilement influençable. Je me fais avoir chaque fois par un joli visage et une bonne blague.
— Vous n'allez pas me croire, dit Adam Stohn en revenant, les bras chargés de deux volumineuses boîtes blanches, mais je n'ai plus de huit et demi. J'ai du huit et du neuf.
Elle les essaya. Comme prévu, le huit était trop petit et le neuf trop grand.
— Vous êtes sûr que vous n'avez pas de huit et demi ?
— J'ai cherché partout.
Jess haussa les épaules, regarda sa montre, se leva. Elle n'avait plus de temps à perdre.
— Je peux appeler un de nos autres magasins, proposa Adam Stohn.
— D'accord, répondit aussitôt Jess. Qu'était-elle en train de faire ?
Il se dirigea vers le comptoir à l'entrée du magasin, et passa trois coups de téléphone.
— C'est incroyable, dit-il en revenant vers Jess, j'ai appelé trois magasins. Aucun n'a de huit et demi. Mais..., continua-t-il, il y en a un qui en a commandé plusieurs paires et ils me contacteront dès qu'ils les auront. Voulez-vous que je vous appelle à ce moment-là ?

— Je vous demande pardon ? Était-il en train de l'inviter à sortir avec lui ?

— Quand ils auront reçu les bottes, voulez-vous que je vous appelle ?

— Oh, bien sûr. Oui, s'il vous plaît. Ça serait super.

Jess réalisa qu'elle était en train de parler pour cacher son embarras. Qu'est-ce qu'elle s'était imaginé ? Pourquoi avait-elle cru qu'il l'invitait à sortir ? Parce qu'il lui avait offert un bonbon et raconté une blague à propos de préservatifs ? Parce que cette idée lui plaisait ? Le simple fait qu'elle le trouvât attirant et séduisant signifiait-il que la réciproque était vraie ?

Ne sois pas idiote, Jess, se réprimanda-t-elle en le suivant jusqu'au comptoir. Ce type est un vendeur de chaussures, pour l'amour du ciel. Pas vraiment le meilleur parti qui soit.

Ne sois pas snob, lui dit une petite voix sur un ton de reproche. Au moins, ce n'est pas un avocat.

— Votre nom ? demanda-t-il en prenant un papier et un crayon.

— Jess Koster.

— Le numéro de téléphone où on peut vous joindre dans la journée ?

Jess lui donna son numéro au travail.

— Peut-être que je ferais mieux de vous donner aussi mon numéro chez moi, dit-elle, sans croire que de tels mots étaient en train de sortir de sa bouche.

— Bien sûr — il nota les numéros qu'elle lui indiqua. Je m'appelle Adam Stohn — il montra l'étiquette sur sa veste. Ça ne devrait pas prendre plus d'une semaine.

— Formidable. J'espère qu'il ne neigera pas d'ici là.

— C'est interdit.

Jess sourit et attendit qu'il en dise plus. Mais au lieu de ça, il porta son regard derrière elle, sur une femme qui était en train d'admirer une paire d'escarpins rouge tomate de chez Charles Jourdan.

— Merci encore, dit-elle en partant, mais il était déjà en train de se diriger vers l'autre femme, et elle n'eut droit qu'à un vague signe de la main.

« Je n'arrive pas à croire que j'ai pu faire ça », murmura Jess en s'installant dans le taxi jaune. Pouvait-elle montrer son jeu plus clairement ? Elle aurait aussi bien pu se mettre une pancarte autour du cou indiquant SEULE ET GRAVEMENT PERTURBÉE.

Le taxi empestait la fumée de cigarette, quoiqu'un large écriteau bien en évidence remerciât les gens de ne pas fumer. Elle donna au chauffeur de taxi l'adresse du bureau du médecin légiste sur Harrison Street et s'enfonça dans le siège de vinyle noir plein d'éraflures et de déchirures. Mes nouvelles bottes auront probablement cette allure à la fin de l'hiver, pensa-t-elle en effleurant la surface irrégulière.

Qu'est-ce qui avait bien pu lui prendre ? C'était la deuxième fois en un mois qu'elle avait failli laisser un bel inconnu la draguer. L'affaire Erica Barnowski ne lui avait-elle donc rien appris ? Et cette fois l'homme ne lui avait même pas fait d'avances. Il lui avait proposé un verre d'eau, un bonbon et une histoire drôle, le tout dans l'espoir d'une commission. Il avait cherché à mettre la main dans son porte-monnaie, pas dans sa culotte. Et elle l'avait laissé venir sans essayer de se défendre, et s'était engagée à acheter la paire de bottes en caoutchouc la plus chère qu'on ait jamais vue.

— Même pas en cuir, dit-elle comme pour se punir.

— Pardon ? intervint le chauffeur de taxi. Vous avez dit quelque chose ?

— Non, rien. Désolée, s'excusa Jess, et elle poursuivit en silence. Je parle toute seule une fois de plus. C'est quelque chose qui m'arrive malheureusement de plus en plus souvent, ces temps-ci.

Deux cents dollars pour une paire de bottes en vinyle. Était-elle folle ?

A vrai dire, oui, se dit-elle. Ce fait était à présent établi.

— Belle journée, avança Jess dans un effort de normalité.

— Pardon ?

— J'ai dit que c'était bien de voir à nouveau le soleil.

Le chauffeur de taxi haussa les épaules sans un mot. Jess passa le reste du trajet dans un silence ponctué uniquement par les interventions de l'émetteur-récepteur du chauffeur.

Les services de médecine légale occupaient un bâtiment banal à trois étages comme il y en avait beaucoup dans le quartier. Jess paya le chauffeur, sortit du taxi et se dirigea vivement vers l'entrée, serrant son manteau autour d'elle, se préparant à affronter le froid.

Michael Anderson, quarante-cinq ans, disparu brutalement dans un accident de voiture, récita-t-elle mentalement, se remémorant les annonces nécrologiques du matin. Elle traversa le hall et se dirigea vers la réceptionniste. *Irene Clemmons, morte en paix dans son sommeil dans sa cent deuxième année, entourée de l'affection des pensionnaires de la maison de retraite de Whispering Pines Lodge. David Lawson, trente-trois ans. Il a été appelé à d'autres choses, regretté par sa mère, son père, ses sœurs, et son chien. Les fleurs seront les bienvenues.*

Pourquoi fallait-il que certains ne dépassent guère le premier épanouissement de leur jeunesse, tandis que d'autres entamaient leur deuxième siècle ? Où était la justice ? se demanda-t-elle en s'étonnant elle-même. Elle se disait qu'elle ne croyait plus à la justice depuis longtemps.

— Je viens voir Hilary Waugh, dit elle à la jeune femme qui mâchait du chewing-gum derrière le bureau d'accueil.

La femme, dont les cheveux raides avaient l'air

d'avoir bien besoin d'un shampooing, fit claquer son chewing-gum et appela le poste adéquat.

— Elle dit que vous êtes en avance, déclara-t-elle à Jess quelques secondes plus tard, sur un ton de reproche. Elle va venir dans quelques minutes. Si vous voulez vous asseoir...

— Merci.

Jess se dirigea vers un canapé mais resta debout. Elle ne pouvait jamais s'asseoir nulle part dans ce bâtiment. En fait, elle avait du mal à rester en place.

Jose Mateus, enlevé brutalement dans sa quarante-quatrième année ; il laisse une mère, Alma, une épouse, Rosa, et deux enfants, Paoloet Gino, récita-t-elle.

Pas comme ces malheureux qui reposaient à Boot Hill, se dit Jess, évoquant malgré elle l'image de cette section de la morgue où des corps non identifiés et non réclamés étaient entreposés dans des rangées de lourds tiroirs en métal gris. Les seules personnes à rendre visite à ces âmes perdues étaient des gens comme elle, dont la présence était dictée par la curiosité professionnelle sinon par le respect.

Jean Dupont, sexe masculin, noir, dealer de drogue suspecté, mort d'une balle dans la tête dans sa vingt-deuxième année ; Jeanne Dupont, sexe féminin, blanche, prostituée, étranglée dans sa dix-huitième année sur les bords de la Chicago River ; Jean Dupont, sexe masculin, blanc, souteneur probable, décédé de trois coups de couteau dans la poitrine, à l'âge de dix-neuf ans ; Jeanne Dupont, sexe féminin, noire, toxicomane s'adonnant au crack depuis longtemps, frappée à mort après avoir été violée, dans sa vingt-huitième année ; Jean Dupont...

— Jess ?

Jess tourna brusquement la tête en entendant son nom.

— Je suis désolée, dit Hilary Waugh en venant vers elle. Je ne voulais pas vous faire peur.

Jess serra la main que lui tendait Hilary Waugh.

Elle ne manquait jamais de s'étonner de l'élégance et de la fraîcheur qu'affichait toujours le médecin légiste en chef du Comté, en dépit du caractère déplaisant et très prenant de son travail. Hilary Waugh devait avoir près de cinquante ans, et pourtant elle avait la peau d'une femme deux fois plus jeune. Son allure, accentuée par sa blouse blanche, était impeccable. Ses cheveux sombres étaient nattés dans le dos, et de grosses lunettes noires encadraient ses yeux noisette.

— Je vous remercie de me recevoir, dit Jess en suivant Hilary vers les bureaux.

— C'est toujours un plaisir. Que puis-je pour vous ?

Le long couloir était stérile et blanc et sentait légèrement le formol, mais Jess supposait que toutes les odeurs qu'elle percevait naissaient de son imagination débordante. En effet, la morgue se trouvait au sous-sol, bien à l'écart de toute détection olfactive.

— Asseyez-vous, dit Hilary en pénétrant dans le minuscule cube blanc qui lui servait de bureau.

— Si vous n'y voyez pas d'inconvénients, je vais rester debout.

Le bureau était meublé de façon spartiate. Il n'y avait pas de fenêtre mais une grande plante verte prospérait dans un coin.

— Vous avez manifestement la main verte, remarqua Jess.

— Oh, ce n'est pas une vraie, dit Hilary en riant. C'est de la soie. Ça donne beaucoup moins de souci et c'est plus agréable. Je suis suffisamment en contact avec la mort. Ce qui est, je n'en doute pas, l'objet de votre visite.

Jess s'éclaircit la voix.

— Je suis à la recherche d'une femme de quarante-cinq ans, d'origine italienne, mesurant environ un mètre soixante-sept et pesant à peu près soixante kilos, peut-être moins. La voilà, dit Jess en plongeant la main dans son sac. Voilà sa photo — elle tendit une vieille photo de Connie DeVuono debout près de son fils Steffan, alors âgé de six ans, qu'elle entourait fièrement de ses bras. La photo a quelques années. Elle a un peu maigri depuis. Elle a les cheveux un peu plus courts.

Le médecin légiste prit la photo et l'examina pendant plusieurs secondes.

— C'est une femme très séduisante. Qui est-ce ?

— Son nom est Connie DeVuono. Elle a disparu il y a deux semaines.

— C'est la femme à propos de laquelle vous m'avez appelée la semaine dernière ? demanda Hilary Waugh.

Jess hocha la tête d'un air penaud.

— Je suis désolée d'être aussi casse-pieds. C'est que je n'arrête pas de penser à son petit garçon...

— Il ressemble beaucoup à sa mère, remarqua Hilary tandis que Jess reprenait la photo pour la replacer soigneusement dans son sac.

— Oui. Et c'est très dur pour lui... de ne pas savoir exactement ce qui est arrivé à sa mère.

Jess sentit sa gorge se nouer.

— Certainement. Et je voudrais pouvoir vous aider.

— On ne vous a amené aucun corps correspondant au signalement de Connie DeVuono ?

— Nous avons en ce moment trois femmes blanches non identifiées. Deux sont des adolescentes, probablement des fugueuses. L'une est morte d'overdose, l'autre a été violée et étranglée.

— Et la troisième ?

— Elle est arrivée ce matin. Nous n'avons pas encore fait de tests. Mais l'état de décomposition indique que la mort ne remonte pas à plus de quelques jours.

— C'est possible, déclara aussitôt Jess bien que cela lui parût très improbable, Rick Ferguson n'ayant sans doute pas commis l'imprudence d'enlever Connie et d'attendre plusieurs jours avant de la tuer. Quel âge a-t-elle à peu près ? Avait-elle ? rectifia-t-elle, entendant le mot *décomposition* rebondir dans son esprit.

— Impossible à dire pour l'instant. Les coups l'ont rendue méconnaissable.

Jess sentit son estomac se soulever. Elle fit un effort pour rester impassible.

— Mais vous ne pensez pas que ce soit elle.

— La femme qui se trouve au sous-sol a des cheveux blonds et mesure à peu près un mètre soixante-quinze, ce qui exclut qu'il s'agisse de la femme que vous recherchez. Vous ne voulez vraiment pas vous asseoir ?

— Non, je dois m'en aller, dit Jess en faisant quelques pas hésitants vers la porte du bureau. — Hilary Waugh repoussa sa chaise et se leva. — Non, ne vous dérangez pas, lui dit Jess, ne sachant pas si elle était soulagée ou déçue que la femme non identifiée ne soit pas Connie DeVuono. Pourrez-vous m'appeler si quelque chose...

Elle s'arrêta, incapable de terminer sa phrase.

— Je vous appellerai si on m'amène quelqu'un ressemblant même vaguement à Connie DeVuono.

Jess fit un pas dans le couloir, hésita, puis se retourna vers Hilary Waugh.

— Je vais me procurer le dossier dentaire de Connie et vous le faire parvenir, dit-elle en songeant à la femme étendue au sous-sol, *rendue méconnaissable par les coups*. Pour que vous l'ayez sous la main si... — elle s'arrêta, s'éclaircit la voix. Ça pourrait accélérer un peu les choses.

— Ce serait très utile, reconnut Hilary Waugh. A condition qu'on retrouve son corps.

A condition qu'on retrouve son corps. Les mots suivirent Jess le long du couloir et dans le hall. *A condition qu'on retrouve son corps.* Elle ouvrit brutalement la porte et descendit les marches en courant jusqu'à la rue. Là, rejetant la tête en arrière, elle aspira une grande bouffée d'air frais. Le soleil froid était chaud sur son visage.

A condition qu'on retrouve son corps, pensa-t-elle.

11

— Quatre cent onze dollars ? hurla Jess. Ça va pas ?

Il était huit heures moins cinq. Normalement, elle aurait dû être à son bureau depuis dix minutes, consultant son planning, prenant des notes, décidant ce qu'il y avait à faire pour préparer sa journée au tribunal, répétant les premières phrases de son réquisitoire pour l'affaire de meurtre la plus importante de sa carrière. Or elle était là, à discutailler avec le garage à propos des réparations de sa voiture.

— Écoutez, je n'ai vraiment pas le temps. Et si je refuse tout simplement de payer ?

— Alors vous ne pourrez pas récupérer votre voiture, dit l'employé, tout aussi simplement.

Jess baissa la tête.

— Vous vous doutez bien que vous ne m'aurez plus comme cliente.

L'homme dissimula un sourire.

— Je peux vous faire un chèque ?

— Liquide ou carte de crédit uniquement.

Jess prit son portefeuille et tendit une carte de crédit, en se disant que ce qui était sans doute encore plus extraordinaire que le nombre de meurtres perpétrés chaque année à Chicago, c'était le fait qu'il n'y en ait pas davantage.

— Mesdames et messieurs les jurés, commença

Jess, en jetant un bref regard à chacun des six hommes et des huit femmes qui composaient le jury dans ce que la presse appelait le Procès du Meurtre à l'Arbalète, le 2 juin de cette année, Terry Wales, l'accusé, a transpercé le cœur de sa femme avec un carreau d'arbalète à pointe d'acier, en plein milieu de l'intersection de Grand Avenue et State Street. Personne ici ne le conteste. C'est un fait pur et simple.

» La défense va tenter de vous convaincre que rien n'est simple dans cette affaire, et qu'on y trouve bien peu de pureté, dit-elle en empruntant la brillante phrase de Greg Oliver. Mais les faits sont les faits, mesdames et messieurs, et le fait est que Nina Wales, femme charmante et intelligente, âgée de trente-huit ans, a été impitoyablement abattue d'une façon particulièrement cruelle et horrible par le mari brutal qu'elle avait courageusement décidé de quitter.

Jess s'écarta légèrement du banc du jury, attirant le regard des jurés sur l'accusé Terry Wales, un homme de quarante ans à l'air plutôt inoffensif et effacé. Maigre et nerveux, il avait le teint pâle et des cheveux blonds, ternes et clairsemés. C'était vers son avocat, Hal Bristol, un homme épais d'une soixantaine d'années, que tous les regards se tournèrent spontanément. Terry Wales était assis à côté de lui avec un air humble et accablé, et une expression d'ahurissement total, comme s'il ne pouvait croire aux mots qu'il entendait ni à la situation fâcheuse dans laquelle il se trouvait.

Peut-être qu'il ne le pouvait effectivement pas, pensa Jess, les yeux attirés par la Bible que Terry Wales tournait nerveusement entre ses mains. Les criminels, comme les adolescents, se croyaient invincibles. Peu importait leur crime, l'évidence de leurs raisons, la netteté de la piste qu'ils laissaient derrière eux, à vrai dire ils croyaient qu'ils ne seraient jamais pris. Ils croyaient toujours qu'ils pourraient s'en tirer à bon compte. Et c'était parfois le cas. Il suffisait d'un bon avocat et d'un exemplaire écorné du Nouveau Testament. Le jury se laisserait-il prendre à d'aussi médiocres démonstrations ? se demanda Jess avec cynisme.

— Ne soyez pas dupes de l'image soigneusement mise au point de l'innocence et du pieux repentir que vous avez devant vous, mesdames et messieurs, les mit en garde Jess, s'éloignant momentanément du discours qu'elle avait prévu tandis que Hal Bristol secouait la tête. Ne vous laissez pas abuser en vous imaginant qu'il suffit simplement à un homme de tenir la Bible entre ses mains pour comprendre ce qu'elle renferme ou s'en soucier.

» Où donc se trouvait la Bible de Terry Wales lorsqu'il battait régulièrement sa femme tout au long de leurs onze années de mariage ? Où était-elle lorsqu'il la menaçait de la tuer si elle tentait de le quitter ? Et lorsqu'il a acheté une arbalète la veille du meurtre ? Où donc était la Bible que Terry Wales serre à présent dans ses mains, lorsqu'il a pris cette arbalète et a abattu sa femme au moment où elle sortait d'un taxi pour aller voir son avocat ? Cette Bible ne se trouvait pas dans les environs, mesdames et messieurs. Terry Wales n'avait alors nul besoin d'une Bible. Pas comme maintenant. Et uniquement parce que vous le regardez.

Jess revint au discours qu'elle avait préparé.

— La défense va essayer de vous dire que le meurtre de Nina Wales, préparé de sang-froid, fut, en réalité, un crime passionnel. Oui, va reconnaître la défense, Terry Wales a bien acheté l'arbalète et son projectile ; oui, il a bien abattu sa femme. Mais ne comprenez-vous pas ? Il n'avait pas réellement l'intention de la blesser. Il voulait seulement lui faire peur. Il l'aimait, va-t-on essayer de vous convaincre. Il l'aimait, et elle était en train de le quitter. Il avait tenté de la raisonner ; il avait usé de douceur, il avait supplié, il avait prié. Il avait même menacé. C'était un homme plongé dans la douleur, un homme bouleversé. Il était éperdu de chagrin à l'idée de perdre sa femme.

» On va également essayer de vous convaincre que Nina Wales porte une part de responsabilité dans sa propre mort. Elle trompait son mari, dira-t-on, même si nous n'avons, sur ce point, que la parole de l'homme qui l'a tuée.

» On va vous dire que Nina Wales raillait son mari à propos de ses défaillances sexuelles, qu'elle tournait sa virilité en dérision, qu'elle le tourmentait impitoyablement parce qu'il ne parvenait pas à satisfaire son énorme demande.

» Pour finir, la défense vous dira que Nina Wales n'a pas seulement menacé de quitter son mari, mais qu'elle l'a aussi menacé de lui prendre tout ce qu'il possédait, de lui enlever ses enfants, de les monter définitivement contre lui, de ne rien lui laisser, pas même sa dignité personnelle.

» Et pourtant il l'aimait toujours, vous dira-t-on. Et pourtant il l'a suppliée de rester. Et elle a persisté dans son refus.

» Je vous demanderai, dit Jess simplement, parcourant des yeux la double rangée de jurés, qu'est-ce qu'un homme est censé faire ? Quel autre choix Terry Wales avait-il, sinon de la tuer ?

Jess marqua un arrêt, donnant à ses paroles le temps d'être bien enregistrées, balayant la salle du regard. Elle vit le juge Harris, dont le visage reflétait l'air intéressé mais impassible qu'il avait toujours lors d'un procès ; la table du ministère public où se tenait Neil Strayhorn, penché en avant sur son siège, hochant la tête en signe d'encouragement silencieux ; la foule des spectateurs, les journalistes griffonnant des notes, les dessinateurs des informations télévisées croquant de rapides portraits de l'accusé.

Et puis elle vit Rick Ferguson.

Il était assis à l'avant-dernier rang, ses cheveux longs lui pendant dans le dos, le regard fixé droit devant lui, avec toujours son odieux sourire de chat du Cheshire. Jess détourna vivement la tête, le cœur battant.

Que faisait-il ici ? Que voulait-il démontrer ? Qu'il pouvait l'intimider ? Qu'il pouvait la harceler tant qu'il voulait ? Qu'on ne pouvait ni le surveiller ni le faire cesser ?

Ne perds pas pied, se dit Jess. Concentre-toi. Concentre-toi sur le discours que tu es en train de faire devant le jury. Ne laisse pas un meurtrier t'empêcher de faire juger un autre meurtrier. Occupe-toi de Terry Wales pour l'instant, et de Rick Ferguson ensuite.

Jess se tourna de nouveau vers les jurés, vit qu'ils attendaient avec impatience qu'elle poursuivît.

— Regardez bien l'accusé, mesdames et messieurs, leur enjoignit Jess, s'éloignant encore du discours prévu. Il n'a pas l'air d'un meurtrier de sang-froid, n'est-ce pas ? A vrai dire il a l'air plutôt inoffensif. Doux comme un agneau. Plutôt chétif pour un homme qui battait régulièrement sa femme, vous dites-vous sans doute. Mais une fois de plus, mesdames et messieurs, ne vous laissez pas abuser par les apparences.

» Le fait est — et dans cette affaire l'accusation va vous ramener constamment aux faits — le fait est que Terry Wales est ceinture noire de karaté ; que nous disposons de dossiers médicaux faisant état de plusieurs cas de fractures osseuses et de traumatismes infligés à Nina Wales par son mari au fil des années. Le fait est que Terry Wales est un homme qui battait sa femme.

» Laissez-moi vous poser une question, mesdames et messieurs les jurés, poursuivit Jess, son regard toujours fixé sur le jury. Est-il raisonnable de croire que Terry Wales a abattu sa femme dans un élan de passion, alors qu'ils ne s'étaient pas vus depuis plusieurs jours ? Qu'il n'y a pas eu préméditation, même si Terry Wales a acheté l'arme du crime la veille du jour où il a tiré sur sa femme ? Qu'il n'avait pas préparé son plan à l'avance ? Qu'il ne s'attendait pas à ce que, en tirant la flèche à pointe d'acier en pleine poitrine, sa femme puisse mourir ?

» Parce que c'est exactement ce qui définit un meurtre avec préméditation, expliqua Jess, sentant les yeux de Rick Ferguson lui vriller la nuque. Elle parlait avec une lenteur délibérée, s'assurant que les jurés comprenaient et appréciaient chaque mot, récitant de mémoire l'extrait du code pénal définissant le meurtre avec préméditation.

» La défense tentera de vous faire croire que Terry Wales, gravement atteint dans sa virilité par sa femme et pourtant bouleversé à l'idée de la perdre, voulait simplement lui faire peur quand il lui a pointé son arbalète sur le cœur. On veut vous faire croire qu'il visait en réalité sa jambe. On tentera de vous faire croire que Terry Wales, cet homme déjà déprimé, s'est brisé net lorsque sa femme s'est moquée de lui une fois de plus, une fois de trop, et qu'il voulait seulement l'effrayer un peu quand il a fait partir son coup d'arbalète en plein milieu d'un carrefour très fréquenté, et que dans cette affaire il est tout aussi victime que sa femme.

» Ne vous laissez pas abuser, mesdames et messieurs. C'est Nina Wales la victime. Nina Wales est morte. Terry Wales, lui, est bien vivant.

Jess s'écarta du banc des jurés et contraignit son regard à se porter sur les rangs du public. Rick Ferguson lui souriait depuis son siège à l'avant-dernier rang.

— L'accusation va s'efforcer de prouver, déclara Jess d'un ton ferme en se tournant à nouveau vers le jury, que Terry Wales battait régulièrement sa femme. Pour notre part, nous allons prouver qu'il l'avait à plusieurs reprises menacée de la tuer si elle essayait de le quitter. Nous allons prouver qu'après que Nina Wales eut trouvé le courage de s'enfuir en emmenant ses enfants, Terry Wales a fait l'acquisition d'une arbalète dans le magasin de sports de son quartier. Nous allons prouver qu'il s'est servi de cette arbalète pour abattre Nina Wales d'un coup en plein cœur comme s'il s'était agi d'une biche au milieu d'une forêt.

» Il ne s'inquiétait pas du fait qu'elle puisse souffrir ; il voulait vraiment qu'elle souffre. Il n'y avait pas chez lui la moindre compassion, mesdames et messieurs. Et il ne s'agit pas d'un crime passionnel, mais d'un assassinat pur et simple, cela ne fait aucun doute. D'un meurtre avec préméditation. Merci.

Jess adressa aux huit femmes et aux six hommes un sourire plein de tristesse. Il y avait en tout deux jurés d'origine hispanique, un Asiatique et trois Noirs, le reste étant composé de Blancs. La majorité avait autour de la cinquantaine. Deux seulement avaient entre vingt et trente ans. Une femme avait peut-être soixante ans. Tous avaient l'air solennels, disposés à accomplir leur devoir.

— Maître Bristol, dit le juge Harris, tandis que Jess retournait à la table du ministère public.

Hal Bristol avait déjà commencé à parler avant même d'être debout, sa voix résonnant à travers la salle d'audience, saisissant les jurés à la gorge.

— Mesdames et messieurs les jurés, Terry Wales n'est pas un homme instruit. C'est un vendeur, comme certains d'entre vous. Il vend des appareils ménagers. Il réussit très bien dans ce domaine, et gagne bien sa vie. Il est loin d'être riche. Mais c'est un homme fier.

» Comme vous, il a dû se serrer la ceinture en ces temps de récession. Les gens achètent de moins en moins. Surtout les articles coûteux, comme c'est le cas pour les appareils ménagers. Il ne se construit plus autant de maisons. Il n'y a plus autant de gens qui ont besoin de nouveaux fours à micro-ondes ou de cuisinières. Les commissions sont maigres. Nous vivons une époque difficile. Il n'y a pas grand-chose sur quoi l'on puisse compter.

Jess s'appuya sur le dossier de son siège. C'était

donc ça la stratégie de la défense. Le tueur présenté comme quelqu'un à qui tous pouvaient s'identifier. Un tueur qu'on pouvait comprendre parce que son image était la même que la nôtre. Un tueur Monsieur-tout-le-monde.

— Terry Wales croyait qu'il pouvait compter sur sa femme. Il l'avait épousée onze ans auparavant, étant entendu qu'ils continueraient tous deux à travailler pendant plusieurs années avant d'avoir des enfants. Mais Nina Wales ne l'entendait pas de cette façon. Après le mariage, elle décida qu'elle voulait avoir des enfants tout de suite. Elle ne voulait pas attendre. Elle continuerait à travailler, lui affirmait-elle. Elle n'avait aucunement l'intention de quitter son emploi. Mais c'est pourtant ce qu'elle fit, peu de temps après la naissance de leur premier enfant. Elle voulait être mère à pleintemps. Et comment mon client aurait-il pu s'élever contre cela, surtout le jour où elle se retrouva de nouveau enceinte ?

» Mais Nina Wales n'était pas une femme facile à satisfaire. Peu importait ce qu'elle possédait, le confort que pouvait lui offrir son mari, c'était une femme qui en voulait toujours davantage. Il y eut bien sûr des disputes au fil des années et même quelques violentes bagarres. Terry Wales n'est certainement pas fier du rôle qu'il y a joué. Mais la violence conjugale peut exister dans le meilleur des couples. Surtout lorsque les temps sont de plus en plus durs.

» Je ne crois pas qu'il soit bon de blâmer la victime, entonna Hal Bristol, — et Jess fut forcée d'admirer le fait que les mots sortaient de sa bouche sans la moindre trace d'ironie —, mais nous savons tous qu'il faut être deux pour danser le tango. Mon client n'est pas un homme violent. Il a fallu qu'il soit poussé vraiment à bout pour réagir comme il l'a fait.

» Et Nina Wales savait exactement sur quels boutons appuyer.

Jess laissa ses yeux glisser vers le fond de la salle

d'audience, sentant la bile lui remonter dans la gorge. Que faisait ici Rick Ferguson ? Était-il en train d'appuyer sur ses boutons à elle ?

Rick Ferguson regardait droit devant lui, apparemment fasciné par ce que l'avocat de la défense était en train de dire. Par moments il secouait la tête en signe d'assentiment. Échange entre un tueur Monsieur-tout-le-monde et un autre. Qu'il aille se faire foutre, pensa Jess. Pourquoi était-il là ?

— Nina Wales était très douée pour appuyer sur les boutons, poursuivit Hal Bristol. Elle réprimandait constamment son mari pour ses commissions de plus en plus basses ; elle lui reprochait de ne pas réussir à lui apporter plus de confort matériel. Nous avons des témoins qui ont entendu Nina Wales mettre son mari publiquement dans l'embarras en de nombreuses occasions, qui déclareront sous serment que Nina Wales a menacé, là aussi à plusieurs reprises, de prendre ses enfants et de disparaître, le laissant sans rien.

» Terry Wales est un homme fier, mesdames et messieurs, même si sa femme lui faisait sentir qu'il n'y avait pas de quoi être fier. Et elle ne respectait rien. Même leur vie sexuelle était devenue un objet de mépris et de dénigrement public. Nina Wales se moquait des performances de son mari au lit et le raillait à chaque occasion à propos de son incapacité à la satisfaire. Elle alla jusqu'à lui annoncer qu'elle avait pris un amant, et même si ça n'était pas vrai, Terry Wales l'a crue.

» Ensuite elle est partie, refusant de laisser son mari parler à ses enfants. Elle lui a annoncé qu'elle avait contacté un avocat, qu'elle se préparait à lui prendre tout ce qu'il possédait, tout ce pour quoi il avait travaillé toute sa vie. Terry Wales était égaré. Démoli. Il ne pouvait plus raisonner de façon claire ou rationnelle. Il était désespéré. Et les hommes désespérés, en des temps désespérés, font parfois des choses désespérées.

» Alors, il a acheté une arbalète. Une arbalète, mesdames et messieurs les jurés. Pas un revolver, bien qu'il ait plusieurs diplômes de tireur d'élite. Même si un revolver, pour quelqu'un qui avait l'intention d'assassiner sa femme, eût été le choix le plus logique, une arme beaucoup plus facile à utiliser, beaucoup plus difficile à retrouver, et beaucoup plus susceptible d'entraîner la mort de la victime.

» Mais non, Terry Wales a acheté une arbalète. Un instrument plus susceptible de créer sensation que de faire de sérieux dégâts.

» Ce qui était exactement ce qu'il avait l'intention de faire.

» Terry Wales voulait faire peur à sa femme. Il ne voulait pas la tuer.

» Si vous aviez l'intention d'assassiner quelqu'un, mesdames et messieurs les jurés, choisiriez-vous une arme aussi antique et aussi voyante qu'une arbalète ? Commettriez-vous cet assassinat en plein jour, au milieu d'un carrefour animé du centre ville, avec au moins une douzaine de témoins capables de vous identifier ? Vous assiériez-vous ensuite sur le trottoir, sanglotant, en attendant la police ? Ces actions peuvent-elles être celles d'un homme raisonnable, d'un homme dont l'accusation déclare délibérément qu'il a préparé de sang-froid le meurtre de sa femme ?

Hal Bristol avança à grands pas jusqu'à la table du ministère public.

— La défense et l'accusation s'accordent sur une chose, dit-il en regardant Jess bien en face. Mon client est responsable de la mort de sa femme — il marqua un temps d'arrêt, se dirigeant intentionnellement vers le banc du jury. Mais nous soutenons, quant à nous, que Terry Wales n'a jamais eu l'intention de tuer sa femme, que son seul but était de lui faire peur, de la ramener à la raison, et à la maison. Quelque irrationnelles et peu judicieuses qu'aient pu être ses intentions, elles ne constituent pas un meurtre froidement calculé et prémédité.

» Pendant le déroulement de ce procès, j'aimerais que vous vous mettiez à la place de Terry Wales. Nous avons tous un point de rupture, mesdames et messieurs. Terry Wales a atteint le sien.

Hal Bristol fit une pause d'un air dramatique avant de conclure.

— Que faudrait-il pour que vous atteigniez le vôtre ?

Jess se revit debout derrière les rideaux de dentelle de son salon, regardant en bas dans la rue, le revolver au poing. Aurait-elle été réellement capable de s'en servir ? Nous avons tous notre point de rupture, mesdames et messieurs, pensa-t-elle en se retournant vers le fond de la salle d'audience pour voir Rick Ferguson se fourrer un chewing-gum dans la bouche.

— L'accusation est-elle prête à poursuivre ? demanda le juge Harris.

— L'accusation demande une suspension de dix minutes, dit Jess vivement.

— Dix minutes de suspension d'audience, accepta le juge Harris.

— Qu'est-ce qu'il y a, Jess ? demanda Neil Strayhorn, visiblement pris au dépourvu.

Mais Jess se dirigeait déjà vers le fond de la salle d'audience. Contrairement à son attente, Rick Ferguson ne bondit pas sur ses pieds. En fait, il ne la regardait même pas, ce qui la força à parler pardessus la tête des deux personnes placées à côté de lui.

— Il y a la manière douce, commença-t-elle, et la manière forte.

Il ne la regardait toujours pas.

— La manière douce est que vous vous leviez et que vous sortiez d'ici tout de suite, de votre plein gré, poursuivit-elle.

— Et la manière forte ? demanda-t-il, les yeux fixés sur le fauteuil vide du juge.

— J'appelle l'huissier et je vous fais jeter dehors.

Rick Ferguson se leva, bouscula les deux hommes près de lui et parvint jusqu'à Jess.

— Je voulais juste voir ce qu'on m'aurait infligé si la vieille n'avait pas disparu comme elle l'a fait, dit-il en baissant les yeux vers elle. Dites-moi, maître, vous êtes aussi bonne au plumard qu'au tribunal ?

— Huissier ! cria Jess.

— Hé, la manière douce, hein ?

Rick Ferguson pivota et sortit de la salle. Jess tremblait toujours, dix minutes plus tard, lorsque le juge rappela la Cour à l'ordre.

Ce soir-là, vers sept heures, un policier armé escorta Jess jusqu'au parking situé en face de l'Administration Building.

Elle avait passé les deux heures qui avaient suivi la fin de l'audience à s'entretenir avec Neil et Barbara à propos des événements de la journée et de la stratégie du lendemain. Elle avait également essayé de joindre son ex-mari, mais son bureau avait dit qu'il s'était absenté tout l'après-midi et qu'on ne savait pas à quelle heure il serait de retour.

— Je suis au niveau trois, dit Jess au policier.

Des policiers armés escortaient toujours les substituts du procureur jusqu'à leur voiture une fois la nuit tombée.

— Vous avez fini par récupérer votre voiture, dit le jeune homme, la main près de son étui de revolver tandis qu'il guidait Jess vers le parking. Jess lui raconta la triste épopée de sa Mustang rouge pendant qu'ils attendaient l'ascenseur.

— Au moins ils l'ont lavée, dit Jess tandis que les portes de l'ascenseur s'ouvraient.

— On tire toujours quelque chose de bon de chaque situation, lui dit le policier avec philosophie, et Jess hocha la tête, bien qu'elle ne fût pas sûre d'être d'accord. Nom de Dieu, qu'est-ce que c'est que cette odeur ? dit l'homme comme ils pénétraient au niveau trois. Ça pue les chiottes, ici.

Jess grimaça : l'odeur nauséabonde lui emplissait les narines et la gorge, lui donnant des haut-le-cœur. Elle s'avança vers l'endroit où était garée sa voiture, évitant d'ouvrir la bouche de crainte que ce qui se trouvait dans l'air ne se dépose sur sa langue.

— Seigneur, c'est de pire en pire.

Ils tournèrent à droite.

— Nom de Dieu, s'exclama le garde en sortant son revolver de son étui et en regardant autour de lui.

— Il n'y a personne ici, dit Jess, étonnamment calme, regardant fixement sa voiture. Il est parti depuis longtemps.

— Ne me dites pas que c'est votre voiture, déclara le garde, mais Jess savait qu'il connaissait déjà la réponse. Bon Dieu, quel salaud a pu faire une chose pareille ?

Jess regarda sa Mustang qui avait été lavée et remise à neuf le matin même. Elle était là à présent, les vitres zébrées de ce qui était incontestablement des excréments, ses essuie-glaces tout neufs cassés et tordus. Jess sentit des picotements dans les yeux, elle se couvrit le nez et la bouche et se détourna.

Le policier était déjà en train d'appeler des renforts avec son talkie-walkie. Jess retourna près de l'ascenseur et se laissa tomber sur le sol en béton.

— Merde, marmonna-t-elle, trouvant le choix de son juron remarquablement adapté et elle fut prise d'un rire incontrôlable.

Elle avait le choix entre rire ou pleurer. Elle garderait les pleurs pour plus tard.

12

— Walter ! Walter, bon sang, tu as encore laissé la porte ouverte !

Jess tambourinait à la porte de l'appartement du premier étage de son immeuble, se demandant si on pouvait l'entendre par-dessus la trompette de Miles Davis.

— Minute, j'arrive, clama la voix grave à l'intérieur.

Quelques secondes plus tard, la porte s'ouvrit et l'analyste-système petit et rondouillard qui était son voisin du dessous se trouva devant elle, vêtu d'un peignoir de soie verte, un verre de vin rouge à la main. Il l'examina rapidement des pieds à la tête.

— Jess, tu es superbe. Et tu es hystérique. Tu entres prendre un verre ?

— J'aimerais que tu fasses attention à fermer la porte d'entrée à clé, lui dit Jess qui n'était pas d'humeur à faire des civilités autour d'un verre de vin rouge.

— Oh, j'ai encore oublié de la verrouiller ? dit Walter Fraser, d'un air résolument nonchalant. Je revenais de faire mes courses et, comme je devais faire plusieurs allers et retours jusqu'à ma voiture, c'était plus simple de laisser la porte ouverte.

— Plus simple, mais aussi beaucoup plus dangereux.

— Mauvaise journée, hein ? demanda Walter.

— Laisse la porte fermée à clé, c'est tout, répéta Jess en montant l'escalier menant à son appartement.

Le téléphone se mit à sonner dès qu'elle eut ouvert sa porte. Quoi encore ? Elle heurta la cage à oiseau en se précipitant dans la cuisine pour répondre, tout en entendant le canari chanter sur un ton de protestation.

— Excuse-moi, Fred, lança-t-elle en attrapant le téléphone. Allô, prononça-t-elle d'une voix forte.

— Houla ! Voilà quelqu'un qui n'est pas de bonne humeur.

— C'est toi, Don ?

— Mon bureau m'a dit que tu avais essayé de me joindre. Quelque chose ne va pas ?

— Rien qui ne puisse être amélioré, si ce n'est par le spectacle de ton client sur la chaise électrique.

— Je suppose que c'est de Rick Ferguson qu'on parle, dit Don, d'une voix tendue.

— Excellente supposition. Qu'est-ce que tu dis de ça ? Ton client s'est pointé dans la salle d'audience aujourd'hui et quelques heures après j'ai retrouvé ma voiture, que je venais juste de faire réparer pour quatre cents dollars, à moitié couverte de merde. Quelles suppositions ferais-tu à propos de ça ?

— Attends une minute. Tu dis que ta voiture était littéralement couverte de... ?

— D'excréments, probablement humains. C'est du moins ce que pensent les flics. Ils ont fait des prélèvements pour les analyser et ils essaient de relever des empreintes sur la voiture. Ça ne débouchera sans doute pas sur grand-chose. Je suis sûre que les gants de caoutchouc étaient à l'ordre du jour.

— Nom de Dieu, grogna Don.

— Tu diras à ton client que, s'il s'avise de remettre les pieds dans ma salle d'audience, je le ferai arrêter. Et je me fous du motif.

— Je l'ai déjà averti de ne pas s'approcher de toi, bon sang.

— Contente-toi de le tenir éloigné de ma salle d'audience.

— Tu ne l'y reverras plus.

Jess pouvait percevoir le trouble dans la voix de son ex-mari en dépit de son ton égal. Elle savait qu'il était en train de lutter pour garder les distances entre sa vie professionnelle et sa vie personnelle, et qu'elle lui rendait les choses presque impossibles.

— Écoute, dit-il après une longue pause, il est presque neuf heures. Comme je te connais, tu n'as pas mangé.

— Je n'ai pas très faim.

— Tu as besoin de manger. Allez, je peux être là dans vingt minutes. On sortira, on ira avaler un steak...

— Don, je viens juste de passer deux heures avec une voiture qui ressemble à un sandwich à la merde. Je n'ai pas beaucoup d'appétit — elle sentit qu'il souriait. Désolée. Une autre fois.

— Quand tu veux. Va dormir.

— Merci.

— Oh, Jess...

— Oui ?

— L'Illinois n'exécute plus les criminels sur la chaise électrique. Je crois que les injections mortelles sont plus d'actualité.

Elle rit.

— Merci pour la mise à jour.

Ils raccrochèrent sans se dire au revoir. Presque aussitôt, Jess sentit son estomac gargouiller. « Formidable. Juste au bon moment. » Elle contempla le téléphone et décida de ne pas rappeler Don. Elle était trop fatiguée, trop énervée, trop agacée pour sortir. Elle ne ferait que déprimer Don. De plus, pourquoi manger un steak alors qu'elle avait d'excellentes pizzas surgelées, ici même, dans son congélateur ?

Elle en jeta deux dans le four à micro-ondes, attrapa un Coca-Cola dans le réfrigérateur et en avala une longue gorgée en pensant à son beau-frère et à son règlement interdisant les sodas. (« Je crois que tu es jalouse, avait dit Barry. Parce que ta sœur a un mari et des enfants et qu'elle est heureuse. Et toi, qu'est-ce que tu as ? Un congélateur plein de pizzas surgelées et un foutu canari ! »)

Avait-il raison ? Était-elle jalouse du bonheur de sa sœur ? Se pouvait-il qu'elle soit aussi mesquine ?

Pour la première fois depuis des années, Maureen ne l'avait pas invitée pour le dîner de Thanksgiving. Elle avait parlé d'un dîner avec les parents de Barry pour changer, mais sans doute en avait-elle tout simplement marre. Ils en avaient tous marre. Même son père avait cessé de suggérer qu'elle fasse la connaissance de son nouvel amour. Il savait combien elle était occupée ces temps-ci, lui avait-il dit en évoquant la publicité qui entourait l'affaire dont elle s'occupait actuellement. Il attendrait que le procès soit terminé.

Qu'était-elle en train d'infliger à son père ? Était-elle jalouse de son bonheur à lui aussi ? Voulait-elle que tous ceux qui l'aimaient mènent le même genre de vie solitaire et isolée qu'elle ? Était-il possible qu'elle voie l'intérêt que portait son père à une autre femme comme une trahison à l'égard de sa mère, aujourd'hui, après toutes ces années ?

Jess se prit la tête entre les mains. Non, finit-elle par admettre. C'était davantage le fait qu'en s'autorisant à aimer une autre femme, son père était, d'une manière symbolique mais bien réelle, en train de signer le certificat de décès de sa mère.

Jess releva la tête, les larmes coulant le long de ses joues. Se pouvait-il qu'elle espérât encore plus ou moins que sa mère reviendrait dans sa vie ? Était-ce ce qu'elle attendait, espérait, appelait de ses vœux ? Après huit longues années ? Attendait-elle encore de voir sa mère apparaître sur le seuil, venir serrer sa fille fidèle dans ses bras, la couvrir de baisers, lui dire que tout était pardonné, qu'elle n'était pas responsable de sa disparition, qu'elle n'était pas coupable ? Attendait-elle toujours ce moment d'absolution ? Sa vie ne pouvait-elle continuer sans cela ?

La sonnerie du micro-ondes annonça que le dîner était prêt, et Jess se trouva brutalement rejetée dans la réalité. Elle mit les deux pizzas fumantes sur une assiette à fleurs bleues qu'elle transporta avec son Coca dans le salon où elle se laissa tomber sur le canapé. Elle prit alors conscience de la musique des années soixante que diffusait la radio. Les Mamas et les Papas chantaient « Monday, Monday », et Jess eut un haussement d'épaules. Lundi, lundi, c'était le cas de le dire. Quelle journée !

— Et comment s'est passée ta journée, Freddy ? demanda-t-elle à son canari en soufflant sur les pizzas pour les refroidir. Mieux que la mienne, j'espère.

Elle prit une énorme bouchée, engloutissant presque toute la garniture de fromage d'un seul coup. Le téléphone se mit à sonner.

Jess cala le morceau de pizza avec sa langue à l'intérieur de sa joue gauche.

— Allô.

— Jess Koster ?

La voix masculine lui parut vaguement familière.

— Qui est à l'appareil ? demanda Jess, le corps en alerte.

— Adam Stohn.

— Adam Stohn ?

— De la boutique Shoe-Inn. Les bottes que vous avez commandées sont arrivées en fin d'après-midi. J'ai essayé de vous appeler à votre travail. On m'a dit que vous étiez au tribunal. Vous ne m'aviez pas dit que vous étiez avocate.

Jess sentit son cœur s'emballer, la pizza collée dans sa bouche.

— Je n'ai pas eu le message.

— Je n'en ai pas laissé.

Silence.

— Alors mes bottes sont arrivées, dit Jess après ce qui lui parut une éternité.

— Vous pouvez venir les prendre quand vous voudrez.

— Formidable. Merci de me prévenir.

— Jc pourrais aussi vous les déposer, offrit-il.

— Quoi ?

— Vous éviter de vous déplacer. Vous n'auriez qu'à me laisser un chèque, à l'ordre de Shoe-Inn, bien sûr.

— Quand ?

— Je pourrais passer maintenant, si ça vous convient.

— Maintenant ?

Quoi ? Quand ? Maintenant ? s'entendit-elle répéter. Depuis quand avait-elle une conversation aussi brillante ?

— On annonce de la neige pour demain.

— Ah oui ?

— A vrai dire, je n'ai pas encore dîné. Et vous ? Ça vous dirait de partager une pizza ?

Jess recracha aussitôt dans l'assiette le morceau de fromage à moitié mâché qu'elle avait encore dans la bouche.

— Ça me paraît génial.

— Bon. Dites-moi donc où vous habitez.

— On pourrait simplement se retrouver quelque part, suggéra Jess à son tour.

— Dites-moi où.

Jess désigna un petit restaurant italien sur Armitage Avenue où elle pouvait facilement se rendre à pied.

— Dans un quart d'heure ?

— D'accord, on s'y retrouve.

— Vous êtes en avance, dit-il en se glissant sur la banquette rouge. Il portait un jean et un blouson noir sur un pull à col roulé gris.

— Je suis toujours en avance. C'est une mauvaise habitude, lui dit-elle, étudiant son visage, plus beau que dans son souvenir.

Pensait-il la même chose d'elle ? Elle regrettait à présent de ne pas s'être changée pour quelque chose de mieux qu'un pull et un pantalon noirs. Sans doute qu'un peu plus de maquillage ne lui aurait pas fait de mal. Elle s'était contentée de s'asperger le visage d'eau froide, de se brosser les dents, et de mettre un peu de rouge à lèvres avant de se précipiter hors de chez elle.

— Bonjour, Signorina, lança à Jess la propriétaire entre deux âges, en déposant sur la table deux menus inscrits sur un papier taché. Ça fait plaisir de vous revoir.

— A moi aussi, répondit Jess en souriant à la femme aux cheveux noirs et au visage rond. Carla fait les meilleures pizzas du monde.

— Dans le quartier De Paul, en tout cas, précisa Carla. Je vous apporte une carafe de chianti pendant que vous regardez le menu ?

— Parfait, dit Adam en jetant un rapide coup d'œil aux plats proposés.

— Je sais déjà ce que je veux, dit Jess avec avidité. Je vais prendre la pizza spéciale. C'est depuis toujours mon plat préféré.

— Dans ce cas, faites-en une grande pour deux, dit Adam aussitôt. On partagera. — Carla reprit les menus et se dirigea vers la cuisine. — Au fait, vos bottes sont dans la voiture. Faites-moi penser à vous les donner.

— Faites-moi penser à vous faire un chèque.

Il rit.

— Je suppose que vous venez souvent ici.

— J'habite juste au bout de la rue. Et je ne suis pas vraiment une cuisinière, ajouta Jess.

— Je suppose que vous n'avez pas le temps.

— Non, mais je ne la ferais pas de toute façon.

Il eut l'air surpris.

— Question de principe ?

— Nous, les avocats, avons des tas de principes, dit-elle en souriant.

— Je n'en ai jamais douté.

— Ma mère avait l'habitude de passer son temps à faire la cuisine, expliqua Jess. Elle détestait ça, alors elle ne nous a jamais appris comment faire. Peut-être qu'elle s'imaginait que si ma sœur et moi ne savions pas cuisiner, nous ne serions jamais contraintes de le faire.

— Théorie intéressante.

— Ce qui ne veut pas dire que ça ait marché.

Il eut l'air étonné.

— Ma sœur est devenue depuis peu un véritable cordon bleu.

— Et vous n'êtes pas d'accord avec ça ?

— Je préférerais ne pas parler de ma sœur.

Carla revint avec le chianti et deux verres.

— J'ai lu tout à l'heure dans le journal un article sur le Tueur à l'Arbalète, dit Carla en versant du vin d'un rouge profond dans chaque verre. On y mentionnait votre nom et tout le reste. C'est très impressionnant.

Jess sourit.

— C'est gagner, qui serait impressionnant.

Carla fit un geste de déni.

— Aucun doute. Vous allez gagner. Aucun doute.

Elle frotta ses mains sur le tablier vert hôpital tendu sur ses larges hanches, puis se dirigea vers l'entrée du restaurant.

— Alors, je suis en train de dîner avec une célébrité ? déclara Adam en levant son verre pour lui porter un toast.

— Il ne s'agit que d'un substitut du procureur, surchargé et sous-payé. — Ils trinquèrent. — Santé et prospérité, comme dirait mon beau-frère.

— A votre imminente victoire.

— Je veux bien boire à ça. Alors, et vous ? Depuis combien de temps est-ce que vous vendez des chaussures ?

— Chez Shoe-Inn, depuis cet été. Sinon, ça fait à peu près un an.

— Et avant ça ?

— Des petits boulots. Des bricoles. Vendeur itinérant. Vous voyez.

— Mon père était un vendeur.

— Oh ?

— Ensuite il a eu son propre magasin. Deux, en réalité. Maintenant, il est à la retraite.

— Et il fait tourner votre mère en bourrique ?

Jess but une longue gorgée.

— Ma mère est morte.

Jess regarda la mâchoire d'Adam s'affaisser.

— Oh, pardon. Ça manquait de tact. Quand est-elle morte ?

— Il y a huit ans. Je suis désolée, mais vous voulez bien qu'on parle d'autre chose ?

— Tout ce que vous voudrez.

— Parlez-moi encore de vous. Vous êtes de Chicago ?

— De Springfield.

— Je n'ai jamais été à Springfield.

— Jolie ville.

— Pourquoi êtes-vous parti ?

— C'était le moment de changer — il haussa les épaules. Et vous ? Née et élevée à Chicago ?

Elle hocha la tête.

— Aucune envie d'essayer autre chose ?

— Je suis plutôt casanière.

— Vous êtes allée à la fac de droit ici ?

— A Northwestern.

— D'où vous êtes sortie troisième de votre promotion ? avança-t-il.

— Quatrième.

Il sourit dans son verre.

— Et à partir de là vous avez refusé toutes les offres d'emploi dans des cabinets privés et lucratifs pour devenir un substitut surchargé et sous-payé au Bureau du procureur.

— Je ne voulais pas me retrouver dans le département des litiges d'une grosse compagnie, où les seuls litiges que j'aurais traités auraient été une bataille de mémos et de notes passant sur mon bureau. Par ailleurs, le procureur général était d'abord un de mes professeurs de droit avant d'être élu à cc poste et il m'a engagée. La seule question qu'il m'ait posée était si oui on non je serais capable de réclamer la peine capitale.

— Apparemment vous lui avez donné la bonne réponse.

Jess éclata de rire.

— Ils ne veulent pas de libéraux au Bureau du procureur.

— Alors, comment ça se passe là-bas ?

Elle rit.

— Ça me plaît beaucoup. Du moins maintenant. Au début c'était plutôt aride. On m'a d'abord affectée au Tribunal des infractions à la circulation, puis au bout d'un an, à la Première Division municipale, pour un an encore, et ensuite à la Section criminelle. C'était beaucoup plus intéressant.

— Pourquoi ?

— Ça implique un vrai travail d'enquête, on va à l'extérieur, on parle aux victimes et aux témoins. On travaille étroitement avec la police. Vous savez, ce que la plupart des gens ne réalisent pas, c'est que les flics ne peuvent, en fait, inculper personne. Seul le ministère public peut le faire. Les flics enquêtent, mais c'est le substitut du procureur qui décide s'il faut approuver les accusations et s'il faut mettre l'affaire dans le système.

— C'est la première fois que vous avez goûté au véritable pouvoir.

Jess but encore une longue gorgée de vin.

— Mon beau-frère prétend que, lorsqu'une femme prend un peu de pouvoir, elle perd son sens de l'humour.

— Hé, vous avez ri à ma blague sur les préservatifs.

— En fait, j'ai une blague pour vous, dit Jess en tentant de mettre ses idées en ordre. C'est une des secrétaires du bureau qui me l'a racontée — elle s'arrêta, essayant de se rappeler les termes exacts. Qu'est-ce qu'il reste quand on a cent soldats en rang et que brusquement quatre-vingt-dix-neuf d'entre eux font un pas en arrière ?

— Je n'en sais rien. Qu'est-ce qu'il reste ?

— Un *front* dégarni ! Jess éclata de rire puis s'arrêta brusquement. C'est épouvantable. C'est une blague épouvantable — elle secoua la tête, incrédule. Je n'arrive pas à croire que je vous aie raconté cette blague.

— C'était une blague géniale, racontée avec beaucoup de brio, je dois dire, dit Adam, gloussant doucement. La prochaine fois que vous verrez votre beau-frère, dites-lui que c'est un merdeux.

Jess se représenta d'abord son beau-frère, puis sa voiture couverte de merde.

— On pourrait parler d'autre chose, vous ne croyez pas ?

— Alors vous êtes restée à la Section criminelle pendant un an, dit-il.

— Sept mois.

— Et ensuite au Tribunal de première instance ?

Jess eut l'air surprise.

— Comment le savez-vous ?

— Qu'est-ce qu'il reste d'autre ? demanda-t-il simplement.

— Chaque salle d'audience a trois substituts du procureur assignés à un juge en particulier, en général pour une année, parfois plus. Le plus ancien de ces substituts est au-dessus des deux autres. C'est moi — Jess marqua une pause et termina son verre de vin. Comment en est-on arrivés là ?

— Je crois que je vous ai demandé comment ça se passait au Bureau du procureur.

— Bon, vous ne pourrez pas dire que je ne vous l'ai pas dit. — Jess baissa les yeux. — Excusez-moi, je ne voulais pas aller aussi loin. Je suppose que c'est plutôt barbant.

— Pas du tout — il lui versa à nouveau du vin dans son verre. Dites-m'en davantage.

Jess porta le verre à sa bouche, reconnaissante d'avoir quelque chose à faire de ses mains, respirant le lourd arôme du vin, essayant de voir par-delà les yeux bruns et chaleureux d'Adam. Elle se demandait s'il était vraiment aussi intéressé par les détails de sa carrière qu'il en avait l'air, ce qu'il faisait réellement ici, ce qu'elle, surtout, y faisait.

— Eh bien, hésita-t-elle avant de poursuivre, je suis responsable de tout ce qui passe par cette salle d'audience. Je représente le ministère public dans les affaires les plus importantes. Je décide des affaires à confier à mes premier et deuxième assistants. Je suis une sorte de professeur, de conseiller d'orientation, si vous voulez. Et c'est sur moi que ça retombe s'ils se débrouillent mal. Si quelque chose va de travers dans ma salle d'audience, c'est moi le responsable.

— Et combien d'affaires plaidez-vous dans une année ?

— Entre douze et vingt. C'est-à-dire devant un jury. La plupart des affaires se règlent directement devant les magistrats, lors de négociations entre les avocats et les juges — elle rit. C'est toujours très bousculé à cette époque de l'année. C'est la course pour savoir quel juge peut expédier le maximum d'affaires avant Noël.

La pizza arriva, chaude et fumante, avec quatre fromages différents dégoulinant sur les bords, des légumes et des morceaux de saucisse.

— Ça m'a l'air formidable, fit remarquer Adam en coupant un morceau pour chacun d'eux et en souriant quand Jess prit aussitôt son morceau dans ses mains et l'enfourna dans sa bouche.

— On dirait une gosse, dit-il.

— Je suis désolée. J'aurais dû vous prévenir. Je suis un vrai plouc quand je mange. Je n'ai aucune honte.

— C'est un plaisir de vous regarder.

— Je n'ai jamais compris comment les gens pouvaient manger une pizza avec un couteau et une fourchette, poursuivit-elle, puis elle s'interrompit, un long fil de fromage s'étirant entre sa bouche et son assiette. Maintenant, vous allez me dire que vous prenez toujours un couteau et une fourchette, c'est bien ça ?

— Je n'oserais pas.

Adam prit sa part de pizza entre ses grandes mains et la porta à sa bouche.

— Elle est fantastique, non ?

— Fantastique, admit-il, les yeux toujours fixés sur ceux de Jess. Alors, parlez-moi encore de Jess Koster, substitut du procureur.

— Je crois que j'en ai dit plus qu'assez. Tous les livres ne conseillent-ils pas aux femmes de laisser les hommes parler ? Vous savez : trouvez quels sont ses centres d'intérêt ; feignez de vous intéresser à la même chose — elle s'interrompit, la pizza à la main. C'est ce que vous êtes en train de faire avec moi ?

— Vous ne vous trouvez pas intéressante ?

— Que je trouve le droit fascinant ne veut pas dire que ça doit être le cas pour tout le monde.

— Qu'est-ce qui vous fascine dans le droit ?

Jess reposa sa pizza dans son assiette pour considérer sérieusement la question et choisir soigneusement ses mots.

— Sans doute le fait que c'est très complexe. Je veux dire, la plupart des gens ont tendance à considérer le système de la justice criminelle comme un combat entre le vrai et le faux, le bien et le mal, la vérité pure et rien d'autre. Mais ce n'est absolument pas comme ça. Ce n'est pas noir ou blanc. Il y a plein de nuances de gris. Les deux parties corrompent la vérité, tentent de l'utiliser à leur propre profit. Un bon avocat donnera toujours un certain « effet » à un acte répréhensible pour qu'il n'ait pas l'air aussi épouvantable.

— Les avocats sont les spécialistes des pirouettes ?

Jess acquiesça de la tête.

— La triste réalité est que la vérité est quasiment hors de propos dans un tribunal. Il est parfois plus facile pour un avocat de perdre de vue les considérations morales et éthiques élémentaires.

— Quelle est la différence ?

— La moralité est quelque chose d'intérieur, dit Jess simplement. L'éthique est définie par un code de responsabilité professionnelle. Tout ça doit avoir l'air désespérément pontifiant.

— Ça m'a l'air charmant.

— Charmant ? J'ai dit ça de façon charmante ?

Jess éclata de rire.

— Ça vous étonne ?

— Charmant est un adjectif qu'on emploie rarement pour me qualifier, répondit-elle avec honnêteté.

— Quels adjectifs emploie-t-on ?

— Oh... exaltée, sérieuse, exaltée, consciencieuse, exaltée. J'entends surtout exaltée.

— Ce qui fait sans doute que vous êtes un si bon substitut.

— Qui a dit que j'étais bonne ?

— Demandez à celle qui est sortie quatrième de sa promotion.

Jess eut un sourire gêné.

— Je ne crois pas que les deux choses soient liées. Je veux dire, on peut mémoriser la jurisprudence et la procédure, on peut étudier les livres de droit de fond en comble, mais il faut vraiment être capable de *sentir* ce qu'est le droit. C'est un peu comme l'amour, je suppose — elle détourna les yeux. Une question d'ombres et de fantômes.

— Analogie intéressante, commenta Adam. Je suppose que vous êtes divorcée.

Jess prit son verre de vin, le porta à sa bouche et le reposa sans avoir bu.

— Supposition intéressante.

— Ça fait deux personnes intéressantes, lui dit Adam, en trinquant avec elle. Vous avez été mariée pendant combien de temps ?

— Quatre ans.

— Et vous êtes divorcée depuis combien de temps ?

— Quatre ans.

— Belle symétrie.

— Et vous ?

— Six ans de mariage, trois ans de divorce.

— Des enfants ?

Il termina son vin, versa le reste de la bouteille dans son verre et secoua la tête.

— Vous êtes sûr ? demanda Jess, et elle éclata de rire.

— Pas d'enfant, répéta-t-il. Et vous ?

— Non.

— Trop occupée ?

— Trop enfant moi-même, je suppose.

— Ça m'étonnerait, lui dit-il. Vous avez l'air d'avoir une âme très âgée.

Jess rit nerveusement pour cacher son embarras soudain.

— Je suppose que je manque de sommeil.

— Vous ne manquez de rien. Vous êtes très belle, dit-il en s'intéressant brusquement à sa pizza.

Jess fit de même. Il y eut plusieurs secondes d'un silence gêné de part et d'autre.

— Je ne voulais pas vous embarrasser, dit-il en continuant à se concentrer sur son assiette.

— Je ne le suis pas, répondit-elle, ne sachant pas bien si elle l'était ou non.

— Alors, est-ce que le fait d'être un substitut du procureur a eu quelque chose à voir avec votre divorce ? demanda Adam, changeant soudain de sujet.

— Pardon ?

— Eh bien, être un avocat qui plaide, c'est comme être un cheval de course, j'imagine. On vous entraîne comme un pur-sang. Vous entendez la cloche, vous vous précipitez. Vous avez un ego énorme, ce qui est nécessaire parce que vous êtes toujours en première ligne. Et la pire chose est de perdre. Quand vous êtes en plein dans un procès, je suppose qu'il doit être très dur de faire abstraction de tout ça. En gros, vous êtes mariée avec le procès pour toute sa durée. Je me trompe ?

Jess secoua la tête.

— Vous ne vous trompez pas.

— Votre mari, qu'est-ce qu'il faisait ?

Adam coupa deux autres morceaux de pizza.

Jess sourit.

— C'est un avocat.

— Je conclus là ma plaidoirie.

Jess éclata de rire.

— Et votre ex-femme ?

— Elle est architecte d'intérieur. Aux dernières nouvelles, elle s'était remariée — Adam inspira profondément, leva les mains en l'air comme pour signaler qu'il avait épuisé le sujet. En tout cas, on a assez parlé de nos vies passées. Il est temps d'aller de l'avant.

— Ça n'a pas été bien long.

— Il n'y a pas grand-chose à dire.

— Vous n'aimez pas tellement parler de vous, non ?

— Pas plus que vous.

— Qu'est-ce que vous voulez dire ? Je n'arrête pas de parler de moi depuis que je suis là, dit Jess d'un ton incrédule.

— Vous avez parlé du droit. Dès que les questions deviennent plus personnelles, vous vous fermez comme une huître, comme si vous étiez un témoin à charge.

— Je vais vous proposer un marché, dit Jess, étonnée de constater qu'elle était aussi transparente. Je ne vous dévoilerai pas mes secrets si vous ne me dévoilez pas les vôtres.

Adam sourit, ses yeux bruns restant impénétrables.

— Comme dit le proverbe, ne me raconte pas de secrets et je ne te raconterai pas de mensonges.

Il y eut une longue pause.

— Ça me paraît correct, dit Jess.

— A moi aussi.

Ils finirent de manger le reste de la pizza en silence.

— Pourquoi m'avez-vous appelée ce soir ? interrogea Jess en repoussant son assiette vide.

— Je voulais vous voir, répondit-il. Pourquoi avez-vous accepté ?

— Je suppose que je voulais vous voir, moi aussi.

Ils se sourirent.

— Alors, que peut bien faire une ambitieuse avocate avec un simple vendeur de chaussures ?

Il réclama l'addition.

— J'ai le sentiment que chez vous rien n'est simple.

— C'est parce que vous êtes avocate. Vous êtes toujours en train de chercher des choses qui n'existent pas.

Jess rit.

— Et il paraît qu'il va neiger demain. J'aurais bien besoin d'une nouvelle paire de bottes pour l'hiver.

— J'ai justement ça dans ma voiture. Je peux vous reconduire chez vous ?

Jess hésita, se demandant de quoi elle avait peur.

Carla s'approcha avec l'addition.

— Alors, ça a été ? La pizza vous a plu ? s'enquit-elle auprès d'Adam.

— Sans aucun doute, c'est la meilleure du quartier.

Jess regarda Adam prendre un billet de vingt dollars dans sa poche, envisagea de lui proposer de partager l'addition, puis y renonça. La prochaine fois, se dit-elle, c'est elle qui paierait le dîner.

S'il y avait une prochaine fois.

Jess était en train de dormir, d'un sommeil profond, sans rêves, somptueux, comme elle n'en avait pas connu depuis des semaines. Brusquement, elle fut réveillée, le corps dressé, les mains tendues en avant comme si elle était en train de tomber. Tout autour d'elle des alarmes retentissaient.

Elle réalisa que c'était le téléphone et tendit le bras de l'autre côté du lit puis porta avec précaution le combiné à son oreille. Le cadran lumineux de son réveil annonçait trois heures du matin. Elle savait bien qu'on ne recevait jamais de bonnes nouvelles à trois heures du matin. Seuls la mort et le désespoir réveillaient les gens au milieu de la nuit.

— Allô, dit-elle, la voix bien éveillée, vigilante, comme si elle avait attendu ce coup de téléphone.

Elle pensait entendre la police à l'autre bout du fil, ou éventuellement la morgue. Mais il n'y avait que le silence.

— Allô ? répéta-t-elle. Allô ? Allô ?

Pas de réponse. Pas même un semblant de respiration. Elle raccrocha, sa tête retombant sur l'oreiller avec un bruit sourd. Juste une erreur d'appel, se dit-elle, refusant d'envisager d'autres possibilités. « Rendors-toi », marmonna-t-elle. Mais le sommeil l'avait abandonnée, et elle resta éveillée, regardant par la fenêtre la neige qui tombait lentement, jusqu'à ce qu'il fût l'heure de se lever.

13

— Alors, dans l'ensemble, qu'est-ce que vous en pensez ? D'après vous, comment ça s'est passé, aujourd'hui ?

Jess regardait Neil Strayhorn et Barbara Cohen assis de l'autre côté de son bureau, tous deux plus ou moins atteints par le rhume et la grippe. Elle fit pivoter sa chaise vers la fenêtre et se concentra sur le mélange de pluie et de neige qui zébrait le ciel noir.

— J'ai trouvé que ça s'était plutôt bien passé, dit Neil, le nez bouché. Nous avons fait quelques remarques importantes.

— Lesquelles ? Jess fit un signe de tête à Barbara Cohen.

— Ellie Lupino a témoigné qu'elle avait entendu Terry Wales menacer de tuer sa femme si un jour elle essayait de le quitter. — Barbara toussa et dut se racler la gorge avant de poursuivre. — Elle a juré que Nina Wales n'avait pas de liaison.

— Elle a juré que, *à sa connaissance,* Nina Wales n'avait pas de liaison, précisa Jess.

— Elle a été la meilleure amie de Nina pendant près de dix ans. Nina lui disait tout, avança Neil. Ça aura sûrement beaucoup de poids pour le jury.

— Ellie Lupino a aussi admis avoir entendu plus d'une fois Nina Wales dénigrer en public les performances de son mari au lit, et le menacer de lui prendre tout ce qu'il avait, leur rappela Jess.

— Et alors ? demanda Barbara, ce qui déclencha chez elle une quinte de toux.

— Alors, ça rejoint complètement la stratégie de la défense. S'ils arrivent à convaincre le jury que Nina Wales a provoqué son mari au point de le plonger dans une fureur incontrôlable...

— ... alors elle est responsable de son propre meurtre ! cracha Barbara dans son indignation.

— Alors on se trouve au mieux dans l'hypothèse de l'homicide involontaire.

— Et même si Nina Wales couvrait son mari de sarcasmes parce qu'il était minable au lit ? Et même si elle le menaçait de le quitter ? C'est avec ses poings qu'il la frappait. Les mots étaient ses seules armes à elle !

Barbara Cohen essaya de ravaler une autre quinte de toux, et on eut l'impression qu'elle était en train de s'étouffer.

— On a un motif, on a une intention criminelle, on a une préméditation froidement calculée, récita

Neil, qui termina sa phrase en se mouchant bruyamment.

— Tout le problème est celui de la provocation, réitéra Jess. Il y a eu récemment dans le Michigan une affaire dans laquelle le jury a considéré que le mari d'une magistrate était seulement coupable d'homicide involontaire, alors qu'il avait tué, dans sa propre salle d'audience, sa femme qui l'avait quitté. Le jury a considéré que la rupture l'avait poussé à l'acte. Dans une autre affaire à New York, un homme d'origine chinoise a obtenu une condamnation avec sursis, *avec sursis*, après avoir frappé sa femme à mort à l'aide d'un marteau. La femme était infidèle, et le juge a déclaré que, vu le milieu culturel du mari, l'infidélité constituait une provocation.

Elle inspira profondément, s'efforçant de ne pas inhaler les microbes que l'on pouvait presque voir flotter dans l'air.

— La seule question que nos jurés vont se poser est de savoir si, dans la même circonstance, ils auraient été capables de la même chose.

— Alors qu'est-ce que tu essaies de dire ? demanda Barbara, les yeux larmoyants.

— Je veux dire que tout dépend de la façon dont Terry Wales se comportera à la barre, répliqua Jess. Je veux dire que nous savons à l'avance tout ce que Terry Wales va déclarer au jury, et qu'il nous faut être prêts non seulement à l'interroger là-dessus, mais aussi à le démolir complètement. Je veux dire qu'il ne va pas être facile de gagner ce procès. Et que vous feriez mieux d'aller vous coucher.

Neil éternua à trois reprises.

— A tes souhaits, dit Jess machinalement.

— J'ai trouvé que le juge Harris avait l'air un peu tendu aujourd'hui, dit Neil.

— Il a sans doute trop mangé de dinde pour Thanksgiving, dit Jess en fermant la porte derrière eux et en s'écroulant sur le premier siège venu, avec un picotement nerveux au fond de la gorge. Oh non, dit-elle. Tu ne vas pas tomber malade maintenant. Tu n'as pas le temps d'être malade. Et toi, le picotement, fous le camp, ordonna-t-elle en retournant s'asseoir derrière son bureau où elle entreprit de consulter les notes qu'elle avait prises l'après-midi au tribunal, tout en jetant des coups d'œil menaçants au téléphone.

Adam n'avait pas appelé depuis une semaine. Et alors ? Avait-elle vraiment espéré qu'il le ferait ? La soirée qu'ils avaient passée ensemble s'était achevée sur une note très professionnelle — il lui avait remis les bottes, elle lui avait remis le chèque. Il l'avait déposée devant son immeuble sans même une bise sur la joue. Elle ne l'avait pas invité à entrer, et il ne le lui avait pas demandé. Ils s'étaient dit au revoir. Pas « Je pourrai vous revoir ? », ni « Je vous appellerai ». Rien. Alors, pourquoi espérait-elle davantage ?

Avait-elle vraiment cru qu'il pourrait l'appeler et suggérer qu'ils passent Thanksgiving ensemble ? Deux personnes qui ne se connaissaient quasiment pas, partageant la dinde aux baies de canneberge ? Le substitut du procureur du comté de Cook et le vendeur de chaussures de Springfield ! Qu'est-ce qui l'embêtait le plus ? Qu'il soit vendeur de chaussures, ou qu'il n'ait pas appelé ?

Elle avait finalement passé la soirée de Thanksgiving chez l'informaticien homosexuel de l'appartement du dessous avec huit des amis de celui-ci, essayant de ne pas tendre l'oreille à travers le plafond au cas où son téléphone sonnerait. Après quelques verres de vin, elle s'était immergée dans Charlie Parker et Jerry Mulligan, se joignant aux autres qui célébraient leur bonheur d'être réunis et leur chance inouïe d'être en vie alors que tant de leurs amis avaient disparu.

Elle avait trop bu et Walter avait été obligé de la raccompagner à l'étage au-dessus. Au moins, elle n'avait pas eu à conduire pour rentrer chez elle, se disait-elle à présent.

Jess se prit la tête entre les mains en pensant à sa voiture rendue méconnaissable par cet acte de vandalisme. C'était un cadeau de ses parents pour son admission à la Northwestern University, et elle avait résisté à la faculté de droit, au mariage, au divorce, et à quatre années de Bureau du procureur. Mais cette fois, elle ne pourrait survivre, elle ne pourrait résister à Rick Ferguson.

Jess n'avait pas remarqué tout de suite les pneus lacérés, les banquettes éventrées, ni la pédale de frein arrachée. Il s'était passé plusieurs jours avant qu'elle ne connaisse l'étendue exacte du désastre. La voiture était évidemment bonne pour la casse. Pas question d'essayer de recoller les morceaux. Beaucoup trop compliqué et trop cher, même avec l'assurance. On dépassait de très loin les quatre cents dollars.

On n'avait trouvé aucune empreinte, rien qui puisse rapprocher Rick Ferguson du saccage de la voiture. Bon, il s'était montré au tribunal ce jour-là. Et alors ? Personne ne l'avait vu dans le garage, ni nulle part. Des gens disparaissaient. Des biens étaient détruits. Rick Ferguson continuait à sourire.

Jess décrocha le téléphone et appela le bureau du médecin légiste.

— Ah, bien, vous êtes encore là, dit-elle quand elle entendit la voix d'Hilary Waugh.

— J'allais justement partir, répliqua la femme.

Jess comprit que cela signifiait, il est tard, abrégeons.

— Je suppose qu'il n'est arrivé personne ressemblant à Connie DeVuono, commença Jess, comme si Connie DeVuono pouvait être encore en vie, et pouvait entrer dans le bureau du médecin légiste de son propre chef.

— Personne.

— Vous avez reçu le dossier dentaire que je vous ai transmis ?

— Je l'ai eu. Il est là, il attend.

— Ça devrait accélérer les choses...

— Oui, ça devrait. Il faut vraiment que je m'en aille, Jess. Je ne me sens pas très bien. Je crois que je couve quelque chose.

— Bienvenue au club, dit Jess en souhaitant à Hilary Waugh un prompt rétablissement.

Elle reposa le combiné puis le reprit aussitôt, ressentant le besoin d'entendre une voix amicale. Elle n'avait pas eu de nouvelles de sa sœur depuis avant Thanksgiving. Ce n'était pas le genre de Maureen de ne pas appeler, même si elle était très occupée. Jess espérait qu'elle allait bien, qu'elle n'avait pas été atteinte par le virus de grippe qui avait l'air de se propager à travers toute la ville.

— Allô ? Jess pouvait distinguer un sourire dans la voix de Maureen. Elle se sentit aussitôt rassurée.

— Comment vas-tu ? demanda Jess.

— Je vais bien, répondit Maureen dont le sourire s'évanouit aussitôt, pour laisser sa voix froide et neutre. Tyler est un peu enrhumé, mais sinon on va tous bien. Et toi ?

— Ça va. Comment s'est passé le dîner de Thanksgiving ?

— Formidable. La mère de Barry est un vrai cordon bleu. Mais tout ça ne t'intéresse pas vraiment — il y eut un temps d'arrêt plein de gêne. Alors, tu es très occupée, comme d'habitude ?

— Eh bien, c'est une affaire particulièrement chaude que j'ai au tribunal en ce moment...

— Une affaire chaude ?

— Beaucoup de publicité. Je suis sûre que tu as lu des articles là-dessus.

Jess s'interrompit quand elle se rappela que Maureen ne lisait plus les premières pages des journaux.

— Oui, c'est vrai, j'ai suivi ça. Je suppose que c'est un gros coup pour toi.

— Seulement si je gagne.

Il y eut un silence.

— Il y a longtemps que je n'ai pas eu de tes nouvelles, dit Jess d'un ton hésitant, se rendant brusquement compte que c'était toujours sa sœur qui faisait en sorte qu'elles se contactent fréquemment.

— Je croyais que c'était ce que tu voulais.

— Ce que je voulais ? Pourquoi dis-tu ça ?

— Oh, je n'en sais rien. Peut-être parce que tu es toujours tellement occupée. Trop occupée pour faire la connaissance de l'amie de papa, en tout cas, pour venir dîner au Bistro 110, ou respecter ton rendez-vous avec Stephanie Banack.

— J'ai respecté mon rendez-vous.

— Concrètement, je suppose que oui. Écoute, Jess, je n'ai vraiment pas envie de continuer. Je peux comprendre que tu sois occupée. Crois-moi, je sais ce que c'est. Mais n'essaie pas de me dire que tu es débordée au point de ne pas avoir le moindre moment à consacrer à ta famille. Ne me prends pas pour une idiote. Si tu ne veux pas faire partie de cette famille, libre à toi.

— C'est pas que je ne veuille pas te voir, Maureen.

— Tu ne veux pas voir mon mari.

— On ne s'entend pas, c'est tout. Ça arrive. C'est pas la fin du monde.

— Et papa ? Tu vas continuer à l'exclure pendant longtemps ?

— Je ne l'exclus pas.

— Non, juste la femme qu'il aime.

— Tu ne crois pas que tu en fais trop dans le style dramatique ?

— Je crois que papa va épouser cette femme, Jess.

Encore un silence.

— C'est ce qu'il a dit ?

— Il n'a pas eu besoin de le dire.

— Bon, je m'en préoccuperai quand ça sera le moment.

— Pourquoi faudrait-il que tu t'en préoccupes ? interrogea Maureen. Pourquoi ne peux-tu pas tout simplement être heureuse pour lui et avoir la politesse de faire la connaissance de cette femme ?

Jess contempla par la fenêtre la nuit qui tombait. Il n'était pas encore six heures et il faisait déjà si sombre.

— Je ferais mieux de raccrocher et de te laisser préparer le dîner.

— Absolument. C'est ce que je fais de mieux.

— Maureen...

— Au revoir, Jess. On se tient au courant.

La communication fut coupée avant que Jess ait pu dire au revoir.

— Génial. Vraiment génial.

Jess reposa le téléphone, envisagea d'appeler son père, puis décida de ne pas le faire. Elle ne pouvait pas supporter une autre déception. Qu'était-elle en train d'infliger à sa famille ? Pourquoi ne pouvait-elle pas tout simplement se résigner au fait que son beau-frère était un connard, que sa sœur était la Femme Accomplie, et que son père était amoureux ? Depuis quand était-elle devenue aussi intolérante ? Est-ce que tous les autres devaient vivre selon ses propres préceptes ? Sa vie à elle était-elle une telle réussite ?

La porte de son bureau s'ouvrit. Greg Oliver se tenait de l'autre côté. Le parfum sucré d'Aramis parvint jusqu'à elle. Exactement ce qu'il lui fallait, se dit Jess, en prenant acte de sa présence avec un profond soupir.

— Et pourquoi je ne suis pas surpris de te trouver là ? dit-il, d'un ton plus affirmatif qu'interrogatif.

— Peut-être parce que tu m'as entendue parler au téléphone ?

— C'était toi, ces lamentations ?

Jess eut un autre profond soupir.

— C'était moi.

— On dirait qu'un verre te ferait du bien.

— Tout ce qu'il me faut, c'est une bonne nuit de sommeil.

— Ça aussi, ça peut s'arranger.

Jess leva les yeux au ciel et se mit debout.

— Comment se passe le procès O'Malley ?

— C'est dans la poche. On devrait emballer ça d'ici la fin de la semaine. Et le fameux vengeur à l'arbalète ?

— J'espère que le jury se mettra à délibérer d'ici vendredi.

— J'ai entendu dire qu'ils ont proposé un marché.

— Homicide involontaire et dix ans de prison ? Possibilité de liberté conditionnelle au bout de quatre ans ? Tu parles d'un deal !

— Tu crois vraiment que la décision du jury sera différente de ça ?

— On peut toujours rêver, lui dit Jess.

Le timide sourire de Greg Oliver s'élargit franchement.

— Viens, je vais te reconduire chez toi.

— Non, merci.

— Ne sois pas stupide, Jess. Ta voiture est morte et enterrée ; tu ne trouveras jamais de taxi ; si tu en appelles un maintenant, tu vas attendre au moins une heure ; et je te propose de te conduire où tu veux : Las Vegas, Miami Beach, Graceland ?

Jess hésita. Elle savait qu'il avait raison : un taxi prendrait un temps infini pour venir jusqu'ici à cette heure. Et après sa dernière expérience, elle ne voulait pas prendre le métro El. Elle pouvait appeler Don, même si elle n'avait pas eu de ses nouvelles depuis qu'elle avait décliné son offre de passer Thanksgiving avec lui et Mère Teresa. Non, elle ne pouvait pas appeler Don. Ça ne serait pas bien. C'était son ex-mari, pas son chauffeur.

— D'accord, accepta Jess. Mais tu m'emmènes directement chez moi.

— Je suis là pour conduire Madame où elle le désire.

La Porsche noire de Greg Oliver s'arrêta devant l'immeuble de Jess. Il coupa le contact. La musique rock à plein volume qui les avait accompagnés tout du long, rendant par bonheur toute conversation impossible, cessa brusquement.

— Alors c'est ici que tu habites.

— C'est là, dit Jess en mettant la main sur la poignée de la portière, pressée d'échapper à l'odeur de son eau de toilette. Merci, Greg. Je te remercie de m'avoir raccompagnée.

— Tu ne m'invites pas ?

— Non, dit Jess, tout simplement.

— Allons, Jess. Tu ne veux pas que je t'offre un verre. Le moins que tu puisses faire, c'est de m'offrir quelque chose pour la route.

— Greg, je suis fatiguée, j'ai mal à la gorge, et j'ai un rendez-vous, ajouta-t-elle, le mensonge lui laissant un goût amer sur la langue.

— Il est six heures et demie ; prends deux aspirines ; et ça fait cinquante ans que tu n'as pas eu de rancard. Je monte.

Il sortit aussitôt de la voiture. Jess rejeta la tête en arrière sur le siège en cuir noir. Qu'avait-elle espéré ? Elle ouvrit la portière de la voiture, leva ses deux jambes en même temps pour les reposer sur le trottoir et s'extirpa du véhicule très bas en s'aidant de ses mains.

— Tu t'y es très bien prise, commenta Greg. Beaucoup de femmes ne savent pas comment sortir convenablement de ce genre de voiture. Elles lancent une jambe après l'autre —il rit. Évidemment, c'est beaucoup plus drôle comme ça pour ceux qui sont sur le trottoir.

— Greg, commença Jess en se dirigeant rapidement vers l'entrée de l'immeuble, je ne t'invite pas à monter.

— Tu ne peux pas faire ça, s'obstina-t-il. Allons, Jess. Tout ce que je veux, c'est un petit verre. Tu as peur de quoi ? Qu'est-ce que tu crois que je vais faire ?

Jess s'arrêta devant la porte d'entrée, fouillant

dans son sac pour y trouver sa clé. Elle aurait pu penser à la sortir plus tôt.

— Tu crois que je vais te sauter dessus ? C'est ça ?

— C'est pas le cas ?

— Merde, Jess. Je suis un mari heureux. Ma femme vient de m'acheter une Porsche. Pourquoi irais-je sauter sur une femme qui me déteste ?

— Parce qu'elle est là ? demanda Jess en retrouvant sa clé et en ouvrant la porte.

— Tu es comique, dit-il en poussant la porte et en pénétrant dans le hall. C'est pour ça que je supporte toutes tes conneries. Allons, Jess. On est collègues et j'aime bien me dire qu'on pourrait être amis. C'est si terrible que ça ? — il s'agenouilla tout à coup pour ramasser quelques lettres éparpillées par terre et les tria sans se gêner. Voilà ton courrier — il déposa les lettres dans la main qu'elle avait tendue.

— Un seul verre, lui dit Jess, trop fatiguée pour continuer à argumenter.

Il monta derrière elle les trois étages, comme un chien sur ses talons.

— Je parie que tu habites au dernier étage, dit-il, comme ils arrivaient à la porte de son appartement. Elle ouvrit la porte. Greg Oliver se retrouva à l'intérieur presque avant elle.

— Tu laisses la radio allumée toute la journée ? demanda-t-il, faisant rapidement le tour du salon de son regard sombre.

— C'est pour l'oiseau.

Jess jeta son sac ainsi que le courrier sur le canapé, hésitant à ôter son manteau et ses bottes. Bien qu'elle soit chez elle, elle ne voulait rien faire qui puisse encourager Greg Oliver à prolonger sa visite.

Celui-ci s'approcha précautionneusement de la cage de l'oiseau et regarda à travers les barreaux.

— C'est un mâle, ou une femelle ?

— Un mâle.

— Comment le sais-tu ? Tu lui as soulevé les plumes ?

Jess alla dans la cuisine, trouva quelques bières au fond du réfrigérateur, et en décapsula une qu'elle rapporta dans le salon. Greg Oliver s'était déjà installé confortablement sur le canapé après avoir jeté son pardessus sur la table, desserré sa cravate et ôté ses chaussures.

— Pas la peine de t'installer, l'avertit Jess en lui tendant la bière.

— Ne sois pas grincheuse, rétorqua-t-il en tapotant le coussin près de lui. Allez, viens t'asseoir.

Jess suspendit son manteau dans le placard de l'entrée sans enlever ses bottes et fit rapidement le point de la situation. Elle avait permis à un homme, qu'elle avait du mal à supporter, de la reconduire chez elle. Cet homme se trouvait actuellement assis sur le canapé de son salon, en train de boire la bière qu'elle lui avait elle-même offerte. C'était vraiment malin, se dit-elle en pouffant de rire. Comment avait-elle réussi à se fourrer dans une telle situation ?

— Écoute, Greg, lui dit-elle en revenant vers le canapé, que tout soit bien clair : je ne veux pas faire de scandale ni qu'il nous devienne impossible de travailler dans le même service ; je ne veux pas rendre ta vie — ni la mienne — plus difficile qu'elle ne l'est déjà.

— Il y a un problème ? demanda-t-il en buvant une longue gorgée de bière directement à la bouteille.

Jess réalisa qu'elle avait oublié de lui donner un verre.

— Le problème est que ta présence ici me gêne. Finis de boire et rentre chez toi, Greg. Ta femme t'attend — elle se leva et se dirigea vers la porte.

— Pourquoi donc m'as-tu invité à monter ? Sa voix résonnait d'une vertueuse indignation.

Jess ne put que hausser les épaules. Pourquoi était-elle surprise ?

— Je suis trop vieille pour ça, marmonna-t-elle.

— Tu es constipée, voilà ce que tu es, lui dit Greg en attrapant son pardessus. Constipée et coincée, et ce qu'on appelait à l'école, quand on était gamins, une « allumeuse ».

— Je suis une allumeuse ?

Jess ne put dissimuler la fureur dans sa voix.

— Si on veut, dit-il en remettant nerveusement ses mocassins de chez Gucci.

Il jeta la bouteille de bière dans la direction de Jess et celle-ci la rattrapa, le liquide glacé éclaboussant son chemisier blanc.

— Merci pour l'hospitalité, dit-il, déjà à la porte, qu'il claqua derrière lui.

« Très intelligent », dit Jess en regardant son canari voleter d'un perchoir à l'autre. « Vraiment malin. » Elle se frotta le front, se demandant à quel moment exactement le contrôle de sa vie avait commencé à lui échapper. Elle qui rangeait soigneusement tous ses vêtements dans sa penderie en fonction de leur couleur, ses sous-vêtements fraîchement lavés en dessous de ceux qu'elle n'avait pas encore portés, elle qui faisait des listes pour la moindre chose, depuis les rendez-vous importants jusqu'à la date où elle devait se laver les cheveux, rayant ensuite chaque élément de cette liste au fur et à mesure de sa réalisation, quand avait-elle perdu le contrôle de sa vie ?

Elle retourna vers le canapé et y prit son courrier. La lourde senteur de l'eau de toilette de Greg flottait encore sur le dossier où il s'était appuyé. Elle alla ouvrir la fenêtre.

Le courrier se composait essentiellement de factures. Un peu plus d'appels à des dons charitables que d'habitude, ce qui n'était pas étonnant à cette période de l'année. Une notice sur la Caisse de retraite individuelle. Jess les parcourut rapidement avant de les mettre de côté pour se concentrer sur la dernière enveloppe blanche tachée. Aucune adresse d'expéditeur. Son nom était griffonné grossièrement, d'une écriture enfantine. Peut-être déjà une carte de vœux de son neveu Tyler. Pas de timbre. Manifestement portée à domicile. Elle l'ouvrit, en sortit une seule feuille de papier décoloré, la retourna entre ses mains puis la porta précautionneusement à son nez. L'odeur de vieille urine se mêla à l'odeur de toilette de Greg.

Jess remit vivement le papier dans l'enveloppe qu'elle laissa tomber ; elle regarda le courant d'air la soulever et la faire tournoyer pour finir par la jeter au sol. Elle vit des petites choses noires s'échapper de l'enveloppe, comme des cendres tombant d'une cigarette allumée, et disparaître à moitié entre les lattes du parquet.

Lentement elle s'agenouilla et ramassa dans la paume de sa main ce qui ressemblait à de petits fils noirs et épais. Des poils, réalisa-t-elle avec dégoût. Des poils de pubis. Elle jeta aussitôt les poils dans l'enveloppe.

Des poils de pubis et de l'urine. Charmant.

On frappa à la porte.

« Oh, super », murmura-t-elle en se mettant debout pour aller fermer la fenêtre. Des poils de pubis, de l'urine, et Greg Oliver. Qu'est-ce qu'une fille pourrait souhaiter de plus ?

— Rentre chez toi, Greg, cria-t-elle d'un ton abrupt.

— Je dois aussi rentrer chez moi si je m'appelle Adam ?

Jess jeta la lettre insultante sur la table, se demandant si elle avait bien entendu.

— Adam ?

— Je vois que vous avez mis vos nouvelles bottes, dit-il quand elle ouvrit la porte. Vous m'attendiez ?

— Comment êtes-vous entré ? demanda Jess, furieuse et plutôt gênée de constater à quel point elle était contente de le voir.

— La porte d'entrée était ouverte en bas. — Il

haussa les épaules. — Peut-être que Greg ne l'a pas bien fermée en partant — il s'appuya contre le chambranle de la porte. — Mettez votre manteau.

— Mon manteau ?

— Je me suis dit qu'on pourrait aller manger un morceau, et peut-être se faire un film.

— Et si je suis trop fatiguée ?

— Alors dites-moi : rentre chez toi, Adam.

Jess fixa Adam Stohn, ses cheveux bruns tombant en mèches désordonnées sur son front, son air incroyablement sûr de lui, son visage aussi indéchiffrable que celui d'un suspect devant la police.

— Je vais chercher mon manteau, dit-elle.

14

Ils allèrent voir une reprise de *Casablanca,* bien qu'ils aient tous deux déjà vu ce film plusieurs fois à la télévision. Ils s'installèrent au fond de la salle et, sur l'insistance de Jess, sur le bord. Ils parlèrent peu pendant le court trajet jusqu'au cinéma, pas du tout une fois qu'ils furent assis, et n'échangèrent que quelques mots en se rendant ensuite à pied jusqu'au restaurant. Ils ne se touchèrent pas.

Le restaurant, situé sur North Lincoln Avenue, était étroit, sombre et bruyant, et sa spécialité était le rôti de bœuf. Ils s'installèrent à une petite table pour deux, près du fond, et ce n'est qu'après avoir passé leur commande au serveur, qui portait un mince anneau d'or à travers une narine, qu'ils firent quelques timides tentatives de conversation.

— J'ai lu quelque part, dit Jess, que lorsqu'on a commencé le tournage de *Casablanca,* il n'y avait pas de scénario très précis et que les acteurs ne savaient jamais qui ils étaient ou ce qu'ils étaient censés faire.

Il paraît que la pauvre Ingrid Bergman ne cessait de demander au réalisateur de qui elle était censée être amoureuse.

— Ça semble incroyable ! dit Adam en riant.

Silence. Adam tourna les yeux vers les murs couleur lie-de-vin. Jess prit un petit pain tout chaud dans la corbeille et en fourra la moitié dans sa bouche.

— Vous avez un solide appétit, commenta-t-il, bien que son regard fût toujours dirigé ailleurs.

— J'ai toujours été une grosse mangeuse.

— Votre mère vous disait de manger tout ce qui était dans votre assiette ?

— Pas besoin ! — Jess avala son morceau de pain et en prit un autre.

— Vous devez avoir un métabolisme actif.

— On dit que la tendance à l'hystérie aide à ne pas prendre de kilos, lui dit Jess en enfournant le pain dans sa bouche, se demandant pourquoi ils étaient aussi mal à l'aise l'un avec l'autre. Ils avaient eu un meilleur contact quand ils n'étaient encore que des étrangers. Au lieu de se détendre, ils étaient de plus en plus crispés à chaque nouvelle rencontre.

— Je n'aime pas le mot *hystérique,* dit-il après une longue pause.

— Pourquoi ?

— Il y a une connotation très négative, expliqua-t-il. Je préfère *puissante énergie.*

— Vous croyez que c'est la même chose ?

— Ce sont deux aspects du même problème.

Jess réfléchit.

— Tout ce que je sais, c'est qu'on m'a toujours dit de me détendre, depuis que je suis toute petite.

— Ce qui n'a fait que renforcer cette image négative que vous avez de vous-même, vous considérant comme hystérique.

Il la regarda enfin droit dans les yeux. Jess fut saisie par l'intensité de son regard.

— Quand des gens vous disent de vous détendre,

ça veut dire en général que c'est eux qui ont des problèmes avec votre puissante énergie, pas vous. Mais ils vous donnent à vous un sentiment de culpabilité. Ingénieux, non ?

— Encore une de vos théories intéressantes.

— Je suis un type intéressant, ne l'oubliez pas.

Il attrapa un petit pain et mordit dedans.

— Alors qu'est-ce que vous faites, à vendre des chaussures ?

— Ça vous ennuie, dit-il en éclatant de rire, que je vende des chaussures ?

— Pourquoi est-ce que ça m'ennuierait ?

— Le fait est que j'aime vendre des chaussures, dit-il en repoussant sa chaise pour allonger ses jambes sous la table. Je vais travailler à dix heures tous les matins. Je repars à six heures. Sauf le mardi. Le mardi, je commence à une heure et termine à neuf. Je n'ai pas de travail à rapporter à la maison. Pas d'heures à passer à préparer le lendemain. Pas de tracas, pas de responsabilités. J'arrive ; je vends mes chaussures ; je rentre chez moi. *Veni, vidi, vinci.* Ou quelque chose comme ça.

— Mais ça doit être très frustrant pour vous, quand quelqu'un vous accapare des heures pour ne repartir qu'avec une seule paire de chaussures, ou pire, sans rien acheter.

— Ça ne m'ennuie pas.

— Vous n'êtes pas à la commission ?

— En partie au fixe, en partie à la commission, oui.

— Alors ça influe sur votre gagne-pain.

Il haussa les épaules et se redressa sur sa chaise.

— Je suis un bon vendeur.

— Eh bien, je peux en témoigner ! — elle fut heureuse de le voir sourire. Et sur le plan intellectuel ?

— Qu'est-ce que vous voulez dire ?

— Vous êtes manifestement un homme très intelligent, monsieur Stohn. Ça ne doit pas être très stimulant intellectuellement de faire ce que vous faites toute la journée.

— Au contraire. Je rencontre toutes sortes de gens intéressants et brillants. Ils m'apportent toutes les stimulations intellectuelles dont j'ai besoin à ce stade de ma vie.

— Quel est exactement ce stade de votre vie ?

Il eut un haussement d'épaules.

— Pas la moindre idée.

— Où avez-vous fait vos études ?

— A Springfield.

— Je veux dire à l'université.

— Qui dit que j'ai été à l'université ?

— Moi.

Il s'efforça de sourire.

— A Loyola University.

— Vous êtes diplômé de Loyola University et vous vendez des chaussures ?

— C'est un crime dans le comté de Cook ?

Jess sentit le rouge lui monter aux joues.

— Je suis désolée. Je dois avoir l'air très présomptueuse.

— Vous avez l'air d'un substitut du procureur.

— Aïe !

— Parlez-moi du Tueur à l'Arbalète, dit-il en changeant brusquement de sujet.

— Quoi ?

— J'ai suivi vos exploits dans les journaux la semaine dernière.

— Et qu'est-ce que vous en pensez ?

— Je pense que vous allez gagner.

Elle éclata d'un rire franc et heureux, lui étant curieusement reconnaissante de son vote de confiance.

— Vous allez demander la peine capitale ?

— Si j'en ai l'occasion, dit Jess simplement.

— Et comment l'État tue-t-il les gens ces temps-ci ?

Le serveur apparut avec deux verres de bourgogne rouge.

— Injection mortelle, dit Jess en portant vivement son verre à ses lèvres.

— Je pense qu'il vaudrait mieux le laisser s'aérer quelques minutes, suggéra prudemment le serveur.

Jess reposa docilement son verre. Elle trouvait la combinaison d'aération du vin et d'injection mortelle d'une ironie irrésistible.

— Alors, des injections mortelles, c'est bien ça ? Des seringues jetables pour des individus jetables. Je suppose qu'il y a là une certaine justice.

— A votre place je ne verserais pas trop de larmes sur les types du genre de Terry Wales, lui dit Jess.

— Aucune sympathie pour la sous-caste des criminels ?

— Surtout pas.

— Laissez-moi deviner : vos parents ont toujours été des républicains.

— Vous êtes contre la peine de mort ? demanda Jess, ne sachant pas bien si elle avait le courage de se lancer dans un long débat sur les avantages et les inconvénients de la condamnation suprême.

Il y eut un silence.

— Je pense que certaines personnes méritent la mort, dit-il enfin.

— On dirait que vous pensez à quelqu'un en particulier.

Il rit, mais son rire sonnait faux.

— Non, à personne.

— A vrai dire, mon père a sa carte de démocrate, lui dit Jess après une autre longue pause.

Adam respira son verre de vin, mais ne but pas.

— C'est vrai, vous m'avez dit que votre mère était décédée.

— Il y a un parc juste à côté d'ici, dit Jess, se parlant presque à elle-même. Oz Park. Ma mère avait l'habitude de m'y promener dans mon landau quand j'étais bébé.

— Comment est morte votre mère ? demanda-t-il.

— D'un cancer, prononça Jess rapidement, et elle avala une gorgée de vin.

Adam eut l'air surpris, puis consterné.

— Vous mentez... Pourquoi ?

Le verre de Jess se mit à trembler dans sa main, et quelques gouttes de vin rouge se répandirent sur la nappe blanche, telles des gouttes de sang.

— Qui dit que je mens ?

— C'est écrit sur votre figure. Si vous aviez été branchée à un détecteur de mensonges, l'aiguille aurait sauté sur toute la page.

— Il ne faut jamais accepter de passer au détecteur de mensonges, lui dit Jess en calant son verre sur la table avec ses deux mains, heureuse de la digression.

— Ah oui ?

— C'est trop peu fiable. Un coupable peut passer le test avec succès, et un innocent peut échouer. Vous n'avez rien à gagner et tout à perdre en passant ce test — c'est-à-dire si vous êtes innocent.

— Et si je suis coupable ? demanda-t-il.

— Alors pourquoi ne pas essayer ?

Jess se tamponna les lèvres avec sa serviette, bien qu'elles fussent sèches.

— Bien sûr, au Bureau du procureur, on adore les tests au détecteur de mensonges, et je ne vous ai rien dit à ce sujet.

— Au sujet de quoi ? demanda Adam, et Jess sourit. — Pourquoi est-ce que vous ne voulez pas me dire ce qui est arrivé à votre mère ?

Son sourire s'évanouit aussitôt.

— Je croyais qu'on avait passé un marché.

— Un marché ?

— Pas de secrets, pas de mensonges. Vous vous souvenez ?

— Il y a quelque chose de secret à propos de la façon dont votre mère est morte ?

— C'est une trop longue histoire. Je préfère ne pas me lancer là-dedans.

— Alors n'en parlons plus.

Le serveur apparut avec leur dîner.

— Attention, les assiettes sont chaudes, les mit-il en garde.

— Ça m'a l'air bon, dit Jess en jetant un coup d'œil sur la superbe tranche de rôti saignant qui baignait dans son jus.

— Du beurre sur votre pomme de terre au four ? proposa le serveur.

— Et aussi de la crème fraîche, lui dit Jess. Plein.

— La même chose, dit Adam en regardant Jess entamer sa viande. J'aime les femmes qui mangent, dit-il, et il éclata de rire.

Ils mangèrent en silence pendant quelques minutes.

— Comment était votre femme ? s'enquit Jess en creusant sa pomme de terre.

— Toujours au régime.

— Elle était trop grosse ?

— Ça n'était pas mon avis. — Il se coupa un gros morceau de viande et le mit dans sa bouche. — Évidemment, mon avis n'avait pas grande importance.

— Vous n'avez pas l'air d'avoir été en très bons termes.

— C'est une des raisons principales de notre divorce.

— Je suis restée amie avec mon ex-mari, avança Jess. On est de très bons amis, à vrai dire.

— C'est le fameux Greg ? Comme dans « Rentre chez toi, Greg » ?

— Non, dit Jess en riant. Greg Oliver est un collègue substitut. Il m'a raccompagnée à la maison.

— Vous ne conduisez pas ?

— Ma voiture a eu un petit accident.

Un soupçon d'inquiétude traversa les yeux d'Adam.

— Je n'étais pas dans la voiture quand c'est arrivé.

Il eut l'air soulagé.

— Bon, tant mieux. Quel genre d'accident ?

— Je préférerais ne pas en parler.

— On a bientôt épuisé les sujets de conversations possibles, dit-il.

— Qu'est-ce que vous voulez dire ?

— Eh bien, vous ne voulez pas parler de votre voiture, ni de votre mère, ni de votre sœur, ni de votre beau-frère, et je ne me souviens pas, est-ce que votre père est exclu lui aussi ?

— Compris.

— Voyons. L'ex-mari, ça avait l'air relativement inoffensif. Peut-être qu'on devrait rester sur ce sujet. Comment s'appelle-t-il ?

— Don. Don Shaw.

— Et c'est un avocat, et vous êtes très copains.

— On est amis.

— Alors, pourquoi divorcer ?

— C'est compliqué.

— Et vous préféreriez ne pas en parler ?

— Et pourquoi avez-vous divorcé, vous ? demanda Jess en retour.

— Tout aussi compliqué.

— Comment s'appelle-t-elle ?

— Susan.

— Et elle est remariée, et elle est décoratrice, et elle vit à Springfield.

— Et nous commençons à entrer sur un terrain familier — il marqua un temps d'arrêt. C'est bien ça ? On ne va pas au-delà des apparences ?

— Vous avez quelque chose contre les apparences ? Je croyais que c'était pour ça que vous aimiez vendre des chaussures.

— Les apparences. Alors, dites-moi, Jess Koster, quel est votre chiffre porte-bonheur ?

Jess rit, prit une autre bouchée de rôti et la mâcha soigneusement.

— Je suis sérieux, dit Adam. Si on doit s'en tenir à des sujets superficiels, je veux qu'on les aborde tous. Votre chiffre porte-bonheur ?

— Je ne crois pas en avoir un.

— Choisissez un chiffre entre un et dix.

— D'accord : quatre, prononça-t-elle impulsivement.

— Pourquoi quatre ?

Jess gloussa comme une petite fille.

— Sans doute parce que c'est le chiffre favori de mon neveu. Il l'aime bien parce que c'est aussi le favori de Big Bird, un personnage du feuilleton *Sesame Street.*

— Je connais Big Bird.

— Les vendeurs de chaussures regardent *Sesame Street* ?

— Les vendeurs de chaussures sont des gens imprévisibles. Votre couleur favorite ?

— Je n'y ai jamais vraiment pensé.

Jess reposa sa fourchette sur son assiette et chercha des yeux des indices dans la salle.

— Je ne suis pas sûre. Le gris, peut-être.

— Le gris ?

Il eut l'air stupéfait.

— Il y a quelque chose qui ne va pas, avec le gris ?

— Jess, personne n'a le gris comme couleur préférée !

— Oh ? Eh bien, c'est la mienne. Et la vôtre ?

— Le rouge.

— Ça ne m'étonne pas.

— Et pourquoi donc ? Pourquoi ça ne vous étonne pas ?

— Eh bien, le rouge est une couleur forte. Puissante. Dynamique. Ouverte.

— Et vous trouvez que ça décrit bien ma personnalité ?

— C'est pas le cas ?

— Vous trouvez que le gris décrit la vôtre ?

— C'est en train de devenir plus compliqué que mon divorce, dit Jess, et tous deux éclatèrent de rire.

— Et votre chanson préférée ?

— Je n'en ai pas. Honnêtement.

— Rien qui vous fasse augmenter le son quand vous l'entendez à la radio ?

— Eh bien, il y a un air de *Turandot* que j'aime bien. Vous savez, celui où le ténor se trouve seul dans le jardin...

— Je crains d'être complètement ignare en matière d'opéra.

— Il connaît *Sesame Street* mais pas l'opéra, médita Jess à haute voix.

— Et qu'est-ce que vous aimez d'autre ?

— J'aime mon travail, lui dit-elle, constatant son habileté à détourner la conversation quand il en devenait le sujet. Et j'aime lire quand j'ai le temps.

— Qu'est-ce que vous aimez lire ?

— Des romans.

— Quel genre ?

— Surtout des énigmes policières. Agatha Christie, Ed McBain, des gens comme ça.

— Qu'est-ce que vous aimez faire encore ?

— J'aime les puzzles. Et j'aime faire de grandes promenades au bord de l'eau. Et j'aime acheter des chaussures.

— Ce dont je vous serai éternellement reconnaissant, admit-il, les yeux pétillants. Et vous aimez le cinéma.

— Et j'aime le cinéma.

— Et vous aimez avoir un siège au bord de l'allée.

— Oui.

— Pourquoi ?

— Pourquoi ? répéta Jess en s'efforçant de cacher son embarras soudain. Pourquoi est-ce qu'on préfère un siège au bord de l'allée ? Il y a plus de place, je suppose.

— L'aiguille vient encore de sauter, dit Adam.

— Quoi ?

— Le détecteur de mensonges. Vous avez échoué.

— Pourquoi est-ce que je mentirais à propos de ma préférence pour les sièges au bord de l'allée ?

— Vous n'avez pas menti à propos de votre préférence pour les sièges du bord, mais à propos des raisons de cette préférence. Et je ne vois pas pourquoi vous mentiriez. C'est à vous de me le dire.

— C'est ridicule.

— Alors les sièges du bord rejoignent la liste des sujets interdits.

— Il n'y a rien à en dire.

— Dites-moi pourquoi vous avez insisté pour vous asseoir au bord.

— Je n'ai pas insisté.

Sa bouche fit une moue enfantine.

— Mais si.

— Mais non.

Ils rirent en chœur, bien qu'il demeurât entre eux une certaine tension.

— Je crois que je n'aime pas qu'on me traite de menteuse, dit Jess en tripotant sa serviette qui finit par tomber par terre.

— Je n'avais pas l'intention de vous insulter.

— La parole d'une avocate est à peu près la seule monnaie d'échange dont elle dispose.

Jess se pencha pour ramasser sa serviette.

— Vous n'êtes pas au tribunal, en ce moment, Jess, lui dit Adam. Je suis désolé si j'ai dépassé les bornes.

— Si je vous le dis, avança tout à coup Jess, ce qui les surprit tous deux, vous allez croire que je suis complètement dingue.

— Je crois déjà que vous êtes complètement dingue, dit Adam. Je veux dire, allons, Jess, quelqu'un qui a le gris comme couleur préférée...

— J'avais peur d'avoir un malaise, dit Jess.

— Un malaise. Vomir, par exemple ?

— Je sais que ça a l'air ridicule.

— Vous aviez mal au cœur ?

— Non, je me sentais bien.

— Mais vous aviez peur de vomir si vous ne trouviez pas de place au bord de l'allée ?

— Ne me demandez pas pourquoi.

— Est-ce qu'il vous est déjà arrivé de vomir alors que vous n'étiez pas assise au bord ? demanda-t-il en toute logique.

— Non, admit-elle.

— Alors, qu'est-ce qui vous fait croire que ça pourrait commencer maintenant ?

Il attendit. Elle ne dit rien.

— Je vous rends aussi nerveuse que ça ?

— Vous ne me rendez pas du tout nerveuse, mentit-elle, puis elle se rétracta aussitôt. Eh bien, à vrai dire, vous me rendez un peu nerveuse, mais ça n'a rien à voir avec le fait que j'aie cru que je risquais de vomir.

— Je ne comprends pas.

— Moi non plus. On peut parler d'autre chose ? — elle baissa la tête d'un air coupable, un autre sujet étant éliminé à son tour. Simplement, ça n'est pas vraiment un sujet de discussion quand on est à table.

— Laissez-moi voir si j'ai bien compris, dit-il, ignorant sa requête. Vous aimez vous asseoir au bord parce que vous pensez que si vous vous asseyez, disons au milieu d'une rangée, vous risquez de vomir, même si vous n'avez encore jamais vomi dans une salle de cinéma. C'est bien ça ?

— C'est ça.

— Depuis quand avez-vous cette phobie ?

— Qui a dit que j'avais une phobie ?

— Comment est-ce que vous appelez ça ?

— Donnez-moi une définition de la phobie, suggéra-t-elle.

— Une peur irrationnelle, proposa-t-il ; une peur qui n'a aucun fondement dans la réalité.

Jess écouta, absorbant ses mots comme une éponge.

— D'accord, j'ai une phobie.

— Avez-vous d'autres phobies : claustro, agora, arachnaphobie... ?

— Non.

— Il y a des gens qui ont peur de l'altitude ou des serpents ; vous, vous avez peur de vomir dans une salle de cinéma si vous n'êtes pas assise au bord de l'allée.

— Je sais que c'est ridicule.

— Pas du tout.

— Non ?

— Simplement, c'est pas ça toute l'histoire.

— Vous croyez toujours que je vous cache quelque chose ? demanda Jess en percevant le tremblement dans sa voix.

— De quoi avez-vous vraiment peur, Jess ?

Jess repoussa son assiette en luttant contre l'envie de se sauver ; son appétit avait disparu. Elle se força à rester sur son siège.

— J'ai des crises d'angoisse, dit-elle doucement, après une longue pause. J'en avais beaucoup il y a plusieurs années. Elles ont fini par disparaître. Il y a quelque temps, elles sont revenues.

— Il y a une raison particulière ?

— Ça pourrait être n'importe quoi, dit Jess, se demandant si cette demi-vérité allait à nouveau envoyer sur orbite l'aiguille de l'invisible détecteur de mensonges auquel elle était connectée. Mon cœur s'emballe, j'ai du mal à respirer, je ne peux plus bouger, j'ai des nausées, j'essaie de lutter contre ça...

— Pourquoi ?

— Pourquoi ? Qu'est-ce que vous voulez dire ?

— Pourquoi lutter contre ça ? Est-ce que ça arrange les choses ?

Jess admit que ça n'arrangeait rien.

— Qu'est-ce qu'il faut que je fasse ?

— Pourquoi ne pas tout simplement vous laisser entraîner dans ces crises ?

— Me laisser entraîner ? Je ne comprends pas.

— C'est simple. Au lieu d'user toute votre énergie à essayer de lutter contre l'angoisse, pourquoi ne pas tout simplement vous y abandonner ? Vous laisser aller avec le courant, comme on dit. Regardez, vous vous trouvez au cinéma, poursuivit-il, percevant son trouble, et vous sentez arriver une de ces crises. Alors, au lieu de retenir votre respiration ou de compter jusqu'à dix ou de bondir de votre fauteuil, peu importe ce que vous faites, laissez-vous simplement aller à la panique, abandonnez-vous à cette sensation. Quelle est la pire chose qui puisse arriver ?

— Que j'aie un malaise.

— Alors vous aurez un malaise.

— Quoi ?

— Vous vomirez. Et alors ?

— Je déteste vomir.

— C'est pas de ça que vous avez peur.

— Ah non ?

— Non.

Jess regarda autour d'elle avec impatience.

— Vous avez raison. En fait, ce dont j'ai peur, c'est de ne pas pouvoir travailler ce soir si je reste ici plus longtemps, peur de ne pas dormir suffisamment si je reste dehors trop tard, de finir par attraper ce rhume que je cherche à éviter, et de tout rater demain au tribunal. J'ai peur de perdre ce procès et qu'un tueur de sang-froid s'en sorte avec moins de cinq ans de prison. J'ai peur d'être vraiment obligée de partir.

Elle consulta sa montre pour renforcer son propos et se leva à demi de sa chaise. Sa serviette tomba de nouveau par terre.

— Je crois que vous avez peur de la mort, dit Adam.

Jess se figea.

— Quoi ?

— Je crois que ce dont vous avez peur, c'est de la mort, répéta-t-il, tandis qu'elle se rasseyait lentement sur sa chaise. C'est, finalement, la cause de toutes les phobies. Une peur de la mort — il marqua un temps d'arrêt. Et dans votre cas, la peur est probablement justifiable.

— Qu'est-ce que vous voulez dire ?

Combien de fois, ce soir, avait-elle posé cette question ?

— Eh bien, j'imagine que vous recevez votre part de menaces venant des gens que vous avez mis à l'ombre. Vous recevez sans doute des lettres d'insultes, des coups de téléphone obscènes, tous ces trucs habituels. Vous avez affaire à la mort tous les jours. Avec la brutalité et le meurtre, et l'inhumanité de l'homme envers l'homme.

— C'est plus souvent l'inhumanité de l'homme envers la femme, précisa Jess, se demandant comment il connaissait tous ces « trucs habituels ».

— C'est tout à fait naturel que vous ayez peur.

Jess se baissa pour récupérer sa serviette qu'elle posa soigneusement par-dessus son assiette, comme un linceul sur un cadavre, pensa-t-elle en regardant la sauce brune suinter à travers le tissu blanc.

— Peut-être que vous avez raison. Peut-être que tout se résume à ça.

Adam sourit.

— Alors, je vous rends nerveuse, c'est ça ?

— Un peu, dit-elle. Beaucoup, à vrai dire.

— Pourquoi ?

— Parce que je ne sais pas ce que vous pensez, dit-elle avec sincérité.

Le sourire d'Adam se chargea de timidité et de circonspection.

— Est-ce que c'est pas plus intéressant comme ça ?

Jess ne répondit rien.

— Il faut vraiment que je m'en aille, dit-elle finalement. J'ai beaucoup à faire afin d'être prête pour demain. Je n'aurais sans doute pas dû sortir ce soir.

Pourquoi bafouillait-elle ?

— Je vais vous ramener chez vous, dit-il.

Mais tout ce que Jess pouvait entendre était « Je crois que vous avez peur de la mort ».

15

Le samedi suivant, Jess s'inscrivit à un cours de self-défense. La semaine avait été étrange. Le mardi, s'était achevée l'intervention de l'accusation contre Terry Wales. Une succession de témoins — policiers, autorités médicales, psychologues, témoins oculaires, parents et amis de la victime — tous avaient déposé. Ils avaient apporté la preuve irréfutable que Terry Wales avait assassiné sa femme. La seule question en suspens — celle qui restait posée depuis le début — était celle du degré d'intention. Terry Wales serait-il capable de convaincre le jury que tout cela n'avait été qu'une tragique erreur ?

Il avait certainement bien débuté : appelé à la barre le mercredi matin, il avait répondu avec soin et précision aux délicates questions des avocats. Oui, il était coléreux. Oui, sa femme et lui avaient parfois eu des discussions violentes. Oui, il lui avait un jour cassé le nez et fait un œil au beurre noir. Enfin, oui, il avait menacé de la tuer si elle essayait de le quitter.

Par contre, il n'en avait jamais réellement eu l'intention. Non, il n'avait jamais eu l'intention de la blesser, non, il n'était pas un tueur de sang-froid dépourvu de tout sentiment.

Il aimait sa femme, avait-il dit, fixant le jury de ses yeux bleu pâle. Il l'avait toujours aimée. Même lorsqu'elle l'insultait devant ses amis ou se jetait sur lui pour lui arracher les yeux, le forçant à riposter pour se défendre, même lorsqu'elle menaçait de lui ôter tout ce qu'il possédait, ou de monter ses enfants contre lui.

Il avait seulement voulu lui faire peur quand il avait tiré cette flèche en plein milieu du carrefour. Il n'avait pas imaginé que son coup serait mortel. S'il avait voulu la tuer, il aurait utilisé un revolver. Il en possédait plusieurs et était un excellent tireur, alors qu'il n'avait pas tiré à l'arc depuis les colonies de vacances de son enfance.

Terry Wales avait fini la journée en larmes, la voix rauque, le teint pâle et brouillé. Son avocat avait dû venir l'aider à quitter la barre.

Jess et ses deux assistants avaient passé la moitié de la nuit à revoir les dépositions de chacun des témoins, épluchant les rapports de police, recherchant ce qui aurait pu leur échapper, ce qui aurait pu aider Jess dans son contre-interrogatoire de Terry Wales, le lendemain matin. Lorsque Neil et Barbara furent repartis chez eux, éternuant et se mouchant, Jess était restée toute la nuit, ne rentrant chez elle qu'à six heures du matin pour prendre une douche et se changer, avant de retourner directement à son bureau.

Elle se présenta en salle d'audience le jeudi pour apprendre que le juge Harris suspendait le procès jusqu'au lundi suivant. Apparemment, l'accusé ne se sentait pas très bien, et la défense avait réclamé un report de plusieurs jours. Jess avait passé le reste de la journée à s'entretenir avec les inspecteurs de police, les encourageant à profiter de ce délai pour tenter de dénicher des preuves supplémentaires pouvant servir l'accusation.

Vendredi avait vu arriver la carte de vœux annuelle du pénitencier fédéral. MEILLEURS VŒUX POUR LA PÉRIODE DES FÊTES, disait-elle en lettres dorées, décorées de branches de houx. *Je pense à vous*, était-il écrit tout en bas, comme si ça venait d'un ami très proche, avec comme simple signature, *Jack*.

Jack, ivre, avait tué sa petite amie lors d'une dispute à propos de l'endroit où il avait mis ses clés de voiture. Jess l'avait envoyé en prison pour douze ans.

Jack avait juré de venir la voir dès qu'il sortirait, pour la remercier en personne de sa générosité.

Je pense à vous. Je pense à vous.

Jess avait passé le reste de la journée du vendredi à chercher un cours de self-défense et en avait trouvé un sur Clybourn Avenue, pas trop loin de chez elle et tout près d'une station de métro. Deux heures le samedi après-midi pendant trois semaines d'affilée, l'avait informée une douce voix asiatique au téléphone. Cent quatre-vingts dollars pour l'ensemble. Quelque chose qui s'appelait le Wen-Do. Elle y serait, avait assuré Jess à la femme en se remémorant ce qu'Adam avait dit. Était-ce réellement de la mort qu'elle avait peur ? se demanda-t-elle, faisant involontairement surgir le visage de sa mère, entendant celle-ci lui affirmer que tout irait bien pour elle.

Je pense à vous. Je pense à vous.

Et puis on fut samedi, journée claire, ensoleillée et froide.

Les cours avaient lieu dans un vieux bâtiment à deux étages. Le panneau proclamait WEN-DO en lettres noires presque aussi larges que la structure elle-même.

— S'il vous plaît me donner votre manteau, et s'il vous plaît mettre ça, et s'il vous plaît entrer, dit la jeune femme asiatique derrière le bureau d'accueil, et Jess échangea son long manteau d'hiver contre un court peignoir de coton bleu foncé assorti d'une ceinture. Jess portait un pull et un pantalon larges, ainsi qu'on le lui avait conseillé au téléphone. Ils étaient gris, remarqua-t-elle en réprimant un sourire, sa couleur préférée.

La jeune femme indiqua à Jess un rideau sur sa droite et celle-ci, s'inclinant, ne sachant pas quel était le protocole, passa de l'autre côté. Elle était en avance, personne n'était encore arrivé.

La salle était deux fois plus longue que large. Jess aperçut son reflet dans les miroirs qui recouvraient tout un mur. Elle avait l'air ridicule dans ses vêtements américains et son peignoir oriental. Qu'est-ce qu'elle faisait là ? Qu'espérait-elle apprendre ? Croyait-elle vraiment pouvoir se protéger de... de quoi ? Des éléments ? De l'inévitable ?

Elle entendit un glissement derrière elle et se retourna pour voir émerger d'entre les rideaux une femme qui boitait.

— Salut, dit la femme qui devait avoir le même âge que Jess. Je m'appelle Vasiliki. Appelez-moi Vas, c'est plus simple.

— Jess Koster, dit Jess en avançant pour serrer la main de la femme. Vasiliki est un nom très particulier.

— C'est grec, dit la femme en se regardant dans le miroir. J'ai été attaquée il y a un an par une bande de gamins de treize ans. Treize ans ! Vous vous rendez compte ? Ils en voulaient à mon sac. J'ai dit : « Allez-y, prenez-le. Il n'y a rien dedans. » Alors ils l'ont pris, et quand ils ont vu que j'avais que dix dollars, parce que j'ai jamais beaucoup de liquide sur moi, ils ont commencé à me frapper, m'ont jetée par terre, m'ont donné des coups de pied si violents qu'ils m'ont cassé la rotule. J'ai de la veine de pouvoir marcher. J'ai décidé à la fin de mon traitement de m'inscrire dans un cours de self-défense. La prochaine fois, si quelqu'un me cherche, je serai prête. Évidemment, ajouta-t-elle amèrement, c'est un peu comme de fermer la porte de l'écurie après que le cheval s'est échappé.

Jess secoua la tête. La délinquance juvénile avait atteint des proportions inquiétantes dans l'agglomération de Chicago. On était en train de construire un nouveau bâtiment pour prendre en charge ces jeunes. Comme si un bâtiment pouvait faire quelque chose.

— Et vous ? Qu'est-ce qui vous amène ? demanda Vas.

La peur de l'inconnu, la peur du connu, répondit Jess en elle-même.

— Je ne sais pas exactement, dit-elle à haute voix. Je me suis simplement dit que c'était sans doute une bonne idée d'apprendre comment me défendre par moi-même.

— Eh bien, vous êtes intelligente. Je vais vous dire, c'est pas facile d'être une femme, de nos jours.

Jess approuva d'un hochement de tête, souhaitant qu'il y ait un endroit où s'asseoir. Les rideaux s'écartèrent à nouveau et deux femmes noires entrèrent en examinant la salle avec circonspection.

— Je m'appelle Vasiliki. Appelez-moi Vas, déclara Vas en leur faisant un signe de tête. Voilà Jess.

— Maryellen, dit la plus âgée des deux femmes, qui avait la peau plus claire. Voici ma fille Ayisha.

Jess évalua l'âge d'Ayisha à dix-sept ans et celui de sa mère à quarante. Toutes les deux étaient très jolies, malgré un hématome violacé visible sous l'œil droit de la mère.

— Je trouve ça super que vous suiviez ce cours ensemble, dit Vas tandis que les rideaux s'écartaient encore, laissant passer une autre femme, petite, ronde, d'une cinquantaine d'années, aux cheveux grisonnants, qui tirait nerveusement sur son peignoir bleu.

— Vasiliki, appelez-moi Vas, était déjà en train de dire Vas. C'est Jess, Maryellen et Ayisha.

— Catarina Santos, dit la femme d'une voix hésitante, comme si elle n'en était pas certaine.

— Eh bien, on est les Nations unies en miniature, lança Vas.

— Et on est là pour apprendre l'ancien art oriental du Wen-Do, ajouta Jess.

— Oh, ça n'a rien d'ancien, rectifia Vas. Le Wen-Do a été créé il y a seulement vingt ans par un couple de Toronto, au Canada. Qui peut faire mieux ?

— On va apprendre un art martial créé au Canada ? demanda Jess d'un air incrédule.

— Apparemment ça combine les techniques du

karaté et de l'aïkido. Qui connaît l'aïkido ? demanda Vas.

Personne ne connaissait.

— Les idées principales du Wen-Do sont la sensibilisation, l'évitement, et l'action, poursuivit Vas avant d'éclater d'un rire gêné. J'ai appris la brochure par cœur.

— Je suis pour l'action, marmonna Ayisha, tandis que Catarina reculait contre le mur de miroirs.

Les rideaux s'ouvrirent à nouveau et un jeune homme, coiffé d'une banane de cheveux noirs et l'air rayonnant de santé, s'approcha du groupe de femmes. Il était de petite taille, et on pouvait deviner les muscles de ses bras sous son peignoir bleu.

— Bonjour, dit-il d'une voix claire. Je m'appelle Dominic, je suis votre professeur.

— C'est marrant, murmura Vas à Jess, il n'a pas du tout l'air Wen-Do.

— Combien d'entre vous pensent être capables de repousser un attaquant ? demanda-t-il, les mains sur les hanches, la poitrine en avant.

Les femmes restèrent en retrait, silencieuses. Dominic s'approcha de Maryellen et de sa fille Ayisha d'un pas nonchalant.

— Et vous, maman ? Vous croyez que vous pourriez casser le nez d'un agresseur s'il s'attaquait à votre fille ?

— Il aurait de la chance de s'en sortir avec la tête encore en place, dit Maryellen avec vigueur.

— Eh bien, le Wen-Do consiste à réaliser que vous avez autant de prix qu'un enfant que vous adorez. Être précieux, poursuivit-il en marquant un temps d'arrêt pour renforcer l'effet de son discours, ne veut pas dire être vulnérable. En tout cas, pas aussi vulnérable qu'auparavant. Vous pouvez être plus faible que votre agresseur, dit-il en s'écartant de Maryellen pour s'adresser à chacune des femmes à tour de rôle, mais vous n'êtes pas que faiblesse, et votre agresseur n'est pas que force. Il est important que vous ne considériez pas vos agresseurs comme des mastodontes inattaquables, mais plutôt comme un ensemble de cibles vulnérables. Et souvenez-vous, déclara-t-il en regardant Jess, dans la plupart des cas, la colère marche mieux que le plaidoyer. Alors, n'ayez pas peur de vous mettre en colère.

Jess sentit ses genoux se mettre à trembler et fut soulagée quand il se tourna vers quelqu'un d'autre. Elle observa le visage des autres femmes, les Nations unies en miniature, comme Vas les avait si bien décrites, tellement représentatives des changements survenus dans la ville au cours des vingt dernières années. Tout est si différent du Chicago de mon enfance, se dit-elle, s'évadant un instant dans l'époque de son enfance d'où étaient exclus les non-Blancs, avant d'être ramenée dans le présent par la puissante voix de Dominic.

— Vous devez apprendre à faire confiance à votre sens du danger, disait-il. Même si vous ne savez pas exactement de quoi vous avez peur, même si vous ne savez pas ce qui vous rend nerveuse, si vous craignez de mettre dans l'embarras un homme qui ne représente peut-être pas une menace pour vous, la meilleure chose à faire est de vous éloigner le plus vite possible. Ça peut être payant. Fiez-vous à votre instinct. Et écartez-vous le plus vite possible.

— A condition qu'on le puisse, ajouta Jess en silence.

— La fuite est en général ce qui marche le mieux pour les femmes, conclut simplement Dominic. Bon, alignez-vous.

Les femmes échangèrent des coups d'œil nerveux en se mettant prudemment en position.

— Prenez suffisamment de place. C'est ça. Écartez-vous un peu. On va bouger énormément. Rejetez vos épaules en arrière. Détendez-vous. C'est ça. Balancez vos bras. Relaxez-vous bien.

Jess balança ses bras d'un côté à l'autre et de haut en bas. Elle fit rouler ses épaules en avant, puis en arrière, fit basculer son cou d'un côté à l'autre et l'entendit craquer.

— N'oubliez pas de respirer, conseilla Dominic, et Jess expira profondément avec soulagement. O.K., redressez-vous. Maintenant faites bien attention. La première action de défense s'appelle le *kiyi.*

— Il a dit kiwi ? demanda Vas, et Jess dut se mordre la langue pour ne pas éclater de rire.

— Le *kiyi* est un cri, un rugissement venant du diaphragme. *Hoh !* hurla-t-il, et les femmes tressaillirent. *Hoh !* hurla-t-il de nouveau. *Hoh !*

Oh, oh, oh, pensa Jess.

— Le but du *kiyi* est de casser l'image de calme et de vulnérabilité que l'agresseur a de vous. Ça vous aide également à ne pas rester paralysée par la peur. *Hoh !* hurla-t-il encore tandis que les femmes bondissaient en arrière. Il y a aussi un élément de surprise. La surprise peut être une arme très utile. Maintenant, à vous d'essayer, conclut-il en souriant.

Personne ne bougea. Au bout de plusieurs secondes, Ayisha, puis Vas, se mirent à pouffer de rire. Jess se demandait si elle avait envie de rire ou de pleurer. Comment pourrait-elle se fier à son instinct, alors qu'elle ne savait même pas en quoi consistait cet instinct ?

— Allez, on vous écoute ! encouragea Dominic. *Hoh !*

Encore une seconde de silence puis il y eut un « Hoh !» faible et hésitant venant de Maryellen.

— Pas « hoh », *Hoh !* insista Dominic. Ce n'est ni le lieu ni le moment d'être poli. Ce que vous voulez, c'est effrayer votre agresseur, pas l'encourager. Maintenant, allez-y, faites-moi entendre votre *Hoh !*

— Hoh ! s'aventura doucement Jess, se sentant complètement ridicule.

— Allons ! pressa Dominic en serrant les poings pour renforcer son propos. Vous êtes des femmes, à présent, pas des dames. Faites-moi entendre que vous êtes en colère. Je veux vous entendre faire beaucoup de bruit. Je sais que vous pouvez le faire. J'ai été élevé avec quatre sœurs. Ne me dites pas que vous ne savez pas crier — il s'approcha de Maryellen. Allons, maman. Un homme est en train d'agresser votre fille.

— *Hoh !* hurla Maryellen.

— C'est mieux.

— *Hoh !* continua Maryellen. *Hoh ! Hoh !* Hé, ça commence à me plaire.

— Ça fait du bien de s'affirmer, non ? demanda Dominic, et Maryellen hocha la tête. Et vous autres ? Que je vous entende mettre l'agresseur en état d'alerte.

— Hoh ! entreprirent des voix encore hésitantes, puis de plus en plus fortes. *Hoh ! Hoh !*

Jess essaya de se joindre à elles, mais même quand elle ouvrait la bouche, aucun son n'en sortait. Qu'est-ce qui n'allait pas ? Depuis quand avait-elle peur de s'affirmer ? Pense à la colère, se dit-elle. Pense à ta voiture. Pense à Terry Wales. Pense à Erica Barnowski. Pense à Greg Oliver. Pense à ton beau-frère. Pense à Connie DeVuono. Pense à Rick Ferguson. Pense à ta mère.

Hoh ! hurla Jess dans la salle tout à coup silencieuse. *Hoh !*

— A la perfection, proclama Dominic avec enthousiasme, en applaudissant. Je savais bien que vous aviez ça en vous.

— Bien joué, approuva Vas en lui serrant la main.

— Maintenant, pour le cas où le *kiyi* ne ferait pas fuir un agresseur potentiel, vous devez apprendre comment vous servir des armes à votre disposition, quelles qu'elles soient, en commençant par vos mains, vos pieds, vos coudes, vos épaules, vos ongles. Les ongles sont efficaces, alors s'il y en a qui se rongent les ongles, qu'elles arrêtent tout de suite. Les yeux, les oreilles et le nez font partie des cibles.

Dominic transforma son poing en crochet et ses ongles en griffes.

— L'aigle plante ses serres dans les yeux de son assaillant, dit-il en faisant une démonstration. Coup de poing sur le nez, en utilisant ces articulations osseuses.

Les femmes l'observèrent avec un respect mêlé de crainte.

— Je vous montrerai comment faire ça plus tard. Croyez-moi, c'est pas difficile. La chose importante est de ne pas vous attendre à opposer votre force à celle de votre agresseur, ce qui ne doit pas être le cas. Au contraire, ce que vous devez faire, c'est apprendre à utiliser la force de votre agresseur contre lui-même.

— Je ne comprends pas, dit Jess, surprise d'avoir parlé.

— Bon. Parlez haut et fort — il sourit. Et n'oubliez pas de respirer.

Jess expira avec soulagement.

— C'est ça, à partir du diaphragme. N'oubliez pas de respirer, ou vous allez être très vite à court de vapeur. Toutes celles qui fument devraient arrêter. Respirez bien à fond. C'est, de toute façon, ce que vous faites en réalité quand vous fumez. Inspirez et expirez. Vous n'avez qu'à apprendre à le faire sans cigarette. Qu'est-ce que vous ne comprenez pas ? demanda-t-il à Jess en revenant brusquement à sa question.

— Vous avez dit qu'il fallait utiliser la force de l'agresseur contre lui-même. Je ne comprends pas ce que cela signifie.

— O.K., je vais vous expliquer — il s'interrompit une minute, se concentrant. Utilisez l'image de la circularité, commença-t-il en traçant un cercle en l'air avec l'index. Si quelqu'un vous tire vers lui, au lieu de résister et de tirer en arrière, ce qui est ce qu'on a tendance à faire dans ce genre de situation, servez-vous de cette force de l'agresseur pour vous laisser tirer vers son corps, et alors attaquez quand vous entrez en contact avec lui.

Il attrapa le bras de Jess. Instinctivement, elle résista.

— Non, dit-il. Complètement faux.

— Mais vous nous avez conseillé de nous fier à notre instinct.

— Fiez-vous à votre instinct quand il vous avertit d'un danger. Souvenez-vous que le fait de reconnaître le danger et de s'en éloigner le plus vite possible est toujours la première étape. Mais quand vous êtes vraiment en danger, alors c'est une autre histoire. Votre instinct peut vous égarer. Vous devez éduquer votre instinct. Maintenant venez ici, je vais me servir de vous pour illustrer ce que j'explique.

Jess s'avança à contrecœur.

— Je vais vous tirer vers moi, et je veux que vous résistiez, comme vous l'avez fait tout à l'heure.

Dominic plongea brusquement en avant, agrippant Jess par le poignet et la tirant vers lui. Son taux d'adrénaline montant brusquement, Jess tira en arrière, essayant de caler ses pieds sur le parquet et d'exercer un semblant de traction. Elle n'était pas facile à battre, décida-t-elle, sentant la tension dans son bras et la douleur qui gagnait son coude. Elle tira plus fort, le souffle court. Elle se retrouva alors sur le sol, Dominic penché sur elle.

— Qu'est-ce qui s'est passé ? haleta-t-elle, se demandant comment, de debout sur ses deux pieds, elle s'était retrouvée par terre sur le dos en moins d'une seconde.

Dominic l'aida à se relever.

— Maintenant on va essayer l'autre méthode. Ne luttez pas. N'opposez aucune résistance. Laissez-moi vous tirer de force jusqu'à moi. Et alors, utilisez cette impulsion pour me repousser.

A nouveau, Jess rassembla ses forces. A nouveau, la main de Dominic enserra son poignct. Mais cette fois, au lieu de résister, au lieu de lutter, elle se laissa tirer vers lui. Et quand elle sentit son corps toucher le sien, elle se servit tout à coup de toute la force de son poids pour le pousser, lui faisant perdre l'équilibre et l'envoyant à terre.

— C'est bien, Jess ! applaudit Vas.

— Bravo, elle y est arrivée, fit chorus Maryellen.

— Impressionnant, renchérit Ayisha.

Catarina hocha timidement la tête.

Dominic se releva lentement.

— Je pense que vous comprenez, à présent, dit-il en s'époussetant.

Jess sourit.

— *Hoh !* répondit-elle.

« Hoh, hoh, hoh ! » murmura Jess pour elle-même en sortant du métro près du Magnificent Mile. Elle se sentait plus forte qu'elle ne l'avait été depuis des semaines ou même des mois. Investie de nouveaux pouvoirs. En paix avec elle-même. « Hoh ! » lança-t-elle en riant, serrant son manteau autour d'elle, puis elle se dirigea vers Michigan Avenue.

Qui avait dit qu'elle devait attendre qu'Adam lui téléphone ? On était dans les années quatre-vingt-dix, après tout. Les femmes ne restaient plus à attendre que les hommes les appellent. Elles prenaient le téléphone et faisaient elles-mêmes le numéro. De plus, on était samedi, elle n'avait pas de projets pour la soirée, et Adam serait probablement ravi de la voir prendre l'initiative. « Hoh ! » prononça-t-elle plus fort qu'elle ne l'avait voulu, attirant l'attention d'une passante inquiète.

La femme accéléra. C'est bien, madame, lui dit Jess en silence. Votre instinct vous indique un danger, éloignez-vous rapidement. « Hoh ! » dit-elle à nouveau, presque en chantant, s'approchant de la vitrine de Shoe-Inn et jetant un coup d'œil à l'intérieur.

— Est-ce qu'Adam Stohn est là aujourd'hui ? demanda-t-elle au vendeur à la mèche postiche qui s'était précipité pour l'accueillir dès qu'elle avait franchi la porte.

Les yeux de l'homme se fermèrent à demi. Se souvenait-il d'elle depuis leur précédente rencontre ?

— Il est avec une cliente, dit-il en faisant un signe de tête en direction du fond du magasin.

Adam se tenait à côté d'une jeune femme, les mains encombrées de chaussures, et la cliente riait. Jess s'approcha doucement, ne voulant pas le déranger en plein milieu d'une vente.

— Alors aucune de ces chaussures ne vous plaît. Bon, voyons. Que diriez-vous d'un verre d'eau à la place ? était en train de dire Adam.

La jeune femme rit et, quand elle secoua la tête, ses longs cheveux blonds balayèrent ses joues fardées avec soin.

— Et un bonbon ?

Jess regarda Adam prendre dans sa poche un bonbon à la menthe aux rayures rouges et blanches, et vit la jeune femme l'examiner avant de refuser.

— Et une histoire drôle ? Vous avez l'air de quelqu'un qui aime bien les bonnes blagues.

Jess sentit les larmes lui brûler les yeux et se recula vivement, décidant de ne pas rester pour entendre la fin. C'était elle la bonne blague, après tout.

— Vous l'avez trouvé ? s'enquit l'autre vendeur tandis qu'elle retraversait le magasin.

— Je lui parlerai plus tard. Merci, dit Jess, se demandant de quoi elle le remerciait — les femmes étaient si promptes à dire merci, à se montrer reconnaissantes. Excusez-moi, fit-elle en s'écartant devant une autre femme, qui elle aussi s'excusa.

Et de quoi est-ce qu'on est toutes en train de s'excuser ? Merde, se dit-elle, pleine de gêne et de confusion. Qu'est-ce qui lui avait pris de vouloir venir ici ? Pourquoi croyait-elle que, tout simplement parce qu'elle se sentait bien et qu'elle voulait partager ce sentiment avec quelqu'un, Adam aurait envie de remplir ce rôle ? Et qu'est-ce que ça pouvait faire qu'elle se sente investie de nouveaux pouvoirs ? Et qu'elle ait appris à se servir de son poing comme d'une serre de rapace ? Qui se souciait de savoir si elle savait balancer un coup de poing sur un nez ? Pourquoi devrait-il s'intéresser au *kiyi* ? Tout ce qui l'intéressait, c'était de vendre des chaussures, de gagner sa commission. Pourquoi avait-elle cru être différente des centaines d'autres femmes dont il caressait les pieds chaque semaine ? Et pourquoi était-elle aussi déçue ?

« Hoh ! » s'exclama-t-elle, seule devant la boutique. Mais le cœur n'y était plus, et le cri tomba sur le trottoir où il fut piétiné par un défilé de passants.

— Eh bien, salut, étrangère, dit Don, la voix comme une oasis, même à l'autre bout du fil. Quelle agréable surprise. Je commençais à croire que tu étais toujours fâchée contre moi.

— Pourquoi serais-je fâchée contre toi ?

Jess tira la porte de la cabine téléphonique.

— C'est à toi de me le dire. Tout ce que je sais, c'est que tu m'as à peine adressé la parole depuis notre petit désaccord au commissariat de police ; peut-être deux mots, et tous les deux étaient non : quand je t'ai invitée pour Thanksgiving et une autre fois, quand je t'ai proposé d'aller manger un steak.

— Ce qui est précisément la raison de mon appel, commença Jess, soulagée de trouver ainsi une transition toute faite. Je suis en ville et ça fait une éternité que je n'ai pas mangé un bon steak. J'ai pensé que peut-être si tu n'avais rien de prévu ce soir... — sa voix s'estompa, laissant place au silence. Tu es pris, se hâta d'ajouter Jess.

— Bon Dieu, Jess, répondit Don, une nuance d'excuse dans la voix. Tu sais bien que je sauterais sur l'occasion n'importe quand, mais...

— Mais on est samedi soir et Mère Teresa t'attend.

Encore un silence.

— A vrai dire, Trish n'est pas là ce week-end. J'ai accepté une invitation à dîner chez John McMaster. Tu te souviens de John ?

— Bien sûr ! — John McMaster était l'un des associés de Don. Dis-lui bonjour de ma part.

— Je pourrais t'inviter...

— Je ne viendrais pas.

— Mais tu ne viendrais pas.

Jess rit et eut du mal à reprendre son souffle. Pourquoi avait-elle appelé ? Espérait-elle réellement que son mari attendait près du téléphone qu'elle se sente seule ou déprimée ou en manque d'une présence amicale ?

— J'ai une idée géniale, dit-il.

— C'est quoi, ton idée géniale ?

Jess sentit qu'elle étouffait, que l'air ne parvenait pas jusqu'à ses poumons. Elle poussa la porte de la cabine, mais celle-ci refusa de s'ouvrir.

— Je pourrais passer demain matin avec des petits pains au fromage blanc : tu me ferais du café et m'expliquerais qui est mort.

Jess se battait contre la porte de la cabine téléphonique, l'engourdissement gagnant ses doigts. Elle ne pouvait pas respirer. Si elle ne sortait pas rapidement de cette foutue cabine, elle allait s'évanouir, et sans doute mourir d'étouffement. Il fallait qu'elle sorte de là.

— Jess ? Jess, tu es là ? Je plaisantais. Tu ne lis plus les rubriques nécrologiques ?

— Il faut vraiment que j'y aille, Don ! — Jess frappa sur la porte avec son poing.

— Dix heures, ça te va ?

— Bien. Parfait.

— Alors, à demain matin.

Jess lâcha le téléphone, le laissant pendre au bout de son fil, et le regardant se balancer de gauche à droite telle la victime d'un lynchage, tout en poussant et tirant sur la porte dans un effort désespéré pour se dégager.

— Putain de merde, laissez-moi sortir de là ! hurla-t-elle.

Tout à coup la porte s'ouvrit. Une femme âgée aux

cheveux gris, ne mesurant pas plus d'un mètre cinquante, se tenait de l'autre côté, ses mains aux veines saillantes agrippées à la porte.

— On peut parfois se faire piéger là-dedans, dit-elle avec un sourire indulgent, avant de repartir de sa démarche traînante.

Jess bondit hors de la cabine, la sueur lui dégoulinant sur le visage en dépit de la température glaciale. « Comment ai-je pu faire ça ? murmura-t-elle entre ses mains engourdies. J'ai oublié tout ce que j'ai appris aujourd'hui. Comment est-ce que je vais me défendre si on m'attaque alors que je ne suis même pas capable de sortir d'une foutue cabine téléphonique ? »

Plusieurs minutes s'écoulèrent avant que l'engourdissement de ses mains se dissipe et qu'elle puisse héler un taxi pour rentrer chez elle.

16

Le dîner consista en macaronis au fromage, suivis de deux parts de gâteau surgelé à la vanille et à la fraise, avec une grande bouteille de Coca-Cola.

— Rien de tel qu'un bon dîner, marmonna Jess à son canari en allant poser ses assiettes vides dans l'évier.

Elle se traîna jusqu'au salon, n'ayant pas la force de lever ses pieds chaussés de pantoufles, ce qui lui rappela la vieille femme qui l'avait libérée de la cabine téléphonique dans l'après-midi. « Elle ferait certainement meilleure figure que moi face à un agresseur », dit Jess en se demandant si elle allait suivre le cours de self-défense jusqu'au bout. « Ça serait mieux, puisque j'ai payé », reconnut-elle, et elle éteignit la radio, couvrit la cage du canari pour la nuit puis se traîna jusqu'à sa chambre.

Elle enfila une longue chemise de nuit en pilou à fleurs roses et blanches et disposa soigneusement ses vêtements pour le lendemain : un blue-jean, un pull à col roulé rouge, des grosses chaussettes rouges, des sous-vêtements propres et des baskets. Tout était parfait, se dit-elle en allant à la salle de bains pour se laver la figure et se brosser les dents. Elle était pressée de se retrouver dans son lit.

Il était à peine neuf heures, réalisa-t-elle avec étonnement, en éteignant la lampe et en se glissant sous les couvertures. Elle aurait dû travailler un peu pour préparer la reprise du procès de Terry Wales, le lundi, mais ses yeux se fermaient déjà. La journée avait été longue et exténuante. Elle avait été déçue par deux hommes au cours du même après-midi. Elle n'avait découvert la puissance que pour la perdre aussitôt. Ça suffisait à épuiser n'importe qui.

Dans son rêve, elle faisait face à un jury, vêtue seulement de sa chemise de nuit en pilou rose et blanche et de ses vieilles pantoufles roses.

« On adore votre chemise de nuit », lui disait une femme du jury en tendant le bras pour palper la douceur du tissu. Mais sa main était une serre de rapace et elle déchirait le tissu tout aussi facilement que des ciseaux pointus traversant du papier, faisant couler du sang.

« Laisse-moi m'occuper de ça », proposait Don, se penchant par-dessus la table de la défense pour prendre son bras qui saignait.

Jess le laissait l'attirer vers lui jusqu'à ce que leurs corps se touchent, et alors elle le repoussait de tout son poids, le déséquilibrant et le faisant tomber à terre.

Le juge Harris manifestait son mécontentement à coups de marteau. « Silence, dans la salle », exigeait-il avec la voix d'Adam Stohn. « Silence dans la salle. » Puis « Jess, vous êtes là ? Jess ? Jess ? ».

Jess s'assit dans son lit, à moitié réveillée, follement heureuse de se retrouver dans sa chambre et non au tribunal. « Jess, reprit la voix de son rêve, Jess, vous êtes là ? »

Le marteau continuait à taper. Sauf que ce n'était pas un marteau, mais quelqu'un qui frappait à la porte de son appartement, s'aperçut Jess, se réveillant cette fois tout à fait ; elle tendit la main vers la table de nuit, ouvrit le tiroir pour y prendre son revolver, inquiète de constater avec quelle facilité elle le soulevait entre ses mains.

— Qui est là ? répondit-elle en enfilant ses pantoufles et en assurant l'arme dans sa main, tout en se dirigeant vers la porte.

— C'est Adam, fut la réponse qui lui parvint de l'autre côté.

— Qu'est-ce que vous faites là ? demanda Jess, sans ouvrir la porte.

— Je voulais vous voir.

— Vous n'avez jamais entendu parler du téléphone ?

— J'en ai assez du téléphone, dit-il, et il éclata de rire. Je voulais vous voir. Comme ça, sur un coup de tête.

— Comment êtes-vous entré dans l'immeuble ?

— La porte de la rue était ouverte. Il y a une fête en bas. Écoutez, je déteste crier comme ça à travers la porte. Vous me laissez entrer ?

— Il est tard.

— Jess, s'il y a quelqu'un avec vous...

Elle ouvrit la porte.

— Il n'y a personne d'autre ici.

Jess lui fit signe d'entrer d'un geste de son revolver.

— Nom de Dieu, c'est un vrai ?

Jess hocha la tête, le trouvant magnifique, et se demandant si elle avait l'air aussi ridicule qu'elle en avait l'impression dans sa chemise de nuit en pilou à fleurs roses et blanches, avec ses vieilles pantoufles roses et son revolver Smith & Wesson.

— Je me méfie des visiteurs tardifs, lui dit-elle.

— Tardifs ? Jess, il est dix heures et demie.

— Dix heures et demie ?

— Vous pourriez faire installer un œilleton sur votre porte, vous savez. Ou bien une chaîne — il regarda l'arme avec nervosité. Vous ne croyez pas que vous pourriez mettre ça de côté ?

Il ôta sa veste et la jeta sur le bras du canapé, comme si, à présent qu'il était là, il avait l'intention de rester, et se dressa devant elle dans un pull blanc et un jean noir. C'est alors qu'elle remarqua la bouteille de vin rouge qu'il tenait à la main.

— Vous savez quoi, poursuivit-il, vous vous débarrassez du revolver, et moi je débouche la bouteille.

Jess acquiesça d'un hochement de tête, ne voyant pas ce qu'elle pouvait faire d'autre. Elle se dirigea vers sa chambre comme si elle était branchée sur pilote automatique, remit l'arme dans son tiroir et sortit de son placard une robe de chambre matelassée rose. Quand elle revint dans le salon, Adam avait ouvert la bouteille et leur avait servi un verre de vin à chacun.

— Châteauneuf-du-Pape, annonça-t-il en lui mettant un verre dans la main et en la guidant vers le canapé. On boit à quoi ? demanda-t-il, tandis qu'ils s'asseyaient. Leurs genoux s'effleurèrent avant que Jess s'écarte, ramenant ses jambes sous elle.

Jess se souvint du toast favori de son beau-frère.

— Santé et prospérité ? proposa-t-elle.

— Et pourquoi pas aux bons moments ?

— D'accord pour les bons moments.

Ils trinquèrent, humèrent le vin, puis portèrent leur verre à leurs lèvres, mais ils ne burent ni l'un ni l'autre.

— Ça fait plaisir de vous voir, dit Adam.

Jess se concentra sur les lèvres d'Adam, remarquant une légère trace d'alcool dans son haleine, et se demanda où il était allé avant de se présenter à sa porte. Sorti avec la cliente avec laquelle elle l'avait vu dans l'après-midi ? Leur rendez-vous s'était-il terminé tôt, le laissant avec du temps devant lui et une bouteille de vin dans les mains ?

Chaque pensée nouvelle contribuait à la rendre de plus en plus furieuse. A présent qu'elle était complètement réveillée, elle était moins charmée par sa spontanéité qu'elle n'était irritée par sa présomption. Pour qui se prenait-il, à venir frapper à sa porte après dix heures du soir, un samedi, lui faisant une peur bleue ? Croyait-il réellement pouvoir l'ignorer toute la semaine, et ensuite se pointer sans prévenir, quand il en avait envie ? Pensait-il qu'elle allait tout simplement le laisser entrer, boire de son vin, puis l'entraîner, pleine de reconnaissance, dans son lit ? Il avait de la chance qu'elle ne lui ait pas tiré dessus !

— Qu'est-ce que vous faites ici ? demanda Jess, le surprenant autant qu'elle-même par la brusquerie de sa question.

Adam prit une longue goulée de vin qu'il fit rouler dans sa bouche plusieurs secondes avant de l'avaler.

— Pourquoi croyez-vous que je sois ici ?

— Je n'en sais rien. C'est pour ça que je vous pose la question.

Il prit une autre gorgée, envoyant cette fois le liquide au fond de sa bouche comme s'il s'agissait d'une gorgée de whisky.

— Je voulais vous voir, dit-il, alors que ses yeux refusaient de se fixer sur elle.

— Quand avez-vous décidé ça ?

Adam s'agita sur le canapé, avala une autre gorgée de vin, remplit son verre à ras bord, peu pressé de répondre à la question.

— Je ne comprends pas.

— A quel moment avez-vous décidé que vous vouliez me voir ? précisa Jess, à présent impatiente. A deux heures de l'après-midi ? A quatre heures ? Sept heures ? Dix heures ?

— Qu'est-ce que c'est, Jess ? Un interrogatoire ?
— Pourquoi n'avez-vous pas téléphoné avant ?
— Je vous l'ai déjà dit. C'était un coup de tête.
— Et vous êtes précisément le genre de type impulsif.
— Quelquefois. Oui. Sans doute.
— Vous êtes marié ?
— Quoi ?
— Vous êtes marié ? répéta Jess, voyant pour la première fois la situation dans toute sa clarté et se demandant comme elle ne s'en était pas rendu compte plus tôt. Question plutôt simple, appelant une réponse simple, par oui ou par non.
— Qu'est-ce qui vous fait croire que je suis marié ?
— Vous êtes marié, oui ou non ?
— Que le témoin veuille bien répondre à la question, dit Adam, d'un ton sarcastique.
— Vous êtes marié ? répéta Jess.
— Non, proclama Adam d'une voix forte. Bien sûr que non, je ne suis pas marié.
— Vous êtes divorcé.
— Je suis divorcé.
— De Susan.
— Oui, de Susan.
— Qui vit à Springfield.
— Qui vit sur Mars, pour ce que ça m'intéresse — il termina d'un seul trait le vin qui restait dans son verre.
— Alors pourquoi n'appelez-vous jamais ? Pourquoi vous contentez-vous de vous pointer à ma porte à n'importe quelle heure ?
— Jess, nom de Dieu, il est dix heures et demie.
— Vous avez déjà eu votre commission, dit-elle, souffrant encore de la petite scène dont elle avait été témoin l'après-midi même dans le magasin de chaussures, et rougissant de confusion — l'autre vendeur avait-il parlé à Adam de sa visite ? Qu'est-ce que vous faites ici ?

— Vous croyez que je suis en train d'essayer de vous vendre une autre paire de bottes ?

— Je ne sais pas exactement ce que vous êtes en train d'essayer de me vendre.

Il se reversa du vin, l'avala en deux gorgées, puis vida le reste de la bouteille dans son verre.

— Je ne suis pas marié, Jess. Sincèrement.

Il y eut une longue pause. Jess baissa la tête, sa colère dissipée, plus soulagée qu'elle ne voulait l'admettre.

— Est-ce qu'on vient juste d'avoir notre première dispute ? demanda-t-il.

— Je ne vous connais pas assez pour me disputer avec vous, répliqua Jess.

— Vous me connaissez autant qu'il est nécessaire.

Il termina son vin et fixa d'un air sidéré le fond de son verre vide, comme s'il venait juste de se rendre compte qu'il avait bu presque une bouteille entière en moins de dix minutes.

— Nécessaire pour moi, ou pour vous ?

— Je n'aime pas prévoir les choses trop longtemps à l'avance.

Jess éclata de rire.

— Qu'est-ce qu'il y a de drôle ? s'enquit-il.

— Moi, je prévois tout.

— Et qu'est-ce que ça apporte, de tout prévoir ?

Il s'appuya sur le dossier du canapé, ôta ses chaussures et leva ses jambes pour les étendre sur les genoux de Jess.

— Ça me donne l'illusion de tout contrôler, je suppose, répondit Jess, sentant son poids en travers de ses cuisses. Son corps se raidit puis se détendit, appréciant le contact. Il y avait tellement longtemps qu'elle ne s'était pas trouvée avec un homme, tellement longtemps qu'elle ne s'était laissée aller au plaisir des caresses d'un homme. Avait-il fait la bonne supposition, après tout ? Qu'elle le laisserait entrer, boirait de son vin puis l'entraînerait dans son lit ?

— Et cette illusion de contrôle est quelque chose d'important pour vous ?

— C'est tout ce que j'ai.

Adam appuya sa tête contre les coussins et s'allongea encore un peu plus.

— Je crois que j'ai trop bu.

— Je le crois aussi — il y eut une longue pause. Pourquoi êtes-vous venu ici, Adam ?

— Je ne sais pas, dit-il en fermant les yeux et en parlant d'une voix pâteuse. Je n'aurais sans doute pas dû.

Ne dis pas ça, prononça Jess en silence.

— Peut-être que vous devriez partir, dit-elle à voix haute, luttant contre l'envie de le bercer dans ses bras. Je ferais mieux de vous appeler un taxi. Vous n'êtes pas en état de conduire.

— Dix minutes de sommeil, c'est tout ce dont j'ai besoin.

— Adam, je vais appeler un taxi — Jess essaya de soulever les jambes d'Adam, mais elles étaient comme des poids morts. Si vous pouviez juste pousser un peu vos pieds...

Il ramena ses genoux vers sa poitrine en une position semi-fœtale, se tournant complètement sur le côté. Il avait l'air encore plus lourd qu'avant.

— Super, dit Jess, lui chatouillant la plante des pieds pour tenter de le faire bouger, mais sans obtenir de réaction. Adam, je ne peux pas rester là toute la nuit, s'exclama-t-elle, au bord des larmes. Non, c'est ridicule ! Je ne vais pas être prisonnière dans mon propre appartement. Je ne vais pas passer la nuit assise sur mon canapé, avec un ivrogne comateux affalé sur mes genoux. J'ai besoin de dormir. *Hoh !* cria-t-elle, mais Adam ne bougea pas.

Avec une nouvelle détermination, Jess tira sur les pieds d'Adam et réussit, au bout de quelques minutes, à les soulever juste assez pour pouvoir se dégager. Les pieds retombèrent sur le canapé en faisant un bruit mou.

Elle resta debout au-dessus de lui un certain temps, le regardant dormir.

— Adam, vous ne pouvez pas rester là, murmura-t-elle, puis plus fort, Adam, je vais appeler un taxi.

Pour dire quoi ? Que tu as un type ivre mort sur ton canapé et que tu veux que quelqu'un vienne le chercher et lui fasse descendre les trois étages pour le ramener chez lui, sauf que tu n'as pas la moindre idée de l'endroit où il habite. Oh, oui, c'est vrai, ils vont discuter du tarif.

Reconnais les choses, Jess, s'exhorta-t-elle en le recouvrant de sa veste. Adam Stohn n'ira nulle part. En tout cas pas ce soir.

Elle examina son visage, d'où toutes traces de troubles avaient disparu derrière le masque paisible du sommeil. Quels secrets cachait-il ? se demanda-t-elle en écartant une mèche de cheveux de ses yeux, ses doigts frissonnant à son contact. Combien de mensonges lui avait-il racontés ?

Jess s'éloigna sur la pointe des pieds, ne sachant pas si elle avait raison de le laisser là. Allait-elle se réveiller au milieu de la nuit pour le trouver penché sur elle avec son revolver dans la main ? S'agissait-il d'une sorte de déséquilibré en quête de substituts esseulées ? Elle était trop fatiguée pour s'en préoccuper. Fiez-vous à votre instinct, entendit-elle répéter son professeur de Wen-Do, tandis qu'elle s'écroulait sur son lit. Fiez-vous à votre instinct.

Mais, simplement pour le cas où son instinct se serait trompé, elle prit l'arme dans le tiroir de la table de nuit et la glissa soigneusement sous son matelas, avant de se plonger dans les délices du sommeil.

Elle se réveilla le lendemain matin pour le trouver en train de l'observer depuis la porte de sa chambre.

— Est-ce que vous étalez toujours vos vêtements avec autant de soin ? s'enquit-il. Même le dimanche ?

— Ça fait longtemps que vous êtes là ? rétorqua-t-elle sans tenir compte de sa question, s'asseyant dans son lit et ramenant les couvertures autour d'elle.

— Pas longtemps. Quelques minutes, peut-être.

Jess tourna la tête vers le réveil.

— Neuf heures et demie ! souffla-t-elle.

— Vous n'auriez pas dû boire autant, dit-il en souriant d'un air penaud.

— Je n'arrive pas à croire que j'ai dormi jusqu'à neuf heures et demie !

— Vous étiez manifestement très fatiguée.

— J'ai tellement de choses à faire.

— Chaque chose en son temps. Le petit déjeuner est prêt.

— Vous avez préparé le petit déjeuner ?

Il s'appuya contre le chambranle de la porte.

— Ça n'a pas été facile. Vous ne mentiez pas quand vous disiez que vous ne faisiez pas la cuisine. J'ai dû sortir pour acheter des œufs et des légumes...

— Comment êtes-vous rentré ?

— J'ai emprunté votre clé, avoua-t-il simplement.

— Vous avez fouillé dans mon sac ?

— Je l'ai remise — il s'approcha du lit en tendant la main. Allez, j'ai passé toute la matinée à m'escrimer sur les fourneaux.

Jess repoussa ses couvertures et s'extirpa du lit, ignorant la main tendue, n'étant pas certaine d'apprécier l'idée qu'il avait fouillé dans son sac.

— Laissez-moi juste me laver la figure et les dents.

— Plus tard.

Il lui saisit la main et la tira le long du couloir jusqu'au salon. La table était mise et le jus d'orange déjà servi dans les verres.

— Je vois que vous avez trouvé tout ce qu'il fallait — il avait donc également fouillé dans les placards de sa cuisine.

— Vous n'avez aucune vaisselle assortie, dit-il en

riant. Vous êtes une femme étrange, Jess Koster. Intéressante, mais étrange.

— Je pourrais dire la même chose de vous.

Il sourit d'un air énigmatique.

— Je ne suis pas aussi intéressant que ça.

Ce fut au tour de Jess de rire. Ce son la détendit instantanément. S'il s'agissait d'un déséquilibré psychopathe s'apprêtant à la tuer, il avait manifestement décidé de le faire après le petit déjeuner, et autant profiter du repas qu'il avait préparé. Fiez-vous à votre instinct.

— Qu'est-ce qu'il y a au menu ? demanda-t-elle, l'estomac gargouillant à l'idée d'un petit déjeuner décent.

— La meilleure omelette garnie du quartier De Paul, répondit-il, en faisant glisser sur chaque assiette des omelettes parfaites, qu'il saupoudra de persil haché.

— Vous avez même pris du persil. Je suis vraiment impressionnée.

— Ne la laissez pas refroidir, dit-il en lui servant une tasse de café. Du lait ? Du sucre ?

— Ça a l'air magnifique. Je ne peux pas croire que vous ayez fait tout ça.

— C'était bien la moindre des choses que je puisse vous offrir après la façon dont je me suis conduit hier soir.

— Vous n'avez rien fait, hier soir.

— C'est justement. J'arrive enfin à passer la nuit avec une femme superbe, et qu'est-ce que je fais ? Je me soûle complètement et je m'écroule sur son canapé.

Jess passa gauchement la main dans ses cheveux en désordre.

— Non, ne faites pas ça, dit-il en lui prenant la main. Vous êtes ravissante comme ça.

Elle dégagea sa main et entama son omelette.

— Alors, quel est le verdict ? Il attendit pendant qu'elle avalait la première bouchée.

— Fabuleux, dit Jess avec enthousiasme. Incontestablement la meilleure omelette du quartier De Paul.

Ils mangèrent quelques minutes en silence.

— J'ai enlevé le tissu de la cage, dit Adam, et j'ai rapporté le journal. Il est sur le canapé.

Jess tourna les yeux vers la cage puis vers le canapé.

— Merci ! Elle marqua un temps d'arrêt. Autre chose que vous avez faite et que je devrais savoir ?

Il se pencha par-dessus la table d'acajou sombre et l'embrassa.

— Pas encore.

Jess ne bougea pas tandis qu'Adam se penchait pour l'embrasser de nouveau. Ses lèvres frissonnaient et son cœur battait la chamade. Elle se sentait comme une adolescente, comme une mariée rougissante. Elle se sentait idiote.

Était-elle une proie aussi facile ? Un verre de jus d'orange, une tasse de café et une omelette, n'en fallait-il pas plus pour pénétrer dans son cœur et dans son lit ?

Et voilà que maintenant il l'embrassait sur la bouche, sur les joues, sur le cou, et de nouveau sur les lèvres. Il passa les bras autour d'elle et l'attira contre lui. Depuis combien de temps un homme ne l'avait pas embrassée comme ça ? Depuis combien de temps elle n'avait pas, elle, embrassé comme ça un homme ?

— Je ne devrais pas faire ça, dit-elle tandis que les baisers d'Adam devenaient plus intenses et qu'elle y répondait de même. J'ai tellement de travail à faire si je veux être au point demain.

— Vous le serez, lui assura-t-il en plongeant ses lèvres dans ses cheveux.

— La plupart des procès pour meurtre ne durent que huit à dix jours, murmura-t-elle, tentant de faire baisser son ardeur en parlant, mais l'accusé est tombé malade...

Adam mit sa bouche sur la sienne et posa les mains sur ses seins. Elle tenta de protester, mais ne réussit à émettre qu'un grognement de plaisir.

— Les meurtres sont, en fait, les affaires les plus faciles à juger, poursuivit-elle obstinément, ne sachant ce qui était le plus bizarre : ce qu'elle était en train de faire, ou ce qu'elle était en train de dire. Sauf quand la peine de mort est en jeu, comme c'est le cas ici...

De nouveau il la fit taire avec sa bouche. Cette fois, elle ne dit rien, se livrant à la sensation insupportablement agréable de ses lèvres sur les siennes, de ses mains sur son corps.

Une sonnerie retentit. Une fois, deux fois.

— Qu'est-ce que c'est que ça ? s'enquit Adam entre deux baisers.

— L'interphone, répondit Jess, se demandant qui ça pouvait bien être. Il y a quelqu'un en bas.

— Il n'a qu'à s'en aller.

La sonnerie retentit de nouveau, trois coups rapides. Qui était-ce ? A dix heures, un dimanche matin !

— Nom d'un chien ! s'exclama Jess en se dégageant de l'étreinte d'Adam. C'est mon ex-mari ! Je l'avais oublié. Il avait dit qu'il passerait ce matin...

— Il sait tenir parole, remarqua Adam, tandis qu'on sonnait encore.

Jess se dirigea vivement vers l'interphone près de la porte.

— Don ?

— Tes petits pains sont arrivés.

Sa voix emplit tout l'appartement.

— Ça devrait être intéressant, dit Adam en saisissant sa tasse de café pour aller s'asseoir sur le canapé, prenant visiblement plaisir à la situation.

— Mon Dieu, murmura Jess en entendant les pas de Don dans l'escalier et en ouvrant la porte avant qu'il ne frappe. Salut, Don.

Il portait une grosse parka sur un pantalon en

velours côtelé vert foncé, les bras chargés de deux sacs pleins de petits pains.

— On gèle, dehors, fit-il remarquer. Qu'est-ce qui te retenait ? Ne me dis pas que tu dormais encore — il fit deux pas en avant et se figea à la vue d'Adam sur le canapé. Excusez-moi, dit-il aussitôt, le trouble gagnant son visage tandis qu'il tendait la main en direction d'Adam. Don Shaw, un vieil ami.

— Adam Stohn, répliqua Adam en serrant la main de Don. Un nouveau.

Il y eut un silence. Personne n'avait l'air de respirer.

— Il y a du café, proposa Jess.

Don tourna les yeux vers la table.

— On dirait que vous avez déjà mangé.

— Jess a oublié de me prévenir que vous deviez passer, expliqua Adam avec un large sourire. Je me ferai un plaisir de battre une autre omelette.

— Merci, mais peut-être une autre fois.

— Laisse-moi prendre ton manteau.

— Non. Je crois que je vais y aller. Je voulais juste t'apporter ça, dit-il en lui remettant les petits pains et en se dirigeant vers la porte. Tu devrais les mettre au congélateur.

Le téléphone se mit à sonner.

— Que d'activité, ici, s'écria Adam.

— Don, attends une minute. Je t'en prie, insista Jess.

Don attendit près de la porte tandis qu'elle allait dans la cuisine pour répondre au téléphone. Quand elle revint une minute plus tard, elle était pâle et prise de tremblements ; des larmes coulaient le long de ses joues. Les deux hommes s'avancèrent aussitôt vers elle.

— C'était la morgue, dit-elle doucement. On a retrouvé Connie DeVuono.

— Quoi ? Où ? Quand ? demanda Don, crachant les mots comme une mitraillette.

— Dans la lagune de Skokie. Un pêcheur a trébuché sur le corps hier en fin d'après-midi et a appelé la police. Ils l'ont ramenée à Harrison Street en ambulance.

— Ils sont sûrs que c'est elle ?

— Les dossiers dentaires ne trompent pas — un cri s'étouffa dans la poitrine de Jess. Elle a été étranglée avec un fil de fer, serré si fort qu'elle a été quasiment décapitée. Apparemment, le corps a été assez bien préservé à cause du froid.

— Je suis navré, Jess, lui dit Don en la prenant dans ses bras.

Jess pleura doucement contre son épaule.

— Il faut que j'aille voir la mère de Connie. Il faut que je le lui annonce.

— La police peut le faire.

— Non, dit Jess vivement en voyant Adam se diriger vers la porte sur la pointe des pieds, sa veste sur le bras. Il faut que je le fasse. Seigneur, qu'est-ce que je peux lui dire, Don ? Qu'est-ce que je peux dire à son petit garçon ?

— Tu trouveras bien les mots qu'il faut, Jess.

Jess ne dit rien quand Adam ouvrit la porte et lui envoya un léger baiser d'adieu. La porte se referma doucement derrière lui.

— Où habite la mère de Connie ? demanda Don.

S'il s'était rendu compte du départ d'Adam, il n'en dit rien.

— Miller Street. J'ai noté l'adresse exacte quelque part.

Jess essuya ses larmes.

— Va prendre une douche et habille-toi. Je vais t'y conduire.

— Non, Don, tu n'es pas obligé de faire ça.

— Jess, tu n'as pas de voiture, et je n'ai pas l'intention de te laisser toute seule dans cette situation. Alors, s'il te plaît, ne discute pas.

Jess caressa la joue de son ex-mari.

— Merci, dit-elle.

17

— Ça va ? demanda Don.

— Non.

Jess continuait à pleurer. Elle n'arrivait pas à s'arrêter. Même sous la douche, ses larmes ne s'étaient pas calmées. Elle pleurait en enfilant son jean et son pull rouge, pleurait en se glissant dans la Mercedes de Don, pleurait toujours quand ils s'arrêtèrent devant le modeste duplex de Mme Gambala dans Little Italy.

— Il faut que tu arrêtes de pleurer, avait insisté Don, avec douceur. Sinon elle comprendra avant même que tu aies ouvert la bouche.

— Elle saura de toute façon, lui avait dit Jess. Et elle avait raison.

La porte d'entrée s'était ouverte avant que Jess fût arrivée en haut de l'escalier. Mme Gambala se tenait sur le seuil, vêtue de noir de la tête aux pieds, son petit-fils se cachant derrière ses larges hanches.

— On l'a retrouvée, avait dit Mme Gambala, acceptant la vérité tout en secouant la tête de gauche à droite en signe de refus.

— Oui, avait dû admettre Jess, la voix brisée, incapable de poursuivre.

Steffan avait regardé Jess, puis sa grand-mère, puis il s'était précipité dans l'escalier jusqu'à sa chambre, claquant la porte en signe de protestation douloureuse.

Ils étaient entrés, et Jess avait donné les détails à Mme Gambala en promettant de la tenir informée dès que le coroner aurait remis son rapport, l'assurant que l'homme responsable serait arrêté et jugé rapidement. Elle avait regardé Don fixement, comme s'il allait oser la contredire.

— Est-ce que tu vas établir un mandat d'arrêt contre Rick Ferguson ? avait questionné Don quand ils étaient retournés à la voiture.

Il n'y avait rien que Jess souhaitât davantage, mais elle savait que tant qu'elle ne connaîtrait pas de façon précise les détails de la mort de Connie DeVuono, il valait mieux s'abstenir. Il fallait qu'elle sache exactement quelle preuve concrète, pour autant qu'il y en eût, pouvait relier Rick Ferguson à la mort de Connie.

— Pas encore. Tu vas l'appeler ?

— Pourquoi est-ce que je l'appellerais si tu n'as pas l'intention de l'arrêter ? avait-il demandé, avec un air de fausse innocence. De plus on est dimanche, et je ne travaille pas le dimanche.

— Merci, lui dit Jess avant de se remettre à pleurer.

— Ça va ?

— Non, dit-elle en se mordant les lèvres, s'efforçant de faire cesser leur tremblement.

Don lui prit les mains.

— A quoi penses-tu ?

— Je pense à la façon dont Mme Gambala recouvre tous ses meubles de plastique, lui dit Jess en soufflant profondément.

Don rit, visiblement surpris.

— Ça ne se voit plus beaucoup, admit-il.

— Connie m'en avait parlé une fois. Elle disait que Steffan n'aimait pas l'attendre dans la maison de sa grand-mère, parce qu'elle gardait tous ses meubles dans du plastique et qu'il n'y avait aucun endroit confortable pour s'asseoir — un sanglot lui remonta dans la gorge. Et maintenant c'est là qu'il va grandir. Dans une maison pleine de housses en plastique.

— Dans une maison pleine d'amour, Jess, lui rappela Don. Sa grand-mère l'adore. Elle s'occupera bien de lui.

— Connie disait que sa mère était trop âgée pour s'occuper de lui, qu'elle parlait très mal l'anglais.

— Eh bien, il lui apprendra l'anglais, et elle lui apprendra l'italien, dit Don en lui serrant doucement les mains. Tu ne peux pas t'inquiéter à propos de tout. Tu ne peux pas te charger de la douleur de chacun. Il faut que tu choisisses, ou alors tu vas devenir cinglée.

— J'ai toujours pensé qu'il valait mieux savoir, confia Jess après une longue pause, savoir la vérité, quelque horrible qu'elle puisse être. Maintenant je n'en suis plus si sûre. Au moins, jusqu'à aujourd'hui, il restait un espoir. Un faux espoir, ça vaut mieux que pas d'espoir du tout.

— Tu parles de ta mère, murmura Don.

— Pendant toutes ces années, j'ai pensé que si je savais seulement, d'une façon ou d'une autre, ce qui lui est arrivé, je pourrais m'accommoder de ma vie...

— Mais tu t'es accommodée de ta vie.

— Non. Pas vraiment.

Elle regarda par la vitre de la voiture et remarqua pour la première fois qu'ils étaient en train de rouler sur la route I-94.

— Jess, de quoi veux-tu parler ? Regarde tout ce que tu as fait.

— Je sais bien ce que j'ai fait. Ce n'est pas ce que je veux dire.

— Qu'est-ce que tu veux dire ? l'incita-t-il gentiment.

— Je veux dire qu'il y a huit ans je me suis retrouvée bloquée. Et peu importe ce que j'ai pu faire, sur le plan émotionnel je suis toujours bloquée au jour où ma mère a disparu.

— Et tu crois que si tu savais ce qui lui est arrivé, que si quelqu'un était alors venu te voir pour t'apporter le genre de nouvelles que tu viens d'apporter au fils de Connie aujourd'hui, tu t'en serais trouvée mieux ?

— Je ne sais pas. Mais au moins j'aurais été capable de régler ça une fois pour toutes. J'aurais pu faire mon deuil, aller de l'avant.

— Alors tu as répondu à ta propre question.

— Sans doute — Jess s'essuya les yeux, se passa la main sous le nez et regarda par la vitre. Où va-t-on ?

— A Union Pier.

— A Union Pier ? — Jess revit aussitôt le petit port au bord du lac, à une centaine de kilomètres de Chicago, où Don avait une maison de week-end. Don, je ne peux pas. Il faut que je me prépare pour le procès de demain.

— Il y a longtemps que tu n'as pas vu l'endroit. J'ai fait quelques changements selon les idées que tu avais suggérées un jour. Allez, je te promets de te ramener pour cinq heures. Tu sais bien que, de toute façon, tu es incapable de réfléchir correctement d'ici là.

— Je ne sais pas.

— Fais une pause, Jess. On sait tous les deux que tu es aussi prête qu'on peut l'être.

Ils roulèrent en silence, Jess observant le paysage, regardant la pluie qui commençait à tomber et se transformait peu à peu en neige. Les immeubles laissèrent la place aux champs. Ils prirent la sortie Union Pier et continuèrent vers l'est en direction du lac Michigan. ELSINOR DUDE RANCH, annonçait un large panneau de bois sur une grille de fer. PROMENADES A CHEVAL ET LEÇONS. VENEZ VOUS RENSEIGNER.

CLUB DE TIR D'UNION PIER, proclamait un autre panneau, tandis qu'ils se dirigeaient vers l'est et que la neige devenait plus épaisse, plus dense. Jess se redressa sur son siège, tous les sens en alerte.

— Qu'est-ce qu'il y a ? demanda Don.

— Depuis quand y a-t-il un club de tir par ici ?

— Depuis toujours. Pourquoi ? Tu as envie de te défouler ? Mais je suis quasiment sûr qu'on est obligé d'être membre du club, poursuivit-il, comme elle ne répondait pas.

— Est-ce qu'ils ont un stand de tir à l'arc ?

— Quoi ?

— Un stand de tir à l'arc, répéta Jess, sans savoir exactement où l'emmenaient ses pensées.

— Je ne crois pas. Pourquoi ce soudain intérêt

pour le tir à l'arc ? — il s'arrêta brusquement. Le Tueur à l'Arbalète ?

— Terry Wales a juré à la barre qu'il ne s'était pas servi d'un arc et d'une flèche depuis les colonies de vacances de son enfance. Et si je pouvais prouver que ça n'est pas le cas ?

— Alors je dirais que tu aboutirais directement à l'homicide volontaire.

— Je peux téléphoner ?

— Le but de cette balade était que tu te détendes.

— C'est comme ça que je me détends. S'il te plaît.

Don lui tendit son téléphone de voiture. Elle appela aussitôt Neil Strayhorn chez lui.

— Neil, je veux que tu te renseignes sur tous les clubs d'archerie situés à deux heures de voiture de Chicago, dit-elle, sans préliminaires inutiles.

— Jess ? La voix de Neil emplit la voiture à travers le haut-parleur.

— Je veux savoir si Terry Wales est membre d'un de ces clubs, s'il a jamais approché un stand de tir à l'arc dans les trente dernières années. L'inspecteur Mansfield peut probablement t'aider. Il ne doit pas y avoir beaucoup de clubs d'archerie dans les environs. Dis-lui qu'il nous faut ces renseignements d'ici demain matin. Je te rappellerai plus tard.

Elle raccrocha avant qu'il ait pu soumettre une objection ou une question.

— Tu es un véritable tyran, lui dit Don en tournant à gauche sur Smith Road.

— J'ai eu un bon professeur, répliqua Jess en se cramponnant tandis que la voiture sautait sur un mauvais chemin non goudronné, bordé de cottages d'été.

Bien que le prix des maisons situées le long de la falaise ait quadruplé en dix ans, les résidents ne considéraient pas la réparation des nids-de-poule de la route comme une priorité. Jess s'agrippait à la poignée de la portière pendant que la voiture cahotait vers le cottage en pin de Don.

— Ça a l'air bien sinistre, remarqua Jess tandis que la neige tournoyait autour d'eux.

— Je vais allumer un feu, ouvrir une bouteille de vin, et ça n'aura pas l'air si triste que ça.

— Il commence vraiment à neiger.

— Je vais te porter jusqu'à la porte.

Jess sortit en courant.

— J'avais oublié comme c'était beau ici.

Jess se tenait devant une large baie vitrée qui occupait tout un mur et contemplait le petit jardin qu'elle avait planté elle-même, plusieurs années auparavant. La falaise était juste derrière, une série de marches taillées dans le roc conduisait jusqu'au lac. De grands épicéas bordaient la propriété, lui assurant une certaine intimité par rapport à ses voisins. Derrière Jess un feu ronflait dans la grande cheminée de brique. Don était assis sur l'épais tapis blanc étalé entre la cheminée et l'un des deux fauteuils de style colonial, les restes d'un pique-nique qu'il avait préparé éparpillés devant lui.

— Tu nous manques, dit Don d'une voix douce. Au jardin et à moi. Tu te souviens, quand tu as planté ces buissons ?

— Bien sûr que je me souviens. C'était juste après notre mariage. On s'est disputés pour savoir quelle espèce pousserait le plus vite et serait la plus jolie.

— On ne s'est pas disputés.

— D'accord, on a discuté.

— Et ensuite on a transigé.

— On a fait comme tu voulais, dit Jess, et elle éclata de rire. C'était une bonne idée de venir ici. Merci d'y avoir pensé.

Elle retourna vers le tapis blanc, s'y installa, s'appuyant contre le canapé.

— On a passé de très bons moments ici, dit-il, d'une voix pleine de nostalgie.

— Oui, c'est vrai. Je crois que c'est le mois de mai que je préférais, quand tout était en bourgeons et que je savais que j'avais tout l'été devant moi. Quand juin arrivait, je commençais déjà à m'inquiéter de ce que l'été serait bientôt fini et que l'hiver allait venir.

— Et moi j'ai toujours préféré l'hiver parce que je savais que même s'il faisait très froid dehors, je pouvais venir ici et faire du feu, préparer un pique-nique et être heureux bien au chaud. Qu'est-ce qu'on peut désirer de plus que d'être heureux et d'avoir chaud ?

— Ça a l'air si simple.

— Ça n'est pas difficile.

— Est-ce que tu amènes souvent Trish ici ?

— Pas souvent.

— Pourquoi ?

— Je ne sais pas exactement.

— Est-ce que tu l'aimes ?

— Je ne sais pas exactement, dit de nouveau Don. Et toi ?

— Je ne suis pas amoureuse d'elle, c'est certain.

Don sourit.

— Tu sais bien ce que je veux dire. Tu m'as vraiment surpris, ce matin.

— On n'aurait pas dit, se hâta de répondre Jess.

— Tu sais de quoi ça avait l'air ?

— C'était comme si on avait passé la nuit ensemble, je suppose.

— C'était pas le cas ?

— Eh bien, d'une certaine façon, sans doute que oui. Adam a bu un peu trop et s'est endormi sur mon canapé.

— Charmant.

— C'est vraiment quelqu'un de gentil.

— J'en suis sûr, sinon tu ne t'intéresserais pas à lui.

— Je ne suis pas sûre de m'intéresser à lui — Jess se demanda si elle se défendait trop ardemment.

— Tu le connais depuis combien de temps ?

— Pas très longtemps. Un mois, peut-être.

— Mais, apparemment, il se sent suffisamment à l'aise avec toi pour s'endormir sur ton canapé. Et, apparemment, tu te sens suffisamment à l'aise avec lui pour le laisser faire.

— Je n'avais pas le choix.

— Qu'est-ce qu'il fait ?

Jess percevait dans la voix de Don les efforts qu'il faisait pour avoir l'air décontracté.

— C'est un vendeur.

— Un vendeur ? — Il ne se donna pas la peine de cacher son étonnement. Qu'est-ce qu'il vend ?

— Des chaussures — Jess s'éclaircit la voix. Ne sois pas snob, Don, dit-elle vivement. Il n'y a rien de mal à vendre des chaussures. Mon père a commencé comme vendeur, souviens-toi.

— Adam Stohn a l'air un peu vieux pour débuter.

— Il aime ce qu'il fait.

— Au point de se soûler à fond et de tomber dans le coma ?

— Ça n'a aucun rapport.

— Et pourquoi, d'après toi, est-ce arrivé ?

— Objection. Ça réclame une conclusion.

— Objection rejetée. Le témoin doit répondre à la question.

— Je ne suis pas amoureuse.

— Le témoin peut se retirer, dit Don, et Jess courba la tête en signe de gratitude.

— Alors, comment ça se passe, en ce moment, dans le prestigieux cabinet d'avocats Rogers, Donaldson, Baker et Shaw ? demanda-t-elle, revoyant Adam Stohn tandis qu'il lui disait au revoir, le matin même, à la porte de chez elle.

— Ça va.

— Tu n'as pas l'air très enthousiaste.

— Ça a changé.

— Vraiment ? Comment ça ?

— Eh bien, au début, quand je suis arrivé, on n'était que dix, expliqua-t-il. A présent, on est plus de deux cents. C'est considérable, comme changement.

— Mais tu as toujours voulu que la société

s'étende, qu'elle devienne la plus grosse et la meilleure, lui rappela-t-elle.

— La meilleure, oui. Pas nécessairement la plus grosse.

— Alors plus gros ne veut pas obligatoirement dire meilleur ?

— Exactement. Masters et Johnson ne t'ont-ils pas appris ça ?

Elle éclata de rire.

— Tu savais qu'ils avaient divorcé ?

— Masters et Johnson ?

— C'est choquant, non ? dit Jess, se demandant comment ils en étaient arrivés à parler de sexe — elle regarda par la fenêtre et vit la neige tomber, épaisse et régulière. Et à part la taille, qu'est-ce qu'il y a d'autre qui ne te plaît pas dans ta société ?

— Tout est beaucoup plus centré sur l'argent qu'autrefois, ce qui, je suppose, est tout à fait naturel de nos jours, commença-t-il. Tout le monde se fiche de tout, sauf de gagner. Je trouve que la personnalité de la société a changé, au fil des années. Et pas en mieux.

Jess sourit. Ce qu'il disait, en fait, c'était que la société ne reflétait plus sa propre personnalité comme ça avait été le cas au début, quand ils n'étaient que dix et non deux cents.

— Alors, comment voudrais-tu changer les choses ?

Don baissa le menton ainsi qu'il le faisait chaque fois qu'il réfléchissait sérieusement à quelque chose.

— Je ne crois pas qu'on puisse les changer. La société est trop grosse. La seule façon de la changer serait, en fait, de la quitter.

— Tu es prêt à le faire ?

— J'y ai pensé.

— Pour faire quoi ?

— Tout recommencer, dit-il, la voix s'animant à cette idée. Prendre quelques-unes des meilleures gâchettes avec moi et en recruter quelques autres.

Créer une petite société dans un quartier résidentiel, tu sais, le genre de bureaux avec des murs de brique et des plantes suspendues à des plafonds à moulures. Deux secrétaires, deux toilettes, une petite cuisine au fond. Ça t'intéresse ?

— Quoi ?

— Je suis simplement en train d'avoir une idée très intéressante. Qu'est-ce que tu en penses, Jess ? Qu'est-ce que tu dis de Shaw & Koster ?

Jess rit, mais uniquement parce qu'elle ne savait pas quoi faire d'autre.

— Réfléchis-y — Don se leva et alla jusqu'à la fenêtre. On dirait bien qu'on ne va pas pouvoir repartir cet après-midi.

— Quoi ?

Jess fut aussitôt debout derrière lui.

— Il neige toujours autant. On dirait même que ça empire. Le vent s'est levé. Je n'aimerais pas être pris dans une tempête de neige sur la route.

— Mais il faut que je rentre.

— Je te ramènerai. Mais pas cet après-midi. Il se peut qu'on soit obligés d'attendre après le dîner — il se dirigea vers le coin-cuisine en pin et ouvrit le congélateur. Je peux décongeler deux steaks, déboucher une autre bouteille de vin et appeler la sécurité routière pour savoir quel est l'état des routes. Jess, ne te tracasse pas, lui dit-il. Même si ça doit empirer et qu'on ne puisse pas partir ce soir, je te ramènerai à temps pour ton procès demain matin, c'est promis. Même si je dois te ramener sur des raquettes. D'accord ? Est-ce que ça te rassure ?

— Pas vraiment.

— C'est bien toi.

Jess passa le reste de l'après-midi au téléphone. Le médecin légiste n'avait rien de nouveau. L'autopsie de Connie DeVuono n'était pas terminée et il faudrait attendre quelques jours avant de pouvoir interpréter tous les éléments.

Neil Strayhorn avait contacté Barbara Cohen et l'inspecteur Mansfield. Ils avaient réussi à trouver le nom de deux clubs de tir à l'arc aux alentours de Chicago, ainsi que quatre autres dans un rayon de cent cinquante kilomètres de la ville. La police était déjà en train de les interroger. Heureusement, tous les clubs étaient ouverts le dimanche, bien que deux d'entre eux aient dû fermer plus tôt à cause de la tempête et qu'il fût donc impossible de les joindre. La police avait laissé des messages sur leurs répondeurs, disant de rappeler le plus tôt possible le lendemain matin. Neil la joindrait dès qu'il aurait des nouvelles.

Jess repassa mentalement la liste des questions qu'elle avait préparées pour Terry Wales. Don avait vu juste, reconnut-elle en le regardant s'activer dans la cuisine à préparer le dîner. Elle était tout aussi prête que d'habitude. Elle n'avait pas besoin de ses notes. Déjà elle avait mémorisé les questions et leurs réponses prévisibles. La seule chose qu'il lui restât à faire était de se présenter à l'heure en salle d'audience.

— Je viens d'entendre à la radio que la neige devrait s'arrêter vers minuit, lui dit Don, en lui tendant un verre de vin rouge avant qu'elle ait pu faire une objection. On va passer la nuit ici, dormir et repartir vers six heures. Comme ça on sera en ville à sept heures et demie au plus tard, et tu auras tout le temps de te préparer pour le procès.

— Don, je ne peux pas.

— Jess, je ne crois pas qu'on ait le choix.

— Et si la neige ne s'arrête pas à minuit ? Et si on ne peut pas partir demain matin ?

— Alors Neil demandera un report, dit Don simplement. Jess, tu n'es pas responsable du temps.

— Et si on partait maintenant ?

— Dans ce cas, on passerait probablement la nuit dans une congère. Mais si c'est ça que tu veux, je suis prêt à prendre le risque.

Jess contempla le blizzard soufflant en tempête. Elle dut reconnaître qu'il serait stupide de vouloir aller quelque part par un temps pareil.

— On dîne dans combien de temps ?

— C'était l'inspecteur Mansfield, dit Jess en reposant le téléphone et en fixant d'un air absent le feu dans la cheminée. Aucun des quatre clubs de tir à l'arc qu'ils ont pu contacter n'a Terry Wales comme membre.

— Est-ce qu'ils ont montré sa photo ?

Jess hocha la tête.

— Personne ne le connaît.

— Il y a encore deux autres endroits, non ?

— Oui. Mais on ne peut pas les joindre avant demain matin.

— Alors, il n'y a rien d'autre à faire que de s'offrir une bonne nuit de sommeil.

Jess pensa soudain à Connie, à la façon dont elle avait été étranglée avec un fil de fer, et ne put s'empêcher de se sentir responsable de sa mort.

Don la serra dans ses bras quand ses yeux se remplirent de larmes qui se mirent à couler le long de ses joues. Il les chassa du bout des doigts, puis en y posant ses lèvres.

— Tout va bien, mon bébé, lui dit-il. Tout va bien. Tu verras. Tout ira bien.

Ses lèvres étaient douces, effleurant sa peau en suivant les larmes sur ses joues jusqu'au coin de sa bouche, puis entre ses lèvres, les recouvrant délicatement des siennes.

Jess ferma les yeux, se représentant Adam se penchant par-dessus la table pour l'embrasser, et elle se sentit réagir, sachant que sa réaction ne s'adressait pas à l'homme qu'il fallait, mais elle était incapable de s'arrêter.

Il y avait si longtemps, pensa-t-elle, déplaçant ses bras pour y envelopper Adam, même si c'étaient les mains de Don qui disparaissaient sous son pull rouge et tiraient sur la fermeture Éclair de son jean. C'étaient les caresses d'Adam qu'elle goûtait tandis que Don pesait de tout son poids sur elle, Adam dont les doigts et la bouche experts l'amenaient doucement jusqu'au plaisir avant même qu'il l'ait pénétrée.

« Je t'aime, Jess », entendit-elle Adam lui dire ; mais quand elle ouvrit les yeux, c'est Don qu'elle vit.

18

Le rêve avait débuté comme d'habitude, dans la salle d'attente du médecin ; celui-ci lui tendait un téléphone, en lui annonçant que sa mère était au bout du fil.

« Je joue dans un film, lui disait sa mère. Je veux que tu viennes me voir. Je laisserai des billets à la caisse. »

« J'y serai », lui avait assuré Jess, qui se retrouvait aussitôt devant le cinéma, réclamant ses billets à la caissière en train de mâcher un chewing-gum.

« Personne n'a laissé de billets pour vous, lui déclara la femme. Et c'est complet. »

« Vous cherchez un billet ? lui demandait Mme Gambala en lui en donnant un. Je ne peux pas y aller. Ma fille a avalé une tortue et elle est morte, si bien que j'ai un billet en trop. »

La salle était sombre et le film allait commencer. Jess repérait un fauteuil vide sur un côté et s'y asseyait. « J'ai découvert une boule dans mon sein », lui disait sa mère. Jess tournait la tête vers l'écran, mais un énorme pilier lui bouchait complètement la vue. Malgré tous ses efforts, elle ne voyait rien.

« C'est ma faute, murmurait-elle au juge Harris qui était assis à côté d'elle. Si j'étais allée chez le médecin avec elle cet après-midi-là comme promis, elle n'aurait pas disparu. »

L'instant d'après, elle se retrouvait dans la rue, s'apprêtant à gravir les marches du perron de la maison de ses parents, lorsqu'une voiture blanche s'arrêtait au coin et qu'un homme en sortait et se dirigeait vers elle, le visage dans l'ombre, les bras tendus en avant. Il était juste derrière elle tandis qu'elle se précipitait en haut de l'escalier et ouvrait brutalement la porte. Elle la refermait, cherchant frénétiquement le verrou, mais celui-ci était cassé. Elle sentait qu'on poussait sur la porte grillagée, que ses doigts lâchaient prise, que la Mort n'était qu'à quelques centimètres d'elle.

Jess s'assit dans un bond, le corps baigné de sueur, le souffle haletant.

Il lui fallut un moment pour réaliser où elle se trouvait. « Mon Dieu », grogna-t-elle en voyant Don paisiblement endormi à ses côtés sur le tapis blanc, les restes d'un feu somptueux vacillant faiblement dans la cheminée. « Mon Dieu », murmura-t-elle à nouveau en rejetant la couverture qu'il avait étalée sur eux. Elle rassembla ses vêtements, se demandant comment elle avait pu laisser se produire ce qui s'était passé entre Don et elle.

« Je t'aime », pouvait-elle encore l'entendre dire.

Je t'aime, moi aussi, voulait-elle lui dire à présent, mais elle ne le pouvait pas, parce qu'elle ne l'aimait pas, pas de la même façon que lui. Elle s'était servie de lui, des sentiments qu'il éprouvait pour elle, de son engagement profond à son égard, elle s'était servie de l'amour qu'il avait pour elle, de l'amour qu'il avait toujours eu pour elle. Et dans quelle intention ? Pour pouvoir se sentir mieux, l'espace de quelques minutes ? Pour se sentir moins seule ? Avoir moins peur ? Pour pouvoir le blesser à nouveau ? Le décevoir une fois de plus ? Comme elle avait toujours blessé et déçu tous ceux qui, un jour, l'avaient aimée.

Les mains tremblantes, elle enfila sa culotte et son soutien-gorge, frissonnant à présent, faisant des efforts pour respirer, comme si un gigantesque boa constrictor s'était enroulé autour d'elle et était en train de resserrer peu à peu ses anneaux. Elle bondit sur ses pieds et enfila son pull-over, tentant désespérément de se réchauffer.

Retombant sur le canapé derrière elle, elle mit ses genoux sous son menton et les serra entre ses bras, sentant une désagréable torpeur l'envahir. « Non », cria-t-elle faiblement, ne voulant pas réveiller Don, souhaitant égoïstement qu'il se réveille de lui-même et vienne la prendre dans ses bras pour chasser les démons.

Respire à fond, s'exhorta-t-elle, tandis que le serpent invisible resserrait son étreinte mortelle, lui ôtant tout espoir de pouvoir respirer. Elle contempla les yeux glacés du serpent, le vit ouvrir les mâchoires et sentit l'écrasement final de sa cage thoracique.

« Non », suffoqua-t-elle, luttant pour ne pas vomir, se battant contre son tortionnaire imaginaire. « Non ! »

Et c'est alors qu'elle vit le visage d'Adam et entendit sa voix. « Ne luttez pas contre ça, lui disait-il. La prochaine fois que vous aurez une de ces crises, abandonnez-vous à l'angoisse. Laissez-vous aller. »

Que voulait-il dire ?

« Quelle est la pire chose qui puisse arriver ? » avait-il demandé. « Que je vomisse », avait-elle répondu. « Et alors, vous vomirez. »

J'ai peur, pensa-t-elle.

« Je crois que ce dont vous avez peur, c'est de la mort. »

Aidez-moi. Je vous en prie, aidez-moi. « Laissez-vous entraîner par le courant, avait-il dit. Ne luttez pas contre lui. Laissez-vous aller. »

Le même conseil, réalisa Jess, que lui avait donné son professeur de self-défense. Lorsque vous vous trouvez face à un agresseur, ne luttez pas contre lui, laissez-vous entraîner par lui. Attaquez quand vous arrivez à sa portée.

« Laisse-toi aller, répéta-t-elle sans fin. Laisse-toi aller. Ne résiste pas. Laisse-toi aller. » Quelle est la pire chose qui puisse arriver ? Et alors, tu vomiras. Et alors, tu mourras.

Elle fut sur le point de rire.

Jess cessa de lutter, laissant la panique envahir son corps. Elle ferma les yeux, laissant le vertige la gagner et menacer de la jeter à terre. Elle se sentait prise d'étourdissements et de nausées, certaine de perdre conscience d'un instant à l'autre.

Mais elle ne perdit pas conscience. Elle ne mourut pas. Elle ne fut même pas sur le point de vomir, observa-t-elle avec un étonnement croissant, sentant un relâchement progressif dans sa poitrine tandis que le serpent géant s'éloignait petit à petit. Quelques minutes plus tard, l'engourdissement avait disparu et sa respiration avait repris un rythme normal. Elle allait bien. Elle n'était pas morte. Il ne lui était rien arrivé.

Elle resta quelques minutes sur le canapé sans bouger, savourant sa victoire. « C'est fini », murmura-t-elle, se sentant tout à coup heureuse et confiante, voulant réveiller Don pour lui annoncer la nouvelle.

Sauf qu'elle savait bien que ce n'était pas à Don qu'elle voulait le dire.

Elle se mit debout et fouilla délicatement sous la couverture pour rechercher ses chaussettes. Elle les trouva, les enfila et se glissa rapidement dans son jean. A la fenêtre, elle regarda la falaise à travers l'obscurité.

— Jess ? La voix de Don était remplie de sommeil.

— Il ne neige plus, annonça-t-elle.

— Tu t'es habillée ? Il se redressa sur un coude et tendit la main vers sa montre posée sur le tapis.

— J'avais froid.

— Je t'aurais réchauffée.

— Je sais, acquiesça-t-elle, une note de mélancolie perçant dans sa voix. Don...

— Tu n'es pas obligée de dire quoi que ce soit, Jess — il passa sa montre à son poignet et se massa la nuque. Je sais que tu n'as pas pour moi les mêmes sentiments que ceux que j'ai pour toi — il essaya de sourire et fut sur le point d'y parvenir. Si tu veux, on peut simplement faire comme s'il ne s'était rien passé hier soir.

— Te faire encore du mal est bien la dernière chose que je souhaitais.

— Tu ne m'as pas fait de mal. Honnêtement, Jess. Je suis un grand garçon. Je peux assumer cette soirée, si toi tu le peux — il marqua un temps d'arrêt et regarda l'heure. Il n'est que quatre heures. Tu devrais essayer de dormir encore quelques heures.

— Je ne pourrai pas dormir.

— Tu veux que je te fasse une tasse de café ?

— Je pourrais t'en faire chez moi.

— Tu veux dire que tu veux partir maintenant ?

— Ça t'ennuierait vraiment ?

— Quelle importance ?

Jess s'agenouilla sur le tapis près de son ex-mari et lui caressa doucement la joue, sentant la barbe matinale sous sa main.

— Je t'aime vraiment.

— Je sais, dit-il en posant sa main sur celle de Jess. J'attends simplement que tu t'en aperçoives.

Il était près de sept heures du matin quand ils arrivèrent dans la ville. La route avait été longue et difficile. A deux reprises, ils avaient glissé sur une invisible plaque de verglas et avaient failli tomber dans le fossé. Mais Don ne s'était pas affolé. Il avait serré un peu plus le volant et avait résolument continué, même si Jess avait plusieurs fois pensé qu'elle aurait aussi vite fait de rentrer à Chicago à pied.

A peine arrivée chez elle, elle se précipita sur le téléphone.

— Toujours rien ? demanda-t-elle à Neil en guise de bonjour.

— Jess, il est sept heures du matin, lui rappela-t-il. Les clubs n'ouvrent pas avant dix heures.

Jess reposa le téléphone et regarda Don débarrasser les restes du petit déjeuner qu'Adam avait préparé la veille. Était-ce vraiment seulement hier ? s'interrogea Jess, ayant l'impression qu'il y avait en fait beaucoup plus longtemps.

— Ne te sens pas obligé de faire ça, dit-elle en prenant des mains de Don l'assiette qu'il était en train de laver dans la cuisine.

— Mais si. Il n'y a plus de vaisselle propre ici.

— Il y a déjà du café, répliqua Jess en agitant la cafetière. Je peux juste le faire réchauffer au micro-ondes.

Don prit la cafetière des mains de Jess et en vida le contenu dans l'évier.

— Toi et ton micro-ondes ! dit-il. Maintenant, sors d'ici. C'est moi qui vais faire du café. Et toi, tu vas prendre une douche.

Traversant le salon, Jess aperçut près de la porte d'entrée les bottes en vinyle noir qu'elle avait achetées à Adam. C'était assurément un investissement valable, pensa-t-elle en les voyant, la neige dégoulinant sur le plancher. Aucune trace de sel. Aucune auréole d'eau. Satisfaite ou remboursée.

Elle songea à Adam et se demanda ce qu'il était en train de faire, où il était allé après être parti de chez elle. Ce qu'il avait pensé des événements cahotiques de la matinée. Ce qu'il dirait s'il était au courant pour la soirée de la veille.

Jess secoua la tête et pénétra dans sa chambre, s'efforçant de se libérer de réflexions aussi troublantes. Elle avait commencé la journée en étant sur le point de faire l'amour avec un homme, et l'avait achevée en faisant l'amour avec un autre. L'un était à peu près un étranger, un homme dont elle ne savait quasiment rien, et l'autre était son ex-mari, dont elle savait quasiment tout. L'un était là à présent, toujours là quand elle avait besoin de lui, et l'autre apparaissait quand il en avait envie.

Était-ce cela qu'elle trouvait aussi attirant chez Adam Stohn ? se demanda-t-elle. Le fait qu'elle ne savait jamais, d'une fois sur l'autre, ni quand, ni même si elle le reverrait ?

La chambre était telle qu'elle l'avait laissée, le lit défait. Jess détestait les lits défaits, tout comme elle détestait tout ce qui n'était pas terminé. Elle entreprit de le faire rapidement. Puis elle alla dans la salle de bains et fit couler la douche, ôtant son pull et son jean qu'elle rangea soigneusement dans le placard ; elle choisit un tailleur gris et un chemisier rose pour aller au tribunal, et les posa délicatement sur le dossier du fauteuil blanc.

Dans le premier tiroir de sa commode elle prit une paire de collants ainsi qu'un soutien-gorge et une culotte en dentelle rose qu'elle posa sur son tailleur, s'apprêtant à mettre de côté les sous-vêtements qu'elle avait sur elle, quand elle remarqua une déchirure à l'entrejambe de la culotte de dentelle rose. « Super. Qu'est-ce qui s'est passé ? » se demanda-t-elle en examinant les dégâts.

Elle lança la culotte dans la corbeille à papiers et en prit une autre dans son tiroir, y jetant un rapide coup d'œil ; son regard se fixa sur la déchirure irrégulière à l'entrejambe. « Nom de Dieu, qu'est-ce qui se passe ici ? » Dans une panique croissante, Jess examina tous ses sous-vêtements et découvrit que toutes ses culottes avaient été tailladées de la même façon. « Nom de Dieu ! Nom de Dieu ! »

— Jess ? appela Don de la pièce voisine. Qu'est-ce que tu marmonnes ?

— Don ! cria-t-elle, incapable de dire autre chose. Don ! Don !

Il fut aussitôt près d'elle.

— Qu'est-ce qu'il y a ? Qu'est-ce qui se passe ?

Sans un mot, elle lui tendit ses sous-vêtements déchirés.

— Je ne comprends pas.

— Elles sont déchirées ! Elles sont toutes déchirées !

Elle froissait dans ses mains tremblantes le tissu délicat des culottes.

Il eut l'air aussi troublé que Jess.

— Toutes mes culottes sont déchirées, dit-elle, retrouvant enfin la parole. Toutes sans exception. Regarde. C'est comme si elles avaient été tailladées avec un couteau.

— Jess, c'est complètement fou. Elles ont dû se déchirer dans la machine à laver.

— Je les lave à la main, répliqua Jess, perdant patience. Rick Ferguson est venu ici, Don. C'est Rick Ferguson qui a fait ça. Il est venu ici. Il a fouillé dans mes affaires.

Ce fut au tour de Don de perdre patience.

— Jess, je peux comprendre que tu sois bouleversée, mais tu ne crois pas que tu vas un peu vite en faisant ce genre de suppositions ?

— Qui d'autre aurait pu faire ça, Don ? Qui d'autre ? C'est forcément Rick Ferguson. Qui d'autre aurait pu entrer ici aussi facilement que s'il avait eu une clé ?

Elle s'interrompit brusquement. Adam lui avait emprunté sa clé, pensa-t-elle. Il l'avait prise quand il était sorti faire des courses pendant qu'elle dormait. Avait-il fait faire une autre clé ? S'en était-il servi pour revenir chez elle pendant qu'elle était partie ?

— C'est forcément Rick Ferguson, poursuivit Jess, repoussant instantanément des pensées aussi déplaisantes. Il est entré par effraction dans l'appartement de Connie sans aucun problème. Et maintenant, c'est dans le mien.

— On ne sait pas qui est entré par effraction chez Connie, lui rappela Don.

— Comment peux-tu continuer à le défendre ? demanda Jess.
— Je ne le défends pas. Je suis seulement en train d'essayer de te ramener à la raison.
— Il a travaillé chez un serrurier !
— Un petit boulot d'été. Et quand il était adolescent, nom d'un chien.
— Ça explique pourquoi il est capable de pénétrer dans les appartements sans signe apparent d'effraction.
— Ça n'explique rien du tout, Jess, insista Don. N'importe qui pourrait entrer facilement dans cet appartement.
— De quoi est-ce que tu parles ?
Il la mena à la porte d'entrée.
— Regarde cette serrure. Elle ne sert à rien. Je pourrais l'ouvrir moi-même avec ma carte de crédit. Pourquoi est-ce que tu ne fais pas mettre un verrou de sûreté, pour l'amour du ciel ? Ou une chaîne ?
Adam ne lui avait-il pas demandé à peu près la même chose ? « Pourquoi est-ce que vous ne faites pas poser un œilleton dans la porte ? Ou une chaîne ? » avait-il dit tandis qu'elle se tenait devant lui, son arme à la main.
Son arme ! pensa Jess, et elle bouscula Don pour se précipiter dans sa chambre. Celui qui était entré chez elle et avait tailladé ses sous-vêtements avait-il aussi volé son revolver ?
— Jess, nom de Dieu, qu'est-ce que tu fais, maintenant ? cria Don derrière elle.
Ce foutu revolver, pensa-t-elle en tirant les couvertures de son lit. Avait-il volé son revolver ? Le revolver se trouvait exactement là où elle l'avait laissé. Elle le retira de dessous le matelas avec un grand soupir de soulagement.
— Bon sang, Jess ! Il est chargé ? Tu dors avec un revolver chargé sous ton matelas ? Tu veux te tuer ? Et si tu fais un mouvement intempestif et que ce foutu truc parte ? Tu es dingue ?

— Je t'en prie, arrête de crier après moi, Don. Ça n'avance à rien.

— Qu'est-ce que tu peux bien faire avec un revolver chargé sous ton matelas pendant que tu dors ?

— D'habitude il était dans le tiroir.

Elle montra la table de nuit d'un hochement de tête.

— Pourquoi ?

— Pourquoi ? C'est toi qui m'as donné ce fichu machin. C'est toi qui as insisté pour que je l'aie.

— Et c'est toi qui as insisté sur le fait que tu ne t'en servirais jamais. Tu veux bien écarter ce truc avant d'avoir tiré sur quelqu'un !

Jess posa doucement l'arme dans le tiroir de sa table de nuit.

— J'ai reçu des menaces, lui rappela-t-elle en fermant le tiroir. Ma voiture a été saccagée et détruite. J'ai reçu des lettres bizarres...

— Des lettres ? Quel genre de lettres ?

— Eh bien, juste une lettre, précisa-t-elle. Imbibée d'urine et pleine de poils de pubis.

— Nom de Dieu, Jess. Quand était-ce ? Tu as appelé la police ?

— Bien sûr, que je l'ai appelée. Ils ne peuvent rien faire. Il n'y a aucun moyen de savoir qui a envoyé cette lettre. De même qu'on ne pourra pas découvrir qui a déchiré mes culottes, ni qui est entré dans mon appartement. De même qu'on n'a pas pu savoir qui était entré dans l'appartement de Connie, ni qui avait tué et mutilé la tortue de son fils.

— Jess, personne ne sait s'il y a un rapport entre les effractions chez Connie et chez toi. On ne sait même pas s'il y a vraiment eu effraction ici, dit-il.

— Qu'est-ce que ça veut dire ? demanda Jess, gonflée de colère, pouvant à peine parler.

— Et qui est cet Adam Stohn, au fait ?

— Quoi ?

Était-il capable de pénétrer dans son cerveau pour y lire ses plus secrètes pensées ? Ne me raconte pas de secrets, je ne te raconterai pas de mensonges, pensa-t-elle.

— Adam Stohn, répéta Don. L'homme qui s'est évanoui sur ton canapé, samedi soir. L'homme qui était en train de préparer ton petit déjeuner, dimanche matin, qui aurait pu facilement fouiller dans tes affaires pendant que tu dormais, et qui s'est peut-être amusé avec un de tes couteaux de cuisine.

— C'est ridicule, protesta Jess, essayant d'oublier qu'il avait aussi fouillé dans son sac et emprunté sa clé.

— C'est lui la mauvaise carte, dans cette histoire. Jess, qui est cet homme ?

— Je te l'ai déjà dit. C'est un type que j'ai rencontré, un vendeur.

— Un vendeur de chaussures, oui, je sais. Qui te l'a présenté ?

— Personne, reconnut Jess. Je l'ai rencontré dans la boutique de chaussures.

— Tu l'as rencontré dans la boutique ? Tu veux dire que tu l'as dragué en achetant des chaussures ?

— C'est légal, Don. Je n'ai rien fait de mal.

— Rien de mal, peut-être. Mais certainement quelque chose de stupide.

— Je ne suis pas une gamine, Don.

— Alors, arrête d'agir comme si tu en étais une.

— Merci. C'est tout ce que je voulais savoir ce matin. Un cours sur la drague, donné par mon ex-mari.

— Je ne te fais pas un cours, merde ! Je veux simplement te protéger !

— C'est pas ton boulot ! lui rappela-t-elle. Ton boulot, c'est de défendre des types comme Rick Ferguson. Tu te souviens ?

Don s'effondra sur le lit.

— Ça ne nous avance à rien.

— Accordé.

Jess s'assit sur le lit à son côté. Le sol était jonché de sous-vêtements.

— Qu'est-ce qu'il fait chaud, ici. Bon sang, la douche.

Elle se précipita dans la salle de bains remplie de vapeur, pour fermer les robinets. Puis elle revint dans la chambre, le visage dégoulinant de sueur, les cheveux mouillés lui tombant dans les yeux, l'air abattu.

— Je ne peux pas aller au tribunal comme ça ! murmura-t-elle, au bord des larmes.

— Il n'est pas encore sept heures et demie, lui dit Don avec douceur, tu as tout ton temps. Maintenant, commençons par le commencement. La première chose à faire est d'appeler la police.

— Don, je n'ai pas le temps maintenant.

— Tu peux leur expliquer par téléphone ce qui s'est passé. Si ça leur paraît nécessaire, ils viendront plus tard pour relever les empreintes.

— Ça ne servira à rien.

— Non, en effet. Mais il faut que tu signales l'incident de toute façon. Tu le sais bien. Il faut qu'il y ait un dossier d'établi, y compris avec tes soupçons concernant Rick Ferguson.

— Que tu ne partages pas.

— Que je partage.

— Vraiment ?

— Évidemment. Je ne suis pas complètement idiot, même quand ça te concerne. Mais les soupçons sont une chose, et les suppositions une autre. La seconde chose que je veux que tu fasses, poursuivit-il, c'est que tu prennes une douche et que tu t'habilles. Oublie les sous-vêtements pour le moment. Je vais appeler ma secrétaire et lui demander de te déposer quelque chose avant que tu ailles au tribunal.

— Tu n'es pas obligé de faire ça.

— Dès que tu seras habillée, je veux que tu fasses ta valise. Tu vas t'installer chez moi jusqu'à ce que tout ça soit éclairci.

— Don, je ne peux pas m'installer chez toi.

— Et pourquoi pas ?

— Parce que c'est ici que j'habite, toutes mes affaires sont ici. Il y a Fred. Je ne peux pas, c'est tout.

— Apporte des affaires. Amène Fred. Amène ce que tu veux, qui tu veux. Chambre à part, lui dit-il. Je ne t'approcherai pas, Jess, si c'est ça que tu veux. Je veux simplement que tu sois en sécurité.

— Je sais bien. Et je t'aime pour ça. Mais je ne peux tout simplement pas.

— D'accord. Je voudrais au moins que tu fasses changer cette serrure, lui dit-il, reconnaissant qu'il n'y avait rien à gagner à continuer cette discussion. Je veux que tu fasses installer un verrou de sûreté et une chaîne.

— Bien.

— Je m'occuperai de ça ce matin.

— Don, tu n'es pas obligé de t'occuper de tout. Je peux le faire.

— Vraiment ? Quand ça ? Quand tu seras au tribunal ? en train d'interroger Terry Wales ?

— Plus tard. Quand je rentrerai chez moi.

— Non, pas plus tard. Ce matin. Je vais faire venir ma secrétaire, elle restera avec le serrurier.

— C'est la même secrétaire qui m'apportera mes petites culottes ?

— Les choses tournent un peu au ralenti, en ce moment, au bureau.

— Apparemment.

— Et enfin, poursuivit-il, je veux que tu envisages de prendre un garde du corps.

— Un quoi ? Pour qui ?

— Pour le Père Noël. Pour qui, d'après toi, Jess ? Pour toi !

— Je n'ai pas besoin de garde du corps.

— Il y a quelqu'un qui vient d'entrer par effraction dans ton appartement et qui a tailladé tes sous-vêtements ; c'est probablement la même personne qui a détruit ta voiture et t'a envoyé une lettre pleine d'urine. Et tu ne penses pas avoir besoin de protection ?

— Je ne peux pas être surveillée vingt-quatre heures sur vingt-quatre indéfiniment. Qu'est-ce que c'est que cette vie ?

— Bon, d'accord, alors je vais engager un détective pour tenir Rick Ferguson à l'œil.

— Quoi ? Attends une minute, je ne te suis pas bien. Tu as le droit de faire ça ? Ça rentre dans l'éthique ? Engager un détective pour espionner ton propre client ?

— J'ai failli en engager un après le saccage de ta voiture. J'aurais dû le faire, merde, tout ça ne serait peut-être pas arrivé. En tout cas, s'il est innocent, il n'a pas de souci à se faire.

— C'est bien mon avis.

— Jess, je t'aime. Je ne veux pas prendre de risque avec ce qui peut t'arriver.

— Mais ça va coûter cher, d'engager un détective ? interrogea-t-elle, éloignant la conversation d'un sujet trop personnel.

— Considère que c'est mon cadeau de Noël. Tu veux bien faire ça pour moi ?

Jess s'étonna de la façon dont il réussissait à présenter les choses comme si c'était elle qui lui faisait une faveur en acceptant son offre.

— Merci.

— Je vais te dire une chose, lui déclara-t-il d'un ton solennel. Si c'est bien Rick Ferguson qui te harcèle, alors, client ou pas, je descendrai ce salaud moi-même.

19

— Veuillez décliner vos nom et prénoms devant le jury.

— Terrence Matthew Wales.

Jess s'approcha de la barre des témoins, les yeux rivés sur l'accusé. Terry Wales lui rendit son regard sans détourner les yeux, avec même une nuance de respect. Il avait croisé les mains sur ses genoux et se tenait légèrement penché en avant, comme s'il ne voulait pas manquer un mot de ce qu'elle allait dire. Dans son costume gris, qui faisait curieusement pendant au tailleur de Jess, il donnait l'impression d'un homme ayant passé toute sa vie à s'efforcer de bien agir, d'un homme tout aussi désolé et surpris que n'importe qui d'autre devant la façon dont avaient tourné les choses.

— Vous habitez au 2427 Kinzie Street à Chicago ?

— Oui.

— Et cela depuis six ans ?

— C'est exact.

— Et auparavant vous habitiez 16 Vernon Park Place ?

Il hocha la tête.

— Je pense que le sténographe de la Cour exige une réponse par oui ou par non, monsieur Wales.

— Oui, dit-il vivement.

— Pourquoi avez-vous déménagé ?

— Je vous demande pardon ?

— Pourquoi avez-vous déménagé ? répéta Jess.

Terry Wales haussa les épaules.

— Pourquoi est-ce qu'on déménage ?

Jess sourit, se gardant de hausser le ton.

— Cela ne m'intéresse pas de savoir pourquoi les autres gens déménagent, monsieur Wales. Ce qui m'intéresse, c'est de savoir pourquoi vous, vous avez déménagé.

— Il nous fallait une maison plus grande.

— Vous aviez besoin de plus d'espace ? De plus de chambres ?

Terry Wales toussa dans sa main.

— Quand on s'est installés dans la maison de Vernon Park Place, on n'avait qu'un enfant. Quand on est allés Kinzie Street, on en avait deux.

— Oui, vous avez déjà déclaré que votre femme était pressée d'avoir des enfants. Dites-moi, monsieur Wales, combien y avait-il de chambres à coucher dans la maison de Vernon Park Place ?

— Trois.

— Et dans la maison de Kinzie Street ?

— Trois, dit-il brièvement.

— Excusez-moi, vous avez dit trois ?

— Oui.

— Oh ! Le même nombre de chambres. Alors je suppose que c'était la maison dans son ensemble qui était plus grande.

— Oui.

— Elle avait un quart de mètre carré de plus, lui dit Jess d'un ton neutre.

— Quoi ?

— La maison de Kinzie Street faisait 0,25 mètre carré de plus que celle de Vernon Park Place. A peu près ceci, expliqua-t-elle, en décrivant devant le jury un carré de 50 centimètres de côté.

— Objection, Votre Honneur, clama Hal Bristol depuis son siège à la table de la défense. Quel est le rapport ?

— J'y arrive, Votre Honneur.

— Arrivez-y vite, conseilla le juge Harris.

— N'est-il pas vrai, monsieur Wales, que vous ayez en fait quitté votre maison de Vernon Park Place en raison de plaintes répétées, déposées par vos voisins auprès de la police, à cause de votre conduite ? demanda vivement Jess, sentant monter en flèche son taux d'adrénaline.

— Non, c'est pas vrai.

— N'est-il pas vrai que les voisins vous aient

signalé à la police en plusieurs occasions, parce qu'ils craignaient pour la sécurité de votre femme ?

— Il y avait un voisin qui appelait la police chaque fois que je mettais de la musique un peu trop fort.

— Ce qui se passait justement chaque fois que vous battiez votre femme, déclara Jess en regardant le jury.

— Objection ! Hal Bristol s'était dressé.

— Objection retenue.

— La police a été appelée chez vous à Vernon Park Place, le 3 août 1984 au soir, commença Jess en consultant ses notes, bien qu'elle connût les dates par cœur, le 7 septembre 1984 au soir, puis à nouveau le 22 novembre 1984 et le 4 janvier 1985 au soir. Est-ce exact ?

— Je ne me souviens pas des dates précises.

— Tout est consigné dans le dossier, monsieur Wales. Contestez-vous ces informations ?

Il secoua la tête, puis répondit en regardant le sténographe de la Cour :

— Non.

— A chacune de ces occasions où la police a été appelée, votre femme a montré des traces de coups évidentes. Il a même fallu l'hospitaliser une fois.

— J'ai déjà déclaré que nos bagarres allaient souvent trop loin et que je n'en étais pas fier.

Jess se dirigea vers la table de l'accusation, échangea un rapport de police contre un autre.

— Ce rapport déclare que le soir du 4 janvier 1985, le soir où votre femme, Nina Wales, a été hospitalisée, celle-ci avait des contusions sur quarante pour cent du corps ainsi qu'une hémorragie interne, qu'elle avait le nez et deux côtes cassés, et des hématomes aux deux yeux. Quant à vous, vous aviez plusieurs marques de griffures sur le visage et un gros bleu au tibia. Ça n'a pas l'air d'avoir été un combat très égal, monsieur Wales.

— Objection, Votre Honneur. Y a-t-il une question ?

— N'est-il pas vrai que votre femme venait de donner naissance à votre deuxième enfant ?

— Oui.

— Une petite fille ?

— Oui, Rebecca.

— Quel âge avait-elle, le 4 janvier 1985 ?

Terry Wales hésita.

— Vous vous souvenez certainement de la date de naissance de votre fille, monsieur Wales, poursuivit doucement Jess.

— Elle est née le 2 décembre.

— Le 2 décembre 1984 ? Juste quatre semaines avant la bagarre qui a envoyé votre femme à l'hôpital ?

— C'est exact.

— Alors, cela voudrait dire que toutes les autres agressions...

— Objection !

— Que tous les autres *incidents*, rectifia Jess, ceux du 3 août 1984, du 7 septembre 1984, du 22 novembre 1984, tous ceux-là se sont produits alors que votre femme était enceinte. Est-ce exact ?

Terry Wales laissa tomber son menton sur sa poitrine.

— Oui, murmura-t-il. Mais vous présentez les choses d'une façon trop partiale.

— Oh, je le sais bien, monsieur Wales, lui dit Jess. Qui d'entre nous pourrait oublier ce bleu sur votre tibia ?

Hal Bristol fut à nouveau debout, levant les yeux au plafond.

— Objection, Votre Honneur.

— Rejetée, dit Jess en prenant encore un autre rapport de police que lui tendait Neil Strayhorn, puis en revenant vers la barre des témoins. Sautons quelques années, jusqu'à cette nuit du 25 février 1988 où vous envoyez à nouveau votre femme à l'hôpital, n'est-ce pas ?

— Ma femme était sortie et avait laissé les enfants

tout seuls. Quand elle est rentrée, il m'a paru évident qu'elle avait bu. Quelque chose en moi a craqué.

— Non, monsieur Wales, c'est quelque chose en votre femme qui a craqué, rectifia immédiatement Jess. Notamment son poignet droit.

— Elle avait laissé les gosses tout seuls. Dieu sait ce qui aurait pu leur arriver.

— Y a-t-il des témoins du fait qu'elle avait laissé les enfants seuls, monsieur Wales ? interrogea Jess.

— Je suis rentré à la maison et les ai trouvés là.

— Y avait-il quelqu'un avec vous ?

— Non.

— Nous n'avons donc que votre parole quant au fait que votre femme était sortie en laissant les enfants tout seuls ?

— Oui.

— Eh bien, je ne vois pas pourquoi nous ne vous croirions pas, déclara Jess en se préparant pour l'objection qui ne manquerait pas de tomber.

— Maître Koster, la mit en garde le juge Harris, pouvons-nous, je vous en prie, nous dispenser du sarcasme ?

— Je suis désolée, Votre Honneur, dit Jess en lissant sa jupe, ce qui lui rappela tout à coup les sous-vêtements neufs que la secrétaire de Don lui avait apportés juste avant le début de l'audience.

Les événements de la matinée et de la veille se pressèrent dans son esprit. La découverte du corps de Connie, l'effraction de son appartement, la destruction de ses sous-vêtements, tout cela tournoyait dans son cerveau, nourrissant sa colère, propulsant les mots hors de sa bouche.

— Et qu'en est-il des soirées du 17 octobre 1990, du 14 mars 1991, du 10 novembre 1991, du 12 janvier 1992 ?

— Objection, Votre Honneur, dit Hal Bristol. Le témoin a déjà reconnu sa participation à ces disputes conjugales.

— Objection rejetée. Le témoin doit répondre à la question.

— La police a été appelée chez vous à chacune de ces occasions, monsieur Wales, lui rappela Jess. Vous en souvenez-vous ?

— Je ne me souviens pas des dates précises.

— Et votre femme a échoué à l'hôpital, à deux reprises.

— Je crois qu'on a tous les deux échoué à l'hôpital.

— Oui, je constate que dans la nuit du 10 novembre 1991 on vous a soigné à St. Luke pour un saignement de nez et qu'on vous a laissé partir. Votre femme, quant à elle, est restée jusqu'au matin. Je suppose qu'elle avait tout simplement besoin d'une bonne nuit de sommeil.

— Maître Koster..., lança le juge Harris en guise d'avertissement.

— Désolée, Votre Honneur. A présent, monsieur Wales, vous avez dit au jury que la raison de la plupart de ces bagarres était que l'on vous provoquait.

— C'est exact.

— Il n'en faut pas beaucoup pour vous provoquer, n'est-ce pas, monsieur Wales ?

— Objection.

— Je vais reformuler cela, Votre Honneur. Diriez-vous que vous vous emportez facilement, monsieur Wales ?

— Ces dernières années ont été très difficiles pour le commerce de détail. On a perdu beaucoup. Il m'est arrivé de ne pas pouvoir me contrôler.

— Souvent, dirait-on. Y compris bien longtemps avant que nous n'entrions dans cette période de crise économique. Je veux dire, 1984 et 1985 ont été de très bonnes années en termes de business, n'est-ce pas ?

— En termes de business, oui.

— Je constate que vous avez fait des records en

matière de commissions pendant ces années-là, monsieur Wales, déclara Jess, échangeant à nouveau un document pour un autre.

— J'ai beaucoup travaillé.

— Je n'en doute pas. Et vous avez été largement récompensé. Et cependant, les rapports de police montrent que vous battiez votre femme. Il semblerait donc que votre caractère emporté n'ait vraiment rien à voir avec la façon dont vous réussissiez dans votre travail. N'êtes-vous pas d'accord sur ce point ?

Terry Wales mit plusieurs secondes avant de répondre.

— Peu importe mes succès, ça n'était jamais assez pour Nina. Elle se plaignait toujours que je ne gagnais pas assez d'argent, même avant le début de la récession. Ces dernières années ont été un enfer.

— Votre revenu a sérieusement baissé ?

— Oui.

— Et votre femme n'acceptait pas qu'il y ait moins d'argent ?

— Absolument.

— Je vois. Dans quelle mesure exactement votre baisse de revenu a-t-elle affecté l'économie domestique, monsieur Wales ?

— Eh bien, de la même façon que tout le monde a été affecté, je suppose, répondit prudemment Terry Wales, lançant un coup d'œil à son avocat. On a dû réduire nos dépenses de loisirs, de sorties au restaurant, d'habillement. Des trucs comme ça.

— Des trucs qui affectaient votre femme, déclara Jess.

— Qui nous affectaient tous.

— De quelle façon cela vous affectait-il, monsieur Wales ?

— Je ne comprends pas.

— Objection. Le témoin a déjà répondu à la question.

— Arrivez-en au fait, Maître Koster, avertit le juge Harris.

— Vous étiez l'unique soutien de votre famille, n'est-ce pas ? Je veux dire, vous vous êtes appliqué à nous faire savoir, précédemment, que c'était votre femme qui avait insisté pour abandonner son emploi.

— Elle voulait rester à la maison avec les enfants. J'ai respecté cette décision.

— Ainsi, le seul argent dont Nina Wales pouvait disposer était celui que vous lui donniez.

— Pour autant que je sache.

— Combien lui donniez-vous par semaine, monsieur Wales ?

— Autant qu'elle en avait besoin.

— Ce qui fait à peu près combien ?

— Je ne sais pas exactement. Assez pour les courses et autres dépenses de base.

— Cinquante dollars ? Cent ? Deux cents ?

— Plutôt cent.

— Cent dollars par semaine pour les courses et autres dépenses de base pour une famille de quatre personnes. Votre femme devait être une consommatrice très avisée.

— On n'avait pas le choix. Il n'y avait pas d'argent de trop.

— Vous faites partie du club de golf Eden Rock, n'est-ce pas, monsieur Wales ?

Il y eut une légère pause.

— Oui, dit-il.

— A combien se monte la cotisation annuelle ?

— Je ne sais pas exactement.

— Voulez-vous que je vous le dise ?

— Je crois que c'est un peu plus de mille dollars, répondit-il rapidement.

— Onze cent cinquante dollars, pour être précis. Avez-vous abandonné cette activité ?

— Non.

— Et le club de tir d'Elmwood ? Vous en êtes membre également, n'est-ce pas ?

— Oui.

— A combien se monte la cotisation annuelle ?

— Environ cinq cents dollars.

— Avez-vous abandonné cette activité ?

— Non. Mais ça m'avait coûté très cher pour entrer dans ces clubs, la première fois. Ça m'aurait obligé à perdre mon investissement initial.

— Ça vous aurait obligé à économiser plus de mille cinq cents dollars par an.

— Écoutez, je sais que c'est égoïste, mais je travaillais très dur ; j'avais besoin de quelques distractions...

— Appartenez-vous à d'autres clubs, monsieur Wales ? demanda Jess, retenant son souffle. Elle attendait toujours l'arrivée du rapport de police.

— Non, répondit-il aussitôt.

— Vous n'appartenez à aucun autre club de sport ?

Jess chercha une hésitation dans les yeux de Terry Wales, mais elle n'en vit aucune.

— Non, dit-il clairement.

Jess hocha la tête en regardant vers le fond de la salle d'audience. Où était Barbara Cohen ? Elle avait sûrement déjà dû avoir des nouvelles de la police, à présent.

— Revenons à la nuit du 20 juillet 1992, déclara Jess, la dernière fois où la police a été appelée chez vous, pour une dispute conjugale — elle attendit quelques secondes pour laisser aux jurés le temps de s'adapter à son changement de sujet. Vous avez déclaré que c'était la nuit où votre femme vous avait, pour la première fois, annoncé qu'elle avait un amant.

— C'est exact.

— Comment cela s'est-il produit exactement ?

— Je ne comprends pas.

— A quel moment vous l'a-t-elle dit ? Pendant le dîner ? Quand vous étiez en train de regarder la télévision ? Quand vous étiez au lit ?

— C'était après qu'on s'est couchés.

— Continuez, je vous en prie, monsieur Wales.

— On venait juste de faire l'amour. Je m'apprêtais à la prendre dans mes bras — sa voix se brisa. Je voulais juste la tenir contre moi. Je... je sais que je n'étais pas toujours le meilleur des maris, mais je l'aimais, je l'aimais vraiment, et je voulais que tout aille bien entre nous. — Ses yeux se remplirent de larmes. — Bref, j'ai tendu les bras vers elle, mais elle s'est écartée. Je lui ai dit que je l'aimais, et elle s'est mise à rire. Elle m'a dit que je ne savais pas ce que signifiait l'amour. Que je ne savais pas faire l'amour. Que j'étais un rigolo. Que je n'avais aucune idée de comment satisfaire une femme, de comment la satisfaire, elle. Et ensuite elle m'a dit que ça n'avait pas d'importance, parce qu'elle avait trouvé quelqu'un qui savait vraiment comment la satisfaire. Qu'elle avait un amant, quelqu'un qu'elle voyait depuis des mois. Que lui, c'était un homme, un vrai, un homme qui savait comment satisfaire une femme. Que peut-être un soir elle me laisserait les regarder pour que je puisse apprendre une ou deux choses. — A nouveau, sa voix se brisa. — C'est à ce moment-là que j'ai perdu les pédales.

— Et vous l'avez battue.

— Et je l'ai frappée, précisa Terry Wales. Et elle s'est mise à me cogner, à me griffer, à me dire et me redire quel minable j'étais.

— Et vous l'avez frappée, encore et encore, dit Jess.

— Je ne suis pas fier de moi.

— Vous l'avez déjà dit. Dites-moi, monsieur Wales, comment s'appelait l'amant de votre femme ?

— Je ne sais pas. Elle ne me l'a pas dit.

— Comment gagnait-il sa vie ?

— Je ne sais pas.

— Savez-vous quel âge il avait, s'il était grand ? S'il était marié ou non ?

— Non.

— Aviez-vous des soupçons ? Un ami, peut-être ?

— Je ne sais pas qui était son amant. C'est pas le genre de chose qu'elle m'aurait confié.

— Et pourtant, elle vous a bien dit qu'elle avait un amant. Chose intéressante à confier à un mari souvent abusif, ne croyez-vous pas ?

— Objection, Votre Honneur.

— Objection retenue.

— Quelqu'un d'autre a-t-il entendu votre femme avouer qu'elle avait un amant ?

— Bien sûr que non. On était au lit.

— A-t-elle jamais parlé de lui quand vous aviez de la compagnie ?

— Non. Seulement quand on était seuls.

— Et puisque ses amis ont déjà témoigné qu'elle ne leur avait jamais confié une telle information, poursuivit Jess, il semble que nous ne disposions, à nouveau, que de votre parole.

Terry Wales ne dit rien.

— Ainsi, votre femme vous a dit qu'elle avait un amant ; vous l'avez battue jusqu'au sang, et les voisins ont appelé la police, résuma Jess, sentant Hal Bristol objecter avant même qu'il en ait prononcé le mot. Votre femme a bien échoué à l'hôpital ce soir-là, n'est-ce pas ? dit Jess en reformulant sa question.

— Oui.

— Combien de temps après cela votre femme vous a-t-elle dit qu'elle vous quittait ?

— Elle était toujours en train de me menacer de me quitter, de m'enlever les gosses, de m'enlever tout ce que j'avais.

— A quel moment avez-vous su qu'elle le signifiait réellement ? demanda Jess.

Terry Wales respira profondément.

— Fin mai.

— Vous avez déclaré que votre femme vous avait dit qu'elle avait consulté un avocat et qu'elle allait déménager.

— C'est exact.

— Vous avez déclaré que vous l'aviez priée et suppliée de changer d'avis.
— C'est exact.
— Pourquoi ?
— Je ne comprends pas.
— Vous nous avez déclaré que votre femme vous avait dit qu'elle avait pris un amant, qu'elle remettait perpétuellement votre virilité en question, qu'elle vous disait que vous étiez nul comme amant, nul comme mari, nul comme soutien financier, et qu'elle faisait de votre vie un enfer. Pourquoi donc alors la prier et la supplier de rester ?
Terry Wales secoua la tête.
— J'en sais rien. Je suppose que, malgré tout ce qu'on se faisait mutuellement, je continuais à croire au caractère sacré du mariage.
— Jusqu'à ce que la mort vous sépare, déclara Jess sur un ton sardonique. C'est bien ça l'idée générale ?
— Objection, Votre Honneur. Sérieusement.
Le juge Harris écarta l'objection d'un geste impatient.
— Je n'ai jamais eu l'intention de tuer ma femme, dit Terry Wales, s'adressant directement aux jurés.
— Non, vous vouliez simplement attirer son attention, dit Jess en regardant s'ouvrir la porte du fond de la salle et Barbara Cohen s'approcher. Même de loin, Jess pouvait voir briller les yeux de son assistante. — Votre Honneur, puis-je disposer d'une minute ?
Le juge Harris eut un hochement de tête et Jess se glissa jusqu'à la table de l'accusation.
— Qu'est-ce qu'on a trouvé ? demanda-t-elle en prenant le rapport des mains de Barbara et en le feuilletant rapidement.
— Exactement ce qu'il nous faut, répondit Barbara Cohen, ne prenant même pas la peine de dissimuler son sourire.
Jess dut se mordre la lèvre pour ne pas éclater de

rire. Elle fit volte-face, puis se ravisa, faisant attention à ne pas avoir l'air trop impatiente. Avance doucement, s'exhorta-t-elle. Et alors, porte le coup final.

— Vous vous sentiez donc égaré et émasculé, c'est bien ça ? demanda-t-elle à l'accusé.

— Oui, reconnut-il.

— Et vous vous êtes dit que vous vouliez faire quelque chose qui secouerait votre femme, qui la ferait revenir à la raison.

— Oui.

— Et alors, vous êtes allé acheter une arbalète.

— Oui.

— Une arme que vous n'aviez pas utilisée depuis que vous participiez à des colonies de vacances dans votre enfance, c'est bien ça ?

— Oui.

— De quelle colonie s'agissait-il ?

— Pardon ?

— Quel est le nom du camp où vous étiez allé, quand vous avez appris pour la première fois à vous servir d'un arc et d'une flèche ?

Terry Wales se tourna vers son avocat, mais le discret hochement de tête d'Hal Bristol lui ordonna de répondre à la question.

— Je crois que c'était le Camp New Moon.

— Combien de fois êtes-vous allé à ce camp ? demanda Jess.

— Trois fois, je crois.

— Et on vous y a appris à tirer à l'arc ?

— C'était une des activités qu'ils proposaient.

— Et vous avez gagné plusieurs médailles, n'est-ce pas ?

— C'était il y a presque trente ans.

— Mais vous avez gagné des médailles ?

Terry Wales se mit à rire.

— Ils donnaient des médailles à tous les gosses.

— Votre Honneur, pourriez-vous enjoindre au témoin de répondre à la question ? demanda Jess.

— Un simple oui ou non suffira, monsieur Wales, dit le juge Harris à l'accusé.

Terry Wales baissa la tête.

— Oui.

— Merci, dit Jess, et elle sourit. Et jusqu'au jour fatal où vous avez touché votre femme en plein cœur, le 2 juin de cette année, il y avait près de trente ans que vous n'aviez pas tiré à l'arc ?

— Vingt-cinq ou trente ans, précisa Terry Wales.

Jess consulta le dossier qu'elle avait entre les mains.

— Monsieur Wales, avez-vous jamais entendu parler de l'Aurora County Bowmen ?

— Pardon, le quoi ? demanda Terry Wales, tandis qu'une légère rougeur apparaissait sur ses joues.

— L'Aurora County Bowmen, répéta Jess. C'est un club d'archerie qui se trouve à environ soixante-dix kilomètres au sud-ouest de Chicago. Le connaissez-vous ?

— Non.

— Selon la brochure que j'ai ici, c'est une association à but non lucratif, créée en 1962, dans le but de permettre la pratique de ce sport. Quel que soit le type d'archerie qui vous intéresse, poursuivit Jess en lisant, que ce soit la chasse, les concours sur cible ou le tir pour le plaisir, que ce soit avec l'arc anglais, l'arc cintré, l'arc composé ou l'arbalète, l'Aurora County Bowmen vous offre d'excellents équipements permettant de pratiquer votre sport tout au long de l'année.

Hal Bristol était debout et se dirigeait vers le juge.

— Objection, Votre Honneur. Mon client a déjà déclaré qu'il ne connaissait pas ce club.

— Intéressant, dit aussitôt Jess, dans la mesure où les dossiers du club montrent que Terry Wales en est membre depuis huit ans — Jess agita une copie du registre des membres du club. Nous aimerions que cela soit enregistré en tant que pièce à conviction F, Votre Honneur.

Jess tendit les dossiers au juge Harris, qui les consulta rapidement avant de les remettre dans la main que tendait impatiemment Hal Bristol. Celui-ci parcourut la preuve, hocha la tête d'un air furieux, puis retourna à son siège, lançant ouvertement un regard rageur à son client.

— Vous souvenez-vous du club à présent, monsieur Wales ? interrogea Jess, d'un air chargé de sous-entendus.

— Je me suis inscrit à ce club il y a huit ans et n'y suis presque jamais allé, expliqua Terry Wales. Franchement, je l'avais complètement oublié.

— Oh, mais c'est qu'on ne vous y a pas oublié, monsieur Wales — Jess s'efforça de ne pas faire sentir la jubilation dans sa voix. Nous avons en notre possession une déclaration écrite sous serment faite par un certain M. Glen Hallam, responsable de l'équipement de l'Aurora County Bowmen. La police lui a montré votre photo ce matin, et il se souvient très bien de vous. Il dit que vous êtes un habitué depuis des années, bien que, chose étrange, il ne vous ait pas vu depuis le printemps. Je me demande quelle en est la raison, dit Jess d'un air songeur, présentant la déclaration écrite comme pièce à conviction. Il dit que vous êtes un excellent tireur, monsieur Wales. En plein dans le mille presque chaque fois.

Les jurés en eurent le souffle coupé. Hal Bristol baissa la tête. Terry Wales n'ouvrit pas la bouche.

En plein dans le mille, se dit Jess.

20

— Je crois comprendre que tu as réussi un sacré coup au tribunal, aujourd'hui, lança Greg Oliver à Jess en guise de félicitations, tandis qu'elle passait devant son bureau à la fin de la journée.

— Elle a été très brillante, s'exclama Neil Strayhorn, qui arrivait juste derrière Jess avec Barbara Cohen. Elle a posé son piège, puis s'est reculée, laissant l'accusé y pénétrer tranquillement, alors elle a claqué la porte derrière lui.

— Le procès n'est pas encore terminé, leur rappela Jess, ne voulant pas se réjouir trop tôt. Ils avaient encore des témoins à interroger, des plaidoiries finales à faire, et le côté imprévisible du jury à prendre en compte. On n'était jamais trop sûr de soi.

— Ce que j'ai préféré, dit Neil Strayhorn, tandis qu'ils s'installaient derrière leurs bureaux, c'est quand tu lui as demandé s'il avait jamais entendu parler de l'Aurora County Bowmen.

— Et il n'a pas bougé, poursuivit Barbara Cohen, mais on pouvait voir son visage s'affaisser peu à peu.

Jess s'autorisa un rire rauque et puissant. C'était le moment qu'elle avait préféré elle aussi.

— Parfait, parfait, la dame de glace craque.

Greg Oliver se pencha à la porte, une main sur le chambranle.

— Tu veux quelque chose, Greg ?

Jess sentit sa bonne humeur sur le point de s'évanouir. Greg Oliver s'avança d'un pas tranquille vers son bureau, secouant son poing à moitié fermé comme s'il s'apprêtait à lancer des dés.

— J'ai un cadeau pour toi.

— Un cadeau pour moi, répéta Jess d'un ton las.

— Quelque chose dont tu as besoin. Absolument.

La voix de Greg Oliver était pleine d'insinuations.

— C'est plus gros qu'une huche à pain ? demanda Neil Strayhorn.

— J'aurais bien besoin d'une huche à pain, déclara Barbara Cohen.

Jess regarda Greg Oliver froidement et attendit en silence.

— Tu ne devines pas ? insista Greg.

— Je n'ai pas la patience, lui dit Jess en rassemblant ses affaires. Écoute, Greg, je dois travailler encore un peu ici avant de rentrer chez moi. La journée a été très longue.

— Tu as besoin d'un chauffeur ?

Les lèvres de Greg formèrent une ligne sinueuse comme un serpent.

— J'ai déjà proposé à Jess de la reconduire, se hâta de dire Neil Strayhorn, et Jess lui adressa un sourire de reconnaissance.

— Mais j'ai quelque chose dont tu as besoin, persista Greg Oliver en ouvrant son poing, pour laisser tomber un jeu de clés sur le bureau de Jess. Les clés de l'appartement de Madame.

Jess prit le nouveau trousseau de clés d'où se dégageait le parfum éventé de l'eau de toilette de Greg.

— Où les as-tu eues ?

— Une femme les a apportées cet après-midi. Plutôt mignonne, sauf qu'elle avait les cuisses tordues.

— Tu as vraiment beaucoup de classe, lui dit Barbara Cohen.

— Hé, je suis le nouvel homme sensible des années quatre-vingt-dix. Il retourna à la porte d'un pas nonchalant, fit au revoir du bout des doigts et disparut dans le couloir.

— Où est mon arbalète ? demanda Barbara Cohen.

— Jamais là quand on en a besoin.

Jess parcourut la liste des témoins qui devaient déposer le lendemain et griffonna quelques notes avant de sentir ses yeux loucher de fatigue.

— Ça suffit pour moi, les gars. J'ai fini ma journée.

Barbara Cohen consulta sa montre.

— Tu te sens bien ?

— Je suis crevée.

— Ne va pas nous tomber malade maintenant, supplia Barbara. On est dans la dernière ligne droite.

— Je n'ai pas le temps de tomber malade, reconnut Jess.

— Allez, tu m'as entendu dire à Oliver que je te ramenais chez toi, proposa Neil.

— Ne sois pas stupide, Neil. Ce n'est absolument pas ta route.

— Tu veux me faire passer pour un menteur ?

— Quand vas-tu te décider à t'acheter une nouvelle voiture ? demanda Barbara.

Jess revit sa Mustang rouge autrefois fringante, ravagée, saccagée, couverte d'excréments.

— Dès que j'aurai envoyé Rick Ferguson en tôle, dit-elle.

Le téléphone sonnait quand elle arriva à la porte de son appartement.

— Une minute, lança-t-elle, essayant en vain de faire tourner sa nouvelle clé dans le verrou. — Allez, merde, ouvre-toi, nom d'un chien.

Le téléphone continuait à sonner et la clé refusait de fonctionner. Greg Oliver lui avait-il remis une mauvaise clé ? pensa-t-elle, se demandant si une telle erreur était délibérée ou accidentelle. Ou peut-être que c'était la faute de la secrétaire de Don, qui avait confondu ses propres clés avec celles de Jess. A moins que le serrurier ne se soit trompé. Peut-être qu'elle n'arriverait jamais à rentrer chez elle et qu'elle allait vieillir et mourir ici, sur son palier, sans jamais revoir l'intérieur de son appartement.

Si elle se calmait simplement et essayait avec plus de douceur ?

La clé tourna dans le verrou. La porte s'ouvrit. Le téléphone s'arrêta de sonner.

— Au moins te voilà rentrée, dit Jess, en faisant

un signe à son canari à qui elle entreprit de raconter sa journée riche en événements.

Elle s'interrompit au bout de trois phrases.

— C'est pathétique, dit-elle à haute voix. Je suis en train de parler à un satané canari — elle alla dans la cuisine et regarda le téléphone. — Sonne, merde.

Le téléphone s'obstina dans son silence. C'est idiot, se dit Jess, se saisissant du combiné avec impatience. Le téléphone marche dans les deux sens. Pourquoi faudrait-il qu'elle attende qu'on l'appelle ?

Sauf que, qui allait-elle appeler ? Elle n'avait pas vraiment d'amis en dehors du bureau. A en juger par l'absence de mélodies de jazz en dessous de chez elle, Walter Fraser n'était pas là. Elle ne savait pas du tout où joindre Adam. Elle avait peur d'appeler son père. Sa sœur ne lui parlait presque plus.

Elle pouvait appeler Don. Elle devrait l'appeler, lui faire partager les nouvelles de la journée, le remercier d'avoir insisté pour qu'elle l'accompagne, la veille, à Union Pier. Sinon elle n'aurait jamais vu le panneau du club de tir, ni pensé à enquêter sur les clubs d'archerie dans les environs de Chicago, ni eu l'occasion de faire une prestation aussi brillante au tribunal, aujourd'hui. Sans parler de toutes les autres choses qu'il avait faites pour elle et pour lesquelles elle devrait le remercier : les sous-vêtements neufs, le verrou neuf, les clés neuves.

Et c'était précisément pour ça qu'elle ne voulait pas l'appeler, réalisa-t-elle. Comme un enfant gâté qui a reçu trop de cadeaux et qui est sur le point d'en être submergé, elle était fatiguée de dire merci, lasse de se montrer reconnaissante. Elle ne pouvait pas partager son triomphe au tribunal avec Don sans se sentir obligée d'en porter une partie à son crédit, et elle ne se sentait pas prête à ça. « Tu deviens vraiment égoïste en vieillissant », se réprimanda-t-elle à haute voix, puis elle se dit qu'elle était probablement, à présent, encore plus égoïste que jamais. « Quels témoins du passé pourrait-on faire resurgir pour témoigner contre toi ? » demanda-t-elle, l'image du visage ravagé de larmes de sa mère se présentant à son esprit avant qu'elle ait pu l'arrêter.

« Au diable ces conneries », grommela Jess, et elle composa rapidement le numéro de sa sœur à Evanston, laissant sonner six fois. « Je l'arrache sans doute à ses bébés », marmonna-t-elle, hésitant à raccrocher, lorsqu'une voix bizarre se fit entendre.

La voix était à la fois rauque et grinçante, et d'un sexe indéfinissable.

— Allô ? prononça-t-elle avec peine.

— Qui est-ce ? interrogea Jess, en retour. C'est toi, Maureen ?

— C'est Barry, murmura la voix.

— Barry ! Qu'est-ce qui se passe ?

— Un rhume carabiné, dit Barry en faisant un effort évident pour extraire les mots de sa bouche. Laryngite.

— Mon Dieu, tu es aussi malade que tu en as l'air ?

— Pire. Le médecin m'a prescrit des antibiotiques. Maureen vient de partir à la pharmacie pour les chercher.

— Super. Maintenant elle a quatre enfants à prendre en charge au lieu de trois, dit Jess, sans réfléchir.

Il y eut un instant de silence.

— Je suis désolée, se hâta de s'excuser Jess. N'avait-elle pas voulu que ce coup de téléphone soit un geste de conciliation ? — Je ne voulais pas dire ça.

— Tu ne peux tout simplement pas t'en empêcher, non ? répliqua Barry d'une voix rauque.

— J'ai dit que j'étais désolée.

Encore un long temps d'arrêt. Le son d'une voix semblant venir d'un autre monde. Lente. Mesurée.

— Tu as reçu ma lettre ?

Jess se figea. L'image d'un bout de papier imbibé d'urine se présenta devant ses yeux et sous son nez.

— Quelle lettre ? questionna-t-elle, entendant un bébé pleurer au loin.

— Merde, elles sont réveillées, s'exclama Barry d'une voix étonnamment proche de la normale. Il faut que j'y aille, Jess. On parlera de ça une autre fois. Je dirai à Maureen que tu as appelé. C'est toujours un plaisir de parler avec toi.

Le silence lui agressa les oreilles. Elle raccrocha vivement le téléphone et resta immobile. Ce n'était pas possible. Pouvait-elle réellement penser ce qu'elle était en train de penser ? Était-il possible que son beau-frère, le mari de sa sœur, nom de Dieu, le père de son neveu et de ses nièces, comptable respecté, soit véritablement l'auteur de la lettre répugnante qu'elle avait reçue ?

Il était évident qu'il ne l'aimait pas. Ils étaient à couteaux tirés quasiment depuis le mariage. Elle n'appréciait pas ses valeurs ; il n'appréciait pas son attitude. Il la trouvait enfant gâtée, dépourvue d'humour et délibérément provocatrice ; elle le trouvait étroit d'esprit, dominateur et vindicatif. Elle l'avait accusé de détruire l'autonomie de sa sœur ; lui, de saper son autorité paternelle. *Un de ces jours, Jess, tu iras trop loin,* lui avait-il dit, l'autre soir, au dîner. Était-ce une menace, ou un simple constat ?

Elle se souvenait de la manière dont Barry s'était frotté les mains en racontant comment il avait volé un client à son ancien associé et soi-disant ami. *Je n'oublie jamais,* avait-il fanfaronné. *Je me venge.*

Est-ce qu'une lettre trempée dans l'urine pouvait être la façon de se venger de Barry ? Lui avait-il envoyé des poils de pubis dans un dessein pervers ? L'avait-elle poussé à se montrer aussi répugnant ?

Combien d'hommes avait-elle réussi à s'aliéner dans sa courte vie ? Jess se massa l'arête du nez. La liste des candidats était interminable. Les hommes qu'elle avait envoyés en prison, les avocats de la défense qu'elle avait offusqués, certains de ses collègues avec qui elle s'était heurtée, les soupirants qu'elle avait éconduits. Même les membres de sa famille n'étaient pas immunisés contre son charme particulier. En tout, une centaine d'hommes auraient pu lui envoyer cette lettre. Elle s'était fait assez d'ennemis pour donner du travail aux bureaux de poste pendant des semaines.

Un coup de sonnette retentit. Elle s'approcha de l'interphone avec circonspection, se demandant qui était là, pas tout à fait certaine de vouloir le savoir.

— Qui est-ce ?

— Adam, fut-il répondu simplement.

Elle le fit monter. Quelques secondes plus tard, il était à la porte.

— J'ai essayé de téléphoner, commença-t-il dès qu'il la vit. D'abord personne n'a répondu, et ensuite c'était occupé. Vous me laissez entrer ?

C'est lui la mauvaise carte dans l'histoire, Jess. Qui est donc cet homme ? entendit-elle Don lui dire.

— Vous deviez être tout près — Jess se tenait sur le seuil, l'empêchant d'entrer. Je n'ai pas téléphoné bien longtemps.

— J'étais juste au coin.

— Pour livrer des chaussures ?

— Pour vous attendre. Vous me laissez entrer ? répéta-t-il.

C'est lui la mauvaise carte dans l'histoire, Jess.

Elle remonta rapidement dans sa mémoire jusqu'au moment où elle avait fait la connaissance d'Adam. Le saccage de sa voiture, la lettre pleine d'urine, les sous-vêtements déchirés, tout cela s'était produit depuis leur première rencontre. Adam Stohn savait où elle travaillait. Il savait où elle habitait. Il avait même passé la nuit sur son canapé.

D'accord, il avait donc eu l'occasion de faire toutes ces choses, admit Jess en silence, se perdant un instant dans la douce immobilité de ses yeux bruns. Mais quel motif pouvait-il avoir pour vouloir la terroriser ?

Elle fouilla mentalement dans de vieux dossiers.

Était-il possible qu'elle ait été son accusateur, lors d'un procès ? Qu'elle l'ait envoyé en prison ? Peut-être était-ce le frère de quelqu'un qu'elle avait fait envoyer en prison. Ou l'ami. Peut-être un tueur engagé par quelqu'un d'autre.

Ou peut-être la réincarnation d'Al Capone, railla-t-elle. Il n'a pas l'intention de te tuer, merde, se dit-elle en reculant d'un pas et en laissant Adam pénétrer dans son appartement. Ce qu'il veut, c'est te mettre dans son lit.

— J'étais curieux de savoir ce qui s'était passé hier, dit Adam en ôtant sa veste qu'il jeta sur le manteau de Jess, comme si leurs deux vêtements étaient amants.

Jess lui expliqua qu'elle avait dû aller porter la nouvelle de la mort de Connie DeVuono à la mère et au fils de celle-ci, et lui raconta son triomphe de la journée devant le tribunal. Elle omit de dire qu'entre les deux elle avait passé la nuit avec son ex-mari.

— Il est toujours amoureux de vous, vous savez, dit Adam.

— Qui ça ? demanda Jess, sachant pertinemment de qui il parlait.

— L'homme aux petits pains, répliqua Adam en marchant de long en large, prenant le sac de petits pains sur la table. Vous avez oublié de les mettre au congélateur.

— Oh, merde, ils vont être durs comme du bois.

Adam reposa le sac sur la table et revint doucement vers elle.

— Comment vous sentez-vous ?

— Moi ? Un peu fatiguée, je suppose.

— Comment vous sentez-vous vis-à-vis de votre ex-mari ? précisa-t-il.

— Je vous ai dit qu'on était bons amis. Jess mourait d'envie de s'asseoir, mais elle n'osait pas.

— Je crois que ça va plus loin que ça.

— Vous vous trompez.

— Je vous ai appelée hier soir, Jess, précisa-t-il, à

présent tout près. J'ai appelé jusque très tard. Je crois qu'il était trois heures du matin quand j'y ai finalement renoncé pour aller me coucher.

— J'ignorais qu'il fallait que je vous réponde.

Adam s'arrêta et recula de deux pas, les mains levées.

— Vous avez raison. Je n'ai pas le droit de vous poser ce genre de questions.

— Alors pourquoi le faites-vous ?

— Je ne sais pas exactement — il avait l'air aussi perplexe qu'elle. Je suppose que je veux simplement savoir où j'en suis. Si vous êtes toujours amoureuse de votre ex-mari, il suffit de le dire et je disparais d'ici.

— Je ne suis pas amoureuse, se hâta d'affirmer Jess.

— Et l'homme aux petits pains ?

— Il comprend ce que je ressens.

— Mais il espère toujours vous faire changer d'avis.

— Il a une liaison avec quelqu'un d'autre.

— Tant que vous n'aurez pas changé d'avis.

— Je ne changerai pas.

Ils se regardèrent fixement en silence pendant quelques secondes.

C'est lui la mauvaise carte dans l'histoire, Jess.

La seconde suivante, ils étaient dans les bras l'un de l'autre ; il avait enfoui ses mains dans les cheveux de Jess ; elle avait posé ses lèvres sur la bouche d'Adam.

Mais qui est donc cet homme ?

Il abaissa ses mains jusqu'à ses hanches qu'il attira à lui tout en faisant glisser ses lèvres le long de sa nuque.

Qui est cet Adam Stohn, Jess ? entendit-elle Don lui demander, sentant son ex-mari encore en elle. Comment avait-elle pu laisser se produire les événements de la nuit passée ? Comment pouvait-elle laisser un homme lui faire l'amour un soir, et un autre le lendemain ? C'était ça, les années quatre-vingt-dix ? L'époque du sida ?

— Je ne peux pas, dit-elle vivement en s'arrachant à l'étreinte.

— Vous ne pouvez pas quoi ? — Sa voix était presque aussi rauque que celle de Barry.

— Je ne me sens pas encore prête pour ça, avoua-t-elle en cherchant dans la pièce un regard désapprobateur. Je ne sais même pas où vous habitez.

— Vous voulez savoir où j'habite ? J'habite Sheffield Street, répliqua-t-il aussitôt. Dans un deux-pièces, à cinq minutes à pied de Wrigley Field.

Ils éclatèrent de rire, d'un énorme rire qui les secoua au plus profond d'eux-mêmes. Jess sentit s'évanouir la tension des derniers jours. Elle rit tellement fort qu'elle en eut mal au ventre et que les larmes jaillirent de ses yeux. Adam se hâta de chasser ces larmes par des baisers.

— Non, reprit-elle en s'écartant. Je ne peux vraiment pas. J'ai besoin d'un peu de temps pour réfléchir.

— Combien de temps ?

— Je pourrais y penser pendant le dîner, s'entendit-elle répondre.

Il était déjà à la porte.

— Où voudriez-vous aller ?

Ils éclatèrent de rire de nouveau, et cette fois si fort que Jess eut du mal à rester debout. C'est alors qu'ils décidèrent de se tutoyer.

— Et si je préparais quelque chose ici ?

— Je ne pensais pas que tu faisais la cuisine.

— Suis-moi, lui proposa-t-elle en riant et elle prit le sac de petits pains sur la table pour l'emporter dans la cuisine. Un ou deux ? demanda-t-elle en ouvrant le four à micro-ondes.

Il leva deux doigts.

— Je vais déboucher le vin.

— Je ne crois pas qu'il y en ait, dit-elle d'un air penaud.

— Pas de vin ?

Elle ouvrit le réfrigérateur.

— Et pas de boissons gazeuses non plus.

— Pas de vin ? dit-il de nouveau.

— On peut boire de l'eau.

— Du pain et de l'eau, prononça-t-il d'un air songeur. D'où tiens-tu tes dons culinaires ? De la prison centrale ?

Jess s'arrêta de rire.

— Est-ce que tu es déjà allé en prison ? demanda-t-elle.

Il eut l'air surpris, puis amusé.

— Qu'est-ce que c'est que cette question ?

— C'est juste histoire de parler.

— C'est comme ça que tu parles de la pluie et du beau temps ?

— Tu ne m'as pas répondu.

— Je ne pensais pas que tu étais sérieuse.

— Je ne le suis pas, se hâta de dire Jess en mettant quatre petits pains sur une assiette qu'elle glissa dans le four.

— Je n'ai jamais été en prison, Jess.

Elle haussa les épaules, comme si ça n'avait aucune importance.

— Même pas pour voir un ami ? — La décontraction forcée de sa voix sonna faux à ses propres oreilles.

— Tu crois que je fréquente des criminels ? Jess, qu'est-ce que je fais là ?

— C'est à toi de me le dire.

Mais Adam se contenta de répondre par un sourire.

— Alors tu étais fils unique, reprit Jess quand ils s'installèrent par terre, devant le canapé, après avoir terminé leur dîner.

— Un fils unique gâté pourri, précisa-t-il.

— Ma sœur dit toujours que les enfants ne sont pas des pommes, qu'ils ne peuvent pas pourrir.

— Qu'est-ce qu'elle dit d'autre, ta sœur ?
— Qu'on ne peut pas pourrir un enfant en l'aimant trop.
— Ça m'a l'air d'être une très bonne mère.
— Je pense qu'elle l'est.
— Tu as l'air étonnée.
— C'est que ce n'est pas ce que j'attendais d'elle, voilà tout.
— Qu'est-ce que tu attendais d'elle ?
— Je ne sais pas exactement. Une brillante carrière, sans doute.
— Peut-être qu'elle s'est dit qu'elle devait te laisser ça.
— Peut-être, admit Jess, se demandant comment il se faisait que la conversation revienne toujours sur elle. Ta femme et toi n'avez jamais voulu d'enfants ?
— On en voulait, dit-il. Mais ça n'a pas marché.
Jess comprit à la chute de sa voix que c'était un sujet qu'il ne souhaitait pas approfondir.
— Ta mère, comment était-elle ? questionna-t-il brusquement.
— Quoi ?
Les mains de Jess se mirent à trembler et l'eau du verre qu'elle tenait se répandit à terre. Elle sauta sur ses pieds.
— Bon sang !
Il lui posa aussitôt la main sur le bras, la forçant doucement à se rasseoir.
— Détends-toi, Jess, ce n'est que de l'eau — il essuya la flaque avec sa serviette. Que se passe-t-il ?
— Rien.
— Alors pourquoi trembles-tu ?
— Je ne tremble pas.
— Qu'est-ce que t'a fait ta mère ?
— Comment ça, qu'est-ce qu'elle m'a fait ? interrogea Jess, l'air furieux. Elle ne m'a rien fait. De quoi veux-tu parler ?
— Pourquoi ne parles-tu jamais d'elle ?
— Pour rien.

— Parce que tu ne veux pas, dit-il d'un ton égal. Parce que tu as peur de le faire.

— Encore une de mes phobies ? demanda Jess d'un ton sarcastique.

— C'est à toi de me l'apprendre.

— On ne t'a jamais dit que tu ferais un bon avocat ?

— Qu'est-il arrivé à ta mère, Jess ?

Jess ferma les yeux, vit sa mère debout devant elle dans sa cuisine, les larmes lui coulant le long des joues. *Je n'ai pas besoin de ça, Jess,* était-elle en train de dire. *Je n'ai pas besoin de ça. Surtout pas venant de toi.* Jess rouvrit aussitôt les yeux.

— Elle a disparu, finit-elle par avouer.

— Disparu ?

— Elle s'était découvert une petite grosseur dans un sein et avait très peur. Elle a appelé le médecin, qui a dit qu'il la recevrait dans l'après-midi. Mais elle ne s'est jamais présentée à son rendez-vous. Personne ne l'a plus jamais revue.

— Alors, il est possible qu'elle soit encore en vie ?

— Non, ça n'est pas possible, dit Jess, suffoquant. Ça n'est pas possible.

Il tendit la main vers elle, mais elle s'écarta.

— Elle ne nous aurait pas abandonnés tout simplement parce qu'elle avait peur, poursuivit Jess, parlant du plus profond d'elle-même. Je veux dire, même si elle avait peur, et je sais que c'était le cas, ça ne veut pas dire qu'elle nous aurait fuis. Ça n'était pas le genre de femme à fuir son mari et ses filles pour ne pas affronter la réalité. Peu importe à quel point elle avait peur. Peu importe à quel point elle était en colère.

— En colère ?

— Je ne voulais pas dire en colère.

— Tu l'as dit.

— Je ne voulais pas dire ça.

— A propos de quoi était-elle en colère, Jess ?

— Elle n'était pas en colère.

— Elle était en colère contre toi, c'est ça ?

Jess tourna la tête vers la fenêtre. Le visage ravagé de larmes de sa mère la regardait fixement à travers les rideaux de dentelle ancienne. *Je n'ai pas besoin de ça, surtout pas venant de toi.*

— Je suis descendue et je l'ai trouvée habillée et prête à sortir, commença Jess. Je lui ai demandé où elle allait, elle n'a d'abord pas voulu me le dire. Mais elle a fini par expliquer qu'elle avait découvert cette grosseur dans son sein et qu'elle allait voir le médecin dans l'après-midi. — Jess essaya de rire, mais le rire s'étrangla dans sa gorge. — C'était bien le style de ma mère, d'être déjà toute prête dès le matin alors qu'elle ne devait sortir qu'en fin d'après-midi.

— Un peu comme quelqu'un qui décide la veille des vêtements qu'il mettra le lendemain.

Jess ignora l'allusion.

— Elle m'a demandé si je pouvais l'accompagner chez le médecin. J'ai dit : bien sûr. Mais on a alors eu une dispute. Le genre de chose typique entre mère et fille. Elle me trouvait entêtée. Je la trouvais trop protectrice. Je lui ai dit de ne pas se mêler de ma vie. Elle m'a dit de ne pas me donner la peine de l'accompagner chez le médecin. J'ai dit : comme tu voudras, et j'ai claqué la porte de la maison. Quand je suis rentrée, elle était déjà partie.

— Et tu te reproches ce qui s'est passé — c'était plus une affirmation qu'une question.

Jess se releva et se dirigea à grandes enjambées vers la cage à oiseau.

— Salut, Fred, comment ça va ?

— Fred va très bien, dit Adam en s'approchant derrière elle. Je ne suis pas sûr qu'il en soit de même pour sa propriétaire. C'est une sacrée culpabilité que tu te trimbales depuis toutes ces années.

— Hé, tu as oublié notre pacte ? demanda Jess en essuyant ses larmes, refusant de le regarder, concentrant toute son attention sur le petit oiseau jaune. Pas de secrets, pas de mensonges, tu te souviens ? —

Elle émit d'étranges petits gazouillements contre la cage.

— Est-ce que tu le laisses parfois sortir ?

— On n'est pas censé laisser les canaris sortir de leur cage, répliqua Jess très fort dans l'espoir de contrôler ses tremblements grâce au son de sa voix. C'est pas comme les perroquets. Les perroquets sont des oiseaux domestiques, les canaris sont sauvages. Ils ne sont pas faits pour être lâchés hors de leur cage.

— Alors on n'a jamais à craindre qu'il se sauve, dit Adam d'une voix douce.

Cette fois l'allusion était trop flagrante pour qu'elle l'ignore. Jess se retourna d'un air furieux.

— Il s'agit d'un oiseau, pas d'une métaphore.

— Jess...

— Quand as-tu laissé tomber la psychiatrie pour vendre des chaussures ? demanda-t-elle amèrement. Qui es-tu donc, Adam Stohn ?

Ils se tenaient face à face, Jess prise de tremblements, Adam parfaitement immobile.

— Tu veux que je m'en aille ? s'enquit-il.

Non, pensa-t-elle.

— Oui, dit-elle.

Il se dirigea lentement vers la porte.

— Adam, appela-t-elle, et il s'arrêta, la main sur la poignée de la porte. Je crois qu'il vaudrait sans doute mieux que tu ne reviennes pas.

L'espace d'un instant, elle crut qu'il allait se retourner, la prendre dans ses bras et tout lui avouer. Mais il ne le fit pas, il partit et elle se retrouva seule, dans une pièce pleine d'ombres et de fantômes.

21

A la fin de la semaine, le rapport du médecin légiste concernant Connie DeVuono était arrivé et le jury du procès de Terry Wales était en délibération.

Connie DeVuono avait été violée, puis battue et étranglée avec un fil de fer qui lui avait tranché la jugulaire et l'avait quasiment décapitée. Les expertises avaient déterminé que le fil ayant causé sa mort était identique au fil découvert dans l'usine qui employait Rick Ferguson. On venait de lancer un mandat d'arrêt contre ce dernier.

— Combien de temps crois-tu que vont durer les délibérations ? questionnait Barbara Cohen lorsque le téléphone se mit à sonner sur le bureau de Jess.

— Tu le sais bien, lui dit Jess en tendant la main vers le combiné. Ça peut prendre des heures, comme ça peut prendre des jours.

Barbara Cohen consulta sa montre.

— Ça fait déjà plus de vingt-quatre heures.

Jess haussa les épaules, tout aussi anxieuse que son assistante, mais refusant de l'admettre. Elle décrocha le téléphone.

— Jess Koster.

— Il a disparu, dit Don en guise de salut.

Jess sentit son estomac se contracter. Elle n'eut pas besoin de demander à Don de qui il parlait.

— Quand ?

— Sans doute au milieu de la nuit. Mon gars vient de m'appeler. Il a surveillé la maison toute la nuit et, ne voyant pas Ferguson partir au travail ce matin à l'heure habituelle, il a eu des soupçons, a attendu un peu et a fini par fureter dans les parages. Il a pu voir la mère de Ferguson en train de dormir, ou évanouie sur son lit ; Ferguson n'était pas dans les environs. Mon gars a appelé l'usine et, bien entendu, on lui a dit que Ferguson n'était pas venu. Il a sans doute découvert qu'il était filé, a pensé que la police allait l'arrêter, et escaladé une des fenêtres à l'arrière de la maison pendant qu'il faisait encore nuit.

— L'ironie de la chose est que la police allait vraiment l'arrêter, reconnut Jess. On a lancé un mandat d'arrêt ce matin même.

Don prit aussitôt le ton professionnel du représentant des droits de son client, et non plus le ton de l'ex-mari soucieux.

— Qu'est-ce que vous avez trouvé ? demanda-t-il.

— Le câble utilisé pour tuer Connie DeVuono est le même type de câble que celui de l'atelier qui emploie Rick Ferguson.

— Et quoi d'autre ?

— De quoi d'autre aurais-je besoin ?

— Il en faut plus que ça.

— Pas pour l'arrêter.

— Des empreintes ?

— Non, admit Jess.

— Rien qu'un pauvre bout de fil de fer ?

— Suffisamment solide pour tuer Connie DeVuono, lui dit Jess, et faire inculper ton client.

Il y eut une légère pause.

— D'accord, Jess, je ne veux pas entrer dans tous ces détails maintenant. On reparlera de l'affaire dès que la police aura mis la main sur mon client. En attendant, j'ai demandé à mon gars de garder un œil sur toi.

— Quoi ? Don, je t'ai dit que je ne voulais pas de baby-sitter.

— Mais oui, mais j'y tiens, insista Don. Fais-moi plaisir, Jess. Juste pour un jour ou deux. Ça ne va pas te tuer.

— Et Rick Ferguson pourrait le faire, lui ?

Il poussa un profond soupir.

— Tu ne te rendras même pas compte que tu es surveillée.

— Rick Ferguson s'en est bien rendu compte.

— Fais ça pour moi, tu veux bien ?

— Tu n'as aucune idée de l'endroit où peut se trouver ton client ?

— Aucune.

— Il faut que j'y aille, déclara Jess, réfléchissant déjà à ce qu'elle allait dire à la police.

— Je suppose que le jury est toujours en train de délibérer sur l'affaire de l'Arbalète ?

— Ça fait plus de vingt-quatre heures.

— On raconte que ta plaidoirie a été un grand classique du genre.

— Les jurys ne sont pas sensibles aux classiques, répliqua Jess, désormais pressée de mettre fin à la conversation.

— Je t'appellerai plus tard.

Elle raccrocha sans dire au revoir.

— L'inspecteur Mansfield vient de téléphoner, lui dit Neil. Apparemment, Rick Ferguson s'est enfui. La police a lancé un avis de recherche général pour son arrestation.

Le téléphone de Jess sonna.

— On dirait que ça va être comme ça toute la journée, dit Barbara. Tu veux que je réponde ?

Jess secoua la tête et décrocha.

— Jess Koster.

— Jess, c'est Maureen. Je te dérange ?

Jess sentit ses épaules s'affaisser.

— Eh bien, un peu — elle pouvait deviner la déception sur le visage de sa sœur. Mais je peux t'accorder quelques minutes.

— Barry vient de me dire seulement ce matin que tu avais appelé lundi, s'excusa Maureen. Je suis vraiment désolée.

— Pourquoi devrais-tu t'excuser pour les erreurs de Barry ?

Il y eut un silence.

— Pardon, se hâta d'ajouter Jess — fallait-il toujours qu'elle gâche tout ?

— Il a été vraiment malade toute la semaine. Il n'arrivait même pas à avoir les idées claires. Le médecin avait peur que ce soit une pneumonie, en tout cas les antibiotiques en sont venus à bout. Il a repris son travail ce matin.

— Je suis contente de savoir qu'il va mieux.

Jess se représenta aussitôt la lettre pleine d'urine et de poils de pubis qu'elle avait reçue, se demandant à nouveau si Barry avait pu l'envoyer.

— Bref, il s'est rappelé ton coup de fil en partant ce matin. J'ai failli le tuer.

— Ça fait beaucoup de tueries chez vous ces jours-ci, remarqua Jess, d'un air absent.

— Quoi ?

— Et toi, qu'est-ce que tu deviens ?

— Moi ? Je n'ai pas le temps d'être malade, dit Maureen, d'un ton voisin de celui de sa sœur. Je sais à quel point tu es occupée, mais je ne voulais pas que tu croies que je me fichais de ton coup de téléphone. Ça me fait vraiment très plaisir que tu aies appelé... — sa voix menaçait de se dissoudre dans les larmes.

— Comment va papa ? s'enquit Jess, réalisant qu'il y avait plusieurs semaines qu'elle n'avait pas parlé à son père, et ressentant l'habituel mélange de culpabilité et de colère. Culpabilité de ne pas lui avoir parlé, colère de se sentir coupable.

— Il est vraiment très heureux, Jess.

— Je m'en réjouis.

— Sherry est très bien avec lui. Elle le fait rire, l'oblige à ne pas se laisser aller. Ils viennent dîner vendredi prochain. On installera le sapin de Noël et on décorera la maison — elle marqua un temps d'arrêt. Est-ce que tu aimerais venir ?

Jess ferma les yeux.

— Bien sûr, dit-elle.

— C'est sûr ?

— Ça m'a l'air génial.

— Génial ? répéta Maureen, comme si elle avait besoin qu'une confirmation lui fût donnée par sa propre voix avant d'accepter ce qu'elle avait entendu. Oui, admit-elle, ça sera vraiment génial. Tu nous as manqué. Tyler n'a pas arrêté de jouer avec le petit avion que tu lui avais offert. Et tu n'imagines pas comme les jumelles ont grandi.

— Sincèrement, dit Jess en riant, ça ne fait pas si longtemps que ça.

— Presque deux mois, lui rappela Maureen, la prenant par surprise.

— Il faudrait que j'y aille.

— Oh, bien sûr. Tu dois être débordée. J'ai entendu aux informations que le jury de cette histoire de meurtre à l'arbalète s'était retiré hier pour délibérer. On sait quelque chose ?

— Pas encore.

— Bonne chance.

— Merci.

— A la semaine prochaine, dit Maureen.

— Il y a quelque chose qui ne va pas ? demanda Barbara tandis que Jess reposait le combiné.

Elle secoua la tête et fit semblant de se plonger dans un dossier. Presque deux mois ! pensa-t-elle. Deux mois depuis sa dernière visite chez sa sœur ! Deux mois qu'elle n'avait pas vu son père !

Comment avait-elle pu en arriver là ? N'étaient-ils pas tout ce qui lui restait ? Que se passait-il en elle ? Était-elle égocentrique au point de ne s'intéresser à rien en dehors de son propre petit monde étriqué ? au point de ne plus savoir comment se comporter avec des personnes honnêtes qui l'aimaient et dont le seul crime était de vouloir vivre leur vie comme elles l'entendaient ? N'était-ce pas ce qu'elle avait toujours voulu — non, exigé — pour elle-même ? N'était-ce pas là le sujet de sa dispute avec sa mère le jour de la disparition de celle-ci ?

Jess rejeta la tête en arrière, sentant les muscles de ses épaules se contracter. Pourquoi ne parvenait-elle pas à cesser d'être obsédée par sa mère ? Pourquoi fallait-il que tout finisse par revenir au jour où sa mère s'était volatilisée ?

Adam Stohn, va te faire foutre ! pensa-t-elle.

C'était lui le responsable de son malaise actuel. Il avait déchaîné toute l'angoisse, la tristesse et la culpabilité qu'elle avait enfouies depuis si longtemps.

Ce n'était pas la faute d'Adam ! Il ne pouvait pas savoir sur quel champ de mines émotionnel il marchait quand il lui posait ces questions toutes simples. On ne met pas un sparadrap sur un cancer en espérant qu'il guérira.

Pas étonnant qu'il n'ait pas voulu s'accrocher, qu'il ait été aussi pressé de partir. « Tu veux que je m'en aille ? » avait-il demandé, et elle avait répondu : « Je crois qu'il vaudrait sans doute mieux que tu ne reviennes pas. » Et c'était tout, pensait-elle à présent, se souvenant qu'elle lui avait dit une fois que la parole d'un avocat était tout ce qu'elle possédait. Il ne faisait que tenir parole lui aussi. « Va te faire foutre, Adam Stohn », murmura-t-elle.

— Tu as dit quelque chose ? s'inquiéta Barbara, levant les yeux de son bureau.

Jess secoua la tête ; une impression de malaise s'insinuait dans sa poitrine, jouait avec sa respiration, lui faisait perdre l'équilibre. La tête lui tournait, comme si elle allait basculer de sa chaise. Oh non, pensa-t-elle en se raidissant instinctivement, tandis que tout disparaissait autour d'elle dans un nuage d'angoisse. Ne lutte pas, se dit-elle vivement. Laisse-toi aller. Laisse-toi aller.

Lentement, elle relâcha l'air emprisonné dans ses poumons et se laissa flotter au milieu d'un vaste brouillard. Presque aussitôt, celui-ci commença à se dissiper autour d'elle. Ses vertiges décrurent et sa respiration retrouva un rythme normal, tandis que les muscles de ses épaules se détendaient et se relâchaient. Des sons familiers filtrèrent jusqu'à ses oreilles : le bourdonnement du télécopieur, le cliquètement des claviers d'ordinateurs, la sonnerie du téléphone.

Jess regarda Neil Strayhorn s'approcher et décrocher le combiné sur son bureau à elle. Depuis combien de temps sonnait-il ?

— Neil Strayhorn, dit-il, les yeux rivés sur Jess. Ils arrivent ? Maintenant ?

Jess inspira profondément et se leva vivement. Elle n'eut pas besoin de poser de question. Le jury était de retour.

— Mesdames et messieurs les jurés, êtes-vous parvenus à un verdict ?

Alors qu'elle retenait son souffle, Jess sentit l'habituelle poussée d'adrénaline bondir à l'intérieur de son corps. Elle adorait et détestait à la fois cet instant. L'adorait pour son côté dramatique, pour le fait qu'il suffisait d'un mot pour savoir si on avait gagné ou perdu. Le détestait parce que tout ce dont il s'agissait, en fin de compte, c'était de perdre ou de gagner. La parole d'un avocat contre celle d'un autre, la justice étant réduite au rôle d'observateur infortuné. Rien qui ressemblât à la vérité absolue.

Le premier juré s'éclaircit la voix et consulta le papier qu'il tenait à la main avant de parler, comme s'il avait pu oublier la décision prise, comme s'il voulait être absolument sûr de ce qui y était écrit.

— Nous les jurés, commença-t-il, puis il s'éclaircit de nouveau la voix, estimons l'accusé Terry Wales coupable de meurtre avec préméditation.

Ce fut aussitôt une tempête dans la salle d'audience. Les journalistes sortirent en courant, les attaché-cases se fermèrent avec des claquements secs, les parents et amis de la défunte s'enlacèrent dans les larmes. Le juge Harris remercia les jurés, puis les congédia. Jess embrassa ses assistants, accepta leurs félicitations, aperçut la résignation dans le regard d'Hal Bristol, le ricanement de mépris de l'accusé tandis qu'on l'emmenait.

A l'extérieur de la salle d'audience, les journalistes l'assaillirent de micros, calepins, flashes et caméras.

— Êtes-vous surprise du verdict ? Vous attendiez-vous à gagner ? Que ressentez-vous ?

— Nous avons une grande confiance dans la justice de ce pays, déclara Jess aux journalistes en se dirigeant vers les ascenseurs. Jamais un seul instant, nous n'avons douté du résultat.

— Allez-vous demander la peine capitale ? lança quelqu'un.

— Tu parles ! répondit Jess en appuyant sur le bouton de l'ascenseur tout en entendant Hal Bristol dire à un autre journaliste qu'il avait l'intention de faire appel.

— Qu'est-ce que ça vous fait, de gagner ce procès ? cria une femme, à l'arrière de la meute.

Jess savait qu'elle devrait rappeler aux journalistes que le plus important ici n'était pas la victoire mais la vérité, qu'un homme avait été reconnu coupable d'un crime abominable, que l'on n'avait fait que servir la justice. Elle fit un large sourire.

— Ça fait beaucoup de bien, dit-elle.

— Hé, c'était pas votre photo dans le journal, ce matin ? demanda Vasiliki à Jess qui était en train d'attacher ses cheveux devant les grands miroirs de la salle de Wen-Do.

— C'était moi, reconnut timidement Jess, la tête encore douloureuse de toutes les bières qu'elle avait bues, la veille au soir, au restaurant Jean's où l'avaient entraînée ses collègues.

Elle avait appelé son père, tout de suite, en se retrouvant dans son bureau, mais il n'était pas chez lui ; elle avait appelé sa sœur, mais elle était occupée avec les bébés et n'avait eu le temps que de la féliciter brièvement.

Elle avait appelé Don, lui avait raconté sa victoire, l'avait entendu marmonner des excuses pour ne pas pouvoir l'emmener fêter ça par un dîner, invoquant un engagement antérieur. Un engagement antérieur qui s'appelle Trish, pensa Jess, mais elle ne le dit pas, se demandant ce qu'elle attendait de cet homme.

Puis elle avait fait quelque chose qu'elle n'avait jamais fait auparavant : elle était allée s'enfermer dans les toilettes, avait fermé les yeux et était simplement restée là. « J'ai gagné », avait-elle prononcé doucement, laissant le fantôme de sa mère l'étreindre fièrement.

La fête chez Jean's avait duré jusqu'au petit matin. Son patron, Tom Olinsky, l'avait raccompagnée chez elle. Jess ne voyait jamais l'homme que Don avait engagé pour veiller sur elle, mais elle savait qu'il était là, et elle lui en était reconnaissante malgré elle.

Elle avait sombré dans un profond sommeil, n'avait même pas entendu le réveil et avait failli arriver en retard à son cours de self-défense.

Et maintenant elle était là, l'estomac vide et la tête lourde, censée hurler, griffer, donner des coups de poing.

— Vous n'aviez pas dit que vous étiez un procureur virtuose, la réprimanda Vasiliki, tandis que les autres femmes faisaient cercle autour d'elle. Vous êtes une célébrité !

Jess sourit, gênée de son nouveau statut. Les autres femmes la fixaient avec curiosité.

— J'ai lu que vous alliez demander la peine de mort, dit Maryellen. Vous croyez que vous allez l'obtenir ?

— Je touche du bois.

Les rideaux s'écartèrent et Dominic pénétra dans la pièce.

— Bonjour, tout le monde. Vous êtes prêtes pour flanquer des coups ?

Les femmes répondirent par divers grognements et levèrent leurs poings.

— Bien. Maintenant prenez vos distances, vous aurez besoin de beaucoup de place. C'est ça.

Il entreprit alors de leur faire revoir les exercices de la séance précédente.

— Alors, Jess, faites-moi entendre votre *kiyi,* votre rugissement, ordonna Dominic.

— Juste moi ? demanda Jess.

— Ces femmes ne seront sans doute pas avec vous quand quelqu'un essaiera de vous agresser dans la rue, lui dit-il.

— Vous n'avez pas l'air d'avoir de problèmes pour pousser des rugissements au tribunal, lui rappela malicieusement Vasiliki.

— Allez, commanda Dominic. J'arrive droit sur vous. Je suis grand et dangereux et j'en veux à votre cul.

— Hoh ! hurla Jess.

— Plus fort.

— *Hoh !* rugit-elle.

— C'est mieux. Maintenant je vais hésiter à vous emmerder. A la suivante.

Jess sourit, rejetant fièrement ses épaules en arrière, écoutant les cris des autres femmes.

— Bon, maintenant voyons les autres exercices — il leur fit travailler les coups de poing et les serres de rapaces jusqu'à ce qu'elles parviennent à des mouvements fluides. N'ayez pas peur de faire remonter l'os du nez de votre agresseur jusque dans son cerveau.

— Dans ce cas, railla Vasiliki, est-ce qu'on ne devrait pas viser plutôt sous la ceinture ?

Les femmes éclatèrent de rire.

— Hé, vous savez pourquoi les femmes n'ont pas de cervelle ? demanda Vasiliki d'un air coquin, les mains sur ses larges hanches.

— Pourquoi ? demanda Jess, pouffant à l'avance.

— Parce qu'on n'a pas de pénis pour l'entreposer.

Les femmes s'esclaffèrent.

— O.K., O.K., dit Dominic. Maintenant, je vais vous apprendre d'autres mouvements destinés à vous aider à repousser votre agresseur. Disons que vous rentrez chez vous, seule, à pied, et qu'un type vous saute dessus par-derrière. Quelle est la première chose à faire ?

— *Kiyi !* répondit Maryellen.

— *Hoh !* dit sa fille en même temps.

— Bien. Commencez par crier. Que ça puisse attirer l'attention. Pas besoin que ce soit « Hoh ! », mais il faut que ce soit fort. Maintenant, que se passe-t-il s'il met sa main sur votre bouche ou un couteau sur votre gorge ? Vous ne pouvez pas crier. Qu'est-ce que vous allez faire ?

— M'évanouir, dit Catarina.

— Non, vous n'allez pas vous évanouir, lui affirma Dominic. Vous allez... faire quoi ?

— Me laisser aller avec lui, déclara Jess. Ne pas résister. Utiliser la force de l'agresseur contre lui.

— Bien. Allez, essayons quelques mouvements — il s'approcha de Jess. Je vais vous sauter dessus et je veux que vous fassiez comme si vous vous laissiez aller — il attrapa la main de Jess et la tira à lui en un lent mouvement. Venez avec moi, c'est ça. O.K., maintenant que vous êtes là, repoussez-moi très fort. C'est ça. Servez-vous de mon propre poids contre moi. Utilisez la force de mon geste pour me repousser. Poussez. Bien — il lâcha la main de Jess. Une fois que vous avez déséquilibré le salaud, pensez à utiliser les armes que vous avez à votre disposition, y compris vos pieds. On a vu ce que vous pouviez faire avec vos mains. Je vais maintenant vous montrer ce que vous pouvez faire avec vos pieds.

Jess regarda Dominic exécuter quelques mouvements appropriés. Au bout de près de deux heures d'exercices, les femmes étaient essoufflées et se battaient de plus en plus fort.

— O.K., voyons comment vous mettez tout ça ensemble, leur dit Dominic. Mettez-vous deux par deux. Vasiliki avec Maryellen, Ayisha avec Catarina, et vous, dit-il en montrant Jess, venez avec moi.

Jess fit quelques pas hésitants vers Dominic. Tout à coup il l'attrapa et la tira vers lui.

— *Hoh !* hurla-t-elle, et elle entendit son cri

emplir toute la salle tandis qu'elle avait un mouvement de recul instinctif.

Merde, se dit-elle, combien de fois faudrait-il lui dire ? Laisse-toi aller. Ne résiste pas. Laisse-toi aller avec lui.

Elle se laissa entraîner, tomba contre lui, et alors le repoussa de tout son poids, se servant de ses pieds pour le faire trébucher et de son épaule pour le renverser, avant de tomber à terre avec lui.

Elle avait réussi, pensa-t-elle triomphalement. Elle avait prouvé qu'elle n'était pas si vulnérable, après tout. Elle rejeta la tête en arrière et éclata d'un rire puissant.

Tout à coup, elle sentit qu'on lui frappait doucement sur le front et se retourna pour voir Dominic qui lui souriait, deux doigts de sa main droite pointés sur sa tempe comme le canon d'un revolver. Son pouce pressa sur une détente imaginaire.

— Pan, dit-il calmement. Vous êtes morte.

22

« Putain de bordel de merde », marmonnait encore Jess en marchant dans Willow Street. Qu'est-ce qu'elle foutait là, à perdre son temps le samedi après-midi, nom de Dieu, alors qu'elle avait si peu d'après-midi de libres, nom de Dieu, à apprendre à se défendre toute seule, à faire comme si elle était invulnérable, nom de Dieu, alors qu'en réalité quelqu'un de déterminé n'aurait pas grande difficulté à lui faire du mal ? Un « Hoh ! » approprié ne servirait pas à grand-chose en face d'une arbalète ; des ongles visant les yeux n'arrêteraient pas une balle visée en pleine tête.

La semaine suivante, leur avait garanti Dominic, il

leur montrerait comment désarmer un assaillant armé d'un couteau ou d'un revolver. Super, pensait Jess à présent en traversant la rue. Elle attendait ça avec impatience.

Dès qu'elle arriva au coin d'Orchard Street, elle le vit. Il s'apprêtait à lui couper la route, le col de son blouson relevé pour se protéger du froid. Elle s'arrêta, se demandant si elle allait continuer ou tourner les talons et s'enfuir en courant dans l'autre direction. Savoir reconnaître le danger et s'en éloigner était ce qui figurait en premier sur la liste des priorités qu'on venait de lui enseigner. S'enfuir en courant était ce qui marchait en général le mieux pour la plupart des femmes.

Elle ne courut pas. Elle resta là, à attendre au milieu du trottoir, jusqu'à ce qu'il se tournât et la vît ; elle resta là quand il se dirigea vers elle ; elle resta là quand il l'attira à lui et la prit dans ses bras.

— Il faut qu'on parle, dit Adam.

— J'ai grandi à Springfield, racontait-il en se penchant par-dessus la petite table du restaurant italien où ils avaient passé leur première soirée ensemble.

Il était encore tôt. Le restaurant était presque vide. Carla s'affairait dans les parages mais elle n'avait pas tenté de s'approcher d'eux, comme si elle comprenait qu'il y avait des choses qui avaient besoin d'être exprimées avant qu'on puisse songer à manger.

— Je crois que je t'ai déjà précisé que j'étais fils unique, poursuivit Adam. Ma famille est plutôt bien nantie. Mon père est psychiatre. — Il rit doucement. — Tu n'étais donc pas loin de la vérité quand tu m'as demandé quand j'avais laissé tomber la psychiatrie pour vendre des chaussures. Je suppose que certaines choses restent dans les gènes.

» Ma mère est conseiller artistique. Elle a une petite affaire prospère dont elle s'occupe en dehors de sa maison. Une très grande maison, remplie d'antiquités de valeur et de peintures modernes. J'ai été élevé entouré de ce qu'il y avait de mieux. J'ai appris à attendre le meilleur en toute circonstance. Je croyais que j'avais droit à ce qu'il y avait de mieux.

Il s'arrêta. Jess le regarda croiser et décroiser ses mains sur la table.

— Les choses se sont toujours passées très facilement pour moi : l'école, les filles. J'obtenais à peu près tout ce que je voulais. Et longtemps j'ai voulu une fille qui s'appelait Susan Cunningham. Elle était jolie, avait du succès, était aussi gâtée-pourrie que moi. C'est la fille de H.R. Cunningham, si tu connais les milieux de l'immobilier.

Jess secoua la tête, toute son attention concentrée sur la bouche de son interlocuteur.

— En tout cas je la voulais, j'avais décidé que je l'aurais, et je l'ai épousée. Inutile de dire, puisqu'on est aujourd'hui divorcés, que ça n'a pas été un mariage paradisiaque. On n'avait rien en commun, sauf le fait qu'on aimait tous les deux se regarder dans la glace. Qu'est-ce que je pourrais ajouter ? On était deux individus égocentriques, on croyait que tout ce qu'on pouvait dire ou faire méritait des applaudissements. Sinon on boudait, on discutaillait et, en général, on se rendait mutuellement la vie impossible.

» La seule chose qu'on ait faite correctement, c'était Beth.

Jess le regarda dans les yeux, mais Adam se hâta de détourner le regard.

— Beth ?

— Notre fille.

— Tu as une fille ? Tu as dit...

— Je sais... Ça n'était pas vrai.

— Continue, proposa doucement Jess en retenant son souffle.

— Beth est née quelques années après notre mariage, et on n'avait jamais rien vu de plus mignon. Elle ressemblait à une de ces poupées de porcelaine si jolies et si fines qu'on a peur de les toucher. C'est elle, dit-il, cherchant d'une main tremblante son portefeuille dans sa poche pour y prendre une petite photo en couleurs montrant une petite fille blonde et souriante, vêtue d'une robe blanche à smocks rouges.

— Elle est ravissante, reconnut Jess, essayant de calmer le tremblement de la main d'Adam dans la sienne.

— Elle est morte, dit Adam en remettant la photo dans son portefeuille.

— Quoi ? Mon Dieu ! Comment ? Quand ?

Adam regarda Jess, mais ses yeux étaient vagues, et elle savait qu'il ne la voyait pas. Quand il reprit la parole, sa voix était tendue, distante, comme s'il lui parlait de très loin.

— Elle avait six ans. Notre mariage touchait à sa fin. Susan disait que j'étais marié avec mon boulot, et je disais qu'elle était mariée avec le sien. On disait tous deux qu'aucun de nous ne consacrait suffisamment de temps à notre fille.

» En tout cas, mon père se rendait compte de ce qui se passait et il nous suggéra de faire appel à un conseiller conjugal, ce qu'on fit pendant quelque temps, mais on n'y croyait pas vraiment. Ses parents à elle nous offrirent une croisière aux Bahamas. Ils pensaient que, si on pouvait passer quelques semaines seuls tous les deux, on arriverait peut-être à aplanir nos différends. Ils proposèrent de s'occuper de Beth. On a dit d'accord, bon sang, pourquoi pas ?

» Beth ne voulait pas qu'on parte. Les gosses sentent bien quand il y a quelque chose qui ne va pas, et je suppose qu'elle craignait que l'un de nous ne revienne pas, je n'en sais rien — il regarda fixement la porte, sans prononcer un mot pendant plusieurs secondes. En tout cas, elle a commencé à faire des colères, à avoir mal au ventre, ce genre de choses. Le matin de notre départ, elle s'est plainte de douleurs dans la nuque. On n'y a pas fait très attention. On a pensé que c'était tout simplement sa façon à elle d'essayer de nous faire rester. On a pris sa température, mais elle n'avait pas de fièvre, et les parents de Susan nous ont assuré qu'ils prendraient bien soin d'elle et l'emmèneraient chez le médecin au moindre problème. On est donc partis.

» Cette nuit-là, elle a eu un peu de fièvre. Les parents de Susan ont appelé le médecin qui leur a dit de lui donner deux comprimés de Tylenol pour enfants et de l'amener à son cabinet le lendemain matin si ça n'allait pas mieux. Au milieu de la nuit, elle avait plus de quarante de fièvre et elle délirait. Mon beau-père l'a conduite à l'hôpital mais il était trop tard. Elle est morte au petit matin.

» Méningite, dit Adam, répondant à l'interrogation qui pointait dans le regard de Jess.

— Mon Dieu, c'est épouvantable !

— Ils nous ont appelés sur le bateau, on a organisé notre retour mais, bien sûr, il n'y avait plus de chez-nous. La seule chose qui nous liait avait disparu. On a essayé une thérapie pour dominer notre chagrin, mais on était beaucoup trop montés l'un contre l'autre pour que ça marche. En fait, on ne voulait pas que ça marche. On voulait se blâmer mutuellement. On voulait que ce qui s'était passé soit la faute de quelqu'un.

» J'ai pensé poursuivre le médecin, mais il n'y avait pas assez d'éléments. J'ai même pensé poursuivre mes beaux-parents. Au lieu de ça, j'ai engagé une procédure de divorce. Ensuite je me suis enfui. J'ai laissé tomber mon boulot, ma maison. Plus rien n'importe quand on perd un enfant. Alors je me suis sauvé. Je suis venu dans la grande ville. J'ai trouvé un emploi de vendeur de cravates chez Carson, Pirie, Scott & Company. Ensuite, j'ai découvert les chaussures de femme ; et le reste n'est que de la petite histoire.

Son regard allait de Jess à la porte puis à la table, puis de nouveau à Jess.

— J'ai rencontré beaucoup de femmes mais je n'ai

jamais voulu m'engager. J'ai flirté, dragué, vendu plein de chaussures. Mais on n'aurait jamais pu me pousser vers une autre liaison. Sûrement pas. On n'a pas besoin de ce genre de souffrance.

» Et c'est alors que tu es entrée dans le magasin et que je t'ai vue te frapper la paume de la main avec le talon de cette chaussure, si fort que l'une ou l'autre allait forcément se briser. Je t'ai regardée, et je me suis dit, cette personne-là porte une blessure aussi profonde que la mienne.

Jess sentit les larmes lui monter aux yeux et détourna vivement la tête.

— Je n'avais pas l'intention de te faire signe, poursuivit-il, sa voix ramenant le regard de Jess vers lui. La dernière chose que je voulais, c'était de me retrouver impliqué dans les problèmes de quelqu'un d'autre, même si, va savoir, c'était peut-être exactement ça que j'attendais. C'est du moins ce que mon père aurait probablement dit. Peut-être que c'était juste le bon moment, je ne sais pas. Mais quand ces foutues bottes sont arrivées, j'ai su qu'il fallait que je te revoie. Et alors je t'ai appelée et t'ai invitée à sortir, tout en me disant qu'il n'y aurait pas de suite. Je n'avais assurément pas la moindre intention de te contacter à nouveau. Mais je me retrouvais sans arrêt devant chez toi.

» Et j'ai pensé à toi toute cette semaine, me disant que, bien que tu m'aies conseillé de ne plus revenir, il fallait que je te voie, et je n'ai pas vendu la moindre paire de chaussures...

Jess se mit à rire et à pleurer à la fois.

— Et tes parents ? demanda-t-elle.

— Je ne les ai pas vus depuis que j'ai quitté Springfield.

— Ça doit être très dur pour toi.

Il eut l'air surpris.

— La plupart des gens auraient dit dur pour eux, mais c'est vrai, c'est dur pour moi aussi, reconnut-il.

— Alors pourquoi agir comme ça ?

— Je suppose que je ne suis pas encore prêt à me retrouver en face d'eux. Je leur parle de temps à autre. Ils essaient de comprendre, de me laisser le temps qu'il faut, mais tu as raison, je suppose que ça n'a plus de sens. Sauf qu'on tombe dans des schémas. Des schémas parfois dangereux.

— Tu n'étais pas vendeur de chaussures, à Springfield, n'est-ce pas ? demanda-t-elle, connaissant déjà la réponse.

Il secoua la tête.

— Tu n'as pas envie de le savoir.

— J'ai l'horrible impression de le savoir déjà, déclara-t-elle. Tu es avocat, c'est bien ça ?

— Je voulais te le dire, mais j'essayais de me persuader que puisque je ne te reverrais pas, ça ne changerait rien.

— Et moi qui ai parlé et reparlé de droit, du fonctionnement du système judiciaire...

— Ça m'a beaucoup plu. C'était comme un cours de remise à niveau. Ça m'a fait réaliser à quel point la pratique du droit me manquait. Ton enthousiasme est contagieux. Et tu es un professeur formidable.

— Dans quelle spécialité étais-tu ?

Elle se mit à rire, avant même d'entendre sa réponse.

— Le droit criminel, fut la réponse attendue.

— Évidemment.

Jess se frotta le front, songeant qu'elle aurait mieux fait de s'enfuir en courant quand elle en avait eu l'occasion.

— Je n'avais vraiment pas l'intention de te mentir, répéta-t-il. C'est simplement que je n'avais jamais pensé que les choses iraient aussi loin.

— Loin jusqu'où ? demanda Jess.

— Suffisamment loin pour que je me rende compte que je ne voulais pas te perdre, que tu méritais de savoir la vérité. Je suis en train de tomber amoureux, murmura-t-il.

— Parle-moi de ta fille, dit Jess en lui prenant les mains.

— Qu'est-ce que je peux en dire ? interrogea-t-il, d'une voix tremblante.

— Raconte-moi des choses agréables dont tu te souviens.

Il y eut une longue pause. Carla s'approcha, surprit le regard de Jess et s'éloigna.

— Je me souviens, quand elle a eu quatre ans, elle était complètement excitée parce que c'était son anniversaire le lendemain, commença Adam. Susan lui avait acheté une nouvelle robe et elle ne pouvait pas attendre pour la mettre. Elle avait invité toute une bande d'enfants pour une petite fête et il devait y avoir un magicien, tous les trucs habituels pour les goûters d'enfants. Toujours est-il qu'on est allés se coucher, et j'étais en train de dormir profondément, quand j'ai senti brusquement qu'on me tapotait le bras ; j'ai ouvert les yeux, et Beth était là à me regarder. Et j'ai dit : « Qu'est-ce qu'il y a, ma chérie ? » Et elle a dit de sa petite voix pleine d'excitation : « C'est mon anniversaire. » Et j'ai dit : « Oui, c'est vrai, mais retourne dans ton lit, mon chou, il est trois heures du matin. » Et elle a dit : « Oh, je croyais qu'il était l'heure de se lever. Je me suis habillée et tout. » Elle avait mis sa robe neuve toute seule, et ses chaussures et ses chaussettes blanches, et elle se tenait là, toute prête, à trois heures du matin, et je me souviens d'avoir pensé combien c'était merveilleux d'être aussi excité à propos de quelque chose. Alors je me suis levé, et je l'ai raccompagnée dans sa chambre, et elle a remis son pyjama, et je l'ai bordée dans son lit, et elle s'est rendormie aussitôt.

— J'adore cette histoire, dit Jess.

Adam sourit, des larmes se formant dans le coin de ses yeux.

— Une fois, à l'école maternelle, elle ne devait pas avoir plus de trois ans, elle m'a dit qu'il y avait un petit garçon qui l'embêtait en classe, qu'il lui disait des vilains mots et qu'elle n'aimait pas ça. Alors je lui ai demandé quels vilains mots il lui disait, et elle a dit de sa petite voix douce et innocente : « Il m'appelle baiseuse et suceuse ».

Jess éclata de rire.

— Oui, c'est comme ça que j'ai réagi moi aussi, je le crains, dit Adam, riant à son tour. Et bien sûr ça n'a fait que l'encourager. Et elle m'a regardé de ses grands yeux bruns et m'a dit : « Est-ce que tu viendras à l'école avec moi aujourd'hui, papa ? Est-ce que tu vas lui dire de ne plus m'appeler baiseuse et suceuse ? »

— Et tu l'as fait ?

— Je lui ai dit que j'étais sûr qu'elle saurait très bien se débrouiller toute seule avec ce petit con. Et je suppose que c'est ce qui s'est passé, parce que je n'en ai plus jamais entendu parler.

— Tu as l'air d'avoir été un bon papa.

— J'aime à le croire.

— Est-ce que tu étais un bon avocat ? demanda Jess après une pause.

— Le meilleur de Springfield.

— As-tu jamais envisagé d'y retourner ?

— A Springfield, jamais.

— Au droit.

Il marqua un temps d'arrêt, fit signe à Carla qui s'approcha avec hésitation.

— On va prendre la pizza spéciale et deux verres de chianti, s'il vous plaît.

Carla hocha la tête d'un air approbateur, puis s'éloigna sans un mot.

— Tu n'as pas répondu à ma question, lui rappela Jess.

— Est-ce que j'ai jamais envisagé de revenir au droit ? répéta-t-il, mesurant chaque mot. Oui, j'y songe. J'ai les genoux un peu usés à force de vendre des chaussures. Peut-être que, s'il se présentait une affaire qui m'inspire particulièrement, je pourrais me laisser tenter. Qui sait ?

Carla apporta les verres de vin et Jess trinqua aussitôt avec Adam.

— Aux tendres souvenirs, dit-elle.

— Aux tendres souvenirs, renchérit-il.

Dès qu'ils arrivèrent chez elle, Jess sut que quelque chose clochait. Elle resta figée devant la porte.

— Qu'est-ce qu'il y a ? demanda Adam.

— Tu entends ? demanda-t-elle.

— J'entends ta radio, si c'est de ça que tu veux parler. Est-ce que tu ne la laisses pas toujours allumée pour l'oiseau ?

— Pas si fort.

Adam ne dit rien ; Jess tourna la clé dans la serrure et poussa doucement la porte.

— Nom de Dieu, on gèle, ici, s'exclama-t-elle aussitôt, en voyant ses rideaux de dentelle ancienne tournoyer dans le courant d'air.

— Tu avais laissé la fenêtre ouverte ?

— Non, dit Jess en se hâtant d'aller fermer la fenêtre. Les rideaux s'effondrèrent autour d'elle, lui recouvrant le visage comme un linceul, tandis que la musique retentissait. Un opéra, réalisa-t-elle, en se dégageant des rideaux comme si c'était une toile d'araignée géante et en se précipitant pour éteindre la radio.

— On devrait peut-être appeler la police, dit Adam.

Jess se retourna. A part la fenêtre ouverte et la radio, rien ne semblait avoir été touché.

— On dirait qu'il ne manque rien.

Elle se dirigea vers sa chambre.

— N'y va pas, Jess, la mit en garde Adam.

Jess s'arrêta et se tourna vers lui.

— Pourquoi ?

— Parce que tu ne sais ni ce qui, ni qui peut t'y attendre, l'avertit-il. Nom de Dieu, s'il y a quelqu'un qui devrait savoir ça, c'est bien toi. Quel est le premier conseil de la police quand on pense avoir été cambriolé ? Ils disent de ne pas entrer, poursuivit-il, sans attendre sa réponse. Et pourquoi est-ce qu'on dit ça ?

— Parce que celui qui a pénétré dans la place y est peut-être encore, répondit tranquillement Jess.

— Sortons d'ici et allons appeler la police, dit-il de nouveau.

Jess fit deux pas vers lui et s'arrêta brusquement.

— Mon Dieu !

Adam fit volte-face puis se retourna vers Jess.

— Quoi ? Qu'est-ce qu'il y a ?

— Fred, dit-elle d'une voix tremblante, la main tendue vers la cage.

Un instant, Adam eut l'air perplexe.

— Il est parti, cria Jess en courant jusqu'à la cage dont elle examina l'intérieur pour s'assurer que le petit canari ne s'était pas caché quelque part sous le papier qui en tapissait le fond, mais l'oiseau était bel et bien parti. — Quelqu'un a ouvert la porte de la cage et l'a fait sortir. Il a dû s'envoler par la fenêtre.

Tout en parlant, Jess réalisa qu'il était invraisemblable que le canari ait réussi à se frayer un chemin à travers les rideaux tournoyants sans être guidé par une main ferme, et qu'il était à peu près certainement mort de froid aussitôt lâché dans la nuit hostile. Les larmes lui montèrent aux yeux et elle se mit à pleurer.

— Pourquoi faire ça ? Qui voudrait faire du mal à un pauvre petit oiseau ? gémit-elle dans les bras d'Adam, l'image de la tortue mutilée d'un petit garçon s'imposant à elle.

Ils appelèrent la police depuis chez Walter Fraser et attendirent là pendant que deux policiers inspectaient l'appartement de Jess.

— Ils ne trouveront personne, dit Jess pendant que Walter lui préparait une tasse de thé. Il est parti depuis longtemps.

— On dirait que tu sais qui c'est, fit remarquer Adam.

— Oui, reconnut Jess, et elle leur parla brièvement de Rick Ferguson. Walter, est-ce que tu as entendu quelqu'un monter l'escalier ? demanda Jess. Ou vu quelqu'un de louche ?

— Juste ton ami qui est là, observa Walter en désignant Adam.

Jess tourna les yeux vers Adam.

— Il faisait les cent pas dehors, poursuivit Walter. Il t'attendait, je suppose.

— Et la musique ? demanda Adam. Savez-vous à quelle heure le volume a augmenté ?

— Eh bien, je suis sorti presque tout l'après-midi, leur dit Walter, essayant de retracer le déroulement des événements de la journée. Et quand je suis rentré, la radio était déjà à plein tube. J'ai trouvé ça inhabituel, mais j'ai pensé, de quel droit me plaindre ? En plus, c'était Placido Domingo, ce qui était tout à fait supportable.

— Tu n'as entendu personne marcher au-dessus ? demanda Jess.

— Si jamais j'ai entendu quelqu'un, j'ai dû me dire que c'était toi — il lui tapota la main d'un air rassurant. Bois ton thé.

La police posa les mêmes questions, obtint les mêmes réponses. Ils n'avaient trouvé personne dans l'appartement de Jess. Rien, dans les autres pièces, ne semblait avoir été touché.

— Vous êtes sûre que vous n'aviez pas vous-même laissé la fenêtre ouverte ? demanda l'un des policiers, une jeune femme avec des cheveux roux coupés court et des taches de rousseur.

— Absolument sûre.

— Et la radio, et la cage à oiseau, y a-t-il une chance pour que... ?

— Aucune chance, répliqua Jess d'un ton irrité.

— Nous pouvons envoyer quelqu'un pour relever les empreintes, proposa l'autre policier, un homme plus âgé, qui s'appelait Frank Metula.

— Ne vous donnez pas cette peine, Frank, lui dit Jess. Il n'a pas laissé d'empreintes.

Jess leur fit part de ses soupçons, leur dit qu'elle avait déjà un mandat d'arrêt contre Rick Ferguson.

— Voulez-vous qu'un agent surveille la maison cette nuit ? demanda Frank.

— Il y a déjà quelqu'un qui veille sur moi, leur dit Jess. Un détective engagé par mon ex-mari.

— Est-ce qu'il surveillait la maison ? demanda Adam.

— Non, malheureusement. C'est moi qu'il suit, il n'a donc rien pu voir.

— Nous patrouillerons de toute façon devant chez vous toutes les demi-heures, suggéra Frank Metula.

— Il ne reviendra pas, leur dit Jess. En tout cas pas ce soir.

— Je vais rester avec elle, déclara Adam d'une voix qui n'admettait aucune discussion.

— Ce revolver dans votre table de nuit, fit remarquer la femme, je suppose que vous avez une autorisation de port d'arme ?

Jess ne répondit rien tandis que les deux policiers sortaient.

Elle était allongée sur son lit, lovée dans les bras d'Adam. Elle avait sombré plusieurs fois dans le sommeil, glissant dans des rêves étranges et inquiétants où tout était plus grand que dans la réalité, et différent des apparences. Les rêves s'effaçaient dès qu'elle ouvrait les yeux. Chaque fois qu'elle bougeait, elle sentait les bras d'Adam se resserrer autour d'elle.

Après le départ de la police, ils étaient remontés dans l'appartement, titubant jusqu'à la chambre et s'écroulant tout habillés sur le lit. Il n'y avait eu ni tâtonnements pour trouver les boutons et agrafes, ni tentatives de romance. Ils étaient simplement restés étendus là dans les bras l'un de l'autre, Jess fermant parfois les yeux puis les rouvrant pour trouver Adam en train de la regarder.

— Quoi ? demandait-elle à présent, assise, se frottant les yeux, écartant une mèche de son visage.

— J'étais en train de me dire que tu es vraiment belle, dit-il, et Jess faillit éclater de rire.

— Je ne suis pas maquillée. Je traîne les mêmes vêtements depuis ce matin, et j'ai passé la moitié de la nuit à pleurer. Comment peux-tu dire que je suis belle ?

— Comment peux-tu penser que tu ne l'es pas ? rétorqua-t-il, lui massant doucement les muscles du dos — elle courba le dos, s'appuyant contre ses mains expertes. Essaie de ne penser à rien. Détends-toi. Essaie de dormir.

— A vrai dire, j'ai faim, dit Jess, s'étonnant elle-même. Je ne peux pas croire à quel point j'ai toujours faim, quoi qu'il se passe.

— Tu veux que je te prépare une de mes omelettes spéciales ?

— Trop compliqué. Et si je mettais simplement des pizzas surgelées dans le micro-ondes ?

— Ça m'a l'air génial.

Elle s'extirpa du lit et se traîna jusqu'à la cuisine, entendant sa mère lui répéter de ne pas traîner les pieds en marchant. Adam arriva derrière elle tandis qu'elle ouvrait le congélateur et en sortait le paquet de pizzas surgelées.

— Juste une, pour moi, dit-il.

Jess mit trois petites pizzas sur un plat, sentant les bras d'Adam lui entourer la taille. Elle se laissa aller doucement contre sa poitrine, s'appuyant contre lui, sachant qu'il ne se déroberait pas. Elle sentit ses lèvres dans ses cheveux, sur sa nuque, sur sa joue. Lentement, à regret, elle s'arracha à son étreinte et porta le plat jusqu'au four à micro-ondes dont elle ouvrit la porte.

Elle sentit instantanément une énorme vague de répulsion submerger son corps, emplir son estomac et menacer de l'aspirer de l'intérieur. Elle porta la main à sa bouche, suffoquant d'horreur devant ce qu'elle voyait. Le petit canari gisait, raide, sur le côté, ses pattes grêles tendues, ses plumes jaunes noircies et carbonisées, ses yeux morts et vitreux.

— Oh, mon Dieu, hoqueta Jess en se jetant en arrière, soudain prise de nausées ; la tête lui tournait ; elle chancelait sur ses jambes.

— Qu'est-ce que c'est ? demanda Adam, se précipitant pour la rattraper avant qu'elle ne tombe.

Jess ouvrit la bouche pour parler, mais aucun son n'en sortit. Dans la seconde qui suivit, elle vomissait sur le carrelage.

23

Elle fut réveillée par une odeur de café frais. Adam était assis au pied de son lit et il lui tendait une grande tasse de café noir.

— Je ne savais pas si tu aurais envie de manger, dit-il en s'excusant, alors je n'ai rien préparé.

Jess prit la tasse, avala une grande gorgée de café, essayant de se débarrasser du goût désagréable qui persistait dans sa bouche. Elle se rappelait vaguement qu'Adam l'avait nettoyée, lui avait ôté ses vêtements souillés, lui avait enfilé sa chemise de nuit, insistant pour qu'elle se couche.

— Comment te sens-tu ? demanda-t-il.

— Comme si j'avais été heurtée par un train, dit Jess. Comme si quelqu'un m'avait complètement écrabouillée.

— C'est le cas, lui rappela-t-il.

— Mon Dieu, gémit Jess. Mon pauvre Fred ! — Un sanglot l'étouffa et ses mains se mirent à trembler. Adam les prit dans les siennes pour les calmer, lui enlevant la tasse et la posant sur la table de nuit. — Quelle nuit ! observa Jess, et elle faillit éclater de rire. Je veux dire, la dernière fois que tu as passé une nuit pareille, c'était quand ? Tu invites une femme à dîner, et tu te retrouves interrogé par la police, en train d'extraire un canari rôti d'un four à micro-ondes. — Jess se mordit la lèvre, luttant contre une nouvelle vague de sanglots. — Sans parler du fait que ta petite amie vomit partout sur toi.

— A vrai dire, tu m'as raté, dit-il doucement.

— Vraiment ? Tu dois être la seule chose que j'ai ratée.

— A peu près.

— Nom de Dieu, rien que l'idée de nettoyer tout ce bordel...

— C'est déjà fait.

Jess lui jeta un regard plein de gratitude.

— Et Fred ? murmura-t-elle.

— Je m'en suis occupé, dit Adam simplement.

Jess se tut pendant plusieurs secondes ; seuls ses reniflements se faisaient entendre dans l'appartement.

— Je suis vraiment un cadeau, finit-elle par dire en essuyant ses larmes du dos de la main. Reste avec moi.

— J'y compte bien, déclara Adam, se penchant pour lui embrasser doucement les lèvres.

Jess se recula d'un air gêné, se cachant la bouche derrière ses mains.

— Il faudrait que je prenne une douche, que je me lave les dents.

— Je vais voir ce que je peux préparer en vitesse pour le petit déjeuner. Tu crois que tu pourras manger quelque chose ?

— J'ai honte de dire que oui.

— Tu vois, c'était pas si terrible que ça, après tout, non ?

— Quoi ?

— De vomir. La chose que tu redoutais le plus. Tu l'as faite — de façon spectaculaire, je dois le reconnaître — et tu y as survécu.

— J'ai quand même détesté ça.
— Mais tu as survécu.
— Temporairement.
— Va prendre ta douche. Tu te sentiras bien mieux.

Il l'embrassa sur le bout du nez et quitta la pièce.

Jess resta quelques minutes assise sur son lit, regardant fixement la fenêtre. C'était apparemment une belle journée, claire et ensoleillée ; une petite brise agitait les branches dénudées des arbres. Elle se demanda quelles terreurs cachait le soleil froid. Regarde-moi trop longtemps, semblait-il dire, tandis qu'elle s'approchait de la fenêtre, et tu deviendras aveugle. Approche-toi trop près, et je te réduirai en un tas de cendres. « *Hoh !* » aboya-t-elle, mais le soleil ne se laissa pas intimider et ne broncha pas.

Elle ne s'était jamais aperçue auparavant à quel point son appartement était calme sans le chant de son canari. Ce chant avait toujours été là. Elle fit couler la douche et se déshabilla. Un son si agréable, songea-t-elle en fermant la porte, entendant Adam s'affairer dans la cuisine. Elle pénétra dans la baignoire et tira le rideau de douche. Si apaisant, si constant, si vivant.

On l'avait à présent fait taire.

« Va te faire foutre, Rick Ferguson », murmura-t-elle.

Il se rapprochait de plus en plus, orchestrant savamment le moindre de ses gestes pour obtenir l'effet maximum, réalisa Jess en se mettant sous le jet d'eau chaude. C'était exactement ce qu'il avait fait avec Connie DeVuono. Pénétrant sans peine par effraction, organisant une peur croissante, massacrant sadiquement d'innocents animaux, terrorisant la malheureuse femme avant de venir l'achever. Il continuait donc à arracher les ailes des papillons, songea Jess, en se rappelant le sourire qui l'avait fait frissonner la première fois qu'elle l'avait vu. Ce sourire disait tout.

« *Hoh !* » cria Jess en faisant volte-face, ses doigts formant une serre de rapace, fendant la vapeur. Elle glissa sur le fond de la baignoire, perdit l'équilibre, tomba en avant, se heurta violemment le poignet gauche contre le carrelage et tenta de se raccrocher de la main droite au rideau de douche qu'elle entendit craquer et sortir de ses crochets. Mais, par miracle, le rideau tint bon et supporta son poids, lui permettant de se remettre sur ses pieds. « Merde », dit-elle en rejetant la tête en arrière. Elle respira profondément, emplissant ses poumons d'air chaud.

Elle attrapa le savon et s'en frotta vigoureusement le corps et les cheveux. Elle n'avait pas la patience d'utiliser du shampooing. Le savon ferait aussi bien l'affaire, se dit-elle en sentant la mousse s'épaissir entre ses doigts tandis qu'elle se massait le crâne. La scène de la douche dans *Psychose* de Hitchcock lui revint soudain en mémoire.

Elle observa mentalement une infortunée Janet Leigh entreprenant ses innocentes ablutions, vit la porte de la salle de bains s'entrouvrir en grinçant, l'étrange silhouette s'approcher, l'énorme couteau de boucher se dresser tandis que les rideaux de douche s'écartaient violemment et que le couteau plongeait et replongeait sans cesse dans la chair de la femme hurlante.

— Nom de Dieu, s'exclama Jess à haute voix, se rinçant les cheveux avec impatience. Est-ce que tu essaies de faire le boulot de Rick Ferguson à sa place ? Qu'est-ce qu'il t'arrive ?

C'est alors qu'elle entendit la porte de la salle de bains s'ouvrir et qu'elle vit entrer Rick Ferguson.

Elle retint son souffle, tentant de pousser un hurlement, d'émettre un son, quel qu'il soit. *Hoh !* pensa-t-elle intensément, mais aucun son ne sortit. Rick Ferguson resta là plusieurs secondes à la regarder depuis la porte, tandis qu'elle fermait les robinets. L'eau s'arrêta de couler. Et brusquement il se mit à avancer vers la baignoire, les bras tendus devant lui pour se saisir du rideau. Où était Adam ? se demanda-t-elle, tâtonnant à la recherche de ce qui pourrait lui servir d'arme, attrapant le savon, s'apprêtant à le lancer à la tête de Rick Ferguson. Comment était-il entré ? Qu'avait-il fait à Adam ?

Des mains saisirent le rideau de douche et l'écartèrent. Jess se jeta en avant.

— *Hoh !* hurla-t-elle en balançant le savon à la tête de son agresseur.

Celui-ci vacilla, heurta le lavabo derrière lui, levant les mains pour se protéger le visage.

— Nom de Dieu, Jess, l'entendit-elle crier. T'es dingue ? Tu veux me tuer ?

Jess regarda fixement l'homme tremblant devant elle.

— Don ? interrogea-t-elle, d'une voix humble.

— Jess, ça va ? appela Adam en se précipitant.

— Je ne sais pas, lui dit Jess en toute honnêteté. Qu'est-ce que tu fais là, Don ? Tu m'as foutu une de ces trouilles.

— Je t'ai fait peur ? demanda Don. J'ai failli avoir une crise cardiaque, bon sang.

— Je vous avais dit d'attendre qu'elle ait fini de prendre sa douche, intervint Adam, ne parvenant pas à dissimuler un sourire de plus en plus large.

— Qu'est-ce que tu fais là ? questionna Jess de nouveau.

Don regarda alternativement Jess et Adam.

— Je peux te parler seul une minute ?

Jess écarta de son front quelques cheveux mouillés et réalisa soudain qu'elle était nue devant les deux hommes, dont l'un était son ex-mari, et l'autre son prétendu amant.

— Quelqu'un pourrait-il me passer une serviette ? interrogea-t-elle en s'efforçant de prendre un ton détaché.

Adam l'enveloppa aussitôt dans une grande serviette de bain de couleur pêche et l'aida à sortir de la baignoire. Elle se retrouva coincée entre les deux hommes, ne sachant pas vraiment comment elle faisait pour provoquer ce genre de situation, se demandant si tout ça était encore un de ses rêves idiots. La minuscule salle de bains, déjà à peine assez grande pour une personne, était sur le point d'exploser avec trois occupants.

— Tout va bien, Adam, lui affirma Jess.

Adam jeta un regard à Don, puis lâcha les rênes au sourire qu'il tentait de retenir.

— Il faut qu'on arrête de se rencontrer comme ça, dit-il à Don, avant de quitter la pièce.

— Qu'est-ce qui se passe, Don ? s'inquiéta Jess.

— J'attends que tu me le dises.

— C'est toi qui as fait irruption dans ma salle de bains, lui rappela-t-elle.

— Je n'ai pas fait irruption. Je t'ai appelée plusieurs fois. J'ai cru t'avoir entendue dire quelque chose. J'ai supposé que tu m'invitais à entrer. Ce que j'ai fait. Et voilà qu'on me frappe à la tête avec un savon.

— Je t'ai pris pour Rick Ferguson.

— Rick Ferguson ?

— J'ai l'imagination un peu trop fertile, ces jours-ci. Tu permets qu'on aille dans la chambre ? Je me sens un peu ridicule à te parler vêtue d'une serviette.

— Jess, on a été mariés, tu te souviens ?

— Tu ne m'as toujours pas dit ce que tu faisais ici.

Jess passa dans la chambre, enfila son peignoir et se sécha les cheveux avec sa serviette.

— Je me faisais du souci pour toi. Le type que j'ai engagé pour veiller sur toi m'a appris qu'il s'était passé quelque chose ici avec la police.

— C'était hier soir.

— Je ne suis rentré chez moi que ce matin, avoua-t-il, d'un air penaud.

Jess le regarda avec un faux air de reproche. A la vérité, elle ressentait un énorme soulagement.

— Je suis venu aussitôt. Ton petit ami — il buta

sur les mots — m'a fait entrer. Il m'a dit que tu étais sous la douche, mais...

— ... mais tu as voulu vérifier par toi-même. On peut dire que c'était réussi.

— Qu'est-ce qui s'est passé hier soir ?

Jess lui raconta les événements.

— Bon Dieu. Je suis vraiment désolé.

Jess chassa quelques larmes égarées, s'étonnant de leur réserve intarissable.

— C'était un si joli petit oiseau. Tout ce qu'il aimait, c'était rester dans sa cage, à chanter toute la journée. Quel esprit malsain a bien pu... ?

— Il y a beaucoup de cinglés partout, dit Don tristement.

— Il y en a un en particulier.

— J'ai quelque chose à te dire, déclara Don. Quelque chose qui devrait te tranquilliser. Si c'est possible.

— Quoi ?

— Rick Ferguson s'est présenté au commissariat de police à huit heures ce matin, et s'est livré.

— Quoi ?

Jess se précipita aussitôt vers son placard et se mit à fouiller dans ses vêtements.

— Il prétend qu'il ignorait complètement que la police le recherchait. Il était avec une femme qu'il avait rencontrée...

— Évidemment. Sauf qu'il ne se rappelle pas comment elle s'appelle.

— Je ne crois pas qu'on le lui ait demandé.

Jess enfila un jean et un gros pull bleu.

— Depuis combien de temps es-tu au courant ?

Elle remarqua la tristesse inscrite dans le regard de Don.

— Il y avait deux messages sur mon répondeur quand je suis rentré chez moi ce matin, expliqua-t-il d'un ton neutre. Le premier te concernait ainsi que ce qui s'est passé ici hier soir l'autre était un message de Rick Ferguson, il me disait qu'il était rentré chez lui, que sa mère l'avait prévenu que la police était à sa recherche, et qu'il allait se livrer. Je vais au commissariat, maintenant. Je pense pouvoir le persuader qu'il a tout intérêt à coopérer avec le Bureau du procureur.

— Bon. Je vais avec toi.

Jess se fit une queue de cheval.

— Et le chef cuistot ?

Jess tourna la tête en direction de la cuisine.

— Le petit déjeuner attendra que je revienne.

— Tu vas laisser cet homme seul chez toi ? — La voix de Don exprimait l'incrédulité. — Jess, dois-je te rappeler que la dernière fois qu'il est venu ici, tu as trouvé toutes tes culottes lacérées ?

— Don, ne sois pas ridicule.

— Est-ce une simple coïncidence, qu'il soit venu ici hier soir, Jess ? demanda Don avec impatience. Il ne t'est jamais venu à l'esprit que c'était peut-être Adam qui avait pénétré par effraction dans ton appartement ? Que c'était peut-être Adam qui avait tué ton canari ? Tu l'as surpris alors qu'il quittait les lieux, nom de Dieu !

— Je ne l'ai pas surpris, protesta Jess d'une voix qui sonnait creux. Il était à ma recherche. Il n'est pas monté.

— Qui dit ça ?

— Lui, balbutia Jess.

— Et tu crois tout ce qu'il te dit ? Tu n'envisages même pas la possibilité qu'il te raconte des mensonges ?

— Ne me dis pas de secrets, je ne te ferai pas de mensonges, dit Jess tranquillement, sans s'apercevoir qu'elle parlait très fort.

— Quoi ?

Jess se trouva replongée dans le présent.

— Ça n'a aucun sens, Don. Pourquoi Adam ferait-il ça ? Quels motifs pourrait-il avoir ?

— Aucune idée. Tout ce que je sais, c'est que,

depuis que tu as rencontré ce type, il t'est arrivé plein de choses bizarres. Bizarres et dangereuses.

— Mais Adam n'a aucune raison de me faire du mal.

L'expression de Don passa de l'inquiétude à la tristesse.

— Tu es en train de tomber amoureuse de lui, Jess ?

— Je ne sais pas.

— Bon Dieu, Jess, c'est un vendeur de chaussures. Qu'est-ce que tu fais avec ce type ?

— Ce n'est pas un vendeur de chaussures, dit Jess calmement.

— Quoi ?

— Eh bien, si, rectifia Jess. Mais ça ne compte pas.

— Qu'est-ce que tu veux dire ?

— C'est un avocat.

— Quoi ?

— C'est un avocat. Il s'est passé quelque chose. Il a perdu ses illusions et a tout laissé tomber...

— Et a trouvé son accomplissement en vendant des chaussures, c'est ce que tu essaies sérieusement de me dire ?

— C'est une très longue histoire.

— Et un peu énorme. Jess, tu t'es entichée de ce type au point de ne pas pouvoir reconnaître un baratineur quand tu l'as sous les yeux ?

— C'est très compliqué.

— Seuls les mensonges sont compliqués. La vérité est en général très simple.

Jess tourna les yeux vers le sol puis vers le plafond, puis vers la fenêtre, tout, sauf vers son ex-mari, refusant d'envisager l'éventualité qu'il eût raison.

— Tu sais que je ne veux que ton bien, non ?

Jess hocha la tête, de nouveau au bord des larmes.

— C'est ce que j'ai toujours voulu, ajouta-t-il doucement.

Jess hocha la tête.

— On devrait aller au commissariat. J'ai quelques questions à poser à ton client.

Rick Ferguson était affalé sur la même chaise, dans la même salle, presque dans la même position que la fois précédente. Deux policiers en civil étaient postés dans un coin. L'espace d'un instant, Jess eut l'impression de n'avoir jamais quitté ces lieux.

Il portait le même blouson de cuir brun, le même blue-jean, les mêmes bottes noires à bouts pointus. Le même air de supériorité se dégageait de sa posture. Dès que Jess pénétra dans la pièce, il se raidit, suivant les mouvements de celle-ci, de ses yeux aux paupières tombantes semblables à ceux d'un cobra. Lentement, il déroula son corps, comme s'il se préparait à frapper. Puis il se détendit et écarta largement les jambes, comme s'il voulait délibérément laisser voir le renflement de son sexe.

— J'aime bien votre coiffure, dit-il à Jess d'une voix traînante, tout en se grattant nonchalamment l'intérieur de la cuisse. Ça vous va bien d'être mouillée. Il faudra que je me souvienne de ça.

— Fermez-la, Rick, ordonna Don en entrant dans la pièce derrière Jess. Et redressez-vous sur cette chaise.

Rick Ferguson adopta ce qui ressemblait vaguement à une position assise, mais il garda les jambes écartées. Ses cheveux longs pendaient sur ses épaules. Distraitement, il les ramena derrière ses oreilles. Jess remarqua une boucle à la gauche.

— C'est nouveau ? demanda-t-elle en désignant la petite boucle en or.

— Vous êtes très observatrice, Jess, fit remarquer Rick Ferguson. Oui, c'est nouveau. J'ai aussi un nouveau tatouage. La balance de la justice — il rit. Sur mon cul. Vous voulez le voir ?

— Cessez vos conneries, Rick, lui dit Don brièvement.

Rick Ferguson eut l'air surpris.

— Hé, qu'est-ce qui vous fait sortir de vos gonds comme ça ? Vous êtes mon avocat, vous vous rappelez ?

— Pas si vous continuez comme ça.

— Hé, mec, qu'est-ce qui se passe ici ? — ses yeux allèrent rapidement de Don à Jess. Vous avez une petite histoire avec la jolie substitute ?

— Vous avez dit que vous répondriez aux questions de maître Koster, dit Don d'une voix tranchante. Je vous dirai s'il y a des choses auxquelles j'estime que vous n'avez pas à répondre.

— Hé, ma vie est un livre ouvert. Allez-y, dégainez, maître.

— Avez-vous tué Connie DeVuono ? demanda aussitôt Jess.

— Non.

— Où étiez-vous le jour de sa disparition ?

— Quel jour c'était ?

Elle lui indiqua le jour exact et l'heure approximative.

Rick Ferguson haussa les épaules.

— Je crois que j'étais à la maison avec ma mère, cet après-midi-là. Elle était mal fichue.

— Où travaillez-vous ?

— Vous le savez bien.

— Répondez à la question.

— Parlez-moi gentiment.

Jess lança un coup d'œil à son ex-mari.

— Répondez à la question, Rick. Vous étiez d'accord pour coopérer.

— Elle n'a pas à être désagréable.

Rick Ferguson se gratta l'entrejambe.

— Vous travaillez à l'Ace Magnetic Wire Factory, une fabrique de câbles, c'est bien ça ?

— Gagné !

— Pouvez-vous me décrire votre travail, monsieur Ferguson ?

— Monsieur Ferguson ? répéta-t-il en se redressant. J'aime bien comment vous dites ça.

— Dites-lui ce que vous faites, Rick, lui recommanda Don.

— Elle sait bien ce que je fais. C'est à elle de me le dire.

— Vous conduisez un chariot élévateur qui transfère des bobines de câble de l'atelier jusqu'au quai de chargement, c'est bien ça ?

— C'est ça.

— Avant cela, vous étiez ouvrier à la presse des câbles.

— Encore ça. On voit que vous avez bien appris vos leçons, Jess. Je ne pensais pas que vous vous intéressiez autant à moi.

— Comment expliquez-vous le fait que le câble que vous transportez tous les jours jusqu'au quai soit le même que celui qui a servi à tuer Connie DeVuono ?

— Ne répondez pas, s'interposa Don.

Rick Ferguson ne dit rien.

— Où étiez-vous ces derniers jours ?

— Nulle part en particulier.

— Pouvez-vous être plus précis ?

— Pas vraiment.

— Pourquoi êtes-vous sorti furtivement de chez vous en plein milieu de la nuit ?

— Je ne suis pas sorti furtivement de chez moi.

— Votre maison était surveillée. On vous a vu entrer le soir du 9 décembre. On ne vous a jamais vu sortir. Vous ne vous êtes pas présenté à votre travail le lendemain matin.

— J'ai pris quelques jours de congé-maladie. J'ai bien le droit. Et si vous ne m'avez pas vu sortir de chez moi par la porte de devant, c'est votre faute, pas la mienne.

— Vous ne vous êtes pas sauvé ?

— Si je m'étais sauvé, pourquoi est-ce que je serais revenu et me serais livré volontairement à la police ?

— C'est à vous de me le dire.

— Il n'y a rien à dire. Je ne me suis pas sauvé. Hé, dès que j'ai su que vos gars me cherchaient, je me suis précipité ici. Je n'avais pas de raison de déguerpir. Vous n'avez rien contre moi.

— Au contraire, monsieur Ferguson. J'ai un motif, une facilité d'accès à l'arme du crime.

Rick Ferguson haussa les épaules.

— Vous n'avez rien, répéta-t-il.

— Vous n'avez pas répondu à ma question concernant l'endroit où vous vous trouviez ces derniers jours.

— Si, je l'ai fait. Mais c'était pas la réponse que vous vouliez entendre.

— Et hier ?

— Quoi, hier ?

— Où étiez-vous hier ? Votre mémoire peut remonter aussi loin que ça, non ?

— Je m'en souviens très bien. Mais je ne vois pas en quoi c'est vos oignons — il regarda son avocat. Qu'est-ce que ça a à voir avec les raisons de mon arrestation ?

— Répondez à la question, lui dit Don, et Jess le remercia d'un imperceptible hochement de tête.

— J'étais avec la fille que j'ai rencontrée.

— Comment s'appelle-t-elle ?

— Melanie, dit-il.

— Son nom de famille ?

— Je lui ai jamais demandé son nom de famille.

— Où habite-t-elle ?

— Aucune idée. On est allés dans un motel.

— Quel motel ?

— Celui qui était le plus près.

Jess leva les yeux au ciel, exaspérée.

— En d'autres termes, vous ne pouvez pas prouver ce que vous avez fait hier.

— Pourquoi est-ce que je devrais le faire ? — Une fois de plus, Rick Ferguson se tourna vers Don, l'interrogeant du regard. — Qu'est-ce que ça a à voir, là où j'étais hier, avec le meurtre de cette femme, cette DeVuono ?

— L'appartement de maître Koster a été visité par effraction, hier après-midi entre deux heures et sept heures, lui dit Don.

— Putain, c'est moche, dit Rick Ferguson, d'une voix souriante. On vous a pris quelque chose ?

Jess se représenta la fenêtre ouverte et la cage vide qui l'attendaient quand elle était rentrée chez elle.

— C'est à vous de me le dire, dit-elle d'une voix plate et dénuée de toute émotion.

— Quoi ? Vous croyez que c'est moi ?

Un air de reproche envahit le visage de Rick Ferguson.

— C'est vous ? demanda Jess.

— Je vous l'ai déjà dit. J'étais avec cette Melanie.

— Nous avons des témoins qui vous ont vu sur les lieux, mentit Jess, se demandant si Don allait objecter, mais il ne le fit pas et elle lui en fut reconnaissante.

— Alors vos témoins se trompent, répondit Rick calmement. Pourquoi est-ce que j'irais cambrioler votre appartement ? Ça serait pas très malin.

— Personne ne prétend que vous soyez très malin.

Rick Ferguson porta la main à sa poitrine.

— Aïe ! On peut dire que vous savez comment faire du mal à un mec, Jess — il cligna les yeux. Peut-être que je vous revaudrai ça un jour.

— Rick, intervint Don avant que Jess ait pu répondre, avez-vous déjà rencontré un homme du nom d'Adam Stohn ?

Jess tourna brusquement la tête vers son ex-mari.

— Quel nom vous avez dit ? questionna Rick Ferguson.

— Adam Stohn, répéta Don.

Jess reporta son attention sur Rick Ferguson, attendant sa réponse sans enthousiasme.

— C'est un de vos soi-disant témoins ? demanda Rick Ferguson, et il secoua la tête. Je crois que ce nom ne me dit rien — il sourit. Mais vous savez, les noms et moi, ça fait deux.

— Ça ne nous mène nulle part, dit Jess avec impatience. Vous dites que vous ne savez absolument rien du meurtre de Connie DeVuono ? C'est bien ça que vous nous dites ?

— C'est exactement ça.

— Vous vous moquez de nous, constata Jess, d'un ton furieux.

— Je vous dis simplement la vérité.

— Dans ce cas, considérez-vous en état d'arrestation pour le meurtre de Connie DeVuono.

Jess fit demi-tour et sortit brusquement de la pièce. Don la rattrapa aussitôt.

— Jess, attends une minute, nom de Dieu. Réfléchis à ce que tu fais.

— C'est tout réfléchi.

— Tu n'as rien contre lui, Jess.

— Cesse de me répéter que je n'ai rien contre lui. J'ai un motif, j'ai des circonstances, j'ai l'arme du crime. Qu'est-ce qu'il me faut de plus ?

— Des empreintes sur l'arme du crime feraient bon effet. Des preuves concrètes permettant d'établir un lien entre mon client et Connie DeVuono, et je sais que tu n'en as pas. Quelques témoins qui auraient pu voir mon client et la victime ensemble, approximativement au moment de sa disparition, et tu n'as pas ça non plus. Un lien entre le cadavre et Rick Ferguson, Jess, quelque chose qui pourrait laisser entrevoir un rapprochement entre les deux.

— Je ferai le rapprochement.

24

Jess discutait encore avec son patron juste avant l'audience préliminaire de Rick Ferguson, le vendredi suivant.

— Je continue à penser que c'est une erreur de ne pas soumettre cette affaire à un grand jury, précisait-elle à Tom Olinsky, tandis qu'ils parcouraient les couloirs surchargés de gui, ne prêtant guère attention aux décorations de Noël et d'Hanukkah ornant les murs.

— Et je vous ai déjà dit que nous n'avions pas suffisamment d'arguments pour nous présenter devant un grand jury.

Tom Olinsky marchait très vite pour un homme de sa corpulence, pensait Jess, obligée de faire de grandes enjambées pour rester à sa hauteur.

— Votre ex-mari nous a déjà balancé une motion *in limine*.

— L'enfoiré, marmonna Jess, encore furieuse de la tentative de Don visant à limiter les dépositions émanant du ministère public.

— Il ne fait que son boulot, Jess.

— Et moi, j'essaie de faire le mien.

Ils se dirigèrent vers les ascenseurs.

— Un grand jury aurait approuvé sans discussion la mise en accusation, poursuivit Jess. Une date aurait déjà été fixée pour le procès.

Elle ne se serait pas non plus trouvée confrontée à son ex-mari aussi rapidement devant le tribunal, admit-elle, puisque la défense n'était jamais présente en cas de convocation d'un grand jury et que les contre-interrogatoires des témoins n'y étaient pas autorisés. Mais si une affaire manquait de solidité, et tout le monde à part Jess s'entendait à considérer que c'était ici le cas, il fallait alors passer par une audience préliminaire.

L'accusé plaidait toujours non coupable, songea

Jess en suivant Tom Olinsky dans l'ascenseur. Les affaires de meurtre mettaient en général entre quelques mois et un an pour passer au tribunal, se dit-elle en se remémorant toute la procédure qui faisait suite aux audiences préliminaires. Mais tout ça était pour plus tard, il fallait d'abord qu'elle franchisse ce cap avec succès.

L'audience préliminaire devait avoir lieu dans l'une des salles, plus petites et plus modernes, du second étage.

— Prenons l'escalier, suggéra Tom Olinsky, en avançant entre les hautes colonnes de style dorique.

Pour un homme de son gabarit, il était étonnamment alerte, remarqua Jess, se disant qu'elle serait épuisée avant même de pénétrer dans la salle d'audience.

Elle sentit les odeurs de nourriture émanant des diverses salles de restaurant du premier étage tandis qu'ils montaient l'escalier, et se demanda si Don et Rick Ferguson étaient en train de prendre un café dans la salle réservée aux prévenus et à leurs avocats, la salle qu'au Bureau du procureur on appelait, en termes peu affectueux, « le bar des violeurs ».

Elle n'avait pas vu Don de toute la semaine, et ne lui avait pas même parlé depuis qu'il avait soumis sa motion *in limine.* Elle savait bien, comme le lui avait rappelé Adam lui-même, que son ex-mari ne faisait que son travail, mais ça la rendait furieuse. Fallait-il qu'il soit si bon dans son boulot ?

Quant à Adam, elle ne l'avait pas vu non plus de toute la semaine, bien qu'elle lui ait parlé chaque soir au téléphone. Il était allé voir ses parents à Springfield, pour la première fois depuis trois ans, et serait de retour à Chicago le dimanche suivant. En attendant, il l'appelait régulièrement à dix heures, pour lui souhaiter une bonne nuit. Et pour lui dire qu'il l'aimait.

Jess n'avait toujours pas parlé de ses propres sentiments. Elle ne savait pas très bien où elle en était.

Sans aucun doute, elle se sentait attirée par lui, comprenait ce qu'il avait enduré. Mais l'aimait-elle ? Elle ne le savait pas. Elle avait peur de se laisser suffisamment aller et de le découvrir.

Laisse-toi aller, entendait-elle des voix murmurer dans le lointain. Laisse-toi aller. Laisse-toi aller.

Peut-être, quand l'audience préliminaire serait terminée ; peut-être, quand elle aurait réussi à renvoyer Rick Ferguson en liberté conditionnelle dans l'attente du procès, pourrait-elle alors se débarrasser des doutes tenaces que Don avait semés dans son esprit, à propos d'Adam, et laisser suivre un cours normal à ce qui était en train de naître entre eux.

Fie-toi à ton instinct, ronronnaient les voix. Fie-toi à ton instinct.

— Après vous, dit Tom Olinsky en tenant la porte ouverte pour laisser passer Jess.

Drôle de moment pour la galanterie, se dit-elle en parcourant des yeux la salle d'audience dépourvue de fenêtres, un genre de vaisseau spatial.

Les salles des deuxième, troisième et quatrième étages étaient toujours en activité. Après quatre heures de l'après-midi, on n'y traitait que des affaires de drogue.

Les employés étaient eux aussi très affairés à leur poste. Jess et son patron se dirigèrent vers la table de l'accusation où Neil Strayhorn était déjà installé. Jess posa son porte-documents et parcourut la salle des yeux, pour voir si ses témoins étaient déjà arrivés.

— Personne n'est là, lui dit Neil.

— Vous avez vérifié que la police avait bien reçu notification du procès ? demanda Tom Olinsky en s'asseyant à côté de Neil, ses larges hanches débordant de chaque côté de la chaise en bois.

— A huit heures moins le quart ce matin, répondit Jess, se demandant pourquoi il lui posait une question aussi élémentaire.

Bien sûr qu'elle s'était assurée que la police serait

là. Elle avait également appelé le laboratoire pour passer en revue les analyses des preuves concrètes, et s'était entretenue avec Hilary Waugh à propos des questions qu'elle lui poserait à la barre. La mère de Connie, Mme Gambala, viendrait aussi témoigner, de même que l'une des collègues de travail de Connie, et sa meilleure amie. Tous confirmeraient que Connie était complètement terrorisée par Rick Ferguson à cause des menaces de mort qu'il lui avait faites si elle maintenait ses accusations contre lui, ce qui fournissait au ministère public le motif du meurtre.

— Tom, vous n'êtes pas obligé de rester, dit Jess à son patron. Tout ira bien pour Neil et moi.

— Je veux voir comment se déroule cette affaire, répliqua-t-il en s'appuyant sur le dossier de sa chaise.

Jess sourit, se rendant compte qu'elle lui était reconnaissante de son aide. Il lui avait mené la vie dure toute la semaine, déclarant ouvertement qu'à son avis l'affaire n'était pas assez solide, mais il avait fini par la soutenir dans sa volonté de poursuivre la procédure.

— J'ai l'impression qu'on vous cherche, dit Tom, tandis que la porte de la salle d'audience s'ouvrait et qu'une femme âgée vêtue de noir passait la tête à l'intérieur.

— Mme Gambala, s'écria Jess avec chaleur en s'approchant de la femme et en lui saisissant les deux mains. Merci d'être venue.

— On boucle ce monstre ? dit Mme Gambala, d'un ton mi-affirmatif, mi-interrogatif.

— On va boucler ce monstre, lui certifia Jess. Vous vous souvenez de mon assistant, Neil Strayhorn. Et voici Tom Olinsky, mon patron. Tom, c'est la mère de Connie, Mme Gambala.

— Bonjour, madame Gambala, dit-il en se levant avec lenteur. J'espère qu'on va bientôt vous faire sortir de tout ça.

— Faites que rendre la justice, dit-elle en retour, dans son mauvais anglais.

— Vous devrez attendre à l'extérieur jusqu'à ce qu'on vous appelle à la barre, expliqua Jess en la reconduisant dans le couloir. Vous pouvez vous asseoir ici — Jess désigna un banc placé contre le mur, la vieille femme resta debout. Vous avez bien compris ce que je vais vous demander à la barre ? Les questions que je vais poser sont bien claires pour vous ?

Mme Gambala hocha la tête.

— Je dis la vérité. Connie, elle était terrifiée de cet homme. Il menaçait de la tuer.

— Bon. Maintenant, ne vous inquiétez pas. Si vous ne comprenez pas une question, ou si vous ne comprenez pas ce qui se passe, ou ce que vous demande l'avocat de la défense, il vous suffit de le dire. Prenez tout le temps dont vous aurez besoin.

— On boucle ce monstre, répéta Mme Gambala en se dirigeant vers la fenêtre, à l'autre bout du couloir, pour jeter un coup d'œil sur le temps gris et froid.

Les autres témoins arrivèrent peu après. Jess s'entretint rapidement avec la police et l'expert en médecine légale, remercia l'amie de Connie et sa collègue de travail de leur ponctualité. Elle les guida vers le banc et leur dit qu'on les appellerait bientôt. Puis elle retourna dans la salle d'audience.

Les bancs du public se remplissaient principalement d'avocats accompagnés de leurs clients, attendant leur tour de passer devant le juge. Don et Rick Ferguson n'étaient pas encore arrivés. Était-il possible que Don ait projeté un feu d'artifice de dernière minute ?

Le clerc du tribunal s'éclaircit la voix avant de rappeler tout le monde à l'ordre et d'annoncer le juge Caroline McMahon. C'était une femme d'une quarantaine d'années dont le visage rond contrastait avec la silhouette anguleuse. Elle avait des cheveux noirs coupés court et un teint pâle qui se colorait de rouge quand elle perdait patience, ce qui arrivait assez souvent.

Don poussa les portes de la salle d'audience dans un mouvement théâtral parfait, juste au moment où le clerc était en train d'énoncer le nom de Rick Ferguson.

— Nous sommes là, Votre Honneur, dit Don d'une voix forte, en guidant son client vers la table de la défense.

— La défense est-elle prête ? demanda Caroline McMahon, un léger sarcasme dans la voix, tout en jetant, par-dessus ses lunettes, un coup d'œil à l'avocat retardataire.

— Oui, Votre Honneur.

— Et le ministère public ?

— Le ministère public est prêt, Votre Honneur, répondit Jess, d'un ton presque impatient.

— Je m'apprête à réserver mon jugement sur votre motion, maître Shaw, annonça aussitôt Caroline McMahon, jusqu'à ce que j'aie constaté l'orientation de l'accusation. Maître Koster, vous pouvez commencer.

— Je vous remercie, Votre Honneur, déclara Jess en se dirigeant vers la barre des témoins. L'accusation appelle l'inspecteur George Farquharson.

L'inspecteur George Farquharson, un homme de haute taille, au teint pâle et au front dégarni, pénétra par les portes du fond de la salle et se dirigea à grands pas vers la barre des témoins. Il prêta serment et prit place, après avoir décliné son identité et sa fonction de la voix forte et claire d'un homme visiblement à l'aise avec lui-même et avec le devoir qu'il s'apprêtait à remplir.

— L'après-midi du 5 décembre, commença Jess, vous êtes-vous trouvé à enquêter sur la mort de Connie DeVuono ?

— Oui.

— Pouvez-vous nous en parler ?

— Mon collègue et moi, nous sommes rendus à Skokie Lagoons en réponse à un appel téléphonique d'un certain M. Henry Sullivan qui, en pêchant à travers la glace, était tombé sur le corps de Mme Connie DeVuono. En voyant le corps, il nous a paru tout de suite évident qu'elle avait été assassinée.

— En quoi était-ce évident ?

— Le câble était encore enroulé autour de son cou, répondit l'inspecteur Farquharson.

— Et qu'avez-vous fait après avoir vu le corps, inspecteur Farquharson ?

— Nous avons isolé le secteur et appelé le service de médecine légale. Ensuite, le cadavre a été mis dans une ambulance et transporté à Harrison Street.

— Merci, inspecteur.

Don se leva nonchalamment.

— Inspecteur Farquharson, avez-vous trouvé, sur les lieux, des indices autres que le câble autour du cou de Mme DeVuono ?

— Non.

— Pas d'empreintes de pieds ? Pas de mégots de cigarettes ? Pas de vêtements ?

— Non, monsieur.

— Il n'y avait donc rien sur les lieux permettant d'établir un lien entre mon client et le cadavre ?

— Non, monsieur.

— Merci.

Don retourna s'asseoir.

— Vous pouvez vous retirer, inspecteur Farquharson, lui dit le juge McMahon.

— L'accusation appelle le Dr Hilary Waugh.

Hilary Waugh portait un tailleur-pantalon bleu roi, un simple rang de perles, et ses cheveux étaient nattés dans le dos comme d'habitude.

— Docteur Waugh, dit Jess tandis que cette dernière s'installait à la barre, quels sont les résultats de l'autopsie de Connie DeVuono ?

— Nous avons constaté que Connie DeVuono était morte d'asphyxie, suite à une strangulation pratiquée avec un câble magnétique. Le câble lui avait également sectionné la jugulaire, mais après le décès.

— Y avait-il des indices indiquant que Connie DeVuono avait été battue ?

— Oui. Son poignet gauche avait été cassé ainsi que plusieurs côtes, et sa mâchoire disloquée.

— Y avait-il des traces d'agression sexuelle ?

— Oui. Le corps était nu et le vagin présentait des marques de traumatisme.

— A quand remontait la mort de Mme DeVuono, au moment de la découverte du corps ?

— Environ six semaines auparavant. Nous l'avons identifiée grâce à son dossier dentaire.

— Merci.

— A-t-on trouvé du sperme dans le vagin ? demanda Don en sautant sur ses pieds.

— Nous n'avons trouvé aucune trace.

— Et des traces de morsures ?

— Des morsures d'animaux uniquement.

— Aucune trace de sang n'appartenant pas à Connie DeVuono ?

— Non.

— Des traces de salive ?

— Non, nous n'en avons pas trouvé alors. Mme DeVuono était morte depuis six semaines et dans un état de décomposition avancé.

— Et pourtant, en raison du froid très vif, la décomposition n'était pas aussi avancée qu'elle aurait dû l'être normalement. Est-ce exact ?

— Oui.

— Et pourtant vous n'avez trouvé aucune trace de sang, aucune marque de dents à part celles des animaux, aucune trace de salive, rien qui puisse être vraiment significatif. Rien, assurément, qui puisse vous aider à identifier l'auteur de ce crime.

— Non, admit le médecin.

— Merci, docteur.

— L'accusation appelle le Dr Rudy Wang, dit Jess, aussitôt après le départ d'Hilary Waugh.

Expert en médecine légale, le Dr Wang était un homme de petite taille, aux cheveux gris, d'origine polonaise malgré son nom à consonance asiatique. Il portait un costume à rayures marron et affichait une expression préoccupée, comme s'il avait oublié de mettre ses lunettes.

— Docteur Wang, avez-vous eu l'occasion d'examiner le câble qui a été utilisé pour étrangler Connie DeVuono ? demanda Jess en s'approchant de la barre des témoins.

— Oui, je l'ai fait.

— Pouvez-vous nous en faire la description ?

— C'est un câble magnétique en acier gris, de quarante-cinq centimètres de long et d'environ six millimètres de diamètre. Très solide, très robuste.

— Vous avez également examiné une portion de câble similaire provenant de l'usine où travaille le prévenu, n'est-ce pas ?

— Oui. Ils sont identiques.

— Merci, docteur Wang.

Don fut debout et planté devant le témoin avant même que Jess ait eu le temps de retourner à sa place.

— Docteur Wang, y avait-il des empreintes digitales sur le câble que l'on a trouvé autour du cou de Connie DeVuono ?

— Non.

— Des fragments d'empreintes ? Quelque chose ?

— Non. Rien.

— Et définiriez-vous ce type de câble comme étant commun ?

Rudy Wang haussa les épaules.

— Il est assez commun, je suppose.

— On pourrait en acheter dans n'importe quelle quincaillerie ?

— On pourrait en trouver dans n'importe quelle quincaillerie, oui.

— Merci.

— Vous pouvez vous retirer, indiqua le juge.

Don adressa un sourire à Jess avant de regagner son siège.

— Je déteste que les avocats de la défense prennent un air aussi heureux, murmura Tom Olinsky à Jess.

— L'accusation appelle Mme Rosaria Gambala, dit Jess d'une voix forte, la colère lui faisant serrer les poings.

Mme Gambala, vêtue d'un pull noir et d'une longue jupe, noire également, s'avança lentement du fond de la salle d'audience jusqu'à la barre des témoins, oscillant comme si elle allait basculer. Elle s'appuya à la barre et parcourut nerveusement la salle de ses yeux sombres, sursautant quand elle vit l'accusé. Un cri étouffé s'échappa de ses lèvres.

— Vous vous sentez bien, madame Gambala ? demanda Jess. Voulez-vous un verre d'eau ?

— Ça va, dit la femme, d'une voix étonnamment forte.

— Pouvez-vous préciser vos liens avec la défunte ?

— C'est ma fille, répondit la vieille femme, parlant de sa fille au présent.

— Et quand avez-vous signalé la disparition de votre fille, madame Gambala ?

— Le 29 octobre 1992, quand elle n'a pas cherché Steffan après le travail.

— Steffan étant son fils ?

— Oui. Mon petit-fils. Il vient chez moi après l'école jusqu'à ce que Connie a fini son travail. Elle appelle toujours avant qu'elle quitte le travail.

— Et l'après-midi du 29 octobre, votre fille a appelé et dit qu'elle s'apprêtait à partir, mais elle n'est jamais arrivée, est-ce exact ?

— J'ai appelé la police. Ils disent que je dois attendre vingt-quatre heures. Je vous appelle. Pas là.

— Pourquoi m'avez-vous appelée, madame Gambala ?

— Parce que vous êtes son avocate. Vous deviez l'aider. Vous saviez sa vie est en danger. Vous saviez les menaces qu'il faisait.

Elle pointa un doigt accusateur en direction de Rick Ferguson.

— Objection ! lança Don. Déposition sur la foi d'un tiers.

— Il s'agit d'une audience préliminaire, rappela Jess à son ex-mari. La déposition sur la foi d'un tiers est recevable.

— Je suis disposée à l'autoriser, déclara le juge. Continuez, maître Koster.

Jess reporta son attention sur Rosaria Gambala.

— Rick Ferguson menaçait la vie de votre fille ?

— Oui. Elle avait tellement peur de lui. Il dit qu'il va la tuer.

— Objection, clama Don de nouveau. Votre Honneur, pouvons-nous nous approcher ?

Les deux avocats s'avancèrent près du juge.

— Votre Honneur, je crois que le moment serait à présent opportun pour statuer sur ma motion et limiter les preuves présentées dans cette affaire, dans la mesure où presque toutes les preuves contre mon client consistent en dépositions sur la foi d'un tiers, et lui sont donc gravement préjudiciables, entama Don, prenant l'initiative.

— Cela est parfaitement recevable dans une audience préliminaire, répéta Jess.

— Votre Honneur, il n'y a aucune preuve directe de menaces qu'aurait proférées mon client à l'encontre de Connie DeVuono.

— L'accusation a l'intention d'appeler deux autres personnes qui pourront témoigner de ce que Connie était terrorisée par le prévenu, qu'il la menaçait de la tuer si elle persistait à vouloir témoigner contre lui devant le tribunal.

— Votre Honneur, ce genre de déposition sur la foi d'un tiers n'est pas seulement préjudiciable, mais également hors de propos.

— Hors de propos ? demanda Jess, d'une voix contenue. Ça nous amène au mobile, Votre Honneur. Connie DeVuono avait accusé Rick Ferguson de l'avoir violée et battue...

— Ce qui n'a jamais été prouvé devant un tribunal, lui rappela Don.

— Parce que Connie DeVuono n'est jamais parvenue jusqu'au tribunal. Elle a été assassinée avant d'avoir pu témoigner.

— Votre Honneur, argumenta Don, mon client a toujours proclamé son innocence dans l'agression contre Mme DeVuono. En fait, il possède un alibi à toute épreuve pour la période de cette prétendue agression.

— Je peux appeler plusieurs policiers qui témoigneront que Connie DeVuono avait positivement identifié Rick Ferguson comme étant l'homme qui l'avait attaquée et violée, proposa Jess.

— Déposition sur la foi d'un tiers, Votre Honneur, déclara Don, d'un ton neutre. Et dans la mesure où Connie DeVuono a attendu trois jours après l'agression pour parler de Rick Ferguson à la police, sa déclaration ne peut être considérée comme ayant été faite « sous le coup de l'émotion », et n'échappe donc pas à la règle de la déposition sur la foi d'un tiers. La seule personne, Votre Honneur, qui puisse identifier mon client comme étant son agresseur, qui puisse témoigner de ce qu'il lui ait proféré des menaces de mort, est décédée. Étant donné qu'il n'a jamais été prouvé que mon client ait eu quelque chose à voir avec l'agression sur la personne de Mme DeVuono, je me vois obligé de vous demander de rejeter la présentation de ce genre de preuves, hautement préjudiciables à l'égard de mon client.

— Votre Honneur, dit vivement Jess, le ministère public soutient que ces preuves, bien que déposition sur la foi d'un tiers, il faut en convenir, sont absolument formelles.

— Le fait est que l'accusation n'a rien qui puisse

relier mon client et la victime, si ce n'est une série de déclarations de seconde main et non corroborées, rétorqua Don.

— Juge McMahon, dit Jess, remarquant que les joues de la magistrate se couvraient de taches cramoisies, le ministère public a l'intention d'appeler à la barre la meilleure amie de Connie ainsi qu'une de ses collègues de travail. Ces deux femmes pourront témoigner du fait que Connie DeVuono était terrorisée par Rick Ferguson, qu'elle leur avait dit qu'il avait menacé de la tuer si elle témoignait contre lui...

— Votre Honneur, nous ne faisons que tourner en rond, dit Don en levant les bras au ciel en signe d'exaspération.

— Qu'est-ce qui se passe ? cria Mme Gambala depuis la barre des témoins. Je comprends pas.

Caroline McMahon eut un regard de sympathie pour la vieille femme qui se penchait en avant.

— Vous pouvez vous retirer, madame Gambala, lui dit-elle avec douceur, le rouge de ses joues devenant de plus en plus intense.

— Je comprends pas, répéta Mme Gambala.

— Tout va bien, lui dit Jess, en l'aidant à quitter sa place. Vous vous êtes très bien comportée, madame Gambala.

— Vous avez pas besoin de me poser plus de questions ?

— Pas pour le moment.

— Cet homme ne doit pas me poser de questions ? Elle pointa un doigt tremblant en direction de Don.

— Non, dit Jess calmement, remarquant l'expression de défaite sur le visage de Tom Olinsky, tandis que Neil Strayhorn reconduisait Mme Gambala dans le couloir.

— Je suis disposée à statuer sur votre motion, à présent, maître Shaw, déclara le juge.

Don et Jess se rapprochèrent encore.

— Je suis portée à me ranger au côté de la défense sur cette question, maître Koster, commença-t-elle.

— Mais, Votre Honneur...

— L'effet préjudiciable de la preuve est de loin le plus important, et je vais donc interdire à l'accusation de présenter cette preuve au procès.

— Mais sans cette preuve, Votre Honneur, nous sommes pieds et poings liés. L'accusation ne peut plus prouver le mobile. Il n'y a tout simplement plus de dossier.

— J'en conviens, déclara le juge. Êtes-vous prêts à l'établissement d'une demande de non-lieu ?

Jess regarda le juge, puis son ex-mari. Celui-ci eut le bon goût de ne pas montrer trop ouvertement sa jubilation.

L'instant d'après, toutes les charges pesant sur Rick Ferguson étaient levées.

— Comment as-tu pu faire ça ? demanda Jess d'un ton furieux à son ex-mari, en faisant les cent pas devant lui dans le couloir à présent vide, à l'extérieur de la salle d'audience.

Tom Olinsky était retourné à son bureau ; Neil se trouvait à l'autre bout du couloir, essayant d'expliquer à Mme Gambala et aux deux autres témoins ce qui s'était passé et pourquoi Rick Ferguson ne serait pas accusé de meurtre.

— Comment as-tu pu laisser ce tueur repartir librement ?

— Tu n'avais rien contre lui, Jess.

— Tu sais bien que c'est lui qui l'a tuée. Tu sais qu'il est coupable !

— Depuis quand est-ce que ça compte devant un tribunal ? interrogea Don, puis il se radoucit. Écoute, Jess, je sais à quel point tu voudrais que Rick Ferguson soit coupable, combien tu souhaites le voir derrière les barreaux. Franchement, j'aimerais mieux moi aussi le voir en prison, du moins jusqu'à ce qu'on sache qui te harcèle. Mais je ne suis pas du tout certain que ce soit de Rick Ferguson qu'il faille se soucier, et je ne peux pas délaisser mes obligations professionnelles vis-à-vis de mon client, simplement parce qu'il se trouve que je t'aime.

Il s'interrompit, cherchant un signe de compréhension dans les yeux de Jess. Mais elle refusa obstinément d'accéder à sa demande.

— Écoute, faisons une trêve, proposa-t-il. Laisse-moi t'inviter à dîner.

— Étant donné les circonstances, je ne crois pas que ça soit une bonne idée.

— Allons, Jess, insista-t-il, tu ne peux pas prendre ça personnellement.

— Eh bien, si. Désolée de te décevoir.

— Tu ne me déçois jamais.

Jess sentit sa colère s'estomper. A quoi bon être furieuse contre Don, alors que c'est contre elle-même qu'elle l'était ?

— Je ne peux pas, ce soir, Don. Je suis déjà prise, dit-elle.

— Adam ?

— Ma sœur. Et mon beau-frère. Et mon père. Et sa nouvelle conquête. Exactement ce qu'il me faut pour couronner une journée comme celle-ci. Je t'appelle bientôt.

Elle pivota sur ses talons et se retrouva face à face avec Rick Ferguson.

— Seigneur !

— Non. C'est juste moi — il sourit. Je me disais qu'on pourrait aller fêter ça, dit-il à Don, par-dessus la tête de Jess.

— Je crains de ne pas pouvoir, répliqua Don avec froideur.

— Oh, c'est vraiment dommage, dit Rick, son sourire démentant ses paroles. Et vous, Jess ? Je pourrais vous faire passer un bon moment.

— Vous ne ferez rien d'autre que de disparaître de la circulation, déclara Don. Est-ce clair ?

Rick Ferguson recula en portant la main à son cœur, comme s'il avait reçu un coup mortel.

— Vous êtes dur, maître Shaw, dit-il en se redressant, mais merde, si c'est ce que vous voulez, d'accord. C'est que je me sens si bien juste en ce moment, que je voulais faire partager ça.

— Rentrez chez vous, Rick, ordonna Don.

Il attrapa brutalement Rick par le coude et l'entraîna jusqu'aux ascenseurs. Les portes de l'un d'eux s'ouvraient justement, mais comme ils s'apprêtaient à y pénétrer, Rick Ferguson réussit à se dégager de la poigne de son avocat et se précipita vers Jess.

Celle-ci retint sa respiration tandis qu'il s'approchait, bien déterminée à tenir bon. Il ne tenterait sûrement rien contre elle à présent, pas ici en plein palais de justice, pas devant son avocat qui arrivait à grands pas.

— Vous voulez savoir à quel point je me sens bien, maître ? demanda-t-il d'une voix calme, en regardant Jess droit dans les yeux. Je me sens exactement comme un chat qui vient d'avaler un canari.

L'espace d'une seconde, Jess se retrouva sans voix et sans respiration.

— Espèce de salaud, finit-elle par murmurer.

— Tu parles. Et ne vous inquiétez pas, ajouta-t-il, quelques secondes avant que Don l'envoie à terre, vous ne me verrez plus, même pas mon ombre.

25

Jess se rendit à Evanston dans sa voiture de location et arriva devant chez sa sœur à six heures moins cinq. La Buick bleue de son père se trouvait déjà là. « Super », murmura-t-elle, se disant qu'elle aurait aimé avoir le temps de prendre au moins un verre avant de devoir rencontrer la nouvelle recrue. « Maintenant, reste calme. Souris. Aie l'air heureuse. » Elle se répéta ces quelques phrases jusqu'à ce qu'elles aient perdu leur sens, et passa à de nouvelles. « Sois gentille. Sois aimable. Ne te dispute pas. »

« Ne te dispute pas », dit-elle à nouveau en secouant la tête de haut en bas jusqu'à ce qu'elle menace de tomber, et en s'efforçant de trouver le courage de sortir de la voiture. La porte de la maison s'ouvrit et Barry apparut, lui faisant signe d'entrer d'un large geste de la main. Se pouvait-il que son beau-frère lui ait réellement envoyé cette ignoble lettre ?

Ne sois pas ridicule, s'exhorta-t-elle, veillant à ne pas bouger les lèvres. Ce n'est pas Barry qui t'a envoyé cette lettre. C'est Rick Ferguson.

Là, tu es vraiment ridicule, argumenta une autre voix. Rick Ferguson n'a rien fait du tout. Il n'est pas coupable, tu te souviens ? Il n'y a tout simplement aucune preuve solide établissant qu'il ait commis un méfait, quel qu'il soit. Tu n'as pas réussi à prouver sa culpabilité. Il est donc innocent.

Innocent et là, tout près, à t'attendre, songea-t-elle en ouvrant sa portière et en sortant de sa voiture, refusant de se laisser intimider. Le lendemain, elle devait assister à son dernier cours de self-défense et apprendre comment désarmer un éventuel agresseur. Elle doutait que Rick Ferguson tente quelque chose avant. Ça aurait un caractère trop évident, même pour lui. S'il lui arrivait quelque chose, il serait le premier suspect.

La belle affaire, se dit Jess, en s'apercevant qu'elle avait oublié d'apporter une bouteille de vin ou des cadeaux pour les enfants. Rick Ferguson était le premier et unique suspect dans le meurtre de Connie DeVuono. Ça avait paru assez évident. Et pourtant le ministère public n'avait pas été en mesure de fournir suffisamment de preuves pour le faire passer en justice. A présent que les charges étaient levées, il n'avait plus aucune raison de la harceler, elle.

Sauf qu'il y prendrait un certain plaisir, réalisa-t-elle, sachant que Rick Ferguson avait bien l'intention de la poursuivre. Il attendrait son heure, jouerait avec elle comme un chat taquinant sa proie, et ensuite il frapperait. Sans témoins. Sans preuves. Sans rien qui puisse établir un lien entre le méfait et lui. Elle allait probablement disparaître un beau jour, et on ne la reverrait plus, on n'entendrait plus jamais parler d'elle.

Telle mère, telle fille, se dit-elle, en trouvant un certain réconfort dans l'ironie de la situation, comme si le destin venait de boucler sa boucle.

Son père apparut sur le seuil, derrière son gendre, et pour la première fois Jess fut heureuse qu'il eût une nouvelle femme dans sa vie. Ça lui faciliterait les choses quand l'inévitable se produirait.

— Bon Dieu, Jess, cria Barry. Tu pourrais pas marcher encore plus lentement ? Entre, bon sang, on gèle.

Jess monta les marches du perron en ayant l'impression d'avoir des poids de plomb accrochés aux chevilles.

— D'où vient cette voiture ?

— Je l'ai louée cet après-midi, expliqua Jess en entrant, tandis que son père la serrait dans ses bras. Salut, papa.

— Salut, mon cœur. Laisse-moi te regarder — il l'éloigna un peu de lui mais en prenant garde de ne pas la lâcher, puis l'attira à nouveau dans son étreinte. Tu es superbe.

— Qu'est-ce que c'est, comme voiture ? s'enquit Barry.

— Une Toyota, dit Jess, étrangement heureuse d'avoir un sujet de conversation aussi banal que la petite voiture rouge qu'elle venait de louer.

— Tu ne devrais pas conduire une voiture japonaise, dit Barry sur un ton de réprimande, tout en l'aidant à ôter son manteau qu'il suspendit dans le placard. L'industrie automobile américaine a besoin d'un maximum de soutien.

Jess aperçut un manteau de vison qui à sa connaissance n'appartenait pas à sa sœur, et se demanda un instant comment le vison pouvait s'accorder avec des sandales Birkenstocks.

— Ce qui explique ta Jaguar, dit Jess en laissant tomber son sac par terre.

— Ma prochaine voiture sera américaine, lui certifia Barry. Je pensais à une Cadillac.

— Les Cadillac sont de bonnes voitures, dit Art Koster, l'expression de ses yeux implorant Jess de ne pas aller plus loin.

— Je suis désolée, papa, mais j'ai été débordée, ces temps derniers, s'excusa-t-elle, retardant ainsi le moment de pénétrer dans le salon.

— Je comprends, ma chérie, l'assura son père, et Jess put constater, à l'air de compassion que reflétaient ses doux yeux bruns, qu'il était sincère.

— Si je t'ai blessé, j'en suis vraiment désolée, murmura-t-elle. Tu sais bien que c'est la dernière chose au monde que je souhaite.

— Je sais. Et ça n'a pas d'importance. Il n'y a pas de mal. Tu es là, aujourd'hui.

— Je suis navrée, j'ai oublié de vous apporter quelque chose, s'excusa de nouveau Jess en voyant Maureen apparaître dans l'entrée, une des jumelles dans les bras et Tyler accroché à ses jambes. Le clan, dans son ensemble, remarqua Jess, portait des vêtements de fête, rouges et verts. Maureen et le bébé avaient des robes de velours rouge presque semblables ; Tyler et son père avaient un pantalon vert sombre, un cardigan rouge et une large cravate verte. Ils avaient tous l'air de sortir d'une carte de vœux. Jess se sentit tout à fait déplacée avec son pull noir et blanc et son pantalon noir tout simple.

— Je suis vraiment contente que tu aies pu venir, dit Maureen avec des larmes dans le coin des yeux. J'avais peur que tu n'appelles à la dernière minute et que... — elle s'interrompit brusquement. Viens, entre donc.

Art Koster mit son bras autour des épaules de sa fille et l'entraîna vers le salon. La première chose que Jess remarqua fut l'énorme sapin de Noël installé devant le piano à queue, attendant ses décorations. Puis elle vit la madone assise à côté, sur le canapé rose, avec dans les bras un bébé vêtu d'une robe de velours rouge.

— Sherry, dit son père en guidant Jess vers le canapé, voici Jess, ma dernière fille. Jess, je te présente Sherry Hasek.

— Bonjour, Jess, dit la femme en tendant le bébé à Art Koster, et elle se leva pour serrer la main de Jess. Elle était aussi mince que son père l'avait décrite, et encore plus petite que Jess ne l'avait imaginé. Ses cheveux noirs avaient l'air étonnamment naturels et étaient retenus derrière sa nuque par une barrette fantaisie. Un gros cœur en onyx pendait à son cou au bout d'une longue chaîne en or. Elle portait une simple blouse en soie blanche et un pantalon gris anthracite, avec de solides chaussures de cuir noir. Pas de Birkenstocks en vue. Sa poignée de main était ferme, mais ses mains étaient glacées, malgré le feu qui crépitait dans la cheminée.

Elle est aussi nerveuse que moi, se dit Jess, tout en s'exhortant à ne pas se mettre à pleurer en serrant la main de la femme.

— Je suis désolée d'avoir mis si longtemps à faire votre connaissance, lui dit Jess avec sincérité.

— C'est des choses qui arrivent, dit Sherry Hasek.

— Qu'est-ce que je vous sers à boire ? questionna Barry. Du vin ? De la bière ? Du Coca-Cola ? demanda-t-il, sur un ton plein de sous-entendus.

— Je peux avoir un Coca ? interrogea aussitôt Tyler.

— Tu peux avoir du lait, répliqua Maureen.

— Je boirai du vin, dit Jess en prenant le bébé des bras de sa sœur, trouvant que celle-ci avait raison :

les jumelles avaient vraiment grandi en deux mois. Bonjour, jolie petite frimousse. Comment ça va ?

Le bébé la regarda fixement comme si elle était une extra-terrestre, et se mit à loucher en essayant de se concentrer sur le nez de Jess.

— Elles sont vraiment formidables, non ? dit fièrement Barry, en lui versant un verre de vin qu'il lui tendit. Je vais prendre Chloé, dit-il, en échangeant le verre de vin contre son bébé.

— J'aurais voulu avoir des jumeaux, dit Sherry Hasek. Et des filles. Au lieu de ça, j'ai eu trois garçons. Un seul chaque fois.

— Mes amies disent toutes que les garçons posent plus de problèmes quand ils sont petits, dit Maureen en s'asseyant, un bébé dans les bras et un petit garçon collé contre ses genoux, mais les filles sont pires à partir de dix ans.

— Qu'est-ce que vous en pensez, Art ? demanda Barry. Comment étaient vos filles, en tant qu'adolescentes ?

Art Koster éclata de rire.

— Mes filles ont toujours été parfaites, dit-il de bonne grâce, tandis que Jess essayait de chasser l'image du visage de sa mère en larmes.

Je n'ai pas besoin de ça, Jess. Je n'ai pas besoin de ça, surtout pas venant de toi.

— Je ne crois pas que nous ayons été parfaites, dit Jess, portant vivement son verre à ses lèvres. A votre santé à tous.

Elle but une longue gorgée, puis une autre.

— Santé et prospérité, souhaita Barry.

Jess s'efforça de se concentrer sur le visage ovale de Sherry Hasek. Ses yeux étaient sombres et très écartés, tandis que l'ensemble de ses traits étaient bizarrement tassés, comme s'il n'y avait pas tout à fait assez de place sur son visage pour tout le reste. Quand elle s'animait, sa bouche avait l'air de sauter dans tous les sens. Elle parlait avec les mains, se servant de ses longs doigts manucurés pour renforcer ce qu'elle disait, donnant l'impression d'un esprit vif et un peu désordonné.

Pas du tout comme sa mère, songea Jess, en plaquant mentalement le visage plus large de sa mère sur celui de Sherry Hasek, évoquant ses yeux bleu-vert, sa peau douce, son nez parfaitement bien proportionné, sa bouche, ses pommettes hautes et proéminentes. C'était un visage qui donnait une impression de calme et de sécurité pour son entourage. Il y avait quelque chose de tellement rassurant dans le délicat équilibre de ses traits, comme si la sérénité qu'elle dégageait était le résultat d'une profonde paix intérieure.

Sa mère avait toujours été comme ça, réalisa Jess, tellement à l'aise avec elle-même qu'elle faisait tout naturellement en sorte que ceux qui l'entouraient se sentent à l'aise, eux aussi. Elle se mettait rarement en colère, elle ne criait presque jamais. Et pourtant, on savait tout de suite ce qu'elle ressentait. Elle disait ce qu'elle pensait et attendait la même chose des autres. Elle traitait tout le monde avec respect, pensait Jess à présent, revoyant le visage de sa mère sillonné de larmes, même quand on ne méritait pas ce respect.

— Redescends sur terre, Jess, entendit-elle Barry clamer. Allons, Jess, atterris.

Elle sentit le verre de vin lui glisser des doigts et le serra étroitement pour ne pas le laisser tomber ; le verre fragile se brisa entre ses doigts et sa main devint humide et poisseuse. Elle baissa les yeux, et vit son sang se mélanger à la transparence du vin blanc pour créer une délicate teinte rosée, et c'est alors qu'elle perçut brusquement les exclamations d'horreur et d'inquiétude qui emplissaient la pièce.

— Maman ! cria Tyler.

— Mon Dieu, Jess, ta main !

— Comment diable as-tu fait ton compte ?

Barry glissa précipitamment une serviette sous sa

main avant que le sang ne coule sur le tapis. Un des bébés se mit à pleurer.

— Ça va, s'entendit-elle prononcer, bien qu'elle ne sût pas vraiment ce qui s'était passé et qu'elle ne pût donc décider si ça allait, oui ou non.

— Tu as une sacrée poigne, dit son père en ouvrant doucement la main de sa fille pour examiner la blessure dont il retira délicatement deux petits éclats de verre, épongeant ensuite le sang avec son mouchoir de lin blanc.

— Je vais chercher de la pommade antiseptique, dit Maureen, posant les deux bébés dans des petits transats placés côte à côte près de la porte.

Les jumelles se mirent à gigoter joyeusement tandis que leur mère quittait la pièce, Tyler en pleurs toujours accroché à elle.

— Je suis vraiment désolée, dit Jess.

— Pourquoi ? s'enquit Sherry. Vous l'avez fait exprès ?

Jess lui sourit avec reconnaissance.

— Ça fait sacrément mal.

— Je n'en doute pas — Sherry examina les petites coupures qui se confondaient avec les lignes de la main de Jess. Vous avez une solide ligne de vie, observa-t-elle en passant.

— A quoi pouvais-tu bien penser, nom de Dieu ? demanda Barry en se levant, alors que sa femme revenait dans la pièce.

— Je croyais qu'on n'avait pas le droit de jurer, dans cette maison, lui rappela Jess.

— Donne, laisse-moi te mettre un peu de ça.

Maureen lui mit un peu de pommade avant qu'elle ait pu protester.

— Je n'ai pas besoin de pansement.

— Garde ta main au-dessus de ta tête, conseilla Barry.

— Vraiment, Barry, les coupures ne sont pas si profondes que ça.

— Peut-être qu'on devrait appeler un médecin, dit Maureen, juste par précaution.

A la mention du mot *médecin*, Tyler se remit à pleurnicher.

— Tout va bien, Tyler, le rassura Maureen, se baissant pour prendre l'enfant effrayé dans ses bras. Le médecin n'est pas pour toi — elle se tourna vers Jess. Il déteste les médecins, parce que la dernière fois qu'il a été malade, tu sais, quand on avait tous la grippe, le médecin lui a enfoncé ce truc pour regarder dans sa gorge et ça lui a donné des haut-le-cœur. Il a horreur de vomir.

Jess éclata de rire et Tyler pleura de plus belle.

— Je suis désolée, mon amour, dit-elle, et elle se baissa vers son neveu tout en gardant son bras en l'air, laissant Sherry lui bander la main. Je ne me moquais pas de toi. C'est juste parce que je sais exactement ce que tu ressens. Je n'aime pas vomir moi non plus.

— Et qui aime ça ? questionna Barry, en tendant la main vers le téléphone posé sur une table basse près du canapé. Alors, Jess ? Tu as besoin de soins médicaux ?

— Sûrement pas.

Elle laissa son père la guider vers le canapé où il l'installa précautionneusement entre lui et son nouvel amour.

— Est-ce qu'on a trouvé qui avait détruit ta voiture ? questionna Maureen.

Jess secoua la tête, sentant la sinistre présence de Rick Ferguson dans la pièce. Elle chassa le fantôme par le son de sa voix.

— Alors, si j'ai bien compris, vous êtes une fameuse artiste, dit-elle à la femme assise à côté d'elle.

Sherry éclata de rire. C'était un rire charmant, comme une brise chaude. Jess entendit au loin le rire plus rauque de sa mère.

— Je ne fais que m'amuser un peu, même si j'ai

toujours beaucoup aimé l'art, expliqua Sherry en cherchant du regard l'approbation du père de Jess, chose que sa mère n'aurait jamais faite, se dit celle-ci.

— C'est l'art ou l'Art, que tu aimes ? demanda-t-il, d'un d'air taquin.

Sherry rit de nouveau.

— Les deux, je suppose.

— Vous préférez l'huile, ou le pastel ? s'enquit Jess, qui s'en fichait, mais voulait à tout prix écarter le sujet de l'amour.

— Je suis meilleure avec le pastel. Votre père préfère la peinture à l'huile.

Jess tressaillit. Sa mère ne se serait jamais permise de parler à la place de son père. Et cette femme trouvait-elle vraiment indispensable de l'informer des préférences de son propre père ?

— Sherry est beaucoup trop modeste, dit Art, se permettant à présent de parler à la place de celle-ci. C'est une excellente artiste.

— Eh bien, reconnut Sherry, je ne suis pas trop mauvaise pour la nature morte.

— Ses pêches sont extraordinaires, déclara Art Koster avec un clin d'œil.

— Art ! dit Sherry en riant et elle tendit le bras pour donner une petite tape sur la main d'Art Koster. — Jess ne se sentait pas très bien. — Votre père est plus doué pour les nus.

— Les académies, dit Barry.

— Je n'arrête pas de lui proposer de la peindre, dit Art en souriant à Sherry comme si Jess n'était pas là, assise entre eux deux. Mais elle dit qu'elle se réserve pour Jeffrey Koons.

On entendit à nouveau voler les mouches. Jess se dit qu'elle devrait savoir qui était Jeffrey Koons, mais ce n'était pas le cas, et elle rit tout de même, comme si elle le savait.

Elle se demanda ce que sa mère aurait pensé de cette charmante scène de famille : Maureen, debout à côté de Barry qui la tenait par les épaules tandis qu'elle serrait son fils près d'elle ; Jess, pelotonnée sur le canapé entre son père et la femme qu'il voulait peindre nue ; les jumelles, s'agitant dans leurs transats, leurs yeux comme des soucoupes fixés sur leur mère. C'est bien, pensa Jess en les regardant gigoter, gardez l'œil sur votre mère. Faites attention qu'elle ne disparaisse pas, les mit-elle en garde silencieusement.

— Reviens sur terre, Jess, entendit-elle de nouveau. Reviens sur terre, Jess. Atterris.

— Excusez-moi, se hâta-t-elle de dire en apercevant l'air contrarié de Barry, comme si le fait qu'elle ne fût pas attentive était en quelque sorte le reflet de ses compétences à lui en tant qu'hôte. Tu disais quelque chose ?

— Sherry te demandait si tu aimais peindre.

— Oh, pardon. Je n'ai pas entendu.

— On l'a vu, dit Barry, tandis que Jess remarquait l'inquiétude qui assombrissait tout à coup les yeux de Maureen.

— Ça n'a pas d'importance, précisa aussitôt Sherry. Je disais ça en passant.

— A vrai dire je ne sais pas, je n'ai pas peint depuis que j'étais petite.

— Tu te souviens de la fois où tu as eu des crayons et où tu as dessiné sur tous les murs du salon ? dit Maureen, et maman était furieuse parce qu'on venait juste de les repeindre.

— Je ne me souviens pas de ça.

— Je ne crois pas que je pourrai l'oublier, dit Maureen. Je crois que c'est cette fois-là que maman a crié le plus fort.

— Elle ne criait jamais.

— Ce jour-là, elle l'a fait. On pouvait l'entendre dans tout le quartier.

— Elle ne criait jamais, insista Jess.

— Je croyais que tu avais dit que tu ne te souvenais même pas de cet incident, lui rappela Barry.

— Je crois que je peux me souvenir de ma propre mère.

— Je me souviens de beaucoup d'occasions où elle a crié, dit Maureen.

Jess haussa les épaules, s'efforçant de dissimuler sa colère grandissante.

— Jamais contre moi.

— Toujours contre toi.

Jess se leva et se dirigea vers l'arbre de Noël, avec des élancements dans la main.

— Quand est-ce qu'on décore ce machin ?

— On pensait le faire juste après le dîner, dit Barry.

— Tu ne savais jamais quand t'arrêter, continua Maureen, comme s'il n'y avait pas eu d'interruption. Il fallait toujours que tu aies le dernier mot — elle rit. Je me souviens que maman disait qu'elle aimait toujours t'avoir à la maison parce que c'était vraiment bien de vivre avec quelqu'un qui savait tout.

Tout le monde éclata de rire. Jess détesta ces sons.

— Mes garçons étaient comme ça, dit Sherry. Ils voulaient avoir réponse à tout. Quand ils avaient dix-sept ans, ils croyaient que j'étais la personne la plus stupide au monde. A vingt et un ans, ils n'arrivaient pas à croire à quel point j'étais devenue intelligente.

Tout le monde éclata à nouveau de rire.

— En fait, on a eu quelques années très dures, avoua Sherry. Surtout juste après le départ de leur père. Il n'était pas particulièrement présent avant, mais son départ a en quelque sorte officialisé les choses, et les garçons ont fait pas mal de comédies. Ils étaient insolents et désobéissants, et quoi que je dise ou que je fasse, j'avais tort. On avait toujours l'air d'être en train de se disputer à propos de quelque chose, et je ne savais jamais comment on en était arrivé là. Ils disaient que j'étais trop stricte, trop vieux jeu, trop naïve. Tout ce que je pouvais être, je l'étais de trop. J'ai l'impression qu'on était toujours en train de se sauter à la gorge. Et un beau jour, ils sont devenus adultes et je me suis aperçue que j'étais encore à peu près entière. Ils sont partis à l'université, puis sont allés vivre de leur côté. J'ai acheté un chien. Il m'adore sans conditions. Il m'attend près de la porte quand je sors, me couvre de baisers quand je rentre, il trouve que je suis la chose la plus extraordinaire du monde. C'est l'enfant que j'ai toujours rêvé d'avoir.

Art Koster rugit de plaisir.

— Peut-être qu'on devrait acheter un chien, suggéra Barry en lançant un clin d'œil à sa femme.

— Je pense que chaque mère doit passer par des périodes où elle se demande pourquoi elle a bien pu se faire du souci, dit Maureen.

Une fois de plus, Jess revit le visage de sa mère. *Je n'ai pas besoin de ça, Jess, surtout pas venant de toi.*

— Je veux dire, Dieu sait si j'adore mes enfants, poursuivit Maureen, mais il y a des moments où...

— Où tu aimerais avoir repris ton travail ? demanda Jess, et elle vit les épaules de Barry se raidir.

— Où j'aimerais être un peu plus calme, lui dit Maureen.

— Peut-être qu'on devrait vraiment acheter un chien, insista Barry.

— Oh, génial, s'exclama Jess. Une chose de plus dont Maureen aurait à s'occuper.

— Jess..., la mit en garde Maureen.

— Le chien de Sherry est tout ce qu'il y a de plus mignon, se hâta de dire Art Koster. C'est un caniche nain. Il a le poil roux. Quand j'ai su qu'elle avait un caniche, je me suis dit non, je ne peux pas m'engager avec une femme qui peut aimer un chien comme ça. C'est vraiment un cliché.

— Et alors, il a fait la connaissance de Casey, intervint Sherry. Et ça a été le coup de foudre.

— J'ai sorti ce satané cabot un après-midi et j'ai été sidéré de voir que tous les gens qu'on rencontrait s'arrêtaient pour caresser l'animal. Je n'avais encore jamais vu autant de sourires sur autant de visages en un seul après-midi. Ça m'a rendu heureux. Sans compter que les caniches sont très intelligents. Sherry dit qu'en ce qui concerne l'intelligence des chiens, il y a les caniches, et tous les autres.

Jess avait du mal à en croire ses oreilles. Son père lancé dans une discussion passionnée sur les caniches nains !

— Jess a toujours aimé les animaux, déclara son père.

— Vraiment ? Vous avez des animaux familiers ? demanda Sherry.

— Non, dit Jess.

— Elle a un canari, répondit Maureen presque en même temps.

— Non, répéta Jess.

— Qu'est-ce qui est arrivé à Fred ? s'inquiéta Maureen.

— Il est mort. La semaine dernière.

— Fred est mort ? répéta Maureen. J'en suis vraiment désolée. Il était malade ?

— Comment peut-on savoir si un canari est malade ? dit Barry d'un ton railleur.

— Ne lui parle pas sur ce ton, intervint Jess sèchement.

— Je te demande pardon ? — Il y avait davantage de surprise que de colère dans la voix de Barry.

— Quel ton ? s'informa Maureen.

— Est-ce que les garçons seront là pour Noël, cette année ? demanda tout à coup Art Koster. L'espace d'une minute, personne ne parut comprendre de quoi il parlait.

— Oui, répondit Sherry, d'une voix un peu trop forte et un peu trop enthousiaste. En tout cas, c'est ce qu'ils ont dit. Mais on ne sait jamais ce qu'ils peuvent décider à la dernière minute.

— Où sont vos fils, en ce moment ? interrogea Jess, se replongeant dans la conversation.

Souris, se dit-elle en serrant les dents. Sois gentille. Sois aimable. Ne te dispute pas.

— Warren est professeur de gymnastique dans un lycée de Rockford. Colin étudie le cinéma à New York : il veut devenir réalisateur. Et Michael est à Wharton. C'est mon entrepreneur.

— Trois jeunes gens brillants, approuva le père de Jess avec fierté.

— Maureen a un M.B.A, d'Harvard, dit Jess, toutes ses résolutions s'évanouissant à peine formulées.

— Tu les as déjà rencontrés, papa ? demanda Maureen comme si Jess n'avait pas parlé.

— Pas encore, répondit son père.

— J'espérais pouvoir vous convaincre tous de venir passer le dîner de Noël chez moi cette année, avança Sherry. Comme ça je pourrais faire les présentations...

— Ça m'a l'air super, acquiesça immédiatement Maureen.

— Comptez sur nous, dit Barry, d'un ton plein de sous-entendus. Et toi, Jess ?

— Ça me convient, renchérit Jess en s'efforçant d'avoir l'air sincère.

Souris, se dit-elle. Sois gentille. Ne te dispute pas. Reste calme.

— A propos de dîner... ?

— C'est prêt quand vous voulez, déclara Maureen.

26

— Ce rôti est délicieux, dit Sherry Hasek en se tamponnant délicatement les coins de la bouche avec sa serviette rose. Je mange si rarement de la viande rouge en ce moment. J'avais oublié comme c'était bon.

— J'ai essayé de sevrer Maureen de viande rouge, déclara Barry, mais elle prétend qu'elle a été élevée avec le lait de sa mère et le bon vieux rosbif à la mode de Chicago, alors je n'ai rien pu faire.

— Sauf d'en profiter aussi, dit Art Koster.

— Je crois que tant qu'on ne fait pas d'excès, tout va bien, constata Sherry. De tout avec modération, c'est bien ça qu'on dit ?

— On raconte tellement de choses, poursuivit Maureen. C'est difficile de savoir où on en est. Un jour il faut éviter la viande rouge, le lendemain c'est bon pour la santé. On n'arrête pas de nous mettre en garde contre les dangers de l'alcool, avant de nous démontrer qu'un verre de vin par jour prévient les crises cardiaques. Un jour un truc est bon, le lendemain il est mauvais. En ce moment, les fibres sont à la mode, mais plus les graisses. L'année prochaine, ça sera sans doute le contraire.

— A la modération, proclama son père, en portant un toast avec son verre de vin rouge.

— Santé et prospérité, dit Barry.

— Je lisais un article chez le médecin, l'autre jour, commença Art Koster. C'était un vieux magazine, et le journaliste demandait à la célébrité qu'il interviewait, je ne sais pas qui c'était, de citer sa boisson préférée ainsi que trois raisons pour lesquelles elle l'aimait. C'est un jeu. On pourrait essayer ?

— Ma boisson préférée ? réfléchit Barry. Ça serait le vin rouge. C'est délicieux, ça sent merveilleusement bon, et ça enivre.

— Moi, j'aime le jus d'orange, poursuivit Maureen. C'est bon pour la santé, c'est tonifiant, et c'est rafraîchissant.

— Sherry ? interrogea Art Koster.

— Je dirais le champagne, répondit-elle. C'est amusant, ça évoque la fête, et j'aime les bulles.

— Jess ? interrogea Barry.

— Quoi ?

— C'est ton tour.

— Tu as dit que tu étais allé chez le médecin ? demanda Jess à son père.

— Tu n'écoutes pas, remarqua Barry.

Jess ignora son beau-frère.

— Qu'est-ce qui ne va pas, papa ? Tu ne te sentais pas bien ?

— Je vais très bien, déclara son père. C'était juste mon check-up annuel.

Où vas-tu ? demanda Jess à sa mère.

Nulle part, répondit-elle.

Depuis quand t'habiltes-tu aussi chic pour aller nulle part ?

— Alors, quelle est ta réponse ? insista Barry.

— Ma réponse à quoi ?

Barry secoua la tête.

— Vraiment, Jess, je voudrais savoir pourquoi tu te donnes la peine d'accepter nos invitations à dîner si tu n'as pas l'intention de participer à la conversation.

— Barry, s'il te plaît, implora doucement Maureen.

— Quelle est ta boisson préférée ? répéta Art Koster. Et cite trois raisons.

— C'est de ça qu'on est en train de parler ? s'informa Jess.

— C'est un jeu, déclara Sherry d'un ton badin.

— J'en sais rien, finit par dire Jess. Le café noir, je suppose — elle s'aperçut qu'ils attendaient tous qu'elle continue. Pourquoi ? Parce que ça me réveille le matin, que c'est un peu amer, et que c'est bon jusqu'à la dernière goutte.

Elle haussa les épaules, espérant avoir satisfait leurs espérances.

— Et toi, papa ? interrogea Maureen.

— Pour moi c'est la bière. C'est simple, c'est direct, ça me donne une sensation de bien-être.

— Et alors, qu'est-ce que tout ça veut dire ? questionna Maureen.

— Eh bien, dit Art Koster d'un air théâtral, la

boisson représente les relations sexuelles. Dans mon cas, j'aime ça parce que c'est simple, direct, et que ça me donne une sensation de bien-être.

Chacun chercha à se souvenir de ses trois raisons d'aimer la boisson choisie, et les rires éclatèrent quand on réalisa ce qui avait été dit.

— Alors tu trouves que faire l'amour est une chose délicieuse, enivrante, et qui sent très bon, rappela Maureen à son mari. Je crois que je suis flattée.

— Je crois que j'ai de la chance, répondit-il en jetant un coup d'œil à Jess. Un peu amer, hein ?

Jess garda le silence. Sois gentille, se dit-elle. Essaie de sourire. Sois aimable. Ne te dispute pas.

— Et toi, tu aimes les bulles, dit Art en se serrant contre Sherry Hasek.

Jess se demanda quelle aurait été la réponse de sa mère. Le vin blanc, peut-être, parce que c'est clair, franc et direct. Ou peut-être le lait, pour les mêmes raisons que son père à propos de la bière.

— Reviens sur terre, Jess, dit de nouveau Barry. Reviens sur terre, Jess. Atterris.

— La première fois, c'était marrant, Barry, répliqua Jess, sur un ton plus brutal qu'elle ne l'avait voulu. A présent, ça devient agaçant.

— C'est comme ta façon de te conduire. J'essaie juste de savoir si tu es simplement préoccupée ou si tu cherches à être grossière.

— Barry..., l'avertit Maureen.

— Pourquoi donc est-ce que je chercherais à être grossière ? répliqua Jess.

— C'est à toi de le dire. Je n'ai pas la prétention de comprendre ce que tu fabriques.

— Ah oui ?

— Jess..., dit son père.

— Moi, je dirais qu'on se comprend très bien, Barry, affirma Jess, perdant toute patience. On se déteste à fond. C'est plutôt clair, non ?

Barry eut l'air assommé, comme s'il venait de recevoir une claque en pleine face.

— Je ne te déteste pas, Jess.

— Oh, vraiment ? Et cette charmante petite lettre que tu m'as envoyée ? C'était une preuve d'affection ?

— Une lettre ? questionna Maureen. Quelle lettre ?

Jess se mordit la langue, faisant des efforts pour ne pas aller plus loin. Mais il était trop tard. Les mots sortaient déjà de sa bouche.

— Ton mari m'a envoyé une preuve de son estime, imbibée d'urine, avec quelques exemplaires de ses poils de pubis.

— Quoi ? De quoi tu parles ? sembla s'étonner chacun en même temps.

— Tu débloques complètement ! cria Barry. Qu'est-ce que tu dis, nom de Dieu ?

Qu'était-elle réellement en train de dire ? s'interrogea tout à coup Jess, se rendant compte que leurs cris avaient déclenché un nouveau torrent de larmes chez les jumelles. Croyait-elle vraiment Barry capable de lui avoir envoyé cette lettre ?

— Tu veux dire que c'était pas toi ?

— Je veux dire que je ne sais vraiment pas de quoi tu peux bien parler, merde !

— Tu as encore juré, dit Jess.

Barry bredouilla quelque chose d'inintelligible en guise de réponse.

— J'ai reçu une lettre anonyme, le mois dernier, précisa Jess. Elle était pleine de poils de pubis et d'urine. Quand je t'ai parlé au téléphone un peu plus tard, tu m'as demandé si j'avais bien reçu ta lettre. Tu le nies ?

— Bien sûr que je le nie ! La seule chose que je t'aie envoyée, c'était un prospectus à propos d'une caisse de retraite.

Jess se souvint vaguement d'avoir ouvert une lettre et d'y avoir vu quelque chose à propos d'un plan de retraite, avant de la jeter sans y prêter plus d'attention. Mon Dieu, c'était donc de ça qu'il parlait au téléphone, ce jour-là ?

— C'est ça que tu m'as envoyé ?

— Je suis comptable, nom de Dieu. Qu'est-ce que je pourrais bien t'envoyer d'autre ?

Jess sentit que la pièce se mettait à tourner. Comment avait-elle pu accuser son propre beau-frère d'un geste aussi pervers ? Et même si elle l'en avait cru capable, comment avait-elle pu en parler tout haut ? Chez lui ? A sa table ? Devant sa famille ?

Sa sœur était en train d'exprimer les mêmes sentiments.

— Je n'arrive pas à croire que tu puisses proférer des choses pareilles ! disait-elle en pleurant, son fils dans les bras. Je n'arrive pas à croire que tu puisses même les penser.

— Je suis désolée, s'excusa Jess avec impuissance, tandis que Tyler se mettait à pleurnicher à la vue des larmes de sa mère et que les jumelles hurlaient dans leur coin.

— Les enfants, on peut se calmer ? exhorta Art Koster en s'adressant aux adultes.

— C'est simplement que Barry et moi on s'était disputés, tenta d'expliquer Jess, et je savais à quel point il était furieux et qu'il aimait bien se venger. Puis j'ai reçu cette lettre, et juste après ça j'ai parlé à Barry, et il m'a demandé si j'avais reçu sa lettre...

— Et alors tu en as conclu que c'était lui le responsable ! Qu'il pouvait avoir un esprit aussi pervers et malsain. Que je pouvais avoir épousé un individu aussi répugnant !

— Tu n'avais rien à voir avec ça. Maureen, ça ne te concerne pas !

— Ah non ? demanda Maureen. Quand tu attaques mon mari, c'est moi que tu attaques aussi.

— Ne sois pas idiote, rétorqua Jess.

Les pleurs des jumelles redoublèrent et Tyler s'échappa des bras de sa mère pour se précipiter à l'étage.

— Tu ne lui as pas laissé sa chance, depuis le jour où on s'est mariés, cria Maureen, agitant frénétiquement les bras.

— C'est faux, protesta Jess. Je l'aimais bien, jusqu'à ce qu'il te transforme en bobonne.

— Bobonne ! suffoqua Maureen.

— Comment as-tu pu le laisser faire ça ? interrogea Jess, se disant que maintenant qu'elle était en plein dedans, elle pouvait aussi bien aller jusqu'au bout. Comment as-tu pu tout laisser tomber et le laisser te transformer en épouse modèle ?

— Je pourrais peut-être emmener les jumelles en haut ? proposa Sherry en attrapant un bébé sous chaque bras et en se dirigeant vers l'escalier.

— Les enfants, on pourrait arrêter ça maintenant, avant qu'on n'ait dit des choses qu'on regrettera, conseilla Art Koster, puis il soupira, comme pour reconnaître qu'il était déjà trop tard.

— Qu'est-ce que tu crois exactement que j'ai abandonné ? demanda Maureen. Mon travail ? Je peux toujours en trouver un autre. Ma formation ? Je l'aurai toujours. Tu ne peux pas mettre dans ta petite tête tordue que je fais exactement ce que je veux ? Que c'était ma décision à moi, pas celle de Barry, de rester à la maison et d'être avec mes enfants tant qu'ils seraient petits. Je respecte tes choix à toi, Jess, même si je ne suis pas toujours d'accord avec eux. Tu ne peux donc pas respecter les miens ? Qu'est-ce qu'il y a de si mal dans ce que je fais ?

— Qu'est-ce qu'il y a de mal ? s'entendit dire Jess. Tu ne te rends pas compte que ta vie est un dénigrement de tout ce que nous a inculqué notre mère ?

— Quoi ? dit Maureen, l'air d'avoir été frappée par la foudre.

— Bon Dieu, Jess, intervint son père, de quoi veux-tu bien parler ?

— Notre mère nous a élevées pour être des femmes indépendantes, vivant par nous-mêmes, argumenta Jess. La dernière chose qu'elle aurait souhaitée pour Maureen était de la voir coincée dans un mariage où elle n'a pas la possibilité de s'épanouir.

Les yeux de Maureen étincelèrent de fureur.

— Comment oses-tu me critiquer ? Comment oses-tu prétendre savoir quoi que ce soit de mon couple ? Comment oses-tu y mêler notre mère ? C'est toi, pas moi, poursuivit-elle, qui étais toujours en train de te disputer avec maman sur ces questions-là. C'est toi, pas moi, qui as voulu te marier alors que tu n'avais pas fini tes études, bien que maman ait insisté pour que tu attendes. C'est toi qui te disputais tout le temps avec elle, qui la faisais pleurer, qui la rendais malheureuse. « Attends au moins d'avoir fini la fac de droit, te répétait-elle. Don est un homme charmant, mais il ne te laissera pas d'espace pour t'épanouir. Attends au moins d'avoir fini la fac de droit », te suppliait-elle. Mais tu ne voulais rien entendre. Tu savais déjà tout, exactement comme aujourd'hui. Alors arrête de vouloir alléger ta propre culpabilité en disant à chacun comment il doit vivre !

— Qu'est-ce que tu veux dire, ma propre culpabilité ? demanda Jess, la colère lui coupant le souffle.

— Tu sais très bien ce que je veux dire.

— De quoi parles-tu, merde ?

— Je veux parler de la dispute que tu as eue avec maman le jour où elle a disparu ! répliqua Maureen. Je veux dire que j'ai appelé à la maison depuis la bibliothèque, ce matin-là, je suppose que c'était juste après que tu étais sortie en trombe de la maison, et qu'elle pleurait. Et je lui ai demandé ce qui n'allait pas, et elle a essayé de me dire que ce n'était rien, mais elle a fini par admettre que vous vous étiez encore sérieusement disputées toutes les deux, et je lui ai proposé de rentrer, et elle a dit que non, que ça irait, qu'elle devait sortir de toute façon. Et ça a été la dernière fois que je lui ai parlé.

Les traits de Maureen menaçaient de se dissoudre,

ses yeux, son nez et sa bouche lui glissant le long du visage, emportés par un torrent de larmes.

Jess, qui s'était mise debout au milieu de l'affrontement, s'écroula sur son siège. Elle entendit des voix qui criaient, regarda autour d'elle et vit, non pas la salle à manger de sa sœur, mais la cuisine de sa mère, sur Burling Street, non pas le visage ravagé de larmes de sa sœur, mais celui de sa mère.

« Tu es bien élégante, avait-elle fait observer, en entrant dans la cuisine et en remarquant la robe de lin blanc de sa mère. Où vas-tu ?

— Nulle part.

— Depuis quand tu t'habilles aussi chic pour aller nulle part ?

— J'avais juste envie de mettre quelque chose de bien, dit sa mère avant d'ajouter d'un ton neutre : Et j'ai un rendez-vous chez le médecin cet après-midi. Et toi, quel est ton programme ?

— Quel genre de rendez-vous chez le médecin ?

— Rien de spécial.

— Allons, maman. Je sais toujours quand tu ne me dis pas la vérité.

— Ce qui est une des raisons pour lesquelles tu feras une très bonne avocate.

— Le droit n'a rien à voir avec la vérité.

— On croirait entendre Don.

— Tu vas recommencer ?

— Je ne veux rien recommencer du tout, Jess. C'était juste une remarque.

— Je ne suis pas sûre d'apprécier tes remarques. »

Laura Koster avait haussé les épaules en silence.

« Alors, c'est quel genre de rendez-vous chez le médecin ?

— Je préfère ne pas en parler avant de savoir si j'ai des raisons de m'inquiéter.

— Tu t'inquiètes déjà. Ça se voit sur ton visage. Qu'est-ce que c'est ?

— J'ai découvert une légère grosseur.

— Une grosseur ? »

Jess avait retenu son souffle.

« Je ne veux pas que tu t'inquiètes. Ce n'est probablement rien du tout. Comme la plupart des grosseurs.

— Où est cette grosseur ?

— Dans mon sein gauche.

— Seigneur !

— Ne t'inquiète pas.

— Quand l'as-tu découverte ?

— Ce matin, en prenant ma douche. J'ai appelé le médecin et il est persuadé que ce n'est rien. Il veut juste que je passe le voir pour qu'il puisse y jeter un coup d'œil.

— Et si ça n'est pas rien ?

— On en parlera à ce moment-là.

— Tu as peur ? »

Sa mère avait attendu plusieurs secondes avant de répondre. Seuls ses yeux avaient bougé.

« La vérité, maman.

— Oui, j'ai peur.

— Tu veux que je vienne avec toi chez le médecin ?

— Oui, avait dit aussitôt sa mère. Oui, j'aimerais bien. »

C'est alors que la conversation avait commencé à déraper, se souvenait à présent Jess, revoyant sa mère en train de préparer du café dans la cuisine et de proposer à Jess des gâteaux aux myrtilles qu'elle avait achetés à la boulangerie du coin.

« Je n'ai rendez-vous qu' à quatre heures, avait dit sa mère. Ça perturbe tes projets ?

— Non, avait répondu Jess. Je vais appeler Don pour lui dire que nos projets attendront.

— Ça serait formidable », avait dit sa mère, et Jess avait aussitôt compris que celle-ci ne faisait pas uniquement allusion aux projets qu'ils avaient faits pour l'après-midi.

« Qu'est-ce que tu as contre Don, maman ? avait-elle demandé.

— Je n'ai absolument rien contre lui.

— Alors pourquoi es-tu aussi opposée à notre mariage ?

— Je ne dis pas que tu ne dois pas épouser cet homme, Jess, lui avait précisé sa mère. Je trouve que Don est un homme charmant. Il est intelligent. Il est sérieux. Il t'adore, c'est évident.

— Alors où est le problème ? avait demandé Jess.

— Le problème est qu'il a onze ans de plus que toi. Il a déjà fait toutes ces choses que tu n'as pas encore expérimentées.

— Onze ans, ça n'est pas une trop grande différence d'âge, avait protesté Jess.

— C'est quand même onze ans. Onze années qu'il a eues pour décider ce qu'il voulait faire de sa vie.

— Il me veut.

— Et toi, qu'est-ce que tu veux ?

— Je le veux !

— Et ta carrière ?

— Je l'aurai, ma carrière. Don veut vraiment que je devienne une bonne avocate. Il peut m'aider. C'est un professeur extraordinaire.

— Tu veux un associé, Jess. Pas un professeur. Il ne te laissera pas assez d'espace pour t'épanouir.

— Comment peux-tu dire ça ?

— Ma chérie, je ne suis pas en train de dire que tu ne devrais pas l'épouser, avait répété sa mère.

— Mais si, c'est ce que tu fais. C'est exactement ce que tu es en train de dire.

— Tout ce que je veux dire, c'est d'attendre quelques années. Tu n'es qu'en première année de droit. Attends d'avoir passé le concours du barreau. Attends d'avoir eu l'occasion de découvrir qui tu es et ce que tu veux.

— Je sais qui je suis. Je sais ce que je veux. Je veux Don. Et je vais me marier avec lui, que ça te plaise ou non. »

Sa mère avait poussé un soupir et s'était versé une tasse de café frais. « Tu en veux ?

— Je ne veux rien de toi, avait dit Jess, butée.

— D'accord, laissons tomber.

— Je ne veux pas laisser tomber. Tu crois que tu peux soulever toutes ces questions et dire ensuite : laissons tomber, simplement parce que tu n'as plus envie de discuter ?

— J'aurais mieux fait de ne rien dire.

— Tu as raison. Tu aurais mieux fait.

— J'oublie parfois que tu sais tout.

— Oh, ça c'est rigolo, maman. Vraiment rigolo.

— Je suis désolée, chérie. Je n'aurais pas dû dire ça. Je crois que je suis un peu énervée aujourd'hui, et peut-être un peu plus bouleversée que je ne pensais. » Les larmes lui étaient venues aux yeux.

« Je t'en prie, ne pleure pas, avait supplié Jess en levant les yeux au ciel. Pourquoi faut-il toujours que tu fasses en sorte que je me sente coupable, merde ?

— Je ne veux pas que tu te sentes coupable.

— Il faut que tu arrêtes de vivre à ma place.

— C'est bien la dernière chose que je souhaite, Jess, avait dit sa mère, les larmes lui coulant le long des joues. Je veux que toi, tu vives ta propre vie.

— Alors reste en dehors de tout ça, s'il te plaît ! » avait ajouté Jess en s'efforçant d'atténuer la dureté de ses paroles tout en sachant qu'il était trop tard.

Sa mère avait secoué la tête, ce qui avait fait surgir encore plus de larmes. « Je n'ai pas besoin de ça, Jess, avait-elle dit. Je n'ai pas besoin de ça, surtout pas venant de toi. »

Et ensuite ? réfléchissait Jess à présent, ayant l'impression d'être un gigantesque jouet mécanique incapable de s'arrêter de tourner jusqu'à ce que la pile soit morte. Il y avait eu d'autres paroles inconsidérées, d'autres protestations furieuses. L'orgueil avait parlé pour elles deux.

« Tu n'es pas obligée de m'emmener chez le médecin. Je peux y aller toute seule.

— Comme tu voudras. »

Et elle s'était précipitée hors de la maison. C'était la dernière fois qu'elle avait vu sa mère en vie.

Jess sauta sur ses pieds et courut vers le hall

d'entrée, trébuchant sur les transats des bébés, les renversant, prenant quelques secondes pour les redresser.

— Excuse-moi, Jess, criait Maureen derrière elle. Je t'en prie, ne t'en va pas. Je ne voulais pas dire tout ça.

— Et pourquoi pas ? interrogea Jess en s'arrêtant brusquement pour se retourner vers sa sœur, revoyant le visage de sa mère. Tout est vrai. Tout ce que tu as dit est vrai.

— Ce n'était pas ta faute, lui dit Maureen. Quoi qu'il soit arrivé à notre mère, ce n'était pas ta faute.

Jess secoua la tête d'un air incrédule.

— Comment peux-tu dire ça ? demanda-t-elle. Si je l'avais emmenée chez le médecin comme je l'avais promis, elle n'aurait jamais disparu.

— Tu n'as aucun moyen de le savoir.

— Bien sûr que si. Et toi aussi. Si j'étais allée avec elle chez le médecin, elle serait encore là aujourd'hui.

— Pas s'il y avait quelqu'un après elle, dit son père en pénétrant dans le hall, Barry à ses côtés, déterminé à lui faire du mal. Tu sais aussi bien que moi qu'il est quasiment impossible d'arrêter quelqu'un de foncièrement résolu.

Jess pensa aussitôt à Rick Ferguson. Le téléphone se mit à sonner.

— J'y vais, dit Barry en retournant dans le salon. Personne d'autre ne bougea.

— On devrait s'asseoir dans la salle à manger, suggéra Maureen.

— Je crois que je devrais m'en aller, dit Jess.

— On n'a jamais parlé de ce qui s'était passé, dit Maureen. Je veux dire, on a parlé des faits, on a parlé des détails. Mais on n'a jamais vraiment parlé de ce qu'on ressentait. Je crois qu'on a beaucoup de choses à se dire. Tu ne crois pas ?

— Je voudrais bien, lui dit Jess avec une voix de petite fille. Mais je ne peux pas. Pas ce soir en tout cas. Un autre jour peut-être. Je suis si fatiguée. Je veux rentrer chez moi et me mettre au lit.

Barry apparut dans l'entrée.

— C'est pour toi, Jess.

— Moi ? Mais personne ne sait que je suis ici.

— Ton ex-mari le sait.

— Don ?

Jess se souvint vaguement de lui avoir dit qu'elle dînait chez sa sœur.

— Il dit que c'est important.

— On va dans la salle à manger, dit Maureen, tandis que Jess se dirigeait d'un air hébété vers le téléphone.

— Il s'est passé quelque chose ? s'inquiéta-t-elle en guise de bonjour. Rick Ferguson a avoué ?

— Rick Ferguson est en route pour Los Angeles. Je lui ai acheté un billet et l'ai mis moi-même dans l'avion, à sept heures ce soir. Ce n'est pas Rick Ferguson qui m'inquiète.

— Qu'est-ce qui t'inquiète ?

— Est-ce que tu vois Adam, ce soir ?

— Adam ? Non, il n'est pas là.

— Tu es sûre ?

— Qu'est-ce que tu veux dire, si je suis sûre ?

— Je veux que tu restes chez ta sœur, cette nuit.

— De quoi tu parles ?

— Jess, j'ai demandé à mon bureau de faire quelques vérifications à propos de ce type. On a appelé le barreau. Ils n'ont jamais entendu parler d'un avocat du nom d'Adam Stohn.

— Quoi ?

— Tu m'as bien entendu, Jess. Ils n'ont jamais entendu parler de ce type. Et s'il t'a menti à propos de qui il est et de ce qu'il fait, il y a de bonnes chances pour qu'il t'ait menti au sujet de son absence de Chicago en ce moment. Maintenant, fais-moi plaisir et reste chez ta sœur, au moins pour cette nuit.

— C'est impossible, murmura Jess, en pensant à

tout ce qui s'était passé dans la soirée, à tout ce qui avait été dit.

— Et pourquoi non, pour l'amour du ciel ?

— C'est tout simplement impossible. Je t'en prie, Don, ne cherche pas à comprendre.

— Alors je viens.

— Non ! Je t'en prie. Je suis une grande fille. Il faut que je prenne soin de moi par moi-même.

— Tu le feras quand on sera sûrs que tout va bien.

— Tout va bien, dit Jess, se sentant engourdie de la tête aux pieds, comme si on lui avait injecté une trop forte dose de novocaïne. Adam ne va pas me faire de mal, marmonna-t-elle en écartant le combiné.

— Tu as dit quelque chose ?

— J'ai dit de ne pas t'inquiéter. Je t'appellerai demain matin.

— Jess...

— Je te parlerai demain.

Elle raccrocha le téléphone, resta sans bouger pendant plusieurs secondes, essayant de comprendre ce que Don lui avait dit. Aucune trace d'un avocat du nom d'Adam Stohn ? Personne de ce nom enregistré au barreau de l'État de l'Illinois ? Mais pourquoi aurait-il menti ? Tout ce qu'il lui avait dit n'était donc que mensonges ? N'y avait-il donc rien dans sa vie qui ne cloche pas ? Rien qui ait un sens ?

Jess regarda fixement le sapin de Noël qui attendait patiemment d'être décoré et entendit les voix tranquilles venant de la salle à manger. « Je crois qu'on a beaucoup de choses à se dire », avait déclaré sa sœur. Et elle avait raison. Beaucoup de choses avaient besoin d'être dites et examinées. Ensemble et individuellement. Peut-être qu'elle devrait appeler Stephanie Banack, lundi matin ; voir si la psychothérapeute accepterait de la recevoir à nouveau. Il fallait qu'elle arrête de se comporter comme son propre juge et son propre jury, réalisa-t-elle en se faufilant doucement dans le hall. Il était grand temps qu'elle se libère de la culpabilité étouffante qui l'avait habitée pendant les huit dernières années.

Attrapant son sac, mais laissant son manteau dans le placard de l'entrée, Jess ouvrit silencieusement la porte et sortit dans la nuit glacée. Elle se retrouva aussitôt au volant de sa voiture de location, roulant à toute allure sur Sheridan Road en direction du sud, les larmes coulant à flots le long de ses joues, la radio à fond, avec pour seul désir de se glisser dans son lit, de tirer les couvertures par-dessus sa tête et de disparaître jusqu'au lendemain matin.

27

Jess pleurait encore quand elle arriva chez elle.

« Arrête de pleurer », se réprimanda-t-elle en coupant le contact. Elle se hâta dans le froid, jusqu'à son immeuble. « Pourquoi pleures-tu ? » s'interrogea-t-elle en tournant la clé dans la serrure. Elle referma soigneusement la porte de la rue derrière elle. « Simplement parce que tu t'es conduite comme une idiote ce soir, parce que tu as traité ta sœur de bobonne et ton beau-frère de pervers, parce que tu as fait une excellente impression sur la nouvelle copine de ton père, parce que tu t'es enfuie de la maison comme un voleur dans la nuit, parce qu'Adam Stohn n'est pas celui qu'il prétend être, parce que Rick Ferguson est parti pour la Californie au lieu d'aller sur la chaise électrique... Non, se rappela-t-elle en grimpant l'escalier quatre à quatre, on ne grille plus les gens en Illinois. On les endort. Comme des chiens », ajouta-t-elle, évoquant la dernière ligne du *Procès* de Kafka, ce qui la fit pleurer de plus belle.

Il n'y avait ni trompette ni saxophones pour l'accompagner dans son ascension ; aucune lumière ne filtrait sous la porte de Walt Fraser. Il était sans doute parti en week-end, pensa-t-elle, se disant qu'elle devrait peut-être appeler Don une fois rentrée chez elle, et lui suggérer de passer quelques jours à Union Pier. Et oublier Adam Stohn, ou celui qu'il était réellement.

Elle ouvrit la porte de son appartement et franchit le seuil, laissant le silence et l'obscurité l'attirer à l'intérieur, comme de vieux amis accueillant chaleureusement le retardataire à leur fête. Plus besoin de laisser la radio ou les lumières allumées toute la journée. Plus de douces et innocentes mélodies lui souhaitant la bienvenue. Elle ferma sa porte à double tour.

Les lumières de la rue filtraient à travers les rideaux de dentelle ancienne, jetant une sinistre lueur sur la cage à oiseau vide. Elle n'avait pas eu le courage de s'en débarrasser. Pauvre Fred, songea-t-elle, s'abandonnant à un nouvel accès de larmes. « Pauvre de moi », murmura-t-elle en laissant tomber son sac sur le sol et en se dirigeant vers sa chambre.

Il arriva par-derrière.

Elle ne l'avait pas vu ni même entendu avant de se retrouver avec un câble autour de la gorge, brutalement tirée en arrière. Instinctivement elle porta les mains à son cou et chercha frénétiquement à glisser ses doigts entre le câble et sa chair. Le câble scia sa main bandée et elle sentit le sang poisseux lui couler entre les doigts ; elle eut des haut-le cœur et suffoqua à la recherche d'un peu d'air. Elle ne pouvait plus respirer. Le câble lui coupait ses réserves d'oxygène et tailladait la chair de sa gorge. Elle perdit le contrôle de ses jambes et sentit ses pieds quitter le sol. De toute son énergie, elle lutta pour rester debout, pour se dégager de son agresseur.

Et alors, quelque part au tréfonds de sa panique, elle se souvint : ne tire pas en arrière, ne lutte pas, laisse-toi aller. Prends l'image d'un cercle. Si quelqu'un te tire vers lui, plutôt que de résister et de tirer en arrière, sers-toi de la force de l'agresseur pour te laisser tirer vers son corps. Attaque quand tu arrives à son contact.

Elle cessa de lutter. A l'encontre de son instinct, elle cessa de résister. Au lieu de cela, elle laissa son corps s'amollir, et sentit son dos s'affaisser contre la poitrine de son assaillant tandis qu'il la tirait vers lui. La douleur lui déchirait le cou, comme une pulsation géante. L'espace d'un terrible instant, elle se dit qu'il était peut-être trop tard, qu'elle risquait de s'évanouir. Cette idée lui parut étrangement séduisante et elle fut momentanément tentée de s'abandonner à cette sensation. Pourquoi prolonger ce qui était inévitable ? Les ténèbres commençaient à l'envelopper. Elle faillit y plonger totalement, y disparaître à jamais.

Mais brusquement elle se mit à se battre, à lutter pour sortir des ténèbres, se servant du poids de son agresseur contre lui-même, utilisant la force de son corps pour renverser son attaquant. Elle tomba avec lui, les mains battant sauvagement l'air, heurtant la cage à oiseau qui alla s'écraser sur le sol. Son agresseur poussa un cri en perdant l'équilibre, et elle se hâta de lui décocher des coups de pied dans les jambes, de lui griffer les bras avec ses ongles, de lui enfoncer ses coudes dans les côtes.

Elle sentit le câble se relâcher autour de sa gorge, juste assez pour qu'elle puisse s'en libérer. Elle se redressa tant bien que mal, suffoquant, le corps en feu, tentant désespérément d'aspirer un peu d'air dans ses poumons. Elle sentait la pression du câble encore présente sur sa gorge, pénétrant dans sa chair comme s'il faisait à présent partie d'elle-même, bien qu'il ne soit plus là. Elle avait l'impression de se balancer au bout d'une corde de pendu, le cou sur le point de se briser d'une seconde à l'autre.

Tout à coup, elle entendit gémir, se retourna, vit une forme hébétée et musclée écroulée par terre, remarqua immédiatement les bottes noires à bouts pointus, le jean étroit, le T-shirt noir, les gants de cuir brun, les longs cheveux blonds qui lui recouvraient une partie du visage, cachant son sourire grimaçant.

Je suis la Mort, disait la grimace, même à présent. *Je suis venu te chercher.*

Rick Ferguson.

Un petit cri lui échappa. Avait-elle vraiment cru qu'il avait tranquillement embarqué sur un avion en partance pour la Californie et qu'il avait disparu de sa vie ? Cette soirée n'était-elle pas prévue d'avance, depuis le jour de leur première confrontation, plusieurs mois auparavant ?

Des milliers d'images la submergèrent quand elle le vit faire un effort pour se remettre debout, toutes les images des techniques de défense qu'elle avait apprises récemment. Puis elle se souvint : tout d'abord, s'enfuir. Oublier les actes héroïques et spectaculaires. La fuite est ce qui généralement marche le mieux pour la majorité des femmes.

Mais Rick Ferguson était déjà sur ses jambes, s'avançant pesamment vers elle, lui barrant le passage vers la porte de l'appartement. Hurle, lui ordonna sa voix intérieure. Crie donc, merde ! Rugis ! « *Hoh !* » cria-t-elle, et elle le vit tressaillir un instant, surpris par le son. « *Hoh !* » hurla-t-elle à nouveau, encore plus fort, et elle pensa au revolver qui se trouvait dans le tiroir de sa table de nuit ; elle se demanda si elle arriverait jusque-là, parcourant la pièce des yeux, à la recherche de ce qui pourrait faire office d'arme.

Mais, en fait, son explosion eut plutôt pour effet de redonner vie à Rick Ferguson qui éclata d'un rire franc.

— Un bon combat, ça me plaît, dit-il.

— Ne vous approchez pas, le mit en garde Jess.

— Connie n'était pas un bon adversaire. Elle n'a fait que se mettre en boule et mourir. Pas drôle du tout. Pas comme toi. Te tuer promet d'être un vrai plaisir.

— Et réciproquement, pour sûr, répliqua Jess en se penchant brusquement pour attraper la cage à oiseau qu'elle lança à la tête de Rick Ferguson. L'objet l'atteignit au front, elle vit du sang couler le long de sa joue. Elle pivota sur ses talons et courut hors de la pièce, les idées se bousculant dans le désordre.

Où est-ce qu'elle allait ? Qu'est-ce qu'elle allait faire quand elle y serait ?

Sa chambre ne lui avait jamais paru aussi éloignée. Elle se précipita dans le couloir, l'entendant à quelques pas derrière elle. Il fallait qu'elle trouve son revolver, qu'elle le trouve avant qu'il puisse remettre la main sur elle et qu'elle s'en serve.

Elle se jeta sur la petite table de nuit près de son lit et fouilla désespérément dans le tiroir, à la recherche de son arme. Elle n'était pas là. « Merde, où es-tu ? » cria-t-elle en vidant le tiroir par terre.

Le matelas ! songea-t-elle, en tombant à genoux pour fouiller sous le matelas, bien qu'elle se souvînt clairement que Don avait insisté pour qu'elle ne laisse pas son arme à cet endroit. Elle s'était peut-être trompée ? Elle ne l'avait, en fin de compte, peut-être pas déplacée ?

Elle n'y était pas. Merde, elle n'était pas là !

— C'est ça qu'on cherche ? Rick Ferguson se tenait dans l'encadrement de la porte, tenant le revolver du bout de ses doigts gantés.

Jess se redressa lentement, les genoux tremblants, tandis qu'il pointait l'arme en direction de sa tête. Son cœur battait à tout rompre ; ses oreilles sifflaient ; des larmes coulaient le long de ses joues. Si seulement elle pouvait rassembler ses idées et faire cesser le tremblement de ses jambes...

— C'est gentil de m'inviter dans ta chambre, dit-il en s'approchant d'elle avec lenteur. Évidemment, je sais déjà où tu ranges tes petites culottes.

— Foutez le camp, hurla Jess, se remémorant ses culottes déchirées, voyant le sang de son cou tacher son couvre-pieds d'un blanc immaculé.

Il éclata de rire.

— On peut dire que t'es une petite bagarreuse, hein ? Ouais, je dois avouer que j'admire ton cran. Crier à un mec qui tient un revolver chargé de foutre le camp, c'est vraiment marrant. Je suppose que tu vas m'annoncer maintenant que je m'en tirerai pas à si bon compte.

— C'est vrai.

— Mais si. N'oublie pas, j'ai un très bon avocat.

Jess tourna les yeux vers la fenêtre. Les rideaux étaient ouverts, la lumière de la rue emplissait la pièce d'ombres et de fantômes. Peut-être que quelqu'un pourrait voir à l'intérieur, quelqu'un précisément en train de les regarder et que si elle pouvait continuer à faire parler Rick Ferguson, en quelque sorte le distraire, le temps d'aller jusqu'à la fenêtre... Et ensuite ? Sauter ? Hurler ? Un hurlement ne valait rien face à une arme chargée. Elle faillit rire : c'était le lendemain qu'elle était censée apprendre comment désarmer un éventuel agresseur. Demain : aucune chance.

Elle se mit à transpirer ; la sueur lui coulait du front jusque dans les yeux, se mêlant à ses larmes. La lumière des lampadaires de la rue devint floue et se mit à tournoyer, l'aveuglant comme le soleil. Elle crut entendre des voix au-dehors, mais elles étaient déformées, comme un disque qu'on passerait à la mauvaise vitesse. Trop lentement. Tout était trop lent. Comme la scène d'un film tournée au ralenti et concernant un autre. C'était donc ça qu'avait dû ressentir Connie, pensa Jess. C'était à ça que ressemblait la mort.

— Je croyais que Don vous avait mis dans un avion pour la Californie, s'entendit-elle prononcer, comme si elle était une actrice et que quelqu'un d'autre doublât son texte.

— Ouais. Généreux de sa part, hein ? Mais j'ai décidé que la Californie pouvait bien attendre quelques jours. Je savais que tu voulais absolument me voir. Enlève ton pull.

Il prononça ces mots sur un ton tellement neutre qu'ils ne furent pas bien enregistrés.

— Quoi ?

— Enlève ton pull, répéta-t-il. Et ton pantalon aussi, pendant que tu y es. On va commencer à s'amuser.

Jess secoua la tête, sentant un mot se frayer un chemin dans sa gorge jusqu'à sa bouche et s'échapper, à peine audible.

— Non.

— Non ? Tu as dit non ? insista-t-il en riant. Mauvaise réponse, Jess.

Elle eut l'impression d'être déjà nue, exposée à sa vue, et elle eut un brusque frisson. Elle imagina ses mains lui pinçant la peau, sa bouche lui mordant les seins, son corps pénétrant sauvagement dans le sien. Il lui ferait mal, elle le savait, il ferait en sorte qu'elle souffre avant de mourir.

— Je ne le ferai pas, s'entendit-elle dire.

— Alors il va falloir que je te descende.

Il haussa les épaules, comme si c'était là, logiquement, la seule alternative. Le cœur de Jess battait si furieusement qu'il menaçait de lui exploser hors de la poitrine. Comme dans *Alien,* pensa-t-elle, étonnée que son esprit puisse s'attacher à de telles futilités. Elle eut l'impression d'être en ébullition, avant de se sentir soudain de nouveau glacée. Comment pouvait-il être aussi calme ? Que se passait-il derrière ces yeux bruns qui ne dévoilaient rien ?

— Vous allez me descendre de toute façon, dit-elle.

— Eh bien, non. En fait, j'avais l'intention de t'achever avec mes mains. Mais je te descendrai si j'y suis obligé — son sourire s'élargit, ses yeux glissèrent le long de son corps comme un grouillement de serpents. Je tirerai dans l'épaule. Ou peut-être dans le genou. Peu-être dans le gras de la cuisse. Ouais, ça me plaît assez. Juste pour te rendre un peu plus coopérative.

Jess sentit la balle lui transpercer la cuisse, tout en sachant qu'il n'avait pas tiré. Elle avait du mal à rester debout tellement ses jambes tremblaient. Son estomac se soulevait, menaçant de l'humilier encore un peu plus. Si elle pouvait seulement continuer à le faire parler. C'est bien ce qu'ils faisaient toujours, au cinéma ? Ils parlaient, et alors quelqu'un arrivait juste à temps pour les sauver. Elle fit un effort pour prononcer quelques mots.

— Si vous tirez, ça alertera les voisins.

Il ne fut pas impressionné.

— Tu crois ça ? Apparemment, il n'y avait personne dans le coin quand je suis arrivé. Maintenant, déshabille-toi ou je risque d'en avoir marre, et quand j'en ai marre, je fais l'amour d'une façon un peu brutale.

Oh, mon Dieu ! se dit Jess. Oh, mon Dieu ! Oh, mon Dieu ! Oh, mon Dieu !

— Comment êtes-vous entré ici ? questionna-t-elle, se demandant d'où venait sa propre voix. Elle avait l'air détachée, comme si elle flottait librement dans l'air.

— On n'a pas encore inventé le verrou qui peut m'empêcher d'entrer — il éclata à nouveau de rire, s'amusant visiblement. Je crois que je peux dire la même chose d'une femme — il arma le revolver. Maintenant, t'as trente secondes pour te déshabiller et te mettre sur le lit.

Jess ne dit rien, la gorge soudain trop sèche pour prononcer un mot. Quelque part près d'elle, le réveil égrenait lourdement les secondes, comme une bombe prête à exploser. C'est donc ainsi que ça se termine, songea-t-elle, incapable d'avaler ou de respirer, la terreur lui rongeant les extrémités comme un rat affamé.

A quoi est-ce que ça ressemblerait ? Y aurait-il une lumière blanche, un long tunnel, un sentiment de paix et de bien-être, comme le racontaient ceux qui prétendaient être morts et ressuscités ? Ou bien y aurait-il les ténèbres ? Le néant ? Cesserait-elle tout simplement d'exister ? Quand tout serait fini, se retrouverait-elle seule, ou les êtres aimés seraient-ils là pour l'accueillir ? Elle pensa à sa mère. Pourrait-elle enfin la revoir, découvrir quel avait été son destin ? Cela s'était-il passé de cette façon pour elle aussi ? Mon Dieu, songea Jess, une douleur dans la poitrine comme si elle était en train de se couper en deux, sa mère avait-elle vécu le même genre de terreur et de douleur avant de mourir ? Était-ce ce genre d'épreuve qu'elle avait traversée ?

Et qu'est-ce que ça ferait à son père, à sa sœur ?

Quand ils n'auraient plus de nouvelles d'elle, ne pourraient plus la joindre, Barry leur affirmerait sans doute qu'elle était tout simplement trop embarrassée pour les contacter, qu'elle était partie quelques jours, qu'elle était trop égocentrique pour réaliser qu'elle leur faisait de la peine, que peut-être, inconsciemment, elle voulait les punir. Il se passerait plusieurs jours avant qu'ils ne prennent sa disparition au sérieux, avant qu'on n'appelle la police et qu'on ne fouille son appartement. Lequel présenterait des signes de lutte évidents. On analyserait le sang sur son couvre-pieds et on découvrirait qu'il s'agissait du sien. Il n'y aurait aucune trace d'effraction. Aucune empreinte digitale révélatrice. Don orienterait les soupçons sur Adam. Quand enfin on aurait éclairci les choses, Rick Ferguson serait loin depuis longtemps.

— Ne m'oblige pas à répéter, était en train de dire Rick Ferguson.

Jess prit une profonde inspiration et tira son pull par-dessus sa tête, le duvet de ses bras se dressant en signe de protestation. Sa peau commença à la brûler, comme si elle en avait ôté des lambeaux en même temps que son pull, comme si on l'avait écorchée vive. Le pull tomba sur le sol.

— Très joli, dit-il. J'ai toujours aimé la dentelle noire — il agita le revolver en direction de son pantalon. Et maintenant, le reste.

Jess regarda la scène se dérouler comme si elle se trouvait au loin. C'était à nouveau l'expérience de ceux qui prétendaient avoir expérimenté la mort. Ne racontaient-ils pas tous qu'ils avaient quitté leur corps et flotté au plafond, observant d'en haut ce qui se passait ? Peut-être que c'était ce qui était en train de lui arriver, elle ne s'était pas enfuie de son salon. Le câble lui avait tranché la gorge et l'avait tuée, elle était déjà morte.

A moins qu'elle n'ait encore le temps de s'en tirer, songea-t-elle, une poussée d'adrénaline interrompant ses rêveries, la convainquant qu'elle était toujours en vie, qu'il y avait peut-être encore quelque chose à faire. Utilisez toutes les armes à votre portée, entendit-elle Dominic leur conseiller, tandis qu'elle serrait entre ses doigts la taille élastique de son pantalon de lainage. Comme quoi ? se demanda-t-elle. Son soutien-gorge ? Pouvait-elle étrangler ce type avec son soutien-gorge en dentelle ? l'étouffer sous son cachemire ?

Et ses chaussures ? s'interrogea-t-elle en ôtant lentement ses mains de sa taille. Rick Ferguson agita le revolver avec impatience.

— Il faut que j'ôte mes chaussures, balbutia-t-elle. Je ne peux pas ôter mon pantalon si je n'ôte pas d'abord mes chaussures.

— Bon, dit-il en se détendant, plus tu seras à poil, mieux ça sera. Mais grouille-toi.

Elle se pencha en avant, se demandant ce qu'elle avait l'intention de faire, et elle ôta lentement sa chaussure gauche, la poussant nonchalamment sur le côté, pensant qu'elle était folle, qu'elle n'avait aucune chance, qu'il la tuerait sans aucun doute, puis elle se pencha vers son pied droit, sachant qu'il ne lui restait que quelques secondes, enleva le mocassin noir, fit un geste comme pour mettre la chaussure de côté, mais au lieu de ça, la serra étroitement et la lança de toutes ses forces en direction de l'arme qu'il tenait à la main.

Elle rata complètement son coup.

— Seigneur, gémit-elle. Oh, mon Dieu !

Mais la soudaineté de l'action prit Rick Ferguson au dépourvu et le fit bondir en arrière. Qu'allait-elle faire à présent ? Le pousser pour gagner la porte d'entrée ? Espérer survivre à un saut depuis la fenêtre du troisième étage ? Avait-elle la force de le désarmer ?

Il était trop tard. Il avait déjà retrouvé son équilibre. L'arme était pointée vers son cœur.

— Je crois que je vais prendre encore plus de plaisir à te tuer qu'à faire griller ce putain de canari, dit-il en traçant en l'air une ligne invisible avec son arme, passant par ses seins, ses côtes, son ventre, pour s'arrêter sur son entrejambe.

Il ne lui restait plus de temps, plus d'options. Il allait tirer sur elle. La rendre inoffensive le temps de la violer et de la sodomiser. Puis il l'achèverait de ses mains. Oh, Seigneur ! se dit Jess, en revoyant son canari mort et en souhaitant pouvoir s'évanouir, sachant qu'il la ranimerait de force pour la faire souffrir jusqu'à la dernière seconde de son agonie. Et alors, sans réfléchir, sans même savoir ce qu'elle faisait, elle bondit par-dessus le lit, en direction de la fenêtre, hurlant à pleins poumons.

Le coup de feu explosa, et elle sut que c'était comme si elle était morte. C'était si fort, plus fort qu'elle ne l'aurait jamais imaginé, comme un coup de tonnerre lui éclatant dans les oreilles. La pièce brilla d'une sinistre lueur, comme frappée par la foudre, les doux tons de pêche transformés en un orange violent, et les gris en un bleu électrique. Son corps lui parut léger, comme suspendu en l'air. Elle se demanda où la balle l'avait frappée, et combien de temps il lui faudrait pour s'écrouler sur le sol.

Il devait attendre pour arracher ses derniers vêtements de son corps presque sans vie, pour la pénétrer de force, l'étouffant de son poids, la submergeant de ses odeurs. Elle pouvait déjà sentir ses doigts la déchirer, sa langue lécher son sang. Son visage serait le dernier qu'elle verrait, son sourire grimaçant serait le spectacle qu'elle emporterait avec elle dans la tombe.

Et brusquement, elle se retrouva en train de pivoter sur elle-même, avec Rick Ferguson qui s'approchait d'elle, les mains tendues vers elle, le visage blanc de colère, tout sourire évanoui. Et alors il se mit à tomber en titubant vers elle, et Jess réalisa qu'elle allait bien, qu'elle n'avait pas été touchée, que c'était Rick Ferguson qui était en train de s'écrouler à terre, de s'étaler en travers de ses pieds nus, que c'était lui qui était mort.

L'obscurité tournoya autour d'elle, menaçant de l'attirer au centre de son tourbillon, tandis que ses yeux enregistraient le trou béant au milieu du dos de l'homme. Le sang en jaillissait, comme le pétrole jaillissant d'un puits, imprégnant son T-shirt noir, s'écoulant sur la moquette. Jess sentit que la tête lui tournait et qu'elle allait s'évanouir. Elle s'agrippa à sa commode.

Et c'est alors qu'elle le vit sur le seuil, le revolver au bout du bras.

— Don ! suffoqua-t-elle.

— Je t'avais dit que, si ce salaud essayait encore de te faire du mal, je le tuerais moi-même, dit-il tranquillement.

L'arme lui glissa des doigts et tomba à terre.

Jess se précipita dans ses bras qui l'enveloppèrent aussitôt ; il la serra contre lui. Elle appuya sa tête contre son épaule, respirant son odeur fraîche, se collant à la chaleur de son corps. Il dégageait un tel sentiment de bien-être et de sécurité !

— Tu es en sûreté, à présent, lui dit-il, comme s'il lisait dans ses pensées, tout en couvrant son visage de baisers. Tu es en sécurité. Je suis là. Je ne te laisserai plus jamais.

— Il m'attendait dans l'appartement, commença Jess au bout de plusieurs minutes, s'efforçant de comprendre tout ce qui s'était passé. Il avait un câble. Le genre de câble dont il s'est servi pour tuer Connie. Il a essayé de m'étrangler. Mais je me suis dégagée. J'ai couru pour prendre mon revolver, mais il n'était plus là. C'est lui qui l'avait. Il a dû fouiller dans mes affaires avant que je rentre. Il a dit qu'on n'avait pas encore inventé le verrou qui pourrait l'empêcher d'entrer quelque part.

— Tout va bien, maintenant, dit Don, d'une voix apaisante. Tout va bien. Tu es hors de danger, à présent. Il ne peut plus te faire de mal.

— J'ai eu si peur. J'ai cru qu'il allait me tuer.

— Il est mort, Jess.

— Je n'arrêtais pas de penser à ma mère.

— Arrête, ma chérie.

— A ce que ça ferait à mon père et à ma sœur.

— C'est fini, maintenant. Tu es hors de danger.

— Dieu merci, tu es arrivé.

— Je ne pouvais pas te laisser seule.

— Il n'a pas pris l'avion, dit-elle, puis elle éclata de rire, se trouvant étourdie et écervelée. Je suppose que c'est assez évident.

— Je suis tellement heureux d'avoir pu arriver à temps.

Don la pressa plus étroitement contre lui.

— Je n'arrive pas à croire ce que tu as fait. Tu es mon Prince Charmant, dit Jess, et elle le pensait vraiment. Comment avait-elle pu le blesser comme elle l'avait fait ? Comment avait-elle pu le quitter ? survivre sans lui ? C'était exactement comme dans les films.

Elle rit nerveusement, évoquant tous les films où un ignoble tueur présumé mort se redresse pour frapper à nouveau. Elle tourna les yeux vers le corps étendu à terre.

— Tu es sûr qu'il est mort ?

— Il est mort, Jess. — Don sourit complaisamment. — Je peux encore lui tirer dessus, si tu veux.

Jess éclata de rire, et ce son la surprit. Elle venait d'être sauvagement agressée avec un câble, presque violée, presque assassinée, et elle était là, en train de rire. C'était sans doute une réaction nerveuse, une façon de faire face à ce qui avait failli se produire. Elle parcourut des yeux le corps de Rick Ferguson, il aurait été facile que ce corps se mêlât au sien. Si Rick Ferguson avait disposé de quelques minutes supplémentaires. Si Don n'était apparu à ce moment-là, comme un héros de film muet, arrivant sur son cheval, dans les dernières secondes, pour arracher la malheureuse héroïne à son destin.

C'était troublant de constater à quel point Don la connaissait bien, songea Jess en se blottissant contre sa poitrine, cette manière de savoir toujours quand elle avait besoin de lui, bien qu'elle ait toujours protesté du contraire. Elle lui avait dit au téléphone que tout allait bien pour elle, qu'elle l'appellerait le lendemain, qu'elle ne courait aucun danger ce soir. Et pourtant il était quand même venu. Il s'était précipité et avait tout pris en main, la sauvant d'une mort atroce, de sa propre bêtise obstinée.

En était-elle vraiment étonnée ? N'avait-il pas agi ainsi tout le temps de leur mariage, ne tenant pas compte de ses désirs, pour faire ce qu'il estimait le meilleur ? Elle s'était mise en colère, l'avait couvert d'injures ; s'était battue pour avoir la liberté de commettre ses propres erreurs, avait exigé d'avoir le droit de se tromper. Il avait essayé de comprendre, n'avait accédé à ses récriminations qu'en paroles, mais en fin de compte il avait fait les choses à son idée. Le plus souvent, il avait eu raison. Comme ce soir.

Avec l'impression de regarder une rediffusion à la

télévision, Jess se revit ouvrant la porte de l'immeuble, montant l'escalier en courant, entrant chez elle, refermant la porte à clé derrière elle, faisant quelques pas à l'intérieur de l'appartement, sentant tout à coup le câble lui tirer brutalement sur la gorge, luttant avec son agresseur, s'en dégageant momentanément, regardant la porte, se demandant si elle pourrait y parvenir et l'ouvrir avant que Rick Ferguson ne la rattrape.

Mentalement, ses yeux se fixèrent sur la porte de son appartement fermée à clé, comme si elle ajustait un kaléidoscope. Qu'est-ce qui clochait dans cette image ? interrogea une petite voix qui la ramena brutalement au présent. La porte était fermée à clé, réalisa-t-elle avec un hoquet, ainsi que celle donnant sur la rue. Comment alors Don avait-il pu entrer ?

— Comment es-tu entré ? s'entendit-elle questionner.

— Quoi ?

Jess se détacha légèrement de son étreinte.

— Comment es-tu entré dans l'immeuble ?

— La porte n'était pas verrouillée.

— Mais si, elle l'était, insista-t-elle. Je l'ai refermée à clé derrière moi.

— Eh bien, c'était ouvert quand je suis arrivé.

— Et mon appartement ? J'avais refermé la porte à double tour juste après être entrée.

— Jess, qu'est-ce que ça veut dire ?

— C'est une simple question — elle fit quelques pas en arrière et s'arrêta quand elle sentit les pieds de Rick Ferguson contre ses jambes. Comment es-tu entré dans mon appartement ?

Il y eut un instant de silence, un air de calme résignation, puis :

— Avec mes clés.

— Tes clés ? Qu'est-ce que tu veux dire ? Quelles clés ?

Il avala sa salive et baissa la tête.

— J'en ai fait faire un deuxième jeu quand j'ai fait changer tes verrous.

Jess secoua la tête d'un air incrédule.

— Tu as fait faire un deuxième jeu ? Pourquoi ?

— Pourquoi ? J'étais inquiet pour toi, je craignais qu'il ne se produise quelque chose comme ça. Tu as besoin que je m'occupe de toi. Voilà pourquoi.

Jess baissa les yeux, vit Rick Ferguson mort à ses pieds, son arme à elle encore dans une main. Don lui avait sauvé la vie, nom de Dieu. Pourquoi donc était-elle tout à coup aussi furieuse contre lui ? Qu'est-ce que ça changeait, qu'il ait fait faire un double de ses clés ? Sinon, elle serait à présent réduite à l'état de cadavre, nom de Dieu. Allait-elle vraiment se mettre en colère contre lui parce qu'il lui avait sauvé la vie ?

Elle sentit un picotement désagréable dans sa gorge, essaya de le mettre sur le compte de sa blessure à la gorge, mais le picotement s'insinuait dans sa poitrine, comme une énorme araignée. Prenant de la vigueur et de la vitesse, il gagna ses bras et ses jambes, crachant son venin, paralysant tout ce qu'il touchait. Allait-elle avoir une crise d'angoisse ? se demanda-t-elle avec incrédulité. Maintenant que tout était terminé, qu'elle était hors de danger et qu'elle n'avait plus de raison de paniquer ?

Et c'est alors qu'elle entendit la voix d'Adam. *Laisse-toi aller,* disait-il. *Ne résiste pas. Laisse-toi aller.*

Adam, songea-t-elle. Adam, de qui Don se méfiait et contre lequel il avait essayé de la mettre en garde. Adam, sur lequel Don avait enquêté, qui n'était pas celui qu'il prétendait être. Qu'est-ce qu'Adam avait à voir avec tout ça ?

— Je ne comprends pas, dit-elle à haute voix en regardant Don fixement, se demandant s'il y avait encore d'autres choses qu'il ne lui avait pas dites.

— Ne te fais pas de soucis pour le moment, Jess. Tout ce qui compte, c'est que tu sois saine et sauve. Rick Ferguson est mort. Il ne peut plus te faire de mal.

— Mais c'est pas Rick Ferguson qui t'inquiétait, persista Jess, se remémorant son coup de téléphone chez sa sœur, s'obstinant à tenter de comprendre tout ce qui s'était passé. C'est Adam, que tu as déclaré dangereux. Tu as dit que tu avais fait faire une enquête sur lui ; le barreau n'avait jamais entendu parler de lui.

— Jess, qu'est-ce que ça a à voir avec le reste ?

— Mais Adam n'a jamais été une menace pour moi, alors que Rick Ferguson n'a cessé de l'être. Alors pourquoi Adam aurait-il menti ?

Une fois de plus le kaléidoscope tourna, et son contenu se mélangea pour lui présenter une autre image.

— A moins qu'il n'ait pas menti. A moins que ce soit toi qui m'aies menti, dit-elle, n'osant pas en croire ses propres oreilles. Tu n'as pas appelé le barreau, c'est ça ? Et si tu l'as fait, tu as découvert qu'Adam Stohn est exactement celui qu'il dit être. C'est bien ça ?

Il y eut un long silence.

— Ce n'est pas un homme pour toi, Jess, finit par dire Don.

Que se passait-il donc ? Qu'est-ce que Don était en train de raconter ?

— C'est peut-être à moi d'en décider, non ?

— Pas si c'est la mauvaise décision, si ça doit m'affecter, nous affecter, affecter notre avenir ensemble, lui dit-il. Et on pourrait vraiment avoir un avenir ensemble si seulement tu arrêtais de te battre contre moi. Tu as besoin que je m'occupe de toi, Jess. Tu en as toujours eu besoin. On en a vu la preuve, ce soir encore.

Le regard de Jess alla de son ex-mari au corps gisant sur le sol, puis revint vers lui, son kaléidoscope mental tournant et s'agitant furieusement jusqu'à ce que tout se disloque, éparpillant les délicates parcelles de la réalité.

— Pourquoi es-tu venu ici ce soir ? Je veux dire, tu

savais qu'Adam n'était pas à Chicago, et tu croyais que Rick Ferguson était dans l'avion pour la Californie, alors qu'est-ce qui t'a fait venir ici ? Comment savais-tu qu'il fallait que tu sois armé ? et que j'étais en danger... à moins que tu n'aies monté ça de toutes pièces ? — Sa voix traînait dans l'air, la brutale prise de conscience de ce qu'elle était en train de dire lui tailladant le corps aussi douloureusement et aussi aisément qu'un morceau de câble. C'est ce que tu as fait, hein ? Tu as monté ça de toutes pièces !

— Jess...

— Tu l'as dirigé, tu lui as indiqué ce qu'il fallait dire, sur quels boutons il fallait appuyer. Depuis le début.

— Je me suis servi de lui pour nous rapprocher, avoua Don avec simplicité. C'était si mal que ça ?

— Il a failli me tuer, nom de Dieu !

— Je n'aurais jamais laissé ça se produire.

Jess secoua la tête, incrédule.

— Tu as tout orchestré. La façon dont il m'attendait, le premier matin, quand je suis arrivée au travail, la façon dont il m'a suivie dans l'escalier, comme s'il sortait tout droit de mes cauchemars, cauchemars dont tu savais tout, espèce de salaud ! C'est pas par hasard qu'il a utilisé le mot *disparaître.* Tu lui as raconté ce qui était arrivé à ma mère, hein ? Tu savais exactement quel effet ça ferait sur moi, quelle angoisse ça produirait.

— Je t'aime, Jess. Tout ce que j'ai toujours voulu, c'est qu'on soit ensemble.

— Raconte-moi.

— Te raconter quoi ?

— Tout.

— Jess, quelle importance ont les détails ? Le principal, c'est qu'on était faits pour être ensemble.

— Tu as fait tout ça pour qu'on puisse être ensemble ?

— Tout ce que j'ai fait depuis le jour où on s'est rencontrés a été fait dans ce but.

— Raconte-moi, répéta-t-elle.

Il prit une profonde inspiration.

— Qu'est-ce que tu veux savoir ?

— Quelle était exactement ta relation avec Rick Ferguson ?

— Tu connais ma relation avec lui. C'était mon client, j'étais son avocat.

— Tu savais qu'il avait tué Connie DeVuono ?

— Je ne le lui ai jamais demandé.

— Mais tu le savais.

— Je le soupçonnais.

— Et tu lui as proposé de le sortir de là s'il te rendait service.

— Connie était encore en vie quand j'ai accepté de me charger de cette affaire. J'ignorais alors totalement qu'il avait l'intention de la tuer.

— Mais tu savais qu'il avait pénétré chez elle par effraction, qu'il l'avait violée, battue, tu savais qu'il la harcelait.

— Je savais quelles étaient les charges pesant contre lui.

— Ne finasse pas avec moi, Don.

— Je savais qu'il était probablement coupable.

— Alors tu lui as proposé un marché ?

— J'ai dit qu'on pourrait peut-être s'aider mutuellement.

— Tu lui as tout raconté sur moi, tu lui as indiqué quoi dire et quoi faire.

La voix de Jess était monotone, ses questions neutres, comme si elle connaissait déjà la réponse.

— Quelque chose comme ça.

— Mais pourquoi ? Pourquoi maintenant ?

Don secoua la tête.

— J'y pensais depuis longtemps, je cherchais une façon de te prouver à quel point tu avais besoin de moi. Et tout à coup il s'est montré, c'était l'occasion. Et l'idée a germé dans mon esprit. De plus, il y avait quelque chose qui me plaisait par rapport à la symétrie : tu sais, quatre années ensemble, quatre années séparés. Je savais que je ne pouvais pas me permettre d'attendre beaucoup plus longtemps. Et c'est à ce moment qu'est apparu Adam Stohn, et j'ai su que je ne pouvais plus du tout me permettre d'attendre.

— Qu'est-ce que tu as dit à Rick Ferguson de faire, exactement ?

— En gros ce qu'il faisait de mieux. Je lui ai donné carte blanche, du moment qu'il ne te faisait pas de mal.

— Pas de mal ? Il a failli me tuer !

— J'étais juste derrière, Jess. Tu n'as jamais vraiment couru de risques.

Jess se frotta le cou et sentit le sang encore humide.

— Tu lui as dit de pénétrer dans mon appartement et de taillader mes sous-vêtements ! Tu lui as dit de détruire ma voiture !

— Je lui ai dit de te faire peur. Je l'ai laissé libre du choix des détails.

— Il a tué Fred !

— Un canari, nom de Dieu. Je t'achèterai une centaine de canaris, si c'est ça que tu veux.

Jess sentit les picotements des pattes de l'araignée s'étendre de ses bras et de ses jambes jusqu'à son cerveau. Était-il possible qu'elle soit en train d'avoir cette conversation ? qu'ils soient en train de se dire ces choses ? et en train de les entendre ?

— Et ce soir, demanda-t-elle, qu'est-ce qu'il était censé faire, ce soir ?

— Je lui ai dit que, étant donné ta fameuse ténacité, tu n'aurais aucun repos tant que tu ne l'aurais pas vu accusé du meurtre de Connie. Je savais qu'il ne pourrait pas résister à l'envie de te suivre, et je voulais m'assurer de bien contrôler le lieu et l'heure, alors je l'ai tout simplement engagé à finir le boulot le plus vite possible.

— Tu l'as envoyé ici pour me tuer.

— Je l'ai envoyé ici pour se faire tuer ! dit Don, et il éclata de rire. Bon Dieu, je lui ai même donné une clé — il rit encore. Je me suis servi de lui pour avoir ce qu'on voulait tous les deux.

— Ce qu'on voulait tous les deux ?

— Sois honnête, Jess. C'est bien la peine de mort que tu voulais ? La justice ne te l'aurait pas accordée. Je l'ai fait à sa place. Pour toi. Pour nous, ajouta-t-il, son rire s'étant évanoui.

— Alors tu l'as lancé.

— Ce type était un animal. Une ordure. C'est tes propres mots, tu te souviens ? Il a tué Connie DeVuono. Il avait tout à fait l'intention de te tuer.

— Mais tu m'as appelée chez ma sœur, tu as insisté pour que j'y passe la nuit. Tu m'as suppliée de ne pas rentrer chez moi.

Don rit de nouveau.

— En sachant que tu ferais exactement le contraire, que ton orgueil te ferait rappliquer à toute allure. En espérant que tu n'écouterais pas ce que te dirait ton mari.

— Mon ex-mari, lui rappela vivement Jess.

— Oui, admit-il. Ton ex-mari. L'homme qui t'aime, qui t'a toujours aimée, qui n'a jamais cessé de t'aimer.

Jess porta les mains à sa tête pour arrêter le vertige qui la gagnait. Rien de tout ça n'était réel. Il s'agissait de Don, nom d'un chien. De l'homme qui avait toujours été là pour elle, son professeur, son amant, son mari, son ami. L'homme qui l'avait bercée au moment de la mort de sa mère et pendant ses années de crises d'angoisse. Et voilà qu'à présent, il avait délibérément orchestré la réapparition de ces dernières, qu'il était à l'origine de la campagne de terreur menée par Rick Ferguson, venu ici ce soir pour commettre un meurtre. Et tout ça au nom de l'amour. Grands dieux, de quoi d'autre était-il capable ?

Jess passa rapidement en revue les huit années précédentes. Ses crises d'angoisse avaient commencé juste après la disparition de sa mère, s'étaient poursuivies tout au long de son mariage avec Don, pour ne se calmer qu'après leur divorce. Ces crises avaient-elles voulu lui signifier quelque chose ?

Il ne te laissera pas suffisamment d'espace pour t'épanouir, entendit-elle sa mère lui dire.

Sa magnifique mère, songea-t-elle, en s'approchant lentement du corps de Rick Ferguson et en s'agenouillant près de lui. Elle balaya rapidement du regard la blessure béante au milieu de son dos et s'efforça d'ignorer l'odeur douceâtre de la mort qui s'imposait à ses narines comme un masque imbibé d'éther.

— Je t'aime, Jess, était en train de dire Don. Personne ne pourra jamais t'aimer comme je t'ai aimée pendant toutes ces années. Je ne pourrai jamais laisser qui que ce soit s'immiscer entre nous.

Le kaléidoscope mental de Jess se remit à fonctionner, les éléments se mirent en place, s'organisant devant ses yeux avec une clarté saisissante, et tout à coup, elle sut exactement de quoi d'autre il était capable.

Elle pivota sur elle-même et regarda fixement son ex-mari, dont les yeux bruns ne reflétaient que son amour pour elle.

— C'était toi depuis le début, dit-elle, sa voix s'enflant d'une puissance étrangère qui lui envahit tout le corps, lui extirpant des pensées qu'elle ne croyait pas avoir. Tu as tué ma mère.

Dès que les mots eurent touché l'air, Jess comprit avec une certitude absolue qu'ils étaient exacts. Lentement, elle se redressa.

— Raconte-moi, dit-elle, comme elle l'avait dit quelques instants plus tôt, d'une voix étrangère, à présent basse et à peine audible.

— Tu ne comprendras pas.

— Fais-moi comprendre, poursuivit-elle, contraignant sa voix à devenir une douce caresse. Je t'en prie, Don, je sais que tu m'aimes. Je voudrais tellement comprendre.

— Elle essayait de nous séparer, dit Don, comme si c'était là la seule explication nécessaire. Et elle y serait parvenue. Tu ne le savais pas. Mais moi, si. Comme elle le faisait toujours remarquer, j'étais beaucoup plus vieux que toi. J'avais beaucoup plus d'expérience. Tu étais tellement attachée à elle que je savais qu'elle finirait par te convaincre d'attendre d'avoir fini tes études. Et je savais que, si on attendait, j'avais de grandes chances de te perdre. C'était un risque que je ne pouvais pas courir.

— Parce que tu m'aimais tellement.

— Parce que je t'aimais plus que tout au monde, précisa-t-il. Je ne voulais pas avoir à la tuer, Jess. Crois-le si tu veux, j'aimais bien cette femme. J'espérais toujours qu'elle changerait d'avis. Mais elle n'a jamais changé et, petit à petit, j'ai compris qu'elle ne changerait jamais.

— Alors tu as décidé de la tuer.

— Je savais qu'il fallait le faire, commença-t-il, mais j'attendais le bon moment, la bonne occasion — il haussa les épaules d'un geste plein d'innocence ironique, comme si tout ce qui s'était passé avait échappé à son contrôle. Le genre de chose qui s'est produite avec Rick Ferguson, je suppose — il haussa à nouveau les épaules, et toute innocence disparut. Et alors, un beau matin, tu m'as téléphoné et tu m'as parlé de la dispute que vous veniez d'avoir toutes les deux ; tu étais sortie de la maison comme une furie, après avoir dit à ta mère de se débrouiller toute seule pour aller chez le médecin. Je pouvais percevoir la culpabilité dans ta voix. Je savais que tu regrettais déjà cette dispute ; si la grosseur dans son sein se révélait être maligne, tu accepterais de retarder le mariage. Je me suis rendu compte que, si je n'agissais pas rapidement, il serait trop tard.

» Alors je suis allé chez vous, j'ai raconté à ta mère que tu avais appelé pour me parler de ce qui s'était passé, que tu étais vraiment désolée ; je ne voulais plus être la cause d'autres problèmes entre vous, j'allais m'effacer et te demander de repousser le mariage jusqu'à ce que tu aies ton diplôme — il sourit, visiblement pris par ses souvenirs. Elle a été tellement soulagée. Réellement, on aurait dit que le poids de la terre venait de lui être ôté des épaules. Elle m'a remercié et m'a même embrassé. Elle m'a dit que, bien sûr, elle n'avait jamais rien eu contre moi personnellement, mais que, bon, vous savez...

— Alors tu lui as proposé de l'emmener chez le médecin.

— J'ai *insisté* pour la conduire chez le médecin, précisa Don. En fait, j'ai dit que c'était une si belle journée, qu'on pourrait d'abord faire une agréable promenade en voiture. Elle a trouvé que c'était une excellente idée — son sourire s'élargit. On est allés à Union Pier.

— Quoi ?

— J'avais tout préparé. Une fois sortis de la voiture, ça a vraiment été facile. J'ai dit que je voulais avoir son opinion sur des rénovations auxquelles j'avais pensé pour le cottage. Elle s'est montrée heureuse de m'aider, flattée même, je crois. On a fait le tour de la maison, elle m'a dit ce qui, à son avis, serait bien, et ensuite on est sortis derrière, dans le jardin, pour regarder les falaises.

— Mon Dieu.

— Elle n'a rien vu venir, Jess. Un coup parfait tiré dans la nuque. Et tout a été terminé.

Jess vacilla, faillit perdre l'équilibre, arc-bouta ses orteils sur le sol et réussit à se maintenir debout.

— Tu l'as tuée, murmura-t-elle.

— C'était une femme condamnée, Jess. Elle serait vraisemblablement morte du cancer dans les cinq ans. Pense à la douleur que je lui ai évitée, aux années d'agonie pour tout son entourage. Au lieu de ça, elle est morte par une belle journée ensoleillée en contemplant les falaises, ne se faisant plus de souci pour sa fille, pour la première fois depuis des mois. Je sais que tu dois avoir du mal à comprendre ça,

Jess, mais elle était heureuse. Tu ne vois donc pas ? Elle est morte heureuse.

Jess ouvrit la bouche pour parler, mais il fallut plusieurs secondes avant qu'un son pût émerger.

— Qu'est-ce que tu as fait... après ?

— Je lui ai donné une sépulture décente. Près des falaises. Tu étais en train de regarder sa tombe, il y a quelques semaines.

Jess se revit debout à la fenêtre du cottage, fixant la neige qui tourbillonnait sur les falaises, un peu plus loin.

— J'ai pensé te dire la vérité à ce moment-là, poursuivit-il. Pour que ton esprit trouve enfin le repos, sache que tu n'avais plus aucune raison de te sentir coupable, que ta dispute avec ta mère n'avait rien à voir avec sa disparition, que sa mort était à prévoir, dès l'instant où elle avait voulu s'opposer à nos projets. Mais je savais que ce n'était pas le bon moment.

Jess se remémora les bras de Don passés autour d'elle, ses lèvres sur les siennes quand ils avaient fait l'amour devant la cheminée, la fausse sensation de bien-être qu'il lui avait apportée. Comme cela avait toujours été le cas. Son subconscient avait-il toujours soupçonné qu'il en était ainsi ? C'était sûrement ça que ses crises d'angoisse avaient essayé de lui faire savoir pendant des années.

— Et mon père ? Il était opposé à notre mariage, lui aussi.

— Ton père n'était qu'un gros matou. Je savais qu'une fois ta mère hors circuit, il n'y aurait plus aucun problème avec lui.

— Et l'arme ? interrogea Jess. Qu'est-ce que tu as fait de l'arme ?

Don sourit de nouveau, d'un sourire encore plus terrifiant que ne l'avait jamais été celui de Rick Ferguson.

— Je te l'ai donnée comme cadeau, quand tu m'as quitté.

Jess porta les mains à son ventre. Elle fixa le petit revolver dans la main tendue de Rick Ferguson, le revolver que Don avait voulu qu'elle prenne pour se protéger, après leur divorce ; l'arme qu'il avait utilisée pour mettre un terme à la vie de sa mère.

— L'ironie de la chose me plaisait, dit Don, comme s'il était en train de commenter un point de droit et non d'avouer l'assassinat de sa mère. Quand donc sa tendance obsessionnelle avait-elle franchi les limites de la folie ? Comment avait-elle fait pour mettre si longtemps à s'en apercevoir ?

Elle avait couché avec le meurtrier de sa mère, bon sang. Qui donc était fou, lui, ou elle ? Elle avait le vertige, sa tête partait en arrière comme si elle allait s'évanouir.

— Maintenant tu comprends à quel point je t'aime, dit-il, à quel point tout ce que j'ai toujours voulu, c'était prendre soin de toi.

Sa tête oscillait de droite à gauche, ses yeux ne pouvant se fixer. Allait-il la tuer elle aussi ?

— Et maintenant ? interrogea-t-elle.

— Et maintenant, on va appeler la police et leur dire ce qui s'est passé. Que Rick t'attendait chez toi, qu'il a essayé de te tuer, que je suis arrivé juste à temps, que j'ai dû l'abattre pour te sauver.

Les yeux de Jess roulèrent en arrière et sa tête cogna contre son épaule droite.

— Et ensuite tout sera fini, poursuivit Don d'un ton rassurant. Et tu viendras avec moi, chez moi. Là où est ta place. Là où aurait toujours dû être ta place. Et on pourra être ensemble. Comme on aurait dû l'être.

La nausée envahit Jess comme une gigantesque déferlante menaçant de la noyer. Elle tendit le bras, cherchant instinctivement quelque chose à quoi se raccrocher, quelque chose qui pourrait la sauver, l'empêcher d'être emportée et de couler. Ses doigts trouvèrent une branche et s'y agrippèrent solidement. Le revolver, réalisa-t-elle, en refermant ses doigts sur la crosse, s'en servant pour se haler en lieu sûr, redressant les épaules en se dégageant du courant mortel. D'un geste vif et fluide, Jess souleva l'arme, la pointa directement sur le cœur de son ex-mari et appuya sur la détente.

Don la fixa avec surprise quand la balle lui traversa la poitrine. Puis il se tassa en avant et tomba à terre.

Jess se remit lentement debout et s'approcha de lui.

— En plein dans le mille, dit-elle, d'un ton calme.

Elle ne savait pas combien de temps elle était restée là, debout, à fixer son ex-mari, l'arme pointée sur sa tête, prête à tirer de nouveau s'il bougeait. Elle ne savait pas exactement à quel moment elle avait pris conscience d'autres bruits, de la circulation au-dehors, de rires retentissant dans la rue, de son téléphone qui sonnait.

Elle regarda sa montre. Dix heures. Ça devait être Adam qui l'appelait pour savoir comment elle allait, comment s'était passée sa journée, pour lui souhaiter une bonne nuit.

Elle faillit éclater de rire. Elle ne dormirait sûrement pas cette nuit. Il lui faudrait traiter avec la police, contacter sa famille, leur parler de Rick Ferguson, de Don, leur dire la vérité sur ce qui s'était passé ici ce soir, la vérité sur ce qui s'était passé huit ans auparavant. Toute la vérité. Voudraient-ils la croire ?

Et elle, y croyait-elle ?

Jess alla jusqu'au téléphone et décrocha.

— Adam ? demanda-t-elle.

— Je t'aime, répondit-il.

— Est-ce que tu pourrais revenir ? — sa voix était faible mais assurée et étonnamment dénuée d'angoisse. Je crois que je vais avoir besoin d'un bon avocat.

Composition réalisée par JOUVE

Imprimé en France sur Presse Offset par

BRODARD & TAUPIN

GROUPE CPI

La Flèche (Sarthe).
N° d'imprimeur : 4994 – Dépôt légal Édit. 7916-01/2001
LIBRAIRIE GÉNÉRALE FRANÇAISE - 43, quai de Grenelle - 75015 Paris.

ISBN : 2 - 253 - 07658 - 9

30/7658/5